U0556564

创意写作书系

剑桥创意写作导论

【英】
大卫·莫利（David Morley）
著

张永禄 范天玉
译

The Cambridge Introduction to

Creative Writing

中国人民大学出版社
·北京·

"创意写作书系" 顾问委员会

（按姓氏笔画排名）

刁克利	中国人民大学
王安忆	复旦大学
刘震云	中国人民大学
孙　郁	中国人民大学
劳　马	中国人民大学
陈思和	复旦大学
格　非	清华大学
曹文轩	北京大学
阎连科	中国人民大学
梁　鸿	中国人民大学
葛红兵	上海大学

译 者 序

　　伴随着创意写作全球化传播浪潮的到来，创意写作教育在本世纪第一个十年之际，正式迎来了它的中国旅行机遇。短短十年间，中国创意写作教育主流的声音就由"写作可不可以教，作家可不可以培养"的观念性争论切换为"写作谁来教，如何教"的实践操作性发问。创意写作的实践性传统，让它天然具有新文科属性。在如火如荼的新文科语境下，中国创意写作界进一步思考和推进高校创意写作的教学任重道远，前行路上需要多借鉴和消化欧美先行国家的实践成果。或许，大卫·莫利的《剑桥创意写作导论》能提供很实用的启示。

　　大卫·莫利是创意写作界具有跨界身份的代表性人物之一，他是生态学家、诗人、编辑、评论家和教师。生态学家的学术背景显然影响了其语言表述方式和风格，正如他在文集《科学论文》中所述，"每一篇文章本身就是一篇科学论文，是一系列的发现"。作为诗人，他在以出版诗歌而闻名的卡内特出版社出版了五本诗集，其中《看不见的礼物：诗歌选集》获得了2015年的泰德·休斯奖。他对诗歌的押韵形式（如单词之间的空间等）的见解和使用，足以证明他在这个领域的卓尔不凡，而他推行的"慢诗"雕塑运动再次显示了他在诗歌写作上的"创意力"。更为重要的是，他是一位教创意写作的大学教师和创意写作教育的国际倡导者，其关于创意写作的播客是全世界最受欢迎的iTunes下载内容之一，这本《剑桥创意写作导论》也成为了畅销书。

　　《剑桥创意写作导论》是一本难得的好教材，大卫以独特的思维方式和诗人般的气质，为我们打开了创意写作的新视野，提供了颇具启发性的新理论。本书透露出鲜明的实践—生命本体论的思想和情怀，显示了创意写作作为新人文主义活动的精神诉求。在大卫看来，创意写作不是一种职业，而是通过实践来践行的生命活动，阅读与写作创造了个体生命的宇宙空间。把写作作为生命，不仅符合目前在欧洲流行的"生命写作"一派的理论，也是创意写作学科的伟大传统。19 世纪末，以哈佛大学的温德尔、林肯实验中学的休斯·默恩斯等为代表的一些人致力于"确立自我表达"和创作主体经验发掘；二战后，美国社会各阶层推崇文学自反性原则；再到大卫的生命本体论。这条思想线很明朗。

　　恰如本书在封口所宣传的，"这是一部具有开创性的，新颖、独特且书写得当的综论"。在我们看来，本书有四个重要特点：

　　一是独特的结构体例。本书的体系和我国传统的写作类教程的设计模块相似，上编是基础理论，下编是文体活动论。但细读内容，你很快会发现，它和我们习惯了的教材写法是大不一样的。在形式层次上，它有章无节（中文版编辑为了让该书更像中国的教材目录形式，添加了类似节的目录层次），也就是说，每一章讨论的是知识"点"的排布而非"面"的呈现。比如，作者在导论中主要讨论了创意写作创造的五维空间的世界或新的大陆，即：创意写作职业需要想象力、思维游戏和热情等素养（作家论），作为一种革命的创意写作的历史，创意写作与阅读的关系，创意写作的实践性和革命性品格（创作论），以及创意写作起步于社区写作（空间论）等五个话题。但这些话题却被细分为"开放的空间、冰山、新世界、我们为什么写作、一种平衡、学习写作、想象力的才能、思维游戏、心理上的学徒、热情、职业的天意、业余爱好者的诚实、目标、及时的创意写作、创意写作的诞生、修辞游戏、革命的传统、野性学派、必要的野蛮、野性正在塑造、整个过程、创意社区、姊妹艺术、阅读和个人作家、我们为什么要阅读、语言的音乐、创意阅读、阅读超越时光、阅读超越品位、欲望和能力、一个新的迷宫"等 31 个知识点解读。这些知识点多不具有命题性质，而仅仅涉及论域或话题的糅合。且这些知识点之间并不是单纯的并列或递进关系，而是错杂且折叠的，这可能需要读者在阅读中自我进行思维整理。同时，这些知识点用 300～500 字概要性论及，提纲挈领地点到为止，不深入展开。对于习惯了经典教材追求知识点的精要化、说理透彻、逻辑层次条理化的读者，这带来一定的挑战。

二是别开生面的写作游戏设计。全书穿插了"写作游戏"设计，该设计分为两个部分：一是讲游戏指令，给出具体而明晰的写作操作过程；二是明确训练目标。如果说该书的理论阐释是虚的，那紧随其后的写作游戏则是实的，一虚一实，交相辉映。游戏设计体现了西方英语世界广泛流行的关于创意写作技巧训练类教材的普遍做法。这些写作游戏的案例是经过大卫精心设计、反复实践保留下来的，它们在不同层次的群体和不同国家的学习者中试验过，其有效性得到过证实。更令人感动的是，这些游戏设计从你读"致谢"的时候就开始了，第一个游戏和最后一个游戏形成了回环关系，让练习者情不自禁地随着大卫设计的写作游戏链回溯。正如作家所言，"作为一个学习的故事，这本书是写给从头到尾阅读该书的人的"。玩游戏重视的是过程，进入要从开始玩，更要有始有终。写作游戏也不例外。在游戏中写作，在写作中游戏，游戏精神与写作精神融合为一，臻于自由之境。

三是实用的"学术地图"。在每一章的结尾，大卫为读者精心准备了"推荐阅读"。和一般的阅读书目采用的简单罗列方式不同，它具有很强的导读性。大卫用专题性方式排布了该领域重要的研究者和研究专著，对每部专著给出了画龙点睛的评价。经过大卫精挑细选的 100 多部创意写作领域的重要作品，是有意从事创意写作研究者入门所需的重要参考对象，免除了初学者无处下手的彷徨之苦。就本书的意义来说，这些导读作品有效弥补了本书在知识系统上的不足，比如，本书基本没有重复创意写作的历史，因迈尔斯和保罗·道森关于创意写作学科历史的介绍非常清晰和详尽了，大卫认为没有必要再花时间和篇幅赘述。当然，从"文本间性"的角度讲，这种引申阅读书目和介绍，已经直接或间接化为正文的写作思想资源了，作者本人已经在写作中与其进行了对话，或虔诚化为个人的思想养料，或悄无声地辩驳。现在要做的，是邀请读者再次进入创意写作的辩论场充当"裁判"抑或"吃瓜群众"。

四是把创意写作纳入公共艺术视野。在大卫看来，在多媒体时代，诗歌等文学艺术不能再被传统地理解为精致的视觉艺术、高雅艺术或私人艺术，而应该视为表演艺术、公共艺术，甚至是电子艺术或交叉艺术，因而大卫非常重视创意写作的公共性。为此，他专门开辟两章讲授该如何在公共场合表演和开展社区写作活动。大卫认为创意写作的完整过程包括：写作、表演和出版，在公共空间的文化表演主要是朗读。为了做好朗读，创造读者，大卫给出了一些朗读的专业意见，从练声、观众交流、体态、朗读技巧、空间选择、开场、表演的模板设定和音乐背景等方面，从公共艺术角度，给出了指导意见和操练方法。对于公共艺术，大卫在表演空间上提出，作家们的文化表演（朗诵等）要从习惯了的比如沙龙客厅、文化馆、大学课堂等精致的"文化场所"转向那些受到表演限制的"非艺术空间"："去街头剧场中学习吧——在公园或购物中心等非正式场所进行一次'自发'的文学表演"。简而言之，是到生活的广场中去，到流动着的读者中去，到大众的日常生活中去，让表演和生活融为一体。大卫鼓励作家们并不期待把自己的作品放在图书馆、放在私人的书房，而是放在"不同的公共空间，如学校走廊、办公室、大学里——甚至是一些不同寻常的地方，如超市、报纸上的小广告栏——或者将它们印成传单发出去"。由此，我们也理解了为何大卫会发起"雕塑诗运动"，把诗歌写在城市的广场和道路上。

大卫把社区写作作为公共艺术的另一种实践模式。社区写作不是大卫的首创，它较早诞生于美国。塔克斯顿在《创意写作在社区》中比较详细地介绍了美国创意的社区活动发展历史。二战后，美国的创意写作迎来了历史性大发展的窗口期。在战后美国民主化浪潮和高等教育大众化过程中，非营利组织、社区学院、大学，还有作家，都在社区机构提供创意写作课程培训，一些公立的中小学、社区中心、救助场所、庇护所、监狱等地方都提供免费的或低成本的写作课培训。大卫则补充了对于社区写作的理解，认为社区是一个开放的空间，这些空间包括公共图书馆、学校、社区团体、阅读团体、监狱、医院、养老院、难民中心、基督教青年会组织、成人教育团体、一些工作场所，以及正在成倍扩大的网络空间。这个空间是初学写作人的必要的起点。一方面，在社区写作，可以获得社区提供的必要的生活和时间保证；另一方面，社区提供了故事素材和读者。不难得知，大卫是就创意写作作为个体的写作活动本身而言的。从整体上看，大卫对于社区写作的理解，除了公共文化建设的刊发之外，还提出了立足于写作本体的个人想法和建议，也是作为社区写作建设不能忽视的维度和面向。这样，社区写作的意义空间就更为生活化和丰满了。

当然，本书有很多精彩论述，再详细的介绍也难免挂一漏万，还是等着读者亲自阅读体会为妙。整体上讲，作为一本个性十足的普及型教材，该书不仅内容容量"有限"，而且作者鲜明的个人化观点可能"有误"。正如作者在序言里所说，"我认为，你应该有足够的空间在这些事情上找到属于你自己的道路，并对我说得过于绝对的观点进行反驳"。译者和作者一样，期待真诚而富有建设性的异域清音。

《剑桥创意写作导论》是上海大学中国创意写作中心研究生读书会2020年秋天的读书书目，硕士研究生们做了初步翻译，他们的分工如下：李枭银——第一章、卢璐璐——第二章、朱晓彤——第三章、杨至元——第四章、余茂婷和张小燕——第五章、孙小洋——第六章、高珂冬——第七章、宁丹蕾——第八章、华安婕——第九章、张建熊——第十章。其他部分我负责翻译。此后，我和博士生范天玉分工再译，我负责第一~五章，范天玉负责第六~十章。在此，我们要感谢所有参与该项工作的研究生同学，这既是读书会后续固化成果，也是师生友谊的见证。

鉴于诗歌翻译上的专业难度，我特别邀请我的同事——著名诗人、诗歌翻译家肖水先生帮我把关诗歌这一章。肖水先生用了大约10天时间几乎是把这一章重新翻译了，其认真和严谨程度令人感佩，也使这本书增色不少。感激之情，难于言表。需要说明的是，书中几处诗节，为便于阅读，我们直接参考了国内现成的译本，恕不一一具名道谢。我们也要感谢华东政法大学国际新闻传播专业的熊偲偲女士和温州大学的刘卫东博士，很多翻译上的疑难问题，都得到他们及时和热情的帮助。

最后，我们要特别感谢本书编辑，他们的工作使得本书质量提升了不少。这本书凝结了甘为人做嫁衣的编辑们的汗水和智慧。

张永禄

中文版序

　　本书能够在中国出版，我深感荣幸。这个热情好客的国度不仅有着值得尊敬的丰富历史与文化，同时也孕育了众多我常会在课堂上提及的诗人、作家、制片人与艺术家。

　　在最理想的状态下，所有的写作都会是一种创意写作。创意写作是一种演出，也是一种社群行为。这些观点启发并引导了我，它们也是我创作本书的原因。而作为一名诗人，我也因此把本书的创作视为一种创意写作行为。我们学习创意写作，因为我们是人类故事的创造者，我们需要铭记，学习就如写作一样，同样也是一种社群行为。正如我在本书中所述，沟通创造了社群，而如故事之类的富有创造性的沟通可以巩固这种社群。我希望本书确实能够做到这一点。作为一门大学学科的创意写作，就像是一片大陆，其上栖居着众多国家以及多种不同的语言。语言与文字是把我们联系在一起的方式。

　　书籍和诗歌是黑暗中的灯火，创意写作则是一种看、听与感觉世界的方式。人们报名参加创意写作课程通常是为了学习某种风格、成规或技巧，但也有许多人参加创意写作课程，是因为他们在寻求一种与人类感知相关的、过去被我们称为"真理"的美好品质。他们通过阅读发现了这种美好品质，并希望通过写作在自己的身上再次看到这种美好品质。

　　作家用他们记忆的声音传递着人类的故事。试着把创意写作想象成一个开放的空间，或者语言与记忆的大陆吧。太过寻常的是，我们在听到或看到彼此时相隔太远，又或者我们根本无法听到或看到彼此。这让我们忽略了彼此的存在，让我们从知识、语言和理解的上空飞掠而过，让我们的注意力沿着藤蔓渐渐枯萎。

创意写作拉近了我们之间的距离。它不仅向现实世界，甚至向我们内心深处与超出其外的世界敞开了大门。它让语言的光芒涌进我们的内心。无须引导我们思考，它已在帮助我们看到和听到彼此。我们通过伴着这光芒写作，来更好地了解自己。因此，请起身，去推开你的那扇门吧。

大卫·莫利
于英国华威大学

序言

　　这本书的目的是向读者介绍创意写作的实践，也向作家介绍创意阅读的实践。阅读和写作围绕语言这一开放空间，共享相互依赖的轨道。

　　这种阅读和写作的双螺旋让你更加警觉自己、他人以及作家作为读者和作家的潜力。它也为你的生活创造了一条纪律，使这些注意力行为成为一种生活方式。而后，你必须学会独自工作，超越自己的潜力——作家和读者都在超越其自身的智力。

　　由于这是对一门学科的介绍，我们讨论创意写作的来源、多样的形式和存在的误区，以及我们为什么要讲授它和学习它。我没有向你们展示高等教育中对创意写作复杂历史的剖析，在这方面，迈尔斯（1996）和保罗·道森（2005）的著作已提供了很好的说明。

　　本书前五章探讨了创意写作的原则和程序，这些原则和程序通常适用于小说、非虚构创意写作、诗歌，某种程度上也包括戏剧。我们在这里广泛讨论了阅读、批评、职业、影响、反思、体验、游戏、出版、编辑、语言、翻译、模仿、实验、设计、形式、质量、纪律、笔记本、工作习惯、实地考察、写作、孵化、计划、流畅、整理、改写、截止日期、精度、信心、练习、听众、声音和自我等议题。我们着眼于探究语言的意义和声音，分析我们写作时的不同心态，暴露写作工坊中存在的各种失误和虚假，揭示创造力的敌人和盟友。我也探索了我们可以用来培养写作耐力的思维特征。

　　前五章是关于创意写作的一般性讨论，第六章到第九章介绍了几种重要的体裁。它们展示了小说、诗歌、非虚构创意写作和国际通行的超体裁的技巧和实践。然而，并非所有创意写作作家都为出版而写作。我们将创意写作视为表演性的语言艺术，视为公共艺术和视觉艺术的混合体，也视为电子文学。我认为，这些都与书籍的制作没有冲突，它们都是创意文学实践的开放空间。第十章着眼于把创意写作看作一种社区行为；然后，我试图研究在创意学院中，创意写作与其他领域的接触，例如其与科学领域的接触。

　　对于创意写作的专家来说，我要说的都是最基本的。本书专为创意写作专业的学生、初学写作的人和新写作教师而写。本书的主要内容有关写作中创造力的根源，以及进入小说、非虚构创意写作和诗歌写作的门径，而非高深的技巧。我设计这本书的动机是通过提供一系列开放的讨论、反思和实践空间，帮助你立即投入到写作的行动中来。有人认为，一名作家需要学习的技巧有一半是让心理坚强的技巧，另一半才是文学技巧（Bly, 2001）。我赞成这种观点，这本书就是为这些创造性发展的互补阶段而设计的。

　　当然，这本书是入门级的，也是有选择性的一家之言。自然，没有一本书能够或应该涵盖一切。我认为，你应该有足够的空间在这些事情上找到属于你自己的道路，并对我说得过于绝对的观点进行反驳。尽管相比一个人从头唠叨到尾，似乎在文中列举具体例子更有吸引力，但考虑到篇幅的问题，我还是选择以这本书的不同主题（而非文本）为中心来展开介绍。其他更进一步的建议可参考每章末尾的"推荐阅读"以及相应的介绍与资源信息。从理论上讲，写一本关于创意写作的书需要成为"亚历山大图书馆"的终身订阅用户，而我推荐的阅读清单上就只有那么寥寥几本。如果按照约翰逊博士所言，"写一本书要读遍图书馆"，那我列举的这份清单就只能算是入门级的了。

　　这是一本关于创意写作的概要性的书，因此，我试图用开放和个人化的语言，剔除学术上的"聒噪之音"——只有在必要时才引用，尾注显示其出处。我在书中引入了主观和普遍的价值观，如快乐、激情、经验、爱、直觉、恨、痛苦和乐趣等。而且，作为一本关于学习的故事书，这本书是写给从头到尾阅读该书的人的。它不是秘籍，也不是游戏的概要。我想写一本令人耳目一新的书。这是一种由内而外的写作，我并不掩饰这一过程的艰难，但我同样颂扬它所包含的灵光顿悟，特别是那种阅读所带来的强烈的欢欣。阅读和写作是永无止境的旅程。我想提醒自己作为一名作家最初是什么感觉：第一次阅读的兴奋——那种在创意之国醒来的感觉。创意写作——甚至只是清晰的写作——拉近了我们之间的距离，它让我们苏醒。这本书既是向你的介绍，也是对你的邀请。如果你接受邀请的话，把创意写作想象成一个微型舞台吧，你身处距离舞台出入口最近的地方，中间上演的是舞台剧，而你既是这出戏的表演者，又是这出戏的编排者。

我从自己的阅读中收集了论点和议题，也从比我读得更深、更广的其他人那里收集了论点和议题。我从当代作家关于他们的哲学、影响和创作的数百次讨论中，摘举一些写作实践的例子；我反思自己在大学、成人教育机构、社区和中学进行的创意写作教学；我也思考在英语世界，特别是美国、加拿大，以及欧洲进行的合作教学和观察教学。写这本书是一种自我磨炼的经历，它增加了我对作家和教师难以估量的钦佩之情。自然，这本书的错误之处由我负责。

作家的例子和来源

那些希望成为作家的读者，可以在那些以文字为生的作家对写作过程的陈述中找到共鸣——甚至是目的。我在正文中加入了具体的事例，试图综合一些最好的标准指南。当思考创意写作的目标和过程时，文学传记和自传是开始了解作家的工作方法和哲学观的有用途径。《巴黎评论》的访谈仍然是获得关于作家的实践证词的最佳资源，这些可以从杂志网站上下载。这种材料还有其他丰富的来源（艾伦，1948；布朗和帕特森，2003；伯克，1995；哈丰登，1981；哈蒙，2003；赫伯特和霍利斯，2000）。

在写作中，我列出了一系列重要的作品和进一步的阅读计划。这些作品放大或例证了需要你更密切关注的问题，特别是关于小说、非虚构写作和诗歌写作的部分。有几本关于想象和正式写作的极好的技术书籍（贝恩和特威科尔，1992；伯奈斯和佩因特，1991；布偌维，2006；福塞尔，1979；科克，1990；马修斯和布罗奇，1998；诺瓦科维奇，1995；帕吉特，2000；斯蒂尔，1999；思蒂恩，1995；斯特兰德和博兰，2000），论写小说、诗歌或非虚构写作的实践和哲学过程的著作（安多尼兹沃和罗奥克斯，1997；博伊西乌和华莱士，2004；布兰德，1981；布偌维，2003；迪拉德，1989；厄西尔门，2001；加德纳，1983，1985；古特坎德，1997；休斯，1967；胡歌，1979；金，2000；凯恩泽，1999；昆德拉，2000；拉莫特，1995；洛奇，1992；奥尔威尔，1994；帕卡德，1992；桑瑟姆，1994；思蒂恩，1995；津瑟，1976），论创意写作、修改和重写的著作（安德森，2006；贝尔和玛格尔斯，2001；布朗和金，2004；乐·谷巫林，1998；米尔斯，2006；特罗姆，2001；谢弗和戴蒙德，1998），论创造力本质和写作心理学的著作（博登，2004；赫什曼和利布，1998；亨特和桑普森，2006；科斯特勒，1975；莱考夫和约翰逊，1980；彭芬宁格尔和修比克，2001；蒲伯，2005；特纳，1996）。在风格问题上，你会在阅读和练习中找到自己的答案。旅途中一定要带上《风格的要素》（斯特伦克和怀特，2000）——与它慷慨提供的丰富内容相比，它所占的空间如此之小。

遗憾的是，大量引用主要文本在权限上是昂贵的。我在正文和每章的题词中提供例子，但引导读者阅读的是常用选集中的文学作品，这些文学作品在公共图书馆和国际大学阅读清单中被普遍传播。要使用这本书，你不必拥有那些选集。下面提供这些选集：

NA1：《诺顿美国文学选集》，第 6 版/第 1 卷：A 卷和 B 卷，总编：尼娜·巴依姆，诺顿，2003。

NA2：《诺顿美国文学选集》，第 6 版/第 2 卷：C、D 和 E 卷，总编：尼娜·巴依姆，诺顿，2003。

NE1：《诺顿英国文学选集》，第 7 版/第 1 卷，总编：艾布拉姆斯和斯蒂芬·格林布拉特，诺顿，2000。

NE2：《诺顿英国文学选集》，第 7 版/第 2 卷，总编：艾布拉姆斯和斯蒂芬·格林布拉特，诺顿，2000。

NP：《诺顿诗选》，第 5 版，编辑：玛格丽特·弗格森，玛丽·乔·索尔特和乔恩·史特沃西，诺顿，2005。

写作游戏

创意写作有点像解决逻辑问题，甚或应对数学挑战。写作游戏以紧凑的形式提供了这种优雅的演算。一张空白的纸张令人恐惧，但游戏模拟真实的事情，或者是一种保证你参与的手段，几乎就像玩天平一般。通过实践，模拟可以成为现实。几乎没有一位作家能一口气写完一本书；他们分阶段写，如段落、场景和诗节，每个阶段需要几个草稿。写作游戏复制了这一过程，并且通常真实地反映文学生产的自然节奏，该节奏基于工作中学习到的技巧和风格。文本中嵌入了很多有创意的写作项目，也有学生和教师贡献的可以作为游戏出发点的想法和建议。在每一章的正文中，我都会提供一些能够帮助你探索问题的独立游戏。每个项目都有一个判断进步的目标。

致

谢

我的妻子西沃恩·基南提供了极好的支持、想法和批评。感谢我在华威大学的同事——首先是杰里米·雷格林，他在我写作期间承担了我所有的行政和管理职责；我的朋友彼得·布莱格瓦德，他的画是读者非常需要的平行世界。彼得·布莱格瓦德和莫琳·弗里一起带我找到了我根本不会遇到的作家，然后让我自行其是。感谢沃里克大学的学术休假和沃里克教学优秀奖（其收益用于研究这本书）。感谢那些在撰写本书期间让生活变得更轻松的人，尤其是彼得·麦克和托马斯·多切蒂。

我要感谢那些和我讨论过其中一些想法的人，或者多年来担任过教师或合作教师的人：安妮·阿什沃斯、苏珊·巴斯内特、乔纳森·贝特、理查德·比尔德、迈克·贝尔、杰伊·博耶、佐伊·布里格利、安迪·布朗、伊丽莎白·卡梅伦、罗恩·卡尔森、彼得·卡彭特、尼娜·卡西纳、乔纳森·柯伊、彼得·维森、道格拉斯·邓恩、布莱恩·福莱特、莫琳·弗里、达纳·乔亚、乔恩·格洛弗、大卫·哈特、米罗斯拉夫·霍卢布、特德·休斯、拉塞尔·塞林·琼斯、斯蒂芬·奈特、多丽丝·莱辛、丹尼斯·莱韦托夫、艾玛·麦科马克、保罗·马尔顿、莱斯·默里、玛吉·奥法雷尔、梅丽莎·普里查德、阿尔·波弟、朱厄尔·帕克·罗兹、简·罗杰斯、卡罗尔·齐林顿·鲁特、威廉·斯卡梅尔、迈克尔·施密德、简·史蒂文森、乔治·西尔特斯、米其林·万多尔，以及促成以下思考发生的机构：阿文基金会、华威大学、全国教育作家协会和亚利桑那州立大学弗吉尼亚·派珀创意写作中心。我在美国、欧洲和中国实地测试了许多写作游戏。我感谢成千上万的公众，包括学生、医务工作者、教师和作家等，是他们让我扮演了这个角色。最后，感谢我以前的老师查尔斯·汤姆林森，他教会了我创意写作的首要原因是创意阅读。

本书的摘录和版本以稍有改动的形式出现在《匿名杂志》《卫报》和《诗歌评论》上。

写作游戏

你的终点即起点

写一篇 500 字的介绍，介绍你想象中的诗歌集或完整的故事集。假设你的职业生涯经历了一场斗争——从默默无闻到来之不易的名声。这是你对读者和评论家说一些明智的话的最后机会。你的优点是什么？为何你的读者先是忽视你的作品，然后又欢迎它呢？你有未偿还的文学或个人债务吗？现在，你可以公开解决了。陈述你对工作未来的看法。

目标：作家常常感到强烈的不满。学会等待，并努力去做。你要习惯那种试图控制自己的能力、成就时却反复无常等导致的永不满意的感觉：

试着学会使用语言，而每一次尝试

都是一次完全新的开始，也是一次性质不同的失败，

因为你不过是为了叙述那已经不必再叙述

或者你已经不想再那样叙述的事情。

——T. S. 艾略特：《四个四重奏》（1943）

目　录

第三章　创意写作的挑战

第四章　作品与创意写作

第五章　创意写作的过程

第九章 表演性写作

第十章 学院写作与社区写作

第一章　创意写作导论

　　如果你想要作品变得简洁精练，首先舍弃掉所有让文字变得冗长的方法，把整个主题限定在有限的范围内。别太关注动词，相反，只要用心灵之笔写下名词……像打铁的工艺一样，让铁在知识之火中淬炼、在学习之砧上打磨、被智慧之锤锻打，用铁锤反复敲击直到提炼出最合适的词。然后，再让心灵的风浪将这些词进行糅合，用其他词加以完善，将名词与动词、动词与名词结合起来，去表达整个主题。一部凝练的作品的光荣之处正在于：它的表达不会多也不会少。

——杰弗里·德·维索夫：《新诗艺或新诗学》
(*Poetria Nova or The New Poetics*)

- ◆ 开放空间
- ◆ 学习写作
- ◆ 及时的创意写作
- ◆ 野性学派
- ◆ 阅读和个人作家
- ◆ 推荐阅读

开放空间

把一个空白的页面想象成开放的空间。这里没有维度，也没有任何时间限制。此时，一切皆有无限可能。任何东西都可以在里面生长。任何人，无论是真实的或是虚构的，都可以在那里旅行、停驻或继续前进。除了作者的诚实和想象力的广度——我们与生俱来的品质和我们可以发展的特性，没有什么限制。作家是天生的，也是后天培养的。

我们可以在那个空间里塑造一个完整的世界，甚至可以把几个世界、它们的经度和纬度，还有平行宇宙都容纳进去。同样地，我们可以只在那里放置很少的词，但它们的数量刚好足以显示语言生命的存在。如果我们能把该页面想象为一个开放空间，甚至是一个可供玩要的空间，我们就会明白它也是空间本身。

通过选择行动，通过在那一页上书写，我们正在创造另一个版本的时间，演绎一种生活甚至生命的新版本。我们正在创造一个全新的时空片段，以及另一个版本的我们自己。

冰山

在相对论中，时空代表宇宙的四维空间，其中三维是普通空间，第四维是时间。我认为，创意写作也是一样。写一首诗歌、一个故事或是一篇创意性的非虚构作品，都是为促成时空合一的四维结构的创作。

宇宙中的每一个事件都可以定位在时空四维中。写作可以创造出个体的宇宙，在那里，时空的事件系统为读者运转，读者是它的共同创造者。写作和阅读是创造和表现这一时空的协同行为。读者参与了这个过程，在一定程度上就成了作者。在阅读时，他们会自觉或不自觉地参与到文学创作中，此时此刻，他们与作品世界同呼吸、共命运。你撰写文字，他们创造图画。读者的阅读时间是在一种心理上的第五维度中度过的，书把他们带到哪里，读者就把自己放在哪里。一部小说或一首诗是冰山的可见部分。正如欧内斯特·海明威所言，一位作家在创作小说或诗歌时所获得的知识，是那座冰山被掩藏在水下的部分。本书要讨论的就是那藏在冰山下面的部分。

作者在最后的文本中营造了一定程度的留白。如果事情无法解释、难以言喻，或者一首诗的语言简洁而不晦涩，那么好奇的读者就会倾向于探究那个文本里的世界。实际上，读者是在为自己填补空白，把自己代入这一小宇宙中，创造出第五个维度，以及他们对该维度的体验。读者是主动的，他们既是倾听者又是见证者。

此外，如果他们大声地向别人朗读，那段时空将同时吸引并改变一些人的生命。一些读者的余生可能会受到影响，他们深深地痴迷于那个空间，以至于会反复地回到那部作品中，甚至在放下该作品后，会在自己的世界里以不同的方式表现自己的生活。例如，一个在小说或诗歌中极具魅力的角色，其行为和语言会被读者模仿，这仅仅是因为那个虚构自我所具有的创造性辐射力以及写作的准确性。想一想我们所欣赏或珍惜的虚构人物或戏剧人物背后的力量和精确性吧，那就不难理解这一点了。

新世界

故事，像梦一样，有办法光顾人们，影响并教导人们。我认为，虽然讲故事理论上很简单，但实践起来并不容易。梦想伴随着责任，一本书所创造的世界需要作者和读者之间的信任。这是一种使命。我们如何把自己塑造成作家——永远不要忘记我们也是读者——这是本章最后一部分的主题。除非我们先成为伟大的读者，否则我们注定成不了好作家。读者并不是仅仅看书就够了。我们还必须学会成为语言的塑造者，以这种方式，塑造以诗歌或小说的形式呈现的小而新的世界。每一个世界都是一段新的时空，记录下它们。海明威谈及小说实践时说道：

你有白纸，有铅笔，你就有义务去创造比真实更真实的东西……去捕捉那些不易察觉的东西，让它变得完全可以触及……让它看起来正常……这样它就能成为读者体验的一部分。（Phillips，1984：16）

写作可以改变人，因为写作创造了与现实世界平行的新世界和新宇宙。创意写作充其量只是提供了一些生活的例子，仅此而已。对有些人来说，写作仍然是一种技巧，甚至是一种游戏，就像大多数事物一样，像我们所有人一样，是一种可被创造或游戏的东西。然而，当后天的培养建立在天性的基础上时，生命不仅会变得美好，而且会被塑造成美好的形式。

我们为什么写作

写作是如此引人入胜和令人心驰神往，它能让你充满活力——全神贯注而心情愉悦。这个过程在分散注意力的同时也集中了注意力。日常的阅读使人上瘾。当你读一本有价值的书时，它也能在你身上重现你无意中失去的东西：惊奇感。当然，写作的过程往往比结果更有意义，尽管当你捕捉到一些闪闪发光的东西时，那种发现和惊奇的感觉会游弋在字里行间，跃入纸页。在语言的精确性中，在不断破解你的句法和声音之谜中，在舍弃什么和允许什么的选择中，存在着一种乐趣。

然而，尽管创意写作不是万能的灵丹妙药，一些作家还是发现其实践确实具有治疗效果。一些写作教师认为，写作可以在各种类型的治疗中提供有力的帮助，例如抑郁症治疗、社会性康复等。更准确地说，写作能够有利于自我发展和自我意识（Hunt，2000；Sampson，2004）。写作唤醒你——它迫使你超越你的智力和日常的注意力——任何让你思考和感知更清晰、更开阔的东西都可能帮助你找到对自己和他人的看法。研究表明，当我们朝着某个目标努力的时候，我们的工作空间足够开放，足以让我们自己感到惊讶，我们从来不会比这时候更快乐。

我必须补充的是，为了穿越更黑暗的空间走向快乐，作家们花了大量的时间去追寻相反的结果——狂风暴雨般盲目的语言、死气沉沉的文学。大多数时候，这更像是对抗疗法，而非艺术疗法。为通过虚构和形式来创造真理，作家必须亲自潜入深水。这样的旅程可能并非一种慰藉，而是荆棘丛生。它们甚至会导致某种无价值感，让作家迷失方向。但是，正如诗人理查德·雨果建议写作学生们的那样："把你对自己的不接纳转化为创意优势，不是更好吗？"往往无价值感会催生出内心最强硬、最受欢迎的批评家。优秀的作家养成了敏锐的鉴别力，他们写的东西很少能逃逸这种敏锐性。

如果——就像你能攀登珠峰一般畅想吧——你曾认为自己可以成为作家的话，那么你可能正经历着一种艺术的高原反应。别误会我的意思：你可能是对的，但当你开始做其他工作时，这种感觉就会消失。对自己的工作保持一种坚持和挑剔的态度本身就是一种收获，但只有付诸实践才能得到回报。这看起来似乎冷酷无情，一点也不使人放松。但如果写作不受这些严格的检查和自我测试的约束，那么你就是在向魔鬼骗取报酬。也就是说，你欺骗了你的写作。让写作既成为一种乐趣，又成为一种工作形式，而不是专门用于表达情感和顿悟的出口，这可能更符合生活的真谛。

一种平衡

在创造了一种生活之后，作家的首要职责就是把它奉献出来。作品只要写得足够好，便是一份珍贵的礼物。慷慨是一种创造的乐趣，也是一种人类之爱的原则：它自身是诚实的，它必须被给予，或被自由地给予。现在，再看一遍那张空白纸。请记住，这既是一个私人空间，也是一个公共空间。第一个知道这个空间的人是身为作家的"你"，下一个知道这个空间的人是身为读者的"你自己"，这是介于感知和自我感知之间的一种平衡。由"此"及"彼"的转换需要一个兼具创意与实践的过程，这个过程有时轻松愉快，有时又困难重重。

有时，你会一连写上几个星期，仿佛思维自己会奔跑飞翔，不受自身能力与知识的限制；好像胸中有丘壑，可以容纳整个世界。有时，你的写作又像是在黑暗森林中跌跌撞撞，你的思想是螺旋棒式（shèer plòd) 的。有时，你会孤立无援，好像语言之光从没在你身上出现或为你存在过。有盛宴，也有饥荒。任何一名患得患失的新作家，如果无法从写作中得到快乐或忍受痛苦，又不能对自己的缺陷或自己相关的写作缺点进行深入研究，就必须努力找到自己的平衡点。玛丽安·摩尔在她的诗《挑拣与选择》(*Picking and Choosing*，1968) 中写道：

> 文学是一种生活状态：即使你害怕，
>
> 处境也不可更改；如果你亲近它，
>
> 你对它所说的就毫无价值。

但是，因为有那么多的承诺和了解，创意写作却并不是一个谜。创意写作这门学科的目标之一，就是在不歪曲其复杂性的情况下揭开它的神秘面纱。创意写作是开放的和可学习的，就像任何一门技艺、重要的游戏一样。"你要成为一名优秀的作家，就要像成为一名优秀的木匠一样——通过规划你的句子就可实现。"阿纳托尔·法朗斯如是说。

作为一名作家，尤其是小说作家，你会痴迷于你的角色。然而，你也必须学会塑造和规划自己的角色。写作就是不断重写的过程，作家的性格正是通过写作和重写的活动形成的。如果你对语言的能量感兴趣，而不仅是"成为一名作家"，那你就有了成为作家的难得机遇。读者的性格、你作为作家的性格，是这段旅程的核心。然而，如果你的志向是成为一名优秀的读者，那你并不需要从事创意写作。如果你的目标是成为一名好作家，那么成为一名伟大的读者就是很重要的。在写作这个领域，必须具备作家和读者的双重身份。我希望你已经开始了这段旅程。如果是这样，那么一切都是可能的，在这一点上有无限可能。把那块空地想象成一页空白的纸。

写作游戏

词汇宝库

找一个摆满小说或诗歌的书架，随便拿一本书，闭上眼睛打开书，把手指落在其中的某个地方。你的手指会落在一个或多个词上，写下相应的词，以及它前面的 3 个词和它后面的 3 个词。现在，你有了一个包括 7 个词的短语。把这个短语写在你的笔记本上，写好之后，坚持写 5 分钟。这个游戏只有两条规则：你必须不停地写作，而且一定不能思考。尽量写得快些。你不是在创作一件艺术品。5 分钟后，你应该已经写了很多页了。现在读你写的东西，从头到尾逐字逐句地读一遍。划出一个让你印象深刻的短语，这个短语要具有下列特质之一：富有活力，令人惊讶，你以前从未用你的语言写过它。这个短语必须有一定的意义——必须拥有自己的内在感觉。也就是说，它不能含义模糊不明。它可能是一个完整的句子，也可能是一个句子的结尾、下一个句子的开头。现在，写一则短篇故事或一首诗歌，将这个短语放入其中，让它看起来无任何不妥之处。例如，你可以在故事或诗歌中把短语放在对话中。

目标： 当我们坚持原创时，过程往往是磕磕绊绊的，因为长期以来我们被教导说原创已经不可能了。这种"自由写作"练习不仅可以有效地促进写作，还可以有效地创建不同寻常的短语，这些短语具有令人惊讶的个性化的语言活力。你可以尝试着捕捉一些平时想不到的想法和句子。你应该每天都做一下这个练习，不仅可以让你的写作思维变得灵活，还能创造出一大堆原创的、不寻常的短语，让你在写作时从中汲取灵感。"词汇宝库"是一种"比喻的复合词"（挪威的一种诗歌手法），意为"一批词"，如一本书或词汇本身。

学习写作

一片大陆

拥有充沛的精力能让人获得永恒的快乐。关于如何教授写作，大学写作课程、写作工坊、写作理论家、写作教师、关于写作的书籍和作家等，都有很多充满活力的观点。这种多样性是快乐的原因之一，又或者说本应如此。不同的作家将自己的实践和审美投射在创意写作这一学科之上。有些使用工作坊，有些则不使用。不同于生物、化学之类的教科书，写作教科书对这个或那个主题的重视程度各不相同，有些作家兼教师从来不使用只依赖于初级文本的教科书。

事实上，大多数作家都是偶然形成的——无论我们达到什么境界，我们都会以全新的方式接触事物，并从无数的新角度去解决问题，所以没有绝对的答案。语言是作家的实验对象。世界上进化最快的东西就是语言。考虑到这样的发展速度，写作教学法没有对错之分——没有固定的框架。它更多的是关于什么方法在一段时间内有效、什么教学案例无效。

由于语言是通过进化而生存的，所以作家们生存在其所处时代的开放语言空间里，该空间就像生物环境一样，既经常带来影响成功的突变，也会导致物质的灭绝。关于写作的文学理论有很多，但这些理论不在我的研究范围内。然而，对于一名正在寻找模型的新作家，或者一个在发展过程中寻找可以依靠或融入的实践哲学的人来说，事物如此多样化的性质可能会令人感到困惑。在创意写作这样一个开放的空间内，你该相信谁？

从你自己开始，你会做得很好——通过完善自己的能力，让你能够相信自己的判断。文学是一片大陆——一片包含许多国家、各种语言和无数矛盾的大陆，这里时空浩瀚、容量丰富。这里的公民通常由作家组成，如今他们更是有着双重"国籍"：作为读者的作家和作为作家的读者。无论何时，当你遇到该大陆公民之间的矛盾和冲突时，请记住，争论的对立面可以共谋，甚至可以封闭或剔除新思想。这里的多种信仰体系，为作家思想的演变创造了一定的自由活动空间。

所有这些关于写作教学的观点都是正确的，只要它们在所处的时代有效，只要它们不是虚伪的（许下一些作家们根本不能遵守的承诺）或教条的（设立新作家无法遵守的条款）。这本书试图集中一些已成共识或尚有争议的观点的力量，但它绝不是关于艺术形式的方式和原因的古代和现代思想的综合。尽管它会触碰到这些问题中的某些内容，但它也只能轻轻一瞥，不做深入探讨。

首先，当我们进入这片大陆时，要提出两个问题：创意写作可以教吗？创意写作可以学吗？它们其实是同一个问题，但你会经常听到它们被冠以"这是一种挑衅而不是诚恳的询问，一种威胁到创意写作的基本前提而让被提问者敢于做出肯定回答的挑衅"（Dawson，2005：6）的说辞。小说家戴维·洛奇总结道："即使是最老练的文学批评也只能触及神秘的创意过程的表面；同样地，即使是最好的创意写作课程也会如此。"洛奇引用了亨利·詹姆斯的著作《小说的艺术》（*The Art of Fiction*，1997）中的一段话：

> 画家能够传授他实践的基本知识，并且有可能通过对被赋予天赋的优秀作品的研究来学习如何绘画和如何写作。但这仍然是事实……文学艺术家必然对他的学生说得比任何人都多，"好吧，你必须尽你所能去做！"如果有精确的科学，那么也有精确的艺术。绘画的语法更加明确地说明它起着作用。（1997：173）

所以，你必须尽你所能去做。写作不是绘画，也不是系统化的知识。它不是实证科学——写作的教学与学习和医学的教学与学习迥然相异。

我认为，当学生具备一定的写作天赋和职业素质时，创意写作的教学是最有效的。如果一位教师可以塑造人才，引导这个职业，而学生喜欢这种塑造和引导，那么我认为创意写作应该被当作一种技艺来教授。然而，创意写作教学的全部意义在于，学生必须学会自我引导。因为写作大多是一种孤独的追求，即使是使用电子媒体进行合作写作。

我也相信，作为与理工科、社会科学并驾齐驱的选择，创意写作可以在其他学科内被教授。如果那些学科的学生有一定的尝试欲望，并能采取创意写作的实践方法，就可能会有第二种表达方式，或是第二次获得快乐的机会。只要快乐原则是最重要的，就不必强调创意写作一定要有益于他们的职业追求。它可能会在某个时候通过创意性的非虚构作品做出贡献。科普读物在提高公众科学技术意识方面的作用是一个令人愉快的好处，我们将在本书第十章谈到这个问题。

想象力的才能

创造力的乐趣阐明了我们视为非文学知识的各个方面，尤其是当我们开始接受认知科学的论点时："文学思维是基本思维"，而不是一种独立的思维。与其他许多神经科学家一样，马克·特纳认为，"故事是思想的基本原则"，"寓言是人类思想（包括思考、认知、行动、创造，以及言之成理）的根源"（1996：1）。

写作是注意力和记忆力的极端表现——它要求你的脑细胞之间建立新的联系。正如神经科学家所说的那样，对于作者来说，仅仅因为他们在孩童时期更近地阅读了这个世界（以及文学世界），便使他们的神经元得以相互连接，灵感也来得更自然、更易被滋养。

你的大脑与自身相互作用：听到词语，看到词语，说出词语并生成动词。这些功能发生在大脑中间隔较远的部分。创意写作"命令"这些不同的独立部门开始合作，它们将在相对较大的神经距离上通过延伸突触来连接。在这一过程中，它们还将接触到什么呢？人们会想象出什么样的魔鬼或天使？这就是作家如何产生、作家的想象力从神经科学层面如何复杂（和即时）构建的原因。

我们可以发展那些互补的感官——视觉与听觉，味觉与触觉，时间感与听觉——或者通过一行诗或一段描述进行通感。这样，你的想象力便可以对自己表达，甚至与它自身交谈，从而变得更为多样化。写作重新连接了我们的大脑——从舌头到眼睛再到手。它鼓励通感：一种感觉在另一种感觉中触发图像或感觉。当我们停止关注世界时，就是在伤害自己。这就像是感官与思想的慢性自杀。突触并发症的想象收益永远是暂时的。

和阅读经验一样，写作经验让我们在神经层面发生了变化。对于作家而言，隐喻是一种寻求注意力的艺术，它要求你重新感知某些事物。创意写作是一种陌生化的艺术：一种从我们周围的世界剥离熟悉感的行为，让我们看到是什么习惯蒙蔽了我们的双眼。这不外乎是一种（让事物）复活的行为。隐喻具有力量和置换性，就像是一种魔力。隐喻是"一种意义的转移，一种事物通过被改变为另一种事物、情感或思想来解释"（Kinzie，1999：435）。正如雪莱在诗中所写的那样，它"揭开了隐藏世界之美的面纱，让熟悉的事物变得陌生"。兰考夫和约翰逊在《我们赖以生存的隐喻》(*Metaphors We Live By*) 中认为 "隐喻思维在我们的精神生活中是普遍且无处不在的，无论是有意识还是无意识。贯穿诗歌的隐喻思维机制同样存在于我们最常见的概念中：时间、事件、因果关系、情感、伦理和商业，等等" (1980：244)。

科学、哲学和艺术上的突破通常经历认知和创造过程的四个阶段——注意（问题的）细节——→转化为隐喻——→陌生化——→从不同的角度接受事物——实际上，就是像孩子一样去重新感知事物。现在，我们对某些类型的创造力所具有的生理和神经状态，以及在读者中产生创造力和隐喻的那些行为的阶段有了更多的了解。创造具有创意的语言和故事是自然而然的，也是每个人潜在世界的一部分。"灵感" 和 "流畅" 是我们神经灵活性的表现，练习、努力和良好的感知使它们如此。正如福楼拜对梵高所说的那样，"才华来源于长期的耐心，创意则在于坚定的意志力和敏锐的观察力" (Oliver，1994：121)。

思维游戏

那么，文学思维是基础思维吗？我们都是天生的讲故事的人和隐喻的创造者吗？在《七个基本情节》(*The Seven Basic Plots*) 一书中，克里斯托弗·布克认为世界上所有的小说都不过是使用和重复了七个标准的故事情节（见第六章）。他认为："事实上，它们遵循着这种可识别的模式，并被这种一致的规则所塑造，这表明潜意识正在将它们用于一个目标：向我们的意识层面传递一幅人类本性及其运作方式的特定画面" (2004：553)。这为故事的力量和目标创造了一幅有趣的图画，但这是一个无法证明或证伪的观点。

重要的是，不要对创意写作说谎。那不是其本性。但是，如果不是在构想和隐喻中，它的本质是什么？我们的本质是什么？除了不断重写的故事，我们的生活还有什么？除了电影、双重角色、雕塑的他者，什么是隐喻？例如作家的诗歌或是故事中的声音，诗歌和故事都拥有那种声音，或被那种声音所支配。一名作家的声音是口头语言的隐喻，而不是诗人或小说家的声音。

　　我们需要及时地回到过去。如果我们回溯作为教学学科的创意写作的貌似起源，打开亚里士多德的《诗学》（*Poetics*），就会读到"在诗歌中正义的标准与其在社会道德或其他艺术形式中并不相同"（也就是说，诗歌是一种虚构的戏剧艺术）。我们可以得出结论：在创意写作中也存在同样摇摆不定的标准。我们可以推断，这取决于玩家的位置，取决于作为语言玩家的作者，取决于他们的心理游戏。而写作的技巧正在于你玩语言卡片的方法，在于你所选择的语言卡片如何成为你的声音。

写作游戏

探索你的大陆

　　想象一扇门。它可以是你自己家里或房间里的一扇门，也可以是图书馆或荒野里的一扇门。闭上眼睛，想象这扇门。写几行散文或诗歌来描述它。表面和门把手看起来像什么（使用明喻或暗喻）？在你的脑海中打开那扇门。门把手摸起来是什么感觉？你走过去，走进时空中的那扇门。在你的面前是一片陌生的土地。你最先注意到的三样东西是什么？它们看起来像什么，闻起来像什么？现在描述一下你脚下的东西。你开始听到远处有两种声音。它们听起来像什么？你看到一些文字：它们可能写在标识上，也可能写在纸上。它们说的是什么？天气怎么样？想象这是一片大陆的一部分。现在除了你，没人知道这件事。你开始探索你周围的空间。写十句或十行文字来描述这次探索。然后，你遇到了一个人，可能是你很熟悉的人，也可能是你刚认识的人。他们对你说了什么？他们之间说了什么？你回答了，你说了什么呢？用十句或十行文字来完成这篇文章。然后，把它放在一边，放上三周，三周后再把它从头到尾修改成一则短篇故事或一首诗歌。

　　目标：我们正在用一种类似于自我催眠的方法，将梦境和想象结合起来，创作一首新诗或一个故事。有规律地在自己身上试一试这些问题是个好主意。闭上眼睛，一边在脑海中想象这些画面，一边写作。每次尝试这样做的时候，一定要改变大陆的某些部分。在菲利普·普尔曼的

《黑暗物质》（*Dark Materials*）三部曲中，主角穿越了时空之门。你也在做同样的事。门后是什么，完全取决于你写作的自我。你想走多远也取决于你自己，但试着每次都走得更远一点，在那扇门之后花更多的时间。研究一下你写作大陆的入口、出口、轮廓、城市和公民。

心理上的学徒

海明威曾说道："在写作之路上，我们都是学徒，没有人能成为大师。"对于任何未来的作家来说，了解你是谁，你扮演什么角色，以及你希望自己的语言发挥出什么样的作用，都是有帮助的。许多神话和隐喻围绕创意写作这一学科周围。学生是写作的学徒，他们出于纯真的迷恋，沉迷于同样的神话和谎言，从而被它们影响着，很难知道自己是谁、是否已经成为一名作家，很难知道自己是否是一个从未真正离开过观众的人、一个仍沉浸在书中的人。

一些从事创意写作的学生已经知道自己是谁，并且会在他们生命的早期阶段产生这种自我意识。婴儿期和儿童期是"打造"作家的最重要的时期：神经复杂性的形成。然而，天赋和职业并不是自私的基因，除非童年时期的建设性培养使它们如此。天赋和职业是一种理解力，需要由外部世界来识别、鼓励和认可：首先是父母，然后是朋友和老师，再次是编辑、出版商和读者。这正是创意写作教学发挥作用的地方。你的创意写作老师是你的第一个真正的读者，他是你作品的编辑。在某种程度上，他也是你写作特点的编辑者——就像父母和老师一样。在这种情况下，对于写作特点的编辑者而言，故事、隐喻和游戏语言的创作已经成为一种不可打破的自然思维习惯。你需要拥有一个写作的目标，并学会使这个目标保持坚定和灵活性。

如果一名写作学徒在这些技能上没有真正的天赋，那么他最好把时间花在其他方面。这与天赋的神秘性（甚至是遗传性）无关，而更多的与你小时候在创意性的语言和写作方面受到的训练、教导和鼓励有关。然而，我相信，如果没有早期的鼓励，你也可以"迎头赶上"：许多优秀的作家都曾是自命不凡的少年，他们孤军奋战，自学成才，或者把严肃的作家当作代替父母的导师，成为这些作家的门徒。

这种对天赋（而非欲望）的论争在所有其他职业中都会被接受，创意写作也不例外。这并不是诞生什么奇迹、治愈和反转的特殊世界。它可能会制造幻觉，甚至可能激起幻觉，但它既平凡又不平凡。这也许可以证明，如果你很幸运且有才华，你可以将创意写作的课程带入世界，并用它来帮助创意激发。但这取决于几个因素，包括你愿意面对失败，而这种失败在许多需要履行天职的行动中都很普遍。

热情

我刚才所说的某些内容听起来像是对职业的呼吁，在某种程度上确实如此，但这只是因为职业心态对许多人（无论是优秀的设计师、企业家还是运动员）来说都是一种普遍存在的心态。职业不是神圣的召唤，而是对技能的召唤；当然，也与对技能的热情有关。如果你要写作，至少先找到你对写作的激情，激情能使你更有勇气。鲍里斯·帕斯捷尔纳克将人才定义为"面对空白的勇气"。对语言的热情能带你穿越文字之墙，而对写作的热情会提高你语言的温度。它也会隐藏在你的语法之下，读者不会注意到；但是，如果它不存在，读者也会在不知不觉中发现它的缺失。我想你一定读过一本书，不明白为什么它不太有感染力。答案是，这是一个不想要的"孩子"：作家根本不想写它。它并不拥有西班牙诗人费德里科·加西亚·洛卡所说的魔力、它自己的血脉（见第四章"灵感与触感灵魂"部分）。对创意写作充满激情甚至痴迷并没有什么错，当这门技艺处于压力之下时，驱动力会催化书写。

职业的天意

使命感对许多行业都很重要，包括科学和医学。写作的冲动和成为作家的渴望不是同一回事，一个好的读者同样明白这一点，就像对病人来说，声称要成为医生和渴望成为一名医生是一种令人可怕的混淆。然而，你可以拥有不止一种职业。威廉·卡洛斯·威廉姆斯是一位诗人和医生。诗人约翰·多恩、乔治·赫伯特和杰拉德·曼利·霍普金斯都在教会工作。尽管作家作为真正的信徒的传统是不可思议和滑稽的，但有些作家似乎需要一个结构化的信仰体系来写作（或者他们的书能够为读者创造一种信仰体系，例如 J. R. R. 托尔金的作品）。有些人认为，创意写作和信仰是一种在责任感与愧疚感的天秤之上摇摆不定的使命感。但一方最终会胜过另一方吗？它们会像极性相对的磁铁一样互相环绕吗？

有些作家可能喜欢说教，尤其是那些信仰缺失的作家。如果这已经僵化为一种姿态，那么该姿态源于他们认为创意写作具有层次感。这其实是不对的。如果说职业被认为是属于重视获得和发展文学技能的人的话，那么创意写作就是这样一种职业，在它的支持者们看来，·这就是司空见惯的事。认为作家和牧师或萨满根本上没有什么不同，这个说法具有很大的迷惑性。毕竟，读者既不是教会的教徒，也不是部落中扮演会行走、会交谈、语言净化的植物角色的家伙。

如果你除了写作之外还有别的职业，那么你不妨在从事这两种职业之前考虑一下两者兼顾对你的时间与精力的要求。另一项职业最多能够为写作实践提供语言、哲学和材料。请根据你自己的性格和动机来思考这些问题。需要注意的是，过于沉重的认真态度会造成一种非常令人无力的紧张感，给自己施加太多压力，期待创造奇迹——结果往往会导致创造性"便秘"。作为作家，我们把自己塑造成神明——对神明来说，没有什么比浮夸、关于写作的纲领性想法或对我们的重要性的古怪衡量更令人扫兴的了。我们可能把自己看得过于严肃了，把自己的目标看得过于认真了。我们过度地准备，过度地思考，然后在我们渴望被认真对待的时候，把我们所有的目标都忽略了。它也会让我们的作品充满幼稚的自我意识和自我重要性，这两种特质对很多读者来说都是没有吸引力的。

写作游戏

强迫性的说教

充满趣味性地写下一个由权威人物（这人应该是你的团队中每个人都认识的人）说的 500 字独白。在你的文章中模仿他们的演讲方式。使用一个强迫性的主题（并毫不动摇地坚持下去），例如"数蚂蚁""拥抱摩天大楼""老鼠的呼吸""看不见的朋友"等，然后大声读出来，让朋友们猜猜你所模仿的对象是谁。

目标：模仿可以有效地练习写作风格，但通常以更多地谈论作家而告终。了解有权势的人所使用的语言比喻可以帮助你利用它们来创造可信的人物对话。

业余爱好者的诚实

正如查理·卓别林在《聚光灯下》（*Limelight*）中所说："我们都是业余爱好者。我们活得还不够长，不足以做别的事情。"关于保持业余爱好者或学徒的心态，我们还有很多话要说。知道自己有很多事情需要证明，意味着你可以更自由地发挥和犯错（以及收获意外的成功）。如果你戴着"专业人士"的面具开始写作，那么你就把大部分的乐趣从写作的自然猜测中抹去了，并阻碍了你找到自己的运气或声音的机会。你最终会以你想象力的天赋为代价来换取你的专业技术能力。

没有什么比有意识的专业精神或纯粹的技术技能更能扼杀散文或诗歌的活力了。当然，在你与工作坊和出版界打交道时，你应该表现得很专业。但是，你可以把这个角色，连同你的自我，留在你的写作室和工作坊的门口。严肃或认真并没有错，但好玩会给你的作品带来诚实、宽容和惊喜的感觉，并吸引更多的读者。尝试将写作视为日常习惯，而不是道德行为。通过减轻压力，你很可能会获得更大的成就。职业应该具有平凡的品质，甚至轻松活泼，就像拥有一份日常工作一样，幸运的是，这份工作就是写我们喜欢的东西。

目标

创意写作是一门有许多学徒的学科，但它尊重这样一个事实：无论我们到了什么阶段，在写作游戏中，我们都是初学者。对某些人来说，这种明显谦虚的自我认知似乎是超凡脱俗的。语言有点像一个不断变化的信仰体系，你在其中安顿下来，与众多的叛教者和修正主义者站在一起就足够令人不适。因此，相比大多数职业，写作似乎是更为敏感的职业，因为它涉及的是不稳定和令人不安的材料。

你可以通过找到自己的表达习惯来适应这种情况。爱尔兰诗人谢默斯·希尼在写到 T. S. 艾略特时认为："职业意味着要养成一种表达习惯，直到它成为整个生活的基础。"（2002：38）走到这一步既有错误也有顿悟。无论过程多么曲折，你都会在失败和反复尝试中更好地了解自己，并且超越自己在语言和写作方面的智慧，比别人更了解自己。你会获得不同而动荡的合理化作品：从简·奥斯汀在两英寸象牙上作画的微缩主义构想，到弗朗茨·卡夫卡渴望粉碎我们内心的冰海。

我们绝不能将文学事业与文学抱负或个人野心相混淆。尽管它们有着相似的面孔，但野心是面具，职业是皮肤。正如作家辛西娅·奥齐克所说："一个人要想写作，就必须避免野心。否则，目标便会变为语言以外的某种力量。语言的力量……是作家唯一有权获得的力量。"（Plimpton，1989：301）自信是一种随时间而来的精神品质，不管自信有多么的摇摆不定——却让你变得更有动力。最后，通过练习，明确你的目标并知道如何用语言来实现这些目标，可以获得许多出色的作品。你只需要知道这意味着什么，而且你必须投入时间。正如著名小说家和创意写作教师约翰·加德纳在《小说的艺术》（*The Art of Fiction*）中所说：

　　我认识的大多数想成为作家的人，知道这意味着什么，也确实都成为了作家。想成为作家的人所需要做的就是清楚地了解他想成为什么样的人，以及他必须做些什么才能成为这样的人。（1983：ix）

　　不管你对写作的态度如何，你都会发现自己是在为读者服务，有时是为了他们的良心服务，有时是创作出娱乐性或安慰性的作品。大多数写作是你和文字之间的争论和辛勤工作。你可以独自在一个房间里写作，首要目标应该是使自己感到惊喜，其次才是惊艳他人。"无法让作家落泪的作品，也无法让读者落泪。不能带给作家惊喜的作品，也无法让读者觉得眼前一亮。对我来说，最初的喜悦是突然地想起了我不知道自己知道的东西。"——这是罗伯特·弗罗斯特的话（引自Barry，1973：126）。

及时的创意写作

　　有人认为创意写作训练有一些新的或未经检验的东西，围绕这方面的争论比在专门研究文学的部门中发生的争论更为激烈。珍贵的纸张让位于紧凑的争论，其核心归结为两方既得利益者之间的争论：一些作家希望保持写作过程的神秘感，一些评论家则贪图于对这种过程的祛魅。而许多作家都清楚，创意写作及其教学从未真正离开过大学的大楼。

创意写作的诞生

　　现代创意写作学科的建立始于1940年爱荷华作家工作坊的成立，在这之前已有一些先驱，例如乔治·贝克自1906年到1925年在哈佛大学开办的"47工作坊"。这门学科在一定程度上可以看作对古代戏剧教学和文艺复兴时期的写作修辞练习这两类主导性教学弊习的反拨。创意写作的起源可以追溯到雅典的亚里士多德（公元前384—前322年）。这主要源于亚里士多德的《诗学》，是对多年来接受和使用的创意实践的描述。当然，该书仅仅是收集了他用于学习知识的一部分。亚里士多德告诉他的学生，在诗剧创作中应该寻求什么和避开什么，这些戏剧的目标是什么，这一目标的实现如何支配戏剧的形式，这个目标是通过什么途径实现的，剧作家可能由于什么缺陷而未能实现它。然而，亚里士多德的作品却走得更远，因为它有一个道德目标，而创意写作教学在一定程度上继承了这个目标。例如，卡罗尔·布莱的《超越作家工作坊》（*Beyond the Writers' Workshop*，2001）甚至为创意写作教师和学生制定了一套"道德准则"。

亚里士多德反思他的社会，关注人类行为的影响。剧作家本·琼森在《木材或信仰》（*Timber or Beliefs*）中对此进行了评论："我们应该如何正确地评判他人，以及我们应该特别模仿自己身上的什么。"正如他所说，创意写作的实践是个人化的。亚里士多德把戏剧作为实现目标的一种手段：演员就是人，而剧场就是他们关系到生死存亡的世界。他急于表明悲剧对观众是有益的，可以教导公民和指导人们的行为。亚里士多德希望通过修辞和戏剧策略来使人们产生强烈的情感。他向学生展示了操纵观众的技巧——作为读者的身体与戏剧的整个结构是合一的。

他以前的导师柏拉图对这种事业不以为然，柏拉图敦促人们克制情感："诗歌浇灌了我们应该让它枯萎的东西。"创意写作有道德层面的意义，这是它让批评者和支持者都感到困扰的原因之一。在今天的创作课上，诗歌"浇水"的对象是什么？如果不是这样，还有什么可能枯萎？当创意写作的教学超越了单纯的技术教学时，它对这个小社会有什么影响？创意写作不仅仅是关于新作家的，它是否更像一支自我入侵的先遣中队尾随教师身后形成阵势？

亚里士多德的教学方法是一种巨型教学病毒，它通过迂回的地理路线，及通过语言、空间和时间的几次翻译（最早的真实版本是阿拉伯语），传播并变异到了后来的几个世纪。它在乔叟的《坎特伯雷故事集》（*Canterbury Tales*）中被轻描淡写地引用。它本身就构成了文艺复兴时期的文学和诗歌理论体系。作家们为了自己的实践哲学而学习它。

亚里士多德的思想穿越时空，在许多作家及其评论家的作品中得以体现。演讲和写作被视为艺术，而修辞学（来自希腊语修辞中的"公共演说家"）则教授有效的演讲和写作方法，以说服听众并约束整个社会。这种做法既古老又新颖。踏上这本书的时间机器，时光倒流回中世纪，人们去参加 13 世纪教授的课程。

修辞游戏

如果你的创意写作老师要求你写一篇故事或一首诗，以拟人的方式讲述"十字架哀叹它在非基督教统治下被囚禁，并敦促一场十字军东征"，你会感觉如何？此练习来自杰弗里·德·维索夫于公元 1210 年左右出版的《新诗艺或新诗学》。这是一本写作指导手册，是一本关于风格的案例书。与当代任何一本有关诗歌作品的书籍不同，《新诗艺或新诗学》是一部由 2 000 个拉丁文六步格诗行组成的格律作品。德·维索夫以身作则，创作出这样一部雄心勃勃的杰作。

但真正让《新诗艺或新诗学》深入人心的是它在限制性和主题性创意写作中表现出的乐趣。一个诗节是一个房间，一首诗是一个包括许多明亮房间的房子：

> 如果一个人要盖房子，他不会匆匆忙忙地去着手做这件事：这份工作首先需要用他内心的铅垂线进行测量，然后根据一个明确的计划事先标出一系列的步骤。在动手之前，他已经在心里勾勒出了整体的操作轨迹。他的建筑在成为现实之前，是一个确切的计划。

想象自己是一名 13 世纪的创意写作学生。老师要求学生从破旧的桌布或愤怒的法国堡垒的角度来写作。他敦促我们以两个即将分手的恋人为题材写一篇别离主题的文章，要我们把春天描写成空气和土地之间性结合的产物；留给我们的家庭作业则是写一篇通奸的母亲、斗气的父亲和雪孩的轶事的简略版本。最苛刻的是要创作一首诗，这首诗将是一首"关于教皇对神职人员不当行为的责任的 19 种思想（包括

14 个子类别）的定格曲"。

我在课堂上试验过其中一些练习。奇怪的是，它们起作用了。它们代表了一种别出心裁的教学方法，大胆探索新的形式、方法、主题，甚至是反叙事。我们的老师也是一位起草稿件的专家（请阅读本章的题词），有着浓浓的人情味和浓厚的隐喻趣味："我给了你一把梳子，用它梳理一下，你的作品就会闪闪发光……我自己润色文字的方法是流汗：我惩罚自己的头脑，以免它停留在一种技巧上而停滞不前。"我很想报名参加他的创意写作班，但我迟到了 800 年。

修辞学家通过模仿和示范来教授技巧、风格和重写。最有效力的创意写作教师会教授广泛而深入的阅读知识，并尝试声音、策略和风格的价值。他们教授写作的技巧、形式、方法和度量，以及与之相关的应对措施。如果时间允许，他们将展现翻译和实验带来的乐趣和富有想象力的挑战，我将其称为基本课程。如果这些基础知识在课堂上能吸引并取悦学生们，那么老师就会成为思想和实践的强大炼金术士。

在文艺复兴时期，当那些古老的大学为能言善辩的穷人服务时，修辞学是要教给学生的。这是整个课程的根基性知识——通过掌握和操控语言技巧来获得生存的课程：

> 因为事实确实如此。一个不善于写作的人，他是如此博学，随时都能把劳动看得一清二楚，了解作家的辛劳与耐心，或品味甜美和卓越的风格，以及那些常常在他们身上发现的古老诗篇中的睿智的观察。[选自巴尔达萨雷·卡斯提里奥内的《朝臣》（*The Courtier*），托马斯·霍比，1561]

这是一种坚不可摧的知识，每一门学科都是在它的基础上逐步发展起来的。在那个时代，语言就是靠它生存和发展的。戏剧是修辞学的一个分支，其教学目标是通过阅读、模仿和写作练习来提高未来传教士和政治家的技能。修辞学是我们现在所说的主动学习的工具，比如写作练习，在令人难以置信的语言或形式限制下练习语言体操［预

测乌力波（OuLiPo），见第三章］，在面对面的比赛中（我们称之为
"猛烈抨击"）创造论点和作文。诗人约翰·弥尔顿在自己家开办的学
校里教授修辞学。如果学生表现好，他们可以在课程结束时写一些原
创的文章。有些浪漫主义批评家（不是浪漫主义实践者）嘲笑和抨击
这种修辞传统。在他们中的某些人看来，这是矫揉造作且僵化的，语
言不可能在这些井然有序的规则下繁荣发展。

这是有些道理的，但却稍显极端。在这个过程中，许多复杂而严
肃的问题都得到了解决。古老的教学法已经在欧洲沉睡了一个世纪，
下一个世纪它在美国醒来，不过换了一种更为安全的方式，以一种叫
作创意写作的新形式出现。回到欧洲，崇高变成了它稀薄的遗产。灵
感的想法站了起来，带走了深思熟虑、智慧和实践的概念。写作获得
了另一种印象，甚至赢得了一定的普通受众或名流，但它部分地失去
了理性和清晰地聆听自身历史的能力。

革命的传统

我们失去了一些几乎同样珍贵的东西：不仅是作家可以"成为"
的想法，还有现实的实践，以及创作相关的进一步业务（创作、技巧、
打草稿）——苏格兰人和中世纪人称之为"makar"一类的东西——与
雕塑、绘画、音乐和表演的技艺一样值得存续下去。谁会嫉妒艺术学
校的学生、音乐学校的作曲家、戏剧艺术学院的年轻演员呢？我不认
为有人会质疑严肃画家、作曲家或演员是否有必要教导新崛起的一代，
我也不会质疑他们是否需要既定的、安全的空间，以及他们在这世上
不主动付出努力就有资格取得他们的成就。

这就是传统：革命的传统、启示的传统。大多数反传统主义者都
要接受指导，他们至少要学习技巧。如果要精确地改变和更新结构和
模型，则必须密切了解它们。创意写作的兴起使作家能在高等教育中
获得地位重新成为现实。现在，它需要与"创作"的教学进行综合，
以确保我们能够在尊重和理解学院内外的老师和同学的同时做到这一
点。我们如何做到这一点取决于我们想走多远，以及我们打算制定的

标准；也取决于这种意图的严肃程度，以及从事教学的作家和诗人的认真程度。

重写雪孩

以破旧的桌布或残破的法国堡垒为切入点写一首很短的诗，然后撰写一部有趣的短篇小说。讲述两个即将分手的恋人的故事，并在其中结合对春天的描述，将春天刻画为空气和地球的性爱结合。写一个更长而更黑暗的故事，包含以下角色（但不要说明他们的特点）：一个通奸的母亲、一个斗气的父亲和一个雪孩子。将故事命名为"雪孩"。

目标：这些是写作练习的早期案例。它们的奇异性给了你很大的解释和表达的自由。稍后，你可能希望使用这些例子来创作一个中世纪的故事，那里曾上过这样的写作课。

野性学派

人们一直以怀疑的眼光看待创意写作，将其视为业余主义和野蛮的流派。然而，大学学术批评与学术研究和当代写作与诗歌的关系一直受到创意写作发展的影响。在过去的几十年里，这门学科蓬勃发展，不仅体现在数量的增加上，也体现在教学方法的多样性上。那些所谓的"学术"课程（包括那些非人文学科课程），也使用了创意写作学科的技巧。野蛮的流派四处寻觅新的目标和领地，它还有自己的座右铭："如果我有机会说点粗话，请原谅我。"——这句话出自莎士比亚。

创意写作作为学习课程的一部分，其目标不一定是为了更好地培养诗歌、小说、戏剧、非虚构文学和儿童文学作家，它也培养了这些类型的优秀读者，为这些类型打造更见多识广、更敏感的学者，以及更敏锐的文艺教师。由于文学思维可能被证明是自然思维，因此此类课程甚至可以培养其他学科（例如科学或商业）的更好的传播者。但是，我们的主要目标之一，是除了与其他同行在一起时从不公开谈论的这一目标：我们在帮助陌生人通过语言去更好地生活。

必要的野蛮

柯勒律治曾写道，没有陌生感就没有伟大的艺术。爱因斯坦认为，神秘感是"最基本的情感，它孕育了真正的艺术和科学"。哈罗德·布鲁姆将伟大文学的特征之一称为彻头彻尾的怪异。约翰·加德纳在《成为小说家》(*On Becoming A Novelist*) 中说："陌生感是小说中不可伪造的品质"，它在写作中的存在揭示了"创作过程的根源"（1985：57）。我并不是说我们可以为野蛮立法，也不是说我们可以开设一门课程，在这一天教怪异的东西，在另一天教奇怪的东西。然而，我们可以创造条件，使这些特质不会立即被逼至墙角并被扼杀。

一名优秀的作家可以嗅到创意的野性，并能从自己的经历中知道，如何最好地开发和引导它朝着一个建设性的目标发展，而不是加以驯服。作家之所以是富有同情心的写作教师，是因为他们熟悉文学创作这一怪异而任性的过程。他们了解不同形式的"笼子"，可以让一名新作家更接近笼内的生物。

作家的多样性就像事物的多样性一样。写作教学是一门古老的学科，但不能对其教学方法进行"现代—标准"式的狭隘化介绍。创意写作不适合系统化，也不适合循序渐进的写作。在学科的发展过程中，系统会抑制教学实验。它们抑制了通过失败和风险学习的可能性。创意写作学院则提供了一种开放的空间结构，在这种结构中，学习基本原则与一定数量的野性和发明相辅相成。它们培养了一种思维习惯，约翰·济慈称之为消极能力，即一个作家"能够处于不确定、神秘、怀疑之中，而没有任何急躁的事实和理由"。

野性正在塑造

现在，创意写作的重建已经改变了一些文学院的构成。反过来，这种变化又为创意写作和艺术形式的发展提供了一个强大的维度。一些严肃文学作家被聘请来教授写作。他们与文学评论家和学者一起工作，有时相处融洽，有时则能为文学研究者们提供更多批评视角。许多作家将批评和创作结合在一起，从而为研究提供了更为独特的机会，将作家的文学知识和批评（通过实践获得的知识）与学术理论的观点联系起来。这对大学内部文学研究的发展产生了深远的影响。它似乎正在创造（我想说的是重建）学术研究与非学术写作专业之间的综合体。

在这一过程中，我们也犯过一些错误，尤其是我们认为创意写作是文学研究的辅助或教育工具。总有一些理论家在创意写作的道路上逡巡，用他们自己难以理解的术语设置标志和限制标记。和所有人一样，他们需要自己的顿悟来维持生活。如果认为创意写作已经在学校、图书馆、文学节和社区中拥有强大的生命力，那么在高等教育中就需要开展创意写作，这个观点也是大错特错。如果一些富于想象力的作家在学术上创造了写作的视差（凭直觉定律、文学成就与技巧的标准来判断的观点；而不是由学术界通过权力和历史框架的触角来判断的观点，即新作品的语言是"表演"），也没太大意义。

学生足够敏锐，能够认识到深度上的差异，这种差异有时是双向的，且取决于教师的才能。"无知的天才正在不断地重新发现学者们丢失或隐藏的艺术'法则'"——埃兹拉·庞德曾如此说（1960：14）。对于撒谎，任何人都不会期望完美。极好的创意写作实践可以在新作品的社会和历史背景下取得出色的文学成就和敏锐的批判性反映。最好的作家也是最敏锐的批评家和自我批评家。

整个过程

创意写作的确也遭受着来自实践作家的质疑。用小说家弗兰纳里·奥康纳（爱荷华大学毕业生）的话来说："我经常被问到大学是否培养作家。我的看法是，他们对写作的兴趣不足。"她说的有道理，了解我们不能做的事情很重要。写作课程将有效地告诉那些想成为作家的人，他们不能也不想进行创意写作。并非我们学到的一切都是自我进步的手段，我们并不总是通过知识来"取胜"。有时候，放弃是更好、更明智的选择。创造力不是强制性的，创作和出版富有想象力的文学也不是一项人权。实际上，这是困难的，甚至是可怕的，因为它是一个十分全面的过程。

用本·琼森的话来解释，语言最能说明一个人。写作需要勇气、耐力和长时间的聆听——以及才华和编辑鉴别力。正如唐纳德·霍尔所感叹的那样，写作工作室有时会通过最大限度地减少整个过程的恐惧来使艺术创作显得轻松易行。尽管学习创意写作可能很有趣，但成为一名作家是一个更加残酷、疯狂的游戏。创意写作教师应该毫不掩饰这一点，也不应该试图掩饰这种努力的真正本质。

课程确实可以教会人们做其他事情，也肯定能为其潜在的创造力找到新焦点。我们谁也不想假装出一副自我奉献的样子，把剩下的时间投入到最大的挫败感、最糟糕的苦涩和虚假的使命上。写作老师试图与欺骗者相反，即使这伤害了学生，甚至会伤害讲真话的老师。要达到这种信任程度，需要老师非常优秀，但又不失严格。

严格的写作课程和学位教学方法将阅读和批判性讨论与集中实践工作相结合，从而创造进步。作为作家和教师，我们必须诚实地对待自己的发展。我们必须承认，进程并不一定意味着进步。与其他艺术形式的教学一样，这种对发展和进步的诚实，是文学实践者应该教授创意写作，而不是作为技术型教师或教育学理论家的主要原因。作家的存在可以带来其他同样有价值的结果，比如创意社区。

创意社区

严谨能够赢得尊重，拓宽及深化作家的知识基础，并有利于创建优秀的文化中心，以便于新作家们每年在此向有经验的作家学习。这些组织的数量与多样性，每年都在增长。创意写作的实际好处之一是，支持写作的新社区和群体可以在其中创造和培养真正的作家。教师和学生能够开始互相学习、彼此照顾，建立杂志社、出版社和网络期刊社等机构，并从那位略带歉意的新写作赞助人——大学那里为这些机构提供帮助。

一位公正、靠谱的赞助人比从这种关系中获得的利益更有价值。它更多与创造开放的空间，供作家在其中工作、讨论、阅读和创作文学作品有关。这不仅适用于新兴作家，也适用于专业人士。值得一提的是，在英国许多社区的人都认为，与大学的联系是一种有文化和社会价值的东西，是一种有形的东西，可以验证他们的努力。

例如，来自中部地区亚裔社区的妇女和来自本地内城区学校的儿童在英国华威大学和华威艺术中心的人文大楼中享有自由空间，以发展他们的创意工作。对一些人来说，这是一个无价的机会，他们也享受着（引用大多数学员的话）这份美好时光。他们中的一些人已经成为作家和出版商，都是更好的读者和思考者。当然，"更好"仅仅是因为他们对"更好"这个词的意思有自己的理解。有些人利用他们的经验进入了其他学科，甚至进入了通常与创意写作无关的工作领域，如科学、技术和商业。

创意写作充满野心（并带有自负和嫉妒），它教会我们如何发挥自己的潜力，创造出文艺复兴时期那样的人。正如我在第十章中所建议的，创意写作学科不是人文学科的专利，而是跨学科的。我们的工作是强调实践、阅读、批评、打草稿，以及诗人科学家米洛斯拉夫·霍尔布的解放"严肃戏剧"概念，还有乌力波派创造的"跨文化的潜在文学"的重要概念（科学和写作，就像修辞一样）。我们应该大胆地说，所有的写作，只要做得好，都是有创造力的。我们都比我们假装的要更狂野。

姊妹艺术

我们不会用"创意"这个名字为其他的教学形式增添负担，不去讨论创意音乐、创意绘画、创意舞蹈、创意电影或创意表演课程（其实，这些都是隐含在"创意"之内的）。我们认为，如果教师在课堂或讲习班期间没有教授特定于这些艺术形式的要素和创作技巧，那么他们就是在辜负学生。我们毫不怀疑这些被教授的艺术形式能够进行考试以测试这些元素和技巧的获取和实践水平。如果这些艺术形式的学生有兴趣，他们的才华可能会闪现，或者被教师（一直是这种艺术形式的实践者）吹捧，这将很有帮助。学生的天赋带来的可能仅仅是日复一日的练习。正如剧院导演彼得・布鲁克（1990：34）所说：

> 音阶不能成为钢琴家，手指也不能直接替代画家的笔刷。然而，伟大的钢琴家每天进行很多个小时的手指练习，而日本画家花他们的一生练习画一个完美的圆……没有不断的学习，演员就会半途而废。

与网球运动员、歌手和舞蹈演员一样，作家在学习生涯中会经常和他们的老师待在一起。一旦被推向世界，他们就只能靠自己谋生。作家必须像其他艺术形式的从业者一样保持练习。创意写作提供了一段"持续的教育"，并提供了语言和形式上的练习空间和时间，毕竟作家也常处于半途而废的危险中。不断学习是一种习惯，创意写作的教学可以灌输这种思想。不管我们学过什么，都要保持对知识的新鲜感，偶尔也要鼓起勇气，承认我们一直是初学者。它为人们研究演员、画家乃至外科医生的想象力和不断发展的能力打开了新视野。作为作家，我们的行为是采用和创作演讲的各个部分。在第九章中，我将展示创意写作与其他艺术形式（例如表演、音乐和视觉艺术）的合作方式。

写作游戏

对艺术的回应

组队参观博物馆或美术馆，至少花半天用书面形式去描绘几幅画或照片。将这些回应整理成故事和诗歌。或在课堂上分发艺术和绘画的明信片，直接以书面形式答复。

目标：以这种方式对艺术做出回应可谓狂妄自大，在创意写作中却是一种刺激性传统。你的写作是为了向某种视觉艺术致敬，或者使用视觉艺术——雕塑或电影成为写作的动力。

阅读和个人作家

阅读是一种重写，但却是通过许多人的手和眼睛完成的。写作只不过是一种更为严格的阅读形式，其行为和要求因人而异。要成为一名一直保有创意的作家，你必须首先成为一位有创意的读者，用不安分、竞争和对直觉的信任来追求你的个人品位。大多数作家都认为最好的创意写作方法就是为自己写作。因此，最好的阅读方式是自己写书。在《如何阅读及为何阅读》一书中，罗尔德·布鲁姆声称："最终我们阅读的是……为了加强自我，并学习其真正的利益……阅读的乐趣确实是个人的，而不是社会的"（2000：22）。人们喜欢阅读，并对语言感兴趣：词语、句子和段落，以及词语相互联结和碰撞时发出的声音，这是人类最大的乐趣之一。如果你对阅读其他作家的作品不感兴趣，那么给自己提一个难题：为什么别人会对你的作品感兴趣？

我们为什么要阅读

小说和诗歌通常是你想成为作家的第一个原因，你必须从它们开始并坚持下去。阅读诗歌、故事和小说，对于每名作家来说，无论他们到达哪个写作阶段，都是至关重要的。因为它为你提供模式，帮助你建立风格，教会你技巧并增加你的词汇量。阅读非虚构、创造性或其他类型的作品同样重要。非虚构作品是信息、观点和经验的宝库。很明显，它们对研究是有用的，但不仅仅是研究，因为非虚构文学会为你提供关于诗歌主题的想法，关于故事中的人物和情景的想法，以及关于激发你的主题的进一步非虚构写作。作为一名作家，如果你曾经感到自己被困住了，阅读科普、历史和传记一定能迫使你离开你已经安置自己的角落。在创作自己的故事和诗歌时，非虚构作品也是放松或躲避其他创意作家声音引力的好地方。

阅读文学批评和理论作品可能不太适合创意写作，但是当你不想公开写作时，阅读文学批评和理论作品可能是一种休闲的好方法。在这些方面，作家们是它孜孜不倦追求的学生。你现在需要做的是走出这些书的小天地。如果你想成为一名作家，那么每看一本与写作有关的书，都至少要看一百本原创的创意作品，这是一个最小的比例——公共图书馆，那里将是你的天堂。

阅读历险记

前往最近的图书馆，然后冒险去一个从未去过的学科或流派领域，选择两本仅凭书名就可以引起你兴趣的书籍（许多人发现诗歌是一个很好的起点）。把这些书带回家，尽可能快地通读一遍，即使你觉得这个过程很难。在你觉得有趣的部分做好笔记——这些是你的"发现"。然后写一则融合了这两种发现的故事或诗，即使它们看上去会有些勉强或做作。重复这个过程，直到阅读开始成为一种习惯，写作开始变得更轻松或更自然为止。

目标：创意阅读并不是每个人都能容易做到的。有时，你不得不强迫自己阅读一些不熟悉或无用的作品。然而，作家的一些最好的思想正是来源于偶然的发现，而你必须为其创造空间。广泛阅读，甚至随机阅读（挑选出许多非作家都认为其有些特点的书籍），是一种会让你惊喜的方式，帮助你建立以前不存在的创意联系。这是创造感知力和声音的一种途径。就像有些鸟是在提供视觉刺激的物体上编织巢穴，作家会用许多不相关但又使他们兴奋的来源编织思想和书籍。强迫自己阅读超越自己所学的内容，开辟新的写作方式和感知方式，也很重要。开始写你不知道的东西。这种阅读策略，再加上读自己喜欢的书，使阅读首先成为一种习惯，然后就像饥饿一样使人产生上瘾的饥饿感。作家是强迫性的，甚至是任性的。他们会阅读，也会误读。正如织巢鸟一般，作家也从其他作家那里撷取素材。

语言的音乐

阅读也是听力的一种形式。语言的曲调可以触发新的写作。你可能会觉得无言以对，但是你的思想却能被语言所刺痛——它经常注意说话的语音和语调。为了将自己的沉默转变为思想和声音，你的无言会寻找一种形式、形状。习惯、练习和接受能力都有助于这一神经过程。纳德日达·曼德尔斯坦在《希望重燃》（*Hope Against Hope*）中描述了她的诗人丈夫所受的影响：

> 我想，对于诗人来说，幻听本质上可以说是一种职业病。一首诗从一个乐句开始，在耳朵里不断响起；一开始，虽然仍然没有文字，但仍然是一种精确的形式。有时，我看到曼德尔斯坦试图摆脱这种"嗡嗡"声，想要将其清除并逃脱。他会摇动自己的头部，仿佛这样就可以将声音摇出来，就像是进到耳朵里的一滴水。但它仍是比在同一间屋子里的任何噪音、收音机声或谈话声都要大。（1971：70）

这不仅仅是心灵之眼的问题，也是心灵之耳的问题。我们学会注意我们所书写和说话的语言的听觉特性，或者正如约瑟夫·布罗德斯基所说的：作为读者，保持新鲜感是很重要的，无论是在纸上还是在纸外，让你的感官保持对语言噪音的警觉。学习关注语言的音乐将使你成为一名更细致入微的作家，以及更敏感的读者或评论家。你可以通过大声朗读大多数作家的作品来检测，有些作家在起草作品时也会大声朗读自己的作品。作家布鲁斯·查特温曾经把他定稿前的全部手稿大声念给他的出版编辑听，用耳朵测试语言的音乐性和精确性，这就是为什么你应该大声朗读自己的作品，也是为什么我们在工作坊这么做的原因。大声朗读一首诗，可能是衡量它作为一个独立客体成功与否的标准，它有自己的生命。这首诗回溯了它的起源：在演讲中，在与听众分享的演讲中。无论你处于职业生涯的哪个阶段，你都必须把这项测试应用到你的工作中。

由于语言是多态的，所以它的声音是复调的，并且是在一段距离上传播的，例如小说或长诗，甚至是交响曲。讲话中要有节奏和音色，诗歌中要有节奏和韵律。这些变化不尽相同。在我们世界的习语、俚语、专业术语和方言中，流派、语言的音景和变异的语言之间都有各种类型的交叉传播。有许多频率，你要学会调整你的耳朵，以尽可能多地接收、复制和组合。频率很多，你将学会调音以接收，复制和组合尽可能多的频率。

训练耳朵最好的方法之一就是像讲故事的人那样背故事、背诗，而不是死记硬背。一种补充的方法是更积极地听音乐，并学会欣赏和模仿作曲家声音中所映射的各种色彩，以及复调中的对位，分辨与预期的偏差。这种训练将变得更加自然，你可能会开始在所有噪音中听到自己的声音，甚至可能开始把自己的作品、声音、风景、诗歌和散文当成幻觉来听，或者是音乐片段，然后在你的脑海里形成清晰的形状，即使你的脑海里没有词语。它会开始发现你要写的词，接着你就可以在写作和起草的时候把它们摆到合适的位置上。

写作游戏

听和大声朗读

在课堂上，列出你所重视的故事和诗歌，并将它们编成选集。接下来的课堂上，让每个学生向全班同学大声朗读他们所选的作品，并说明他们为什么选择它。在每次阅读后，其他学生应该告诉朗读者他们对写作声音的感觉，以及他们认为哪些声音品质具有吸引力。除此之外，每个学生每周都要记住一首短诗或一篇小故事的一部分。如果他们不愿意这样做，就试着记住一些自己或同学的作品。每隔几周，学生们可能会在非正式场合比如在咖啡馆里见面，进行背诵练习。另一个好玩的游戏是模仿作家的声音。这款游戏借鉴了音乐创作，玩家需要记住自己或他人的作品，然后以另一位作家的风格大声地朗诵它。观众必须通过听觉上的模仿来猜测另一位作家的身份。这相当于用艾灵顿公爵的风格演奏巴赫的作品。

目标：朗读不仅是一种很好的风格测试方式，也是思考写作和作家的一种很好的方式。记忆为创作新人提供了一系列的声音，潜意识可以在这些声音的基础上工作，寻找模式和音乐短语。当你参加文学表演或在读书会宣传自己的作品时，背诵自己的作品是很好的训练方式。这也是一个令人印象深刻的派对游戏。用另一个作家的曲调演奏自己的作品，可以在某种程度上测试自己作品的原创性。这种"协作"是湮没了原作，还是坚持了原作本身的立场？所有这些游戏都是建立一个由拥有共同兴趣的新作家组成的小型社区的有效方式，作家们也可以在正式的工作室之外聚会。

创意阅读

如果学生们想成为有创造力的作家，创意阅读是最好的选择。严肃的作家允许自己保持更加开放的状态。写作是一种知识的创造形式。在写作、艺术、科学和其他知识形式中，模仿是一种光荣而古老的传统。正如苏格拉底所言："把你的时间用在别人的作品中来改进自己，这样你就可以很容易地获得别人辛苦获得的东西。"玛丽·坎齐描述了诗人的积极阅读过程，但她的解释也适用于其他流派：

> 阅读就像写作一样，在不确定的情况下开始，走向推测和实验。读者遵循……作者未曾走过的许多路径，但它的可能性在剩余的路径上留下了像影线一样的阴影。以这种方式阅读一首诗始终是临时性的，并且仍在创作中，这就是在阅读的过程中吸收写作的技巧，以提高他们在技巧和理解力上的共同进步。最终，作者和读者会更清楚地看到自己当前的道路，而不是未选择的道路。（1999：13）

对于一名作家来说，所有的阅读都是有用的和有活力的。对于俄罗斯诗人奥西普·曼德尔斯塔姆来说，阅读是一种"活动"，而不是潜移默化。他将自己的阅读与经历进行对比，用自己的写作思想进行检验，这也是你必须学会做的。正如曼德尔斯塔姆的妻子兼传记作家所言，"被动型阅读……总是有可能传播简化的思想，向大众灌输滑头的、平庸的观念。这类阅读……具有类似于催眠的负面影响"（1971：226）。

作家们把阅读当作一种咖啡因，而不是一朵莲花。这是一种唤醒和集中注意力的方法。写作是一种解开谜题的方式，而阅读可以帮助你在写作过程中解决局部的困难（在写作过程中备几本书是个好主意）。正如小说家辛西娅·奥齐克所说，"我读书是为了写作……找出我需要知道的东西：阐明谜题"（Plimpton，1989：295）。请记住，任何阅读都不会浪费——什么都不会——即使你在城市中快速穿行，也不会在那儿停下来。最好的方法是遵循阅读课程来读，创意写作的学习和实践对阅读有建设性的作用。

阅读超越时光

我们通过案例来学习。问题是，当代的例子常常被证明是短暂的。它们可能无法挺过下一个关键的转折或突破。即使没有人为因素，写作也会自然而然地萎缩。它之所以显得过时，是因为它的关注点、风格和所涉内容受到时代或该时代特定风格的约束。时尚也掩盖了我们对写作的理解（就像它给批评和文学理论蒙上阴影一样），这也是无可避免的。重新评价遭到忽视，偏袒会演变成谴责。文化健忘症虽然更为单纯，却对名誉或后代造成破坏，它让大多数作品被遗忘：

> 首先直奔作者姓名
>
> 然后才是服帖跟着的标题与情节
>
> 以及令人心碎的结尾
>
> 整部小说
>
> 突然变成一部你从未读过
>
> 从未听说过的作品

> [比利·柯林斯：《遗忘》（NA2：3030），黎历译]

风格是永恒的，时尚是暂时的。文学学术研究的高尚之处在于，它可以恢复或刷新那些被忽视或遗忘的作家的声誉。它也使写作非殖民化，创造了许多国家的文学。从这个意义上说，学术界对于作家和新手写作者来说是一个非常健康的地方。作为读者的作家发现自己置身于四季纷呈的果园中。遗憾的是，即使在那里，时尚也会把叶子剥掉。

文学质量比文化或学术时尚更持久，但正如阿瑟·凯斯特勒所说："作家的野心应该是用 100 个当下读者交换 10 个 10 年期的读者，换 1

个百年期的读者。"死后的运气是不可靠的：作家的作品需要持久的支持，而这也需要在作家的有生之年实现。要想作家的心不变成石头，声音不变得沉默，有生之年的认可是至关重要的。很少有人能像艾米丽·狄金森那样，忍受孤独和充满阴影的生活：

> 出版——是拍卖
> 人的思想——
> 贫困——为自己辩护
> 因为这么肮脏的事
>
> 可能——但我们——宁愿
> 从我们的阁楼出发
> 白色——献给白色造物主
> 而不是投资——我们的雪——

(NP：1123)

如果你写作是要反抗当前的意识形态、习俗或你所处时代和地域的风尚，而这种反抗是你工作上对艺术诚实的方式，那么，你就必须准备抵抗压力以顺应这些要求。否则，你将面临创造性的死亡。阅读时也是如此，不要只为了眼前的小利而将你的时间浪费在迎合媚俗市场上。我们虽不得不在市场中生活和工作，但是要意识到市场力量是令人窒息的，这种操纵作家的力量，就像不重视言论自由的政府或社会。这种消耗既适用于"文学"文本，也适用于畅销书。正如卡洛斯·富恩特斯所说："畅销书排行榜……除了少数生动的例外，都是一片滞销书的阴暗墓地。"就像演员一样，作家技巧的好坏取决于他们最后的表演。

阅读超越品位

读书关乎个人的口味和能力。许多学生参加创意写作课程，是因为他们对自己作为读者的经历感到由衷的兴奋。一个强有力的故事叙事，例如一个贯穿着一定道德维度和饱满强大的人物的故事，不仅可以塑造读者阅读和对该书作出反应的方式，而且可以传递信息、提供案例，使读者从个人的角度代入到自己的生活中，从而改变和引导他们。

如果你打算以作家的身份阅读，则需要围绕你的课程花费更多时间开展竞争性阅读。你要环绕你的思想，或从你思想的后面、侧面等跳一段"舞蹈"，并用多种语言及这些语言的译文等方式开展阅读。对阅读材料的选择在很大程度上反映了你的个性。你可能开始思考接下来会发生什么、未来会发生什么。而选择其他方式则是在创意的真空中进行写作。

遵循的建议："先读最好的书，否则你可能没有机会读完所有的书。"但是，不要太自以为是地想象自己所阅读的书籍高于时尚或流行的东西。适时回顾一下，把你的目光转向不同的体裁、不同的翻译文学，甚至不同的学科。对阅读的渴望标志着你是一名作家。尽管暂时的饥渴问题得到解决，但你总会发现自己处于更加饥渴的状态。

欲望和能力

谁最会讲故事，谁就能赢得读者。弱者通过编织故事的能力来捍卫自己的生命，这已有悠久的历史和众多神话。许多孩子如果在家里或学校里感到孤独，就会含蓄地意识到幻想和预想叙事的力量，以及这些力量对他们的家庭、老师和同龄人产生的影响。谎言可以让你和你周围的人免受伤害。我们所有人都根据特殊情况创建叙述，然后将其应用于一般，讲故事也不例外。如果这些叙述在准确性和节奏上都是诚实的，那么新的读者就会把这些细节当成自己的故事。

把这种影响放大到一个沉浸在书中的孩子身上。例如，一个符合日常现实的幻想，可能会引导读者通过想象的角色演绎他们的生活，就像一个命运的英雄。面对他们的日常生活，读者不仅通过借用原作家的想象力追求或超越自己世界的极限，而且，他们逐渐渴望通过写作和实践来为自己创造这样的世界，而不再是依赖角色扮演和自我幻想等。创意阅读是影响和模仿的引擎，也是隐蔽的引擎。

成为一名伟大的故事讲述者的欲望仅仅来自"成为"和"被羡慕"的愿望，甚至是为了保护自己不受嘲笑或伤害。学生和创作新人也会出于给人留下深刻印象或摆出创造性姿态的欲望而进行创意写作。他们接受了人们所认为的作家形象，比如作家是一个神秘的年轻人，甚至是一个花花公子等，但他们拒绝接受成为并保持"作为读者的作家"所必需的学徒期。安妮·迪拉德在《写作生活》（*The Writing Life*）中解释了原因：

> 海明威研究了克纳特·哈姆孙和伊凡·屠格涅夫……拉尔夫·艾里森研究了海明威和格特鲁德·斯坦因。梭罗喜爱荷马，尤多拉·韦尔蒂喜欢契诃夫。福克纳描述了他对舍伍德·安德森和乔伊斯的亏欠，E. M. 福斯特受惠于简·奥斯汀和普鲁斯特。相比之下，如果你问一个 21 岁的诗人喜欢谁的诗，他可能会毫不害羞地说："谁都不喜欢"……他还不明白，诗人喜欢诗歌，小说家喜欢小说，他只喜欢戴着帽子的自己这个角色。（1989：70）

除非你知道已经存在的东西是什么，否则你怎么能宣称自己具有原创性？不管你是不是作家，无知都会揭穿你。因此，作家是有竞争力的无情的读者。

作家们常常会因其他作家带来的竞争感被深深地激发潜力，无论竞争对手是在世的还是已故的。这不仅仅是竞争问题——你在工作中需要参照。如果你不阅读，或者不喜欢阅读诗歌和小说，你的时间可能就会更多地花在另一个领域做更有成效的事情，因为如果你不像作家那样充满竞争力和创造力地读书，你将在竞争中一事无成。你应该让自己受到影响，你应该允许自己受到影响，利用阅读来模仿其他作家，以便找到自己的声音。史蒂芬·金说："如果你没有时间阅读，那你就没有时间（或工具）写作。"

阅读是一门艰难的功课，我们或许还不知道如何阅读。学校没教过我们这门功课吗？字母只不过是我们进入知识世界的第一张通行证。语言不仅仅是口头技能。我们知道得够多了，读书是为了取悦我们心爱的老师；为了给人留下深刻的印象，我们甚至可以阅读一些作家的翻译作品。但当我们决定写作时，我们却感到手指在写作过程中僵住了，因为我们的头脑被自己对语言、形式、结构和策略的无知冲洗得干干净净。我们浪费了时间，现在时间也在浪费我们，因为我们发现自己懂字母表，却不会说，更别说玩语言了。

我们已经到了一个将要制造东西的地方，但我们既没有工具，也没有材料来开始这项工作。事实上，我们觉得自己没有去过学校。多年来，我们一直小心翼翼地逃避知识，逃避自己的潜能，因为我们害怕被人认为与众不同。由于缺乏兴趣，我们已经失去了个性。我们或许希望通过采取惰性的手段把我们的童年延长至成年——这是一种才华横溢的青春期。你们当中那些真正想要写作的人可能会因为害怕自己成功、害怕自己有话要说而逃避自己的能力。

再小的成功，也会带来责任，即便只是期待的责任。我们必须重新学习如何读书写作。我们不是谦卑地接受我们的立场，而是转向有教育意义的阅读，坚持生产我们认为是原创的东西。作为年轻的读者，触动我们的是，我们偶尔会印象式地回忆一些事情，然后把它们复制成我们自己的。亚里士多德说："我们以任何模仿或再现为乐……因为我们的知识对我们而言自然是令人愉快的。"然后，一旦发现自己生产的东西是二流的，甚至是更糟的二手的时候，我们就会变得沮丧而满心怨恨。

一个新的迷宫

作为读者，我们要走自己的路，我们最终要冲破身边的浩瀚卷帙，我们应该为自己制定一份与众不同的阅读清单。这是一条独立的道路，同时也是一个新的迷宫。然而，至少这是我们自己的道路、我们自己的迷宫。更好的方法（这也是在教育中设立创意写作这一学科的最好理由之一）是，让一位教师或导师列出一份适合你个人的阅读清单。让他们随着你写作的变化和领域的扩展而调整和扩展阅读列表。让他们来制定开头的工作，不慌不忙地挑战你的个人风格和写作原则。然后，要求他们安排与你的写作方式完全相反的阅读计划。你应该仔细观察你做了哪些选择，学会为自己这样做，然后再为别人这样做。

你将学会阅读与自己格格不入的作品，阅读与自己的奇想和品位作对的作品。通过这种方式，你就能慢慢地摆脱被动阅读的催眠和模仿的学徒艺术。也是通过这种方式，让你的阅读适合你的需要。你既可以研读文学的经典，也可以填补它的空白。毕竟，你不是在学习文学，而是在转化它，收获你需要的东西，并希望重新播种。

就像创意写作课程必须教会你独立写作，超越你的智慧一样，创意阅读课程必须教会你如何独立阅读、如何违背你的教养和天性进行阅读。当我们找到了自己的声音时，当我们的声音对我们的阅读产生了巨大的吸引力，把所有有用的东西都拉了进去时，它就会刺激我们作为一名作家去获取进步。到那时，也只有到那时，我们必须忘掉如何阅读，努力做到用语简单而不是用隐喻、求清晰而不是求回声；努力做到在我们自己的写作中发现自我，看到我们想要成为的那些人（他们的声音引发我们的共鸣，其实已经是我们自己的声音了）。

写作游戏

写下你所知道的你：作为一个人

看看你的周围。把你周围的事物列一个清单，所有这些都能说明你的好恶、你的过去和可能的未来、你的性格——现在的你。现在，对着镜子，试着注视自己的眼睛至少十分钟。如果你退缩了，确保在你感到舒服的时候再转向镜子。保持尽可能多的直接注视。过不了多久，你就会注意到你的脸和整个外表有了新的变化。你的穿着方式、你的发型，这些都对你和你的行为方式有所影响。对你的发现做进一步记录。做完这些之后，再看看镜子里的自己，试着把自己看成另一个人，甚至另一个年龄的人。写一首诗、一个故事或一篇简短的散文传记，内容是关于某人的，但可以认出来是你，不过他有不同的过去和未来。将你的写作定位在当下，使用第一人称（"我"），尽可能多地使用你观察到的关于你自己的细节。不要编造任何东西。这时，试着用第三人称（"他"或"她"）书写句子，相应地改变动词和冠词的所有格。完成后，把这个写作项目放在一边，三个星期后再回来继续完成它。

目标：在第七章中，我们将写到你做了什么，例如你对工作的了解。这里的焦点是你单一的自我和复数的自我。就像侦探逐条记录在一个人身上或在犯罪现场发现的物品一样，你周围的事物可以反映出你的性格。你的思想常常不仅表明你自己知道什么，还表明你似乎知道什么。你想被别人看到的方式并不总是你自己的感觉。这个游戏可以帮助你了解自己的各个方面，其中之一就是别人是如何看待你的。将这种严谨的看法不仅应用于你如何看待自己，也应用于你遇到的人的各个方面。你将学会读懂他人，以及他人的不同层次。

推荐阅读

关于创意写作学科的历史和演变，有两部特别有趣的研究著作：D. G. 迈尔斯的《大象教学：1880 年以来的创意写作》（*The Elephants Teach：Creative Writing Since 1880*）（Prentice Hall，1995）和保罗·道森的《创意写作与新人文科学》（*Creative Writing and the New Humanities*）（Routledge，2005）。对文学创造力和隐喻创造本质的神经科学的开创性介绍著作是乔治·拉科夫和马克·约翰逊的《我们生活的隐喻》（*Metaphors We Live By*）（University of Chicago Press，1980）以及马克·特纳的《文学思想》（*The Literary Mind*）（Oxford University Press，1996）。关于创造力本质的书籍有数百本，但是罗伯·波普的《创造力：理论、历史、实践》（*Creativity：Theory，History，Practice*）（Routledge，2005），不仅是一部富有创新精神的著作，而且提供

了思想与实践的引人入胜的综合，跨越了学科界限，在批判性与创造性之间建立了引人入胜的联系。尽管首版出版于 1934 年，但多萝西娅·布兰德的《成为作家》（*Becoming a Writer*）（Tarcher Penguin，1981）的再版提出了一些在教学和学习创意写作方面仍具现实意义的想法。新版刊发了约翰·加德纳极好的批判性前言，内容涉及创意写作教学及创意写作教师的一些根本性问题。约翰·加德纳自己的著作《小说的艺术》（Vintage Books，1983）和安妮·迪拉德的《写作生活》（Harper Collins，1989）为日常写作和成为作家的阅读目标提供了启发。弗兰克·史密斯优美而简洁的《写作与作家》（*Writing and the Writer*）（Heinemann，1982）包含了有关作家的有趣资料——读者契约以及作家控制读者的方式。关于记忆和朗读的价值和方法方面，诗人泰德·休斯的《心动》（*By Heart*）（Faber，1997）不失为一本精妙的书。

第二章　创意写作的世界

在培养作家的过程中，某种强迫的形式似乎比与生俱来的文学天赋重要得多。就好像一颗天赋的谷粒在适当的气候条件下可以变成大丰收，而一堆谷物在糟糕的气候条件下只会变质。毫无疑问，当谷物的负荷量遇到合适的气候条件时，神奇的事情就会发生。那么也许，早熟的能力确实证明它们可以转化为真正的能力。但人们仍然怀疑，我们正在谈论的是一种不愉快甚至可以说是灾难性的事态，即这种巨大的生物上供过于求的早熟能力几乎在其成熟之前就被完全消灭了。

——泰德·休斯：《冬季花粉》
（*Winter Pollen*）（1994：31）

- ◆ 创意写作和创意批评
- ◆ 撰写反思性文章
- ◆ 世界各地的课堂
- ◆ 自由、游戏和魔力
- ◆ 推荐阅读

乐观地看，批评的行为也是一种创意行为：它们是一个整体不可分割的两个部分。从历史上看，至少在西方，批评与创意写作是同一活动的两个阶段。当写作实践的经验立足于批评活动时，批评最有效。最好的批评能为创造力打开新的开放空间。

创意写作和创意批评

许多大学的创意写作课程强调文学研究和写作实践的并重。出于一种信念，即批评必须与创造力保持平衡（这种动机可能出于一种无声的疑虑，即过多的创造力会麻痹或弱化批评的智力），许多写作课程要求学生提交一篇反思性的文章或评论以供评估，内容主要是关于他们撰写创意作品集的目标和过程。

反思性批评

作为一名作家，你是世界的学生。你不一定需要参加写作课程，就可以从批判性的、反思性的自我质问及自恋的写作过程中获益。尽管存在相反的声明以及偶尔无端的神秘化，现实世界中的许多作家仍喜欢解释他们自己，以作为建立自己的地盘和培育理解其方法与目的的观众的形式。当他们撰写关于其他作家创作的评论时，他们通常会间接地这样做。他们讨论自己的创作过程，包括他们提倡什么、反对什么并坚持己见。他们毫不掩饰自己的影响力、热情或动机。你必须对着"这面镜子"练习。你要反思你写作的目的和过程——例如从起草到定稿。你也要对你自己的作品给予批判性的关注——例如，你可能会觉得你的作品与其他作者的作品有什么相似之处——你会把你的作品放在任何你认为它应该被看到的知识、美学、社会或其他背景下。

阅读可以带给你知识，知识为你提供力量，而自我认知可以帮助你理解自身能力的形成和成熟过程。它甚至可能帮助你实现这一过程,并独立飞行。至少,它可以帮助你衡量你现在的水平以及你想达到的水平,这个过程就从你的笔记本开始,如我们将在第四章中所看到的。无论你在学院内外,批判自省都是一种发展自我认知的方法,是一种创造和发展你的诗学意识以及你个人实践的目标和宗旨的方式。如果你以后靠写文学评论、教学或写传记来维持收入,这项任务也是很有用的训练。适用于你的过程也可能适用于其他作者。它让你在写作中以自己的方式思考,就像写诗或写故事帮助一个非创意写作学生更好地理解他们正在学习的东西一样。当然,这些文章充其量算是个人的创造性非虚构作品(见第七章)。

写作游戏

你是谁?

你为什么写作?你如何写作?你的生活中是否有压力迫使你陷入写作的沉默?写一篇不超过 800 字的陈述,描述你目前的写作原因和写作方法。这是你的首次诗学陈述,也是你的个人信条。一定要写那些影响了你的思想和方向的作家,无论他们在世还是已经离世。是什么驱使着你,又是什么阻碍着你?你怎样才能改善自身的写作条件,怎样才能"尽可能做到最好"?用这些问题作为标题,这样写起来既快当又无须深思熟虑。大声地读给一个非常了解你的人听,他能告诉你陈述中哪些部分是真实的、哪些部分是虚假的。进行相应的修改后,将其搁置一年。

目标:我们写作有很多原因,有时这些原因会汇聚成写作目标。它们可能包括以下愿望:做语言或形式的游戏,分享你自己的一些故事,描述一种情感,与世界沟通,使一个角色栩栩如生,表达你的观点,或者就是简单地讲一个故事。当你读到本书的最后一章时,我会问你类似的问题。我想让你用首次陈述的方式来衡量你的创意思维和阅读能力的进步。每年以这种方式检查自己的进步是个好主意。请对自己完全诚实。不要假装不是你的成就,不要用不属于自己的方式说话,或者不要用让你觉得不舒服的方式说话。作家切勿自欺欺人——除非是在写作的时候。

撰写反思性文章

在第一章中，我说过小说或诗歌是冰山的可见部分，作家在他的创作中提供的知识是冰山看不见的部分。反思性随笔颠覆了这个说法，它们或部分、或完全地展示了专业知识。它们让世界回归。这涉及个人判断：评估你的标准不是你解释文学和知识的能力，而是你如何把它们"转换"为其他东西，最好是你自己发明的东西，并以实际而非理想的方式理解该过程。你的阅读将形成影响和激发你的文学作品的基础。你要翻译成新作品的知识可能是非文学的；它可以得自经验，也可以来自非文学领域。

描绘细节要比写大而抽象的想法好。正如塞缪尔·贝克特所说："我对人类的命运又知道些什么？我可以告诉你更多关于萝卜的事。"当你写一篇反思性文章时，请记住，富有创造力的作家很少是从一种理论或一个大主题开始写作的。约翰·加德纳说："无关紧要的东西……可能比'主题就是一切'的观念更远离真理"（1985：40）。当然，有些作家在行动之后会将一个主题、一种理论甚至是一个命题的信条合理化。

在理论方面，它们通常是能激发创造力的行为，大量反映了作者和他们自身的实践，如埃兹拉·庞德在 1918 年的《回顾》（*A Retrospect*），或弗兰克·奥哈拉在 1961 年的《人格主义：宣言》（*Personism：A Manifesto*）（二者都重新出版并收于 Herbert and Hollis，2000）。然而，正如翻译理论对翻译实践的影响很小一样，文学理论对创意作家的工作方式一般影响不大。不得不说，一些作家发现在阅读文学批评时产生了创造性障碍，他们发现文学批评阻碍了他们的创作，或者以虚假或破坏性的方式改变了他们对文学的期望。许多作家只是为自己而写作，而阅读关于写作的文章在一定程度上消解了作家不无裨益的私心。诗人伊丽莎白·毕肖普警告一个想成为作家的人说："你……读了太多关于诗歌的书而不是足够多的诗歌……我总是要求我的写作课学生不要读文学批评。"（Herbert and Hollis，2000：105）

以作家的身份解读自己

讨论创意写作过程的反思性文章倾向于内容短小精悍的批判现实主义研究，我们可以在这里称之为创造性批判现实主义（creative critical realism）。这是因为它们拥有个人的和跨学科的意识；拥有对论据的要求，还有辩论的连贯性和一致性要求，以及在写作行为上的务实作风。虽然与之一起提交的创意作品可能带有矫揉造作的后现代主义色彩（也可能没有），但对于它是如何写的以及为什么写的描述完全是实事求是的。

这类文章的核心是，它们试图阐明关于你的写作目标和写作过程这两个晦暗的问题，而这些问题在任何时候都会激怒和刺痛作家。你为什么写作？你怎么写作？它们是简短的问题，却都不是小问题。考虑到我们每个人的多样性，它们起初似乎依靠我们无法把握的思维产生变化和组合。当然，你会说，批评家应该解决这些问题。不，你是你自己的批评家。你可能还不能清晰地表达出来，但你要知道，当你起草自己的作品（甚至正在写作它）时，某种程度上你必须成为另一个人，把自己当成一名作家来解读你自己。

这类反思性、批判性的写作至少应具备：论证的意识与论证的展开，批判性思维与自我反思，真实的写作研究证据——例如其他作家的采访、你写作的关键语境、你面临的问题以及克服与否，最后列一份创意阅读的参考书目，并表明为了写已经读过它们。进入你的反思性文章的最好方法之一是设立一个文学问题，并使用你自己的作品和影响来探索它。

写作游戏

反思性思维

这里有11个题目，可以用来写一篇自我反思的文章。请根据你的需要调整这些建议，或在它们的基础上创建自己的标题。

- 我该怎样把我所知道的东西写出来？
- 我的知识将把我的写作带去何方？

- 自由就是形式的自由，就是艺术的自由吗？

- 作家如何确保他们的作品是真正属于他们自己，而不仅仅是从世界汲取并重新发布想法的复制品？

- 我们的读者是谁，他们在哪里？

- 面对种族刻板印象，当代作家要如何应对文化交融问题？

- 作者如何发现和发展想法？

- 寻找一种风格。

- 对小说和诗歌中的真理进行考察。

- 小说家是否依靠地域感来创作一个好故事？

- 这种地域感一定是自然景观吗？

目标：像这样的标题设置了小型的文学迷宫，让你从某些目标出发来探索。它们可以帮助你设计你的文章，并将你的注意力集中在几个重要的问题上。在回答问题时，你会反思你写作的目的和最终形成的写作过程；而且你会对自己的作品给予批判性的关注，例如，你可能会觉得自己的作品与其他作家的作品之间存在密切的联系。

观念主观性

你的经验很重要。你的先见之明是，你不会把自己放在你所写的作品中，而是会在那里发现自己。然而你说，如果是这样的话，那么个人怎么能从一个显然没有经过深思熟虑的事物中让目标合理化呢？一个人怎么能客观地看待那些主观的过程呢？首先，我认为，艺术中的主观性和客观性观念早已被证明是无益的，而且也难以实现，即使是科学也存在问题（这就是为什么在科学中没有什么是确定的，为什么它的实践者依赖于数学意义的程度和实践的可证伪性）。其次，我要说的是，经验为最诚实、最丰富的诗学陈述提供了参考和表述，也为最成功的关于创意写作的目的和过程的论文提供了信息。

在处理一名作家的经验时，处理主观性和客观性这两个标签是令人烦恼的。这些烦恼虽然使哲学有了一些显著的发展，但并不会直接影响创意写作。当然，有创造力的作家和艺术家会间接地任意掠夺、使用和模仿这些想法和他们隐晦的术语。然而，一些作家发现，在把这种语言用于论文时，往好处说是让人分心，往坏处说则是妨碍人。

你为什么写作？你怎么写作？一位富有创意的作家能通过实践加深对学习的认识，对这些问题给出自己的答案。他还会意识到，随着他在艺术上的进步，曾经坚定而清晰的答案无疑会发生改变，变得更加复杂多元。其他作家的经验也能提供真正有效的论据。自问自省将成为你生活方式的另一部分，就像你对周围的世界的叩问一样不可或缺。

我们仍然是学生：无论是在实践中，还是在结果上，作家终其一生都是所在学科的学生。文学批评和创意写作一样，是另一个吸引受众并与世界互动的开放空间。一流的文学评论家和阐释者本身在最深层的富有想象力的写作方面就有丰富的经验。我们最优秀的作家中也有许多富有洞察力的评论家，其中包括：菲利普·西德尼爵士、本·琼森、S. T. 科勒里奇、珀西·雪莱、约翰·济慈、马修·阿诺德、T. S. 艾略特、埃兹拉·庞德、乔治·奥威尔、W. H. 奥登、兰德尔·贾雷尔、弗吉尼亚·伍尔夫、威廉·燕卜荪、索尔·贝娄、V. S. 普里切特、杰弗里·希尔、泰德·休斯、约瑟夫·布罗茨基、汤姆·冈恩、艾德琳·瑞奇、谢默斯·希尼、伊万·博兰、钦努阿·阿契贝、约翰·阿什贝利、恩古齐·瓦·提安哥、莱斯·穆瑞、玛格丽特·阿特伍德和保罗·穆顿。从哈罗德·布鲁姆那里得到安慰吧，"批评……要么是文学的一部分，要么就什么都不是"（1997：xix）；请留意约翰·加德纳的那句话："没有什么比充满拙劣批评的时代让真正的作家更没有安全感了，遗憾的是，无论如何，几乎每一个时代都是如此。"（1985：36）

世界各地的课堂

就像说话，就像世界各地的语言，所有的文字都是富有创造性的。有时是想象性的写作，有时是说明性或批判性的写作，但通常两者之间有重叠。当然，写作是可以教和学的。每个人都在寻找的是激发创造力的教学关键，这是一种变通的诀窍，可以处理诸如度量标准和语法之类的可教事物，并将其重组并转变为具有创新性的东西，以一种尚未见过或听说过的风格创作作品。作为一名有创意的作家（不同于飞机设计手册的作者），你写什么远没有你怎么写重要。"所有的乐趣都在于你怎么讲述一件事"，罗伯特·弗罗斯特这样说过。

这里并没有什么万能的钥匙，但是，任何一个职业窃贼都知道开锁有不同的方法，而作家都是很好的"窃贼"。在本书的后面，我们将讨论通过专注和练习来实现流畅写作的重要性，并论证玩笑和狡猾如何在帮你写出不可预知的东西方面发挥卓越的效果。正如我们将看到的那样，流畅性、不可预测性和句法等性质与写作的原创性如影相随。问题不在于你说什么，而在于你怎么说。正如歌德所写的："最具独创性的作家并非创造出了什么新事物，而仅仅是他们所说的话好像过去的人从来没有说过似的。"

写作教学

如果你不知道如何演奏一种乐器，你是不会演奏的。我们可能都同意的是，天赋就像品位或性格一样可以被培养，创造力可以被培养或保护；而创意写作作为一门学科的目的，就是培养创作新人的天赋和技巧。大多数写作教师都认识到这一点，这就是为什么当人们报名参加创意写作课程时，他们经常被要求提交一份作品集，他们也是根据作品集的优劣被挑选出来的，有时是自选的。写作教师通常是专门人才，他们会利用这种潜力。他们教学生如何不这样写，让学生学习如何那样写作。作家是否能教授创意写作是另一回事。你应该知道，为什么你的教师会出现在那里，而不是在家里或在旅途中匆匆书写，过着文学生活。

俗话说："那些干不好的人，就去教书吧。"（这句话争议颇多）这是一个更复杂的问题，那些著名的作家中的"能人"也可能被证明是理想的教师。是什么促使作家去教学？责任——就像有成就的电影导演觉得有责任通过雇用学徒并培训他们来为行业提供新鲜血液，作家们通常希望对他们赖以生存的行业有所回报。对于某些诗人、追求文学性的小说家和评论家来说，他们的作品从性质上（如果不是按其质量）无法支撑生活成本，但教授艺术手法可以为他们提供一份重要的收入。

音乐或绘画也是如此。莫扎特教学以维持作曲。莱昂纳多·达·芬奇和奥古斯特·罗丹都是通过带学徒的方式进行教学。对于画家和雕塑家来说，学生不仅提供了额外的人手，而且可以被训练做一些能帮助他们的雇主成名的工作。艺术并不能也从来没能给人们带来足够的收入，但是人们所做的大部分工作都是这样的。教学充实了职业艺术家的生活。艺术家们甚至可能想通过教学来传递他们自己的艺术实践和理念。他们希望自己的美学观念或思想意识得以延续，因此他们收门徒作为自己的使者，作为自己传送信息的载体——而一旦艺术家去世，这一过程就很容易遭到强烈反对。

对于一些作家来说，教学是创造受众并吸引年轻读者的过程的一部分——这种情况与公众朗读会不同，它的受众已经被俘获了。理想主义和社群主义的融合也吸引了一些人走进教室。有些作家凭借自己的作品或性格成为天生的教育家。对他们来说，教学就是表演，他们的表演就是写作，他们在表演自己。在《火》（*Fires*）中，雷蒙德·卡佛讲述了他跟小说家约翰·加德纳学习小说实践的经历：

> 其中一个危险是……谎言……过度鼓励年轻作家。但是，我从加德纳那里学到：宁可冒这个险，也不要反过来犯错。他不断地给予鼓励，甚至当关键的信号剧烈波动时也不放弃，就像一个年轻人在学习东西时人们会做的那样。（1986：45）

在《要点：教学与写作的交汇处》（*The Point：Where Teaching and Writing Intersect*）（Shapiro and Padgett，1983）中，许多作家根据经验提出了这样的观点，即写作的教学有助于写作的产出。当然，这也和我的经验相符。然而，对于一些作家来说，教学是一种中断，尽管有时这种中断是受欢迎的，因为他们的写作工作是孤独的。尽管他们可能会因为与团体的脱节而写作，但这也为他们提供了一种与其他作家和他们的徒弟们共享的小规模的团体意识。

天堂与地狱的联姻

对一名作家来说，最糟糕的事情是，他们的教学开始影响他们自己的艺术实践；他们的作品"开始听起来像一个教师在写作——刻意、精巧、毫无生气，而且过分聪明了"（Freed，2005）。作家甚至可能认为课堂本身就是反创意的。他们可能有过与文学教学格格不入的经历，或者他们可能更喜欢在生活这所大学中学习。

当然，世界存在于书本之外。融入世界可能会产生更真实、更有趣、更严谨的素材。经验对促进作家的发展是必不可少的，就像任何主要文本一样，更不用说文学批评或文学理论了。有些作家认为，最好避免从事任何涉及文学研究或文学创作的第二职业。他们觉得，当一名掘墓人、长途卡车司机或服务员，总比当一名文学教师或写作教师好。

有些作家认为，这样的工作比教学更具有内在的道德操守，因为它与现实世界联系在一起，是双手的工作，而不是头脑的工作。他们认为，体力劳动比脑力劳动更高尚，并能在挖掘素材和动笔写作方面具有更大的潜力。这些作家有时通过旅行和从事兼职来模拟体力活动，以此作为研究的一种形式。就像彩票中奖者一样，这些作家中的许多人一旦获得成功，就逃离了工作场所。然而，成功的作家通常不会逃离课堂。教学可能不像某些作家所说的那样是经验的替代，而是更有意义：确切地说，教学工作不是天堂，但肯定也不是地狱。作为一名从事过几十种枯燥低薪工作的作家，你却不知道自己当时被认为是卑微的，我想你应该提防那些伪装成经验的傲慢。高薪的高管或外科医生可能会认为教学和写作相对卑微。

体验世界是至关重要的，但我们的课堂就是这个世界的一部分。我们的生活可以是封闭而狭窄的，但像大学或图书馆这样的地方则可以是开放而卓越的。无论我们在哪里写作，无论我们怎么写，我们都要让这个世界进入，让人们进入。这就是为什么我后来认为大学应该起到连接社区的桥梁作用。这对于教授这门课的作家和学生们保持创造力健康都是非常重要的。在高等教育之外，这不是什么大问题。创意写作一直有广泛的实践支撑，在学校、医院、成人教育和其他作家寻求临时住所或定居地的地方蓬勃发展。市中心、惩戒所总是更加繁华。在这些情况下，作家基本不可能处于孤立状态，他们身为作家的工作就成为当地现实世界的一个功能部分。

随着作家职业生涯的进步或倒退，许多激励和原因会合并和重组。在教学和写作之间有一种平衡，它摇摆不定，或这样，或那样，但通常写作会获得一种轻微或更多是精神上的偏爱（通常未说出口）。这是一种直观的过程，同时也是务实的，因为原始的研究指导最好的教学，而写作是作家研究的活生生的案例。亚瑟·库斯勒说："创意活动可以被描述为一种教师和学生处于同一个体的学习过程。"有点像站在幸运的人身边，活灵活现的创造力能感染学生。它令人兴奋，它启发了作家们的教学方式：那些有能力的人去教学，并且他们不需要拘泥在研讨室里工作。

经验

我们都是语言的创造者。回到生活的大学提供的"招生简章"上来，尽管创意写作在大学内部重新发现了它的历史修辞之家，但我们可以乐观地看到，你不必通过上大学才能成为一名作家。正如我所说的，作家一生都是写作学科的学生。被教导或被展示如何写作，被传授写作技术，被给予工作时间——所有这些都能在正确的时间为正确的人提供帮助。然而，在某一时刻，课程结束了，你要靠自己了，羽翼丰满，被推出巢外去聆听自己的声音。在另一个世界里，你必须学会自学。最好现在就开始为此做准备。

捕捉写作思路

威廉·福克纳说过："一个作家需要三样东西：经验、观察力和想象力。这其中的任何两样，有时是任何一样，都可以弥补其他方面的不足。"经验是第一位的。经验并不只是你所做之事和物质现实，虽然它也可以这样定义。经验也与你的心理现实有关，甚至包括你的想象和梦想。它关乎你的担忧、不确定、失败、恐惧和损失等。对于作家而言，经验是一种失去的艺术，即使取得了胜利，也要付出代价。经验的价值是创意工作的硬通货。

　　甚至梦想也是经验的一部分，你应该开始在笔记本上记录你的梦。梦是一种反思的方式，也是我们对可能面临的情况的准备，因此想象力可以发挥老师和创造者的作用。许多优秀的作家在创造角色和情境时，没有在现实生活中扮演过那种角色或经历过那种情况。他们用富有同情心的想象力去接触和探索——他们"虚构"。想象和梦想是你真实生活的一部分。

　　选择记录任何能刺激你的新闻。不要完全照搬生活，因为生活的真实性不足以成就一部有效的小说。通过对事件的质疑，用你自己的方式思考，你开始撕裂现实，把它变成你自己的。援用别人的故事也有同样的效果。倾听老年人——鼓励他们谈论他们的生活，并练习倾听你的朋友和家人的诉说。你甚至可以选择在咖啡馆等公共场所进行偷听。

我们知道什么，不知道什么

　　故事和诗歌是从现实中转化而来的。通过从现实中收集例子，你已经完成了一半：你的个人现实、其他人的现实和你周围的自然现实。作家们经常被告知要"写他们知道的东西"，但问题是我们通常对"我们知道的东西"知之甚少，因为我们自己也不了解自己。我们所冥想的大部分东西都是外在于我们而存在的。也许我们都在某些时候被教导过，我们并不是特别重要，自我认识也只能是自恋的另一种说法，或干脆就是公开展示自我怜悯。

　　我们需要更好地了解自己，通过这种方式，重新认识我们所知道的：我们无私的知识。写作在一定程度上有助于这种自我的和无私的知识。然而，写下"你不知道的东西"也包含了各种可能性——那些想象的可能性。辛西娅·欧芝克在接受采访时评论了创意写作教学的这一方面：

> 　　关键是，自我是有局限性的。自我——主体性——是狭隘的，必然是重复。毕竟，我们是一个物种。当你写下你不知道的事情时，这意味着你开始思考整个世界。你开始思考家庭之外的事情。你进入梦想和想象。(Plimpton，1989：305)

　　你可以选择从神话、传说和古老的故事中捕捉故事、人物和想法，并在写作中把它们作为"现实"的模板来探索这个过程。"写你不知道的东西"的终极练习是试着写一首没有主题的诗或故事。例如，贝克特在《尾声》（*Tailpiece*）中写道："谁来讲述这个老人的故事？""……//我们该如何评估/世界的灾难？/空无一物/用文字括起来？""我们怎样才能把'虚无'用语言表达出来？"

事实是，小说（这里我指的是戏剧、诗歌和虚构散文）具有一种神秘的特性，即比我们所认为的现实更有效地承载着真理的品质。正如你将在第七章中读到的，这是非虚构创意作品所采用和开发的一种品质。在《正在制造中的诗歌》（*Poetry in the Making*）一书中，诗人泰德·休斯进一步探究了这个谜团。在他的诗《思想之狐》（*The Thought Fox*）（参见 NP：1810）中，休斯谈到捕捉创意写作的想法就像捕捉动物一样——一个为了诗歌用语言狩猎和捕鱼的过程：

> 如果我没有在语言中抓住那只真正的狐狸，我将永远无法挽救这首诗。我会把它扔进废纸篓里，就像我曾经扔过那么多不是我想要的猎物一样。事实上，每当我读到这首诗的时候，狐狸又从黑暗中跳出来，溜进我的脑海……这一切都是通过足够清晰的想象和找到有生命力的词语完成的。（1967：20-21）

对了，我们的现实世界还包括职场。有时候，我们将日常工作视为浪费在写作上的时间，但如果你以一名作家的身份来"阅读"，你就不会这样认为。有观点支持在校外展开的学习，尤其是需要获得其他世界的、其他人的，以及我们在这些世界所做工作的实质经验。这些提供了大量的素材。一些创意写作课程结合了工作经验，但提供的是暂时的甚至可能是虚幻的经验。你需要使其个性化。日常生活和工作是不可避免的。习惯它们，使用它们，然后丢掉它们。它们会开始带给你惊喜。

生活中的个人工作是另一个丰富的思想来源。痛苦会直接给予你一些书本无法给予的教训。爱会让你震惊，使你陷入无法理解的想法。直到你得到爱、失去爱、出卖爱或爱错了人，你才会明白。失去能让你以人类最敏锐的视角看待悲伤，从而使你成为一名更清醒的作家。正如伊丽莎白·毕肖普在《一种本领》（*One Art*）（NP，1528）中所写：

> 要学会失去的本领并不难；
>
> 许多事物似乎都充满被失去的意图，
>
> 失去对于它们并不是灾祸。

（黄灿然译）

凭经验写作

让我们把注意力集中在一段我们可能共享的世界性经历上：羞辱。羞辱是许多作家工作的立场，是失去的艺术的私人面孔。职场和职场用语的要求会使人感到羞耻和谦卑。职场可能是灵魂的极大羞辱者和破坏者。然而，个人的羞辱也提供了能量、素材和目的。例如，写作被普遍认为不是一份"合适的工作"，或者不如其他形式的学习或工作有价值。无论是在学院内部还是外部，你都面临着被人看不起的风险。你可以接受这一挑战，并通过你的行动来否定它。

你可能很熟悉羞辱感了。例如，当老板或老师因为我们提出了一个有用的建议而奚落我们时，或者当一位知识分子给我们纠正了一个单词的发音，把它包含在他的回答中，并嘲笑地用斜体表示时，我们就会感觉到这种羞辱。纠正的行为是一种突然爆发的蔑视：它们在向我们展示我们的位置，因为我们已经越过了一些无形的边界，进入了一个我们不应该被允许发言和表达思想的区域，更不用说写作了。

在这种情况下，最好记住，你的出身、艰难的背景和中彩票般受教育的机会使你付出了更大的代价才获得了你的能力。很多成功人士都出身于不好的家庭。你被劣势所折磨，但这会让你发愤图强。在这样的时刻提醒你自己：你人生经验的字典比任何特权语言、地位和庸见的字典都有价值。像这样的时刻会激发你写作的热情——回击和反对那些"殖民"了你的语言的人。羞辱和谦虚一样，能产生清晰表达的能力；愤怒和不公平感可以帮助你找到自己的声音和主题。

自由、 游戏和魔力

创意作家不是伟大的"参与者"，他们有时会违背人们的预期。他们更喜欢被人在俱乐部或剧场外看到，即使他们是这些地方的终身会员。正如格劳乔·马克斯不会加入任何会让他成为会员的俱乐部一样，创意作家特立独行的态度（即使只是一种姿态）会影响其他人，影响我们所有人。

创意写作和言论自由

创意写作工坊最引人注目的一个方面是可以自由地发表意见。有时，那些工坊中的学生很难适应这种自由：这些意见要么没有被征求，要么被忽视了，要么被认为是愚蠢的。然而，缺乏经验有时会在不经意间比经验更明智，它很少有先入为主的观念。语言属于每一个人，它通过进化、与新事物一起游戏和相互碰撞而保持生机和活力。

然而，创意写作把幻觉当作真理的制造能力，及其语言的精确性，对于那些权力依赖于幻觉的形成以及语言的贬低和扭曲的当权者来说，有双重危险。站在一旁会让你更容易受到攻击。辛克莱·刘易斯说："每一种强迫都迫使作家变得安全、礼貌、顺从和乏味。""乏味"这个词在这里很精确，它纵容权威的流毒。

政府的本能之一就是控制：操纵语言。该操纵不仅可以控制言论，还可以控制言论的语境、讨论所依据的术语，以及言论的许可和禁止。看看政客和媒体描述战争的方式。注意到残暴和杀戮的术语被驯服成了缩写词和新语言。战争发生在"剧院里"；士兵们被"带走""扔下"，就好像杀死一个人是引座员把观众从剧场里带走的动作一样。非法强迫战俘进食就是"给被拘留者提供身体营养"，就好像他们是任性的孩子一样。诗人 C. D. 赖特评论道："如果你不使用语言，你就会被语言使用。如果你不承认'维和导弹'和'先发制人'这两个词是修辞性的矛盾，那你的坑已经挖好了。"（2005：40）

这样的语言将所描述的内容删除了几处，并不能改变不可容忍的现状。它故意篡改我们对它的反应，试图中和它。它使我们在共谋或被动中变得幼稚，这就是它的意图和设计：通过抑制我们的情绪反应来阻止或转移我们人道的反对意见。作家是语言的触角、言论的设计者；而你，作为创作新人，同样应该警惕语言的滥用和贬值。

政治统治制度，即使是意识形态相互对立的政权，也有理由把矛头指向有创造力的作家和知识分子，让他们屈从于自己的意识形态的意志，把作家当作教条的辩护者或颂扬者。如果作家们表现出不合作的态度，他们最多也就是被公开羞辱，被流放，被边缘化，被压制，比如被禁止出版作品。最糟糕的情况是，他们被谋杀了。国际笔会（PEN）披露，全世界有许多作家因其写作而入狱或受到威胁。乔治·奥威尔在《政治与英语》（*Politics and the English Language*）中所说的话似乎在每一代人身上重演：

> 当一个人观看疲惫的雇佣文人在讲台上机械地重复那些陈词滥调时——野蛮的暴行、铁蹄、血淋淋的暴政、世界的自由人民、肩并肩地站在一起——他（她）常常会有一种奇怪的感觉：他（她）不是在看一个活生生的人，而是在看某种傀儡……他（她）的头脑并没有受到他（她）为自己所挑选的词语影响（这种影响被认为应该是存在的）……这种意识的降低状态……至少有利于政治上的一致性。（NE2：2468）

写作游戏

为了语言反对语言

去图书馆阅读过去一周的报纸和杂志。对接受采访的政治家或军官有关当前冲突或战争的文章作详细的笔记或影印，注意他们使用的术语，并确保你理解它们在基础英语中的意思。现在，请阅读亨利·里德 1946 年的诗《战争的教训》（*Lessons of the War*）（NP：1564）中的两部分（这首诗的背景是二战期间的一个陆军训练营），或者约瑟夫·海勒的《第二十二条军规》（*Catch 22*）。写一首诗或一个故事，使用、颠覆或模仿军事冲突的词汇。有意识地用你自己的中立的或牵强的新词和缩略语替代日常词汇。语气不要太认真，轻巧的方法将收到更大的效果。

目标：我们需要弄清楚语言被牵着鼻子引导到哪里去。利用这种语言，把它颠覆成小说、诗歌或非虚构作品。用它来产生喜剧效果，模仿或作为一种见证，或把武器对准语言的攻击者。这种类型的最好的作品能做到所有这些。

严肃的游戏

正如诗人和科学家米罗斯拉夫·霍卢布所说，写作是一种"严肃的游戏"，是一种任性的，有时甚至是疯狂的实验。快乐原则穿着严肃的衣服，在小丑的帽子和铃铛的衬托下走进世界。博伊索和华莱士在谈到诗歌专业的学生时，提出了一个具有普遍性的观点。他们主张在写作课上开展实验游戏：

> "创意写作"课程最好叫作"实验写作"。面对空白页令人生畏的幽灵，诗人可能会被创造性的指令所吓倒。但是，被告知去做实验，去尝试一些东西，可能会更有吸引力。（2004：2）

玩游戏仍然是一种挑战，即使不像高级艺术那么令人生畏。在查尔斯·狄更斯的《远大前程》(*Great Expectations*)中，郝薇香小姐对孩子匹普说："我有一种病态的幻想，我想看别人做游戏。好了，好了！"她右手的手指不耐烦地移动了一下。"去玩，去玩，去玩！"这就像一位写作导师，将世界和经验拒之门外，并具有影响力。有时，他或她的"匹普"觉得"按命令做游戏"很吓人。然而，作为作家，我们有时必须服从我们内心的"郝薇香小姐"。我们挑战自己，通过由角色、情境或观点所定义的线索来达到小说的字数。我们出于寻开心的欲望或出于对不公正的愤怒，对非虚构作品进行调查。我们逼迫自己去抓住一首破裂的十四行诗的冠冕。当我们堆砌完这些优雅（完全无用）的语言时，除了笑（或者哭），我们还能做什么呢？

有时，这种游戏变得令人生厌，可活动的空间也缩小了。因此，我们推倒那些形式和语言的砖塔，自由地写作，自由地联想，创作自由诗或行走散文。然后，我们意识到，所有这些自由并没有让我们接近真理，尤其是我们作为作家的能力的真理。我们回到有趣的限制和实验中，偷偷地在想象和形式之间寻求平衡，好的艺术就在这里诞生了。然而，游戏可能是非常危险的。

严重的困难

我们发现自己走在一根钢丝上。我们认识到自己内心的临界点在哪里，并在我们的余生中尝试保持在临界点上，书写并平衡所有重要的二元：想象与理性、怀疑与自信、成就与失败，等等。我们沿着这样的光谱，在一个小的或看不见的读者马戏团（群）里自我表演。然而，我们所有的困难（包括思想和感情）必须看起来——必须使之看起来——是不可避免的。萨默塞特·毛姆说："好的风格不应该显示出任何刻意而为的迹象。所写的应该是一个快乐的意外。"困难和机遇都在于"看起来"这个词。

玩游戏仍然是一种挑战，即使不像高级艺术那么令人生畏。

我们努力创造艺术，然后又努力隐藏它。这出戏永无止境，不管它会让你多么容易感到自我挫败。读者既不知道在任何特定故事中付出的努力，也不知道为了克服不安全感和缺乏经验的压倒性力量所付出的辛劳。困难一定既要是无形的，又要经过彻底锻造，使之看起来轻松自然。

作家是个骗子：他们的作品似乎是自然而然产生的，是不可避免出现的，就像济慈说的那样，"就像树上的叶子"——即使你把它们剥得只剩下树枝。这看起来像是一种魔法，却是一种自然魔法。语言是一种自然的形式，写作是用困难和技巧来探索这种形式，它不会从中创造生命，它欺骗了自己的生活。游戏是玩家的游戏，舞蹈是舞蹈者的舞蹈。

语言的魔力

语言或自然的历史，有一种天然的魔力，遍布我们周身的世界，在物种筑巢和羽翼丰满的瞬息间，在亚原子和行星级物理现象相互交缠的混沌中。数学和艺术并不是截然不同的两极，而可以殊途同归。你可以根据斐波那契数列来写诗或写故事：树叶、草和花朵的图案中的数列，灌木和树木的分枝中的数列，或松果上的尖齿排列中的数列。

这些模式似乎与政治和媒体机制相距甚远。审查者不理解它们。自然魔法不仅仅围绕着我们；它就是我们，就像我们是环境的一部分一样。它影响着我们身体的每一项机能，操控着我们的寿命，并运作我们的感知方式。

就像自然世界的自然和看似理性的魔力简单地行进一样，作为作家，我们必须简单地开展我们的工作。

举办写作工坊的最好方式为快速学习提供合适的环境，我们称之为天赋的随机进化、分阶段和跳跃式的先进学习模式。由于环境变化促使物种进化，所以工坊的环境会促进自然反应和专业技能的进步，形成我们大脑神经网络中的新连接。正如形式赋予语言以肢体一样，文字赋予大脑以形式。起作用的将被给予机会，不起作用的则被搁置一边，以作为有用的教训。选择中立，我们不会受伤。这种机会可以以故事、小说、戏剧或诗歌的形式出现。语言在我们身上有一段自然发展的历史——涉及各种形式、变化和变异的问题。工坊应预先策划并推动这种变化。

我们带领学生沉浸在小说、非虚构作品和诗歌语言的自然魔力中，促使他们几乎像书的作者一样，每天在绝望、好奇和快乐中学习。我们以读者的身份阅读书籍；但通过对语言的学习，我们学会了以作家的身份阅读书籍和世界。我们学习在近乎崩溃和曝光的危险处境中，以作家的身份写作和生活。

　　这样的教学和学习存在着一种危险：学生可能会因为自己缺乏经验而严重受挫，以至于受伤到放弃写作，以至于在长期的写作游戏中失去信心。这就是为什么我们必须在这样的时刻理解游戏的重要性。即使有陷入自欺欺人、不透明或简单平庸的危险，以阅读和写作自娱，以语言自娱，也是在掌控局面。我们越能控制自己，就越不容易被控制。我们练习得越多，就会变得越有趣，对自己的控制能力和放手能力也就越有信心。

西格蒙德·弗洛伊德认为："创意作家在游戏中做着和孩子一样的事情。他创造了一个幻想世界，并十分认真地把它与现实分开。随着长大，人们就停止了这种游戏，似乎也放弃了从这种游戏中获得的乐趣。"弗洛伊德首先是形而上学家，其次是医生，然而他的反思都能被我们自己的思想和自我经验所捕捉和理解。这一点，无论你们是母亲、父亲、兄弟姐妹还是教师，都会注意到。创意写作的任务是让我们重新开始游戏吗？

重新发现快乐

在美国诗人肯尼斯·科赫那本教孩子写诗的书的后记里，他谈到了教老师们再次使用语言和创意进行游戏的问题："这样的写作可以从写一首许愿诗这样简单的事情开始，然后再让孩子们去写……如果一个没有准备的六岁孩子可以写一首许愿诗，那么一位老师也可以。这是非常值得高兴的……重新发现一个人对诗歌的感情，而生活和（大部分）教育可能使人们害怕诗歌。"（1999：311）（大部分）教育导致了数不清的陷阱，但损害是可弥补的。一个人可以被释放回写作的王国，无须害怕玩耍。

没有必要害怕，因为写作归根结底是一种乐趣。当然，我们必须玩耍，或者重新发现游戏和快乐。然而，随着创意写作作为一门学科不断地发展——随着它越来越被接受，甚至被尊重——我们必须小心，不要让它成为培养更多创意写作教师的机器的一部分。它变得太受人尊敬了吗？它变得不那么好玩了吗？我们在谁的房间里？正如亚里士多德教导他的学生那样，我们也必须记住，从历史上看，之所以能够不偏不倚地学习一种艺术形式，是因为贪婪的物质利益允许这一过程发生。从这个意义上说，创意写作已经站在世界上一个非常有趣的地方，并拥有一些有趣的盟友。

写作游戏

使用新语言

打开一本科普书籍或一本科学教科书，并在任何引起你注意的地方做笔记，特别是用于物种、概念或设备名称的科学语言。你的第一项任务是写一首短诗，尽可能使用一些精确的语言"讲述"你读过的故事。现在，与其把这个作品展示给其他作家或写作教师，不如找一个愿意倾听的科学家或科学专业的学生，和他们分享你的作品。他们如何看待它？你的第二项任务是，在一字不改的情况下，使你的诗从一个新故事中的角色嘴里说出来。这个角色可以模仿你遇到的那个科学家，"说话"是叙述自然展开的形式，我们要用"说话"的方式讲故事。

目标：准确地使用非文学语言是一项艰巨而必要的任务，而且可能很有趣。用一首诗来表达一个想法或概念，教会你用一种不容易用来传递信息的体裁来重新构建语言。使这首诗借一个角色之口说出来，可以帮助你以一种既可以预期（你知道这首诗必须被有效地运用）又意想不到的方式写作（必须利用上下文使它看起来更自然）。

出版和编辑

许多作家宣称，创作过程本质上比出版过程（包括制作流程、市场营销和巡回展出）更具个性和满足感。他们是对的。许多作家一旦完成一个项目，就会经历一次心理上甚至是身体上的告别。然后，他们的注意力无情地转向下一个项目。完成一本书和出版这本书之间的时间通常是很长的。到出版时，对作家来说最重要的事情是他们现在集中精力做的工作。然而，出版的需求本身令人着迷，作家——就像郁金香种植者一样——必须出售他们的产品，不管他们多么专注于种植和照料。出版是另一个开放的空间，它本身就是一种艺术形式，有时是一种政治艺术。

如果创意写作专业的学生忽视了出版的艺术和业务，将是很危险的，因为这是我们直面世界的地方。大多数作家出于各种各样的原因希望能发表作品，不仅仅是为了得到认可。出版本身就是一种文学目的，出版行业也是一种半艺术类行业。关于创意写作的书籍正确地研究了写作的过程，但往往忽略了一个事实，即：虽然写作本身就是一种目的，但对大多数人而言，写作的目的是在尽可能大的范围内与尽可能多的人交流。

当然，也有专门讨论出版相关问题的书籍（请参阅"推荐阅读"）。无论如何，这始终是时代的必然。从小型出版社到国际出版集团，出版业是一个充满活力的行业。出版商来来往往，从不停步。不仅如此，随着社会生活、文学期待和时尚潮流的变化，为一代人所喜爱的品位会被下一代人遗忘，这一点因国家而异。任何建议、任何出版社的名单，尤其是在这个全球化的时代，都会很快过时。因此，我们在这里提供的只是通行的观点，这些观点不针对哪个时代和国家，但可能包含一些有弹性的信息。

生存圈

在你向文学杂志投一篇文章，或向出版商提交一部书稿之前，请确保你对自己的作品完全满意：即使不是处于最终状态，也已达到一种稳定的状态。这让我们意识到，建立一个诚实的作家朋友联盟的重要性：他们将是你的第一批真正的读者。在第四章中，我们会仔细考察这类人际网是如何通过工坊制发展起来的，它们是如何在共享学习、共享经验甚至共享文学偏见或议程的压力下融合在一起的。

这就是我所说的"生存圈"，它是一个半可见的人际关系网，偶尔会在某个方向上推动写作行业的发展，这种圈子和写作同步出现。这个圈子就是你的队伍，它"站在你这一边"。听起来很离奇，但所有这些作家最终都成了彼此写作自我的一部分。在提交给意向中的出版机构之前，你应该先向这些作家盟友展示你已完成的作品。他们了解你的思想和工作方式。他们也知道你能接受什么样的批评，以及如何在不误解你、不使你难过的情况下传达批评。

集体批评

你应该把这个过程看作一种合作关系，并愿意透彻而富有同情心地阅读和批评他们的作品。它与你和你的创意写作教师或导师的关系不一样；相反，它是对个人抱负和共同目标的一种平衡。为了不让你自己或你这一方的队友失望，你被一种愿望所驱使，那就是尽你所能出版最好的作品。此外，你的团队可以意识到你什么时候做得好（或不好），因为这也能在一定程度上反映出他们自己的一些问题：人人为我，我为人人。你会发现，这些朋友非常愿意对你的文章进行一些非常艰难的、通常是细致而富有批判性的阅读，因为这也是他们的利益所在，也因为他们喜欢你。然而，喜好和利己的动机往往是同时存在的。

艾丽丝·默多克说："写作就像结婚。在对自己的运气感到惊讶之前，永远不要做出承诺。"同样的道理，婚姻在文化意义上高于受契约约束的两个人，所以这个群体比你更重要，有它自己的生存方式。它能给你带来好运，能让你在写作和出版方面拥有更多好机会。因此，不要过于频繁或过于明显地利用专业知识，成为这一群体的寄生虫，一定要用好这个过程来提升你的竞争动力，并奉献你最好的作品。

在同行中展示你的技能并不一定会引起怨恨。如果这个群体关系亲密，并且彼此有足够的信任，它将使小组中的每个人都希望成为一名更好的作家。通过偶尔让人眼前一亮，你就"打动"了你身边的每一个人，让他们渴望进步，渴望成为关注的焦点。你会发现，你们将轮流扮演这个角色，学会分享成就，同时也会感到嫉妒。

显然，大部分的修改工作将在工坊和会议上面对面地进行，这是对作家时间的有效利用。然而，阅读朋友的整本书可能会让人望而生畏，因为读它不是为了消遣或指导，而是为了批评和改造。从作家的角度，从文本内部进行阅读，不仅需要相当多的阅读技巧，也需要相当强的想象力——把自己想象成作家的指尖。以这种方式限制你对群组的使用——只向他们提交你希望提交给发行商的内容。这样，你就将自己摆在两个高高的栅栏之前，而不是一个高高的栅栏之前：一是需要根据同行作家的评论进行修改，二是需要根据编辑的观点进行修改。但是，结果是你将会得到一本更好、更精练的书。

作家礼仪

关于出版的五个实用要点：始终发送你最好的作品；了解杂志或

出版社的喜好，并提交适合这种口味的文字；不要同一时段一稿多投；随信附上一个贴好邮票、写好地址并贴有足够邮资的信封，以便把你的资料寄回；总是寄出多份作品，并保持这些作品的流通，尽可能地添加新作品，当旧作品被退回时修订旧作品，这样当其中一份作品带着退稿通知回来时，你仍然可以保留一些被接受的希望。记住，当一件作品被拒绝时，被拒绝的是作品，而不是你。不要太往心里去，每名作家都会遇到这种情况。如果编辑给出了拒绝的理由，那么就按照这个建议重写。

如果你带着尚未被接受或拒绝的诗歌、故事或书籍的初始版本，给编辑、代理商或出版商写信，那么你会给他们留下新手的印象。在作品出版后修改作品会激怒编辑和你自己，尽管这同样取决于你和编辑之间关系的性质，也取决于你的编辑的性格和同情心。许多诗人不断地修改他们的诗；优秀的诗歌编辑会认识到这一点，因为他们中的许多人一开始就是诗人。然而，这并不意味着他们必须忍受宝贵的时间被浪费。许多文学小说和非虚构作品的编辑本身就是普通的男性或女性，他们不仅有从编辑书籍中获得的经验，也有从媒体等其他领域的编辑那里获得的经验。其中一些人是作家，或者正在成为作家的路上。

有些编辑是多年在小出版社或小杂志社里辛勤劳动，从吃力不讨好的编辑工作中脱颖而出的。那些小媒体圈的毕业生通常是生活或诗歌"大学"的毕业生。在资金紧张或匮乏的情况下，他们对以成本价获得的写作和校订十分挑剔。他们会对疏忽失去耐心——不断地修改可能会显得优柔寡断和疏忽大意。他们在挑选好作品时所获得的"嗅觉"，与判断一部作品何时完成、某个作家何时可以赚钱的本领相结合——不要因为傲慢而贬低自己的价值。你必须学会不要天真，或者至少要学会假装有经验。作为一个人，作为一名有待成为的严肃作家，你在和世界打交道时要展示一名作家应有的风度。

编辑

优秀的编辑是艺术作品一锤定音的天使。在某个时刻，所有那些断断续续、势必混乱的艺术创作必须完成并面世。一名优秀的文学编辑可以通过对专业的熟悉程度和直觉知道你的书什么时候定稿（如果没有丰富的经验，你自己可能都不会知道）。某个时刻，一本书达到了再修改就会被毁掉的地步，比如过分的删减——删减得太过野蛮，以至于其内部逻辑开始不顺畅，或者把语言剪裁得过于漂亮，以至于它变得虚假和苍白。编辑就是你肩上的那只手。虽然所有的写作都是重写，但在写作过程中，你必须卸下包袱，才能达到一个目标。与其太早或太晚放弃工作，不如一开始就把它做完。和编辑成为朋友，仔细观察他们的工作，你会有所收获的。

创意写作和出版业

如果没有作家，文学产业就会崩溃，它的熙来攘往的世界——包括出版商、代理商、会计、诽谤罪律师、文学人士、评论家——将遭受核冬天一般的痛苦。多丽丝·莱辛写道："所有这类庞大的、不断扩张的宏伟建筑都是因为这类矮小的、受人轻侮的、被人看不起的、薪水过低的人才得以存在，这类人就是作家。"大多数大型出版社以市场营销和财务考量做出文学决策，这使得编辑成了罕见的边缘英雄，作家则成了超级顺从的生物。编辑的工作现在主要落在了创意写作部门的肩上。你可能会争辩说，文学产业已经使它自己更加依赖作家了。现在的情况是，我们从事着三种工作——写作、教学、编辑，而以前我们只从事一种，或最多两种工作。

这就是为什么一些出版商和文学机构会资助创意写作项目——它为他们提供了以少量投资即可接触到一些最好的创作新人的机会。向学生提供的关于这个行业如何运作的讲座本意很好，通常也很有用，但它也是人才探子大行其道的幌子，他们知道这些学生中有许多人的作品会被严肃的作家熟练地编辑，这意味着很多劳动密集型的作品都是其囊中之物。那些作家老师中的一些人可能隶属于文学机构，或者与赞助出版社有合作，能对学生的才华和适应力做出贴切评价，评价对象还包括学生的特点——在整个教学过程中受到关注和培养的对象——是否符合一名真正的作家的标准：将来能否创作更多的作品，且代理商和出版商可能从中获利。

创意写作项目往往产生小说家和诗人，他们的作品具有自觉的文学性。有些人自己干得很好，但对许多人来说，不管他们写得多么出色，他们的作品都不太可能畅销。出版商知道，写得好的非虚构创意作品比文学小说或诗歌好卖得多（见第七章）。最重要的杂志和期刊发表的非虚构创意作品远远多于小说或诗歌，甚至报纸也是如此。非虚构创意作品利用人们对某个主题的好奇心来吸引读者，然后（作者希望如此）利用人们对作者的兴趣将读者引入其他类型的作品中。出版商追踪商业线索。他们与新的诗人和小说家签约，抓住他们在一种体裁上获得成功的希望，通过鼓励他们创作有创意的非虚构作品来达到其他更有利可图的目标。所有这些似乎都是权谋手腕，但这只是生意。这是在一个小世界里的另一种生存循环。

小型出版社的圣徒

显然，你可以通过主动阅读来学习选择提交什么以及何时结束一本书的技巧。然而，这可能需要一段冗长的教训。一种更积极和快速的方法是成为一名编辑：选择和改进其他作家的作品。你不需要申请编辑职位。事实上，这样的机会很少。相反，许多创作新人通过创办自己的小型出版社和杂志，或者成为文学编辑，获得了乐趣和文学鉴赏力。你可以利用印刷品或互联网为新作品创造一个实体或虚拟的开放空间。

小型出版社是个小世界，但它们是新文学的命脉，大多数大作家都参与其中，甚至创造了它们。富于鼓动性的作家们还建了生存圈子，他们不仅成为自己的出版商，而且成为自己的盟友和朋友的出版商。其中一个目的是创造你的受众，创造出你自己的作品的品位，或为你的圈子所认可的品位。

弗吉尼亚和伦纳德·伍尔夫在家里经营霍加斯出版社，出版了许多他们的朋友和同事的作品。T. S. 艾略特主编了《标准》（*Criterion*）

杂志，将詹姆斯·乔伊斯和温德姆·刘易斯等现代主义同行的作品带给观众。艾略特在那里发表了他自己的诗歌和评论，他异常敏锐地向主流撰稿人们展示了先锋派的作品，他们的作品使他的赞助人的中庸美学思想得到了体现。在此之前的十年里，他的朋友、诗人埃兹拉·庞德创办了《风暴》（*Blast*）杂志，作为现代作家出版的一个场所——休克战术和声誉爆棚是其表现的一部分。这类杂志是文学政变前发出的信号弹。这个过程没有什么值得虚荣或放纵的。出版不会给新鲜事物或困难事物太多的空间。那些被忽视的人必须自己创造运气。如果需要激烈论争和休克战术，那就这样吧。这样的企业变成了文学运动的推动力量。幸运的是，它们颠覆了文学界。然而，作家们也不必自欺欺人。小型出版社是必要的，它们是作家人生的必经之路；如果作家能通过在其他地方出版获得更多的读者或更高的知名度，很少作家会选择留下来。小型出版社是文学的慈善救济院。当它们资金充裕时，它们冒着使它们的作者自鸣得意或狭隘保守的风险——没有读者？没有发行？没有问题！为艺术而艺术——至少我的书还存在。这个世界沦为完全不可分割的组成：作家即读者，他们是同一个人。

经营这样一家小出版社需要才华、意志力、判断力和决心，去完成那些吃力不讨好的工作。正如英国耐特出版社的编辑迈克尔·施密特在《诗人的生活》一书中所说："那些专门从事出版业的人很穷，几个世纪以来一直很穷。为什么？于是一些诗人就能发达了。出版商被从故事中剔除了……我们是艺术的杂役：我们编辑、校对、抄写、排版或按键、印刷、装订、出售。我们被记住了吗？"（1999：5）一半的问题在于，尽管从历史上看，商业上的成功并不是衡量文学质量的标准，但如果作家在商业上取得成功，他们就会抛弃这家出版社。然而，编辑可以发展出一种激情。改进他人的作品是一种比写作更快的"写作"形式："世上没有哪种激情能与修改他人草稿的激情相提并论。"（H. G. 威尔斯语）。这一过程将在一年内教会你更多关于写作和作家的知识，而不是让你待在竞争的舞台之外，寄希望于你的才华将得到业内人士的认可和奖励。

成立出版社

成为你的作家社区或班级的编辑。向所有类型的人征求意见；提出修改意见和建设性的批评意见；然后，用最简单的方法，例如通过网站或复印机，将他们的作品制作成一本书或杂志。选择一个对你和团队有意义的标题。不要忘记使用一些你自己的作品，写一篇社论来讲述这本书或杂志的目标。一定要尽可能广泛地宣传这家新企业，并邀请知名作家投稿。

目标： 你会惊讶于这家企业是如何腾飞的，而且捐款纷至沓来。在这个过程中，你将了解到有多少糟糕的作品是由不知名或知名作家创作的。挑选它们，然后好好打磨，这些不同的材料也会教你在完成第一部小说或诗集的长途跋涉中，如何编辑和塑造自己的作品。找到资金来维持这家企业的运转，并维护订户或广告商的列表，这将为你提供一个在商业写作和出版业务方面快速学习的机会，也会使你自己的名字在文学领域更加出名。但是，如果你的企业想要获得良好的声誉，那么它必须以高质量为目标。

推荐阅读

批评与创意之间的平衡正在缓慢而确定地回归人文学科，跨学科有助于这种重新校准。伊莱恩·肖沃特的《文学教学》（*Teaching Literature*）（Blackwell，2003）对文学的创意教学进行了引人入胜的研究，并肯定了创意写作在大学中的积极作用。在写反思性的批判性文章时，提供批判性的语境是至关重要的——要说出其他作家对你在创意写作中遇到的问题的看法。文学传记和自传提供了很好的素材，一些作者的网站和博客也是如此。《巴黎评论》（*Paris Review Interviews*）的访谈可以从该杂志的官网下载，这是作家（尤其是小说和非虚构作品作家）关于他们的工作实践和哲学的最佳证言资源。还有很多其他丰富的资源。沃尔特·艾伦的《作家论写作》（*Writers on Writing*）（Dent，1948）和肖恩·伯克的《作家身份：从柏拉图到后现代》（*Authorship：From Plato to the Postmodern*）（Edinburgh University Press，1995）是由主要的经典作家所创作的关于写作的论述的主题文集。有关诗学的陈述以及对诗歌实践的深刻见解，请阅读克莱尔·布朗和唐·帕特森的《别问我的意思：用自己的语言表达的诗人》（*Don't Ask Me What I Mean：Poets in their Own Words*）（Picador，2003），W. N. 赫伯特和马修·霍利斯的《有力的言辞：现代诗人论现代诗歌》（*Strong Words：Modern Poets on Modern Poetry*）（Bloodaxe Books，2000）。威廉·哈蒙的《诗歌经典著作》（*Classic Writings on Poetry*）（Columbia University Press，2003）的来源范围从柏拉图到劳拉·赖丁·杰克逊。詹姆斯·斯卡利的《现代诗人论现代诗歌》（*Modern Poets on Modern Poetry*）（Fontana，1966）收集了关于诗歌作为一种"创造"或"策略"的陈述。约翰·哈芬登的《观点：对话中的诗人》（*Viewpoints：Poets in Conversation*）（Faber and Faber，1981）提供了实用的访谈，采访了保罗·穆顿、杰弗里·希尔和西姆斯·海尼等诗人。安娜·莱希的《创意写作课堂中的力量和身份》（*Power and Identity in the Creative Writing Classroom*）（Multilingual Matters，2005）以学术活力探讨了大西洋两岸的创意写作教学中的辩论和挑战。林恩·弗里德在《哈泼斯杂志》（*Harper's Magazine*）（2005 年 7 月）上发表的文章《服刑经历：我在古拉格的创作生涯》（*Doing Time：My Years in the Creative Writing Gulag*）是一篇简短但必不可少的针对写作教学危害的实地指南。来自雷蒙德·卡佛的《火》（Picador，1986）中的两篇文章《论写作》（*On Writing*）和《约翰·加德纳：作为教师的作家》（*John Gardner：The Writer as Teacher*）是对这些危险的慷慨纠正，也是对创意写作在世界上如何发挥作用的见证。弗兰克·史密斯的《写作与作家》（Heinemann，1982）的分析再一次体现了这种精神上的仁慈，他在书中对世界语言和写作的自然历史进行了精彩的综合阐释。南希·夏皮罗和罗恩·帕吉特编撰的《要点：教学与写作的交汇处》（Teachers and Writers，collaborative 1983），呈现了简短而极具说服力的文章，论述了作家的教学是如何为新作品的创作提供素材的。创意写作通常是通过跳出你的经验和艺术来激发灵感。阅读奈杰尔·卡尔德的《魔幻宇宙》（*Magic Universe*）（Oxford University Press，2003）中关于自然世界的魔法，并使用其中的一些概念作为构思故事、诗歌或非虚构文章的起点。创意写作和言论自由在国际笔会（PEN）（www. internationalpen. org）得到了关注和支持，这个影响遍及全世界的作家组织在 99 个国家设有 141 个中心。国际笔会的宗旨是增进世界各地作家之间的友谊和才智合作，争取言论自由，代表世界文学的良知。出版业的形势是动态变化的，但在《作家手册》（*The Writer's Handbook*）中可以找到明确的指导，该手册在许多国家均有版本，且每年更新。另一种年刊《作家市场》（*Writer's Market*），将帮助你决定在美国和加拿大应该如何寻找适当的市场并提交你的作品。对于小说作家来说，卡罗尔·布莱克的《从推销到出版》（*From Pitch to Publication*）（Macmillan，1999）是一本关于小说出版和文学代理相关主题的圣经，文学经纪人和有抱负的作家都在使用它。

第三章　创意写作的挑战

我认为，单对女性而言，面对着空荡荡的书架，这些困难要可怕得多。首先，她很难拥有一个完全属于自己的房间，更不用说一个安静的或隔音的房间了……济慈、福楼拜和其他天才难以忍受的所谓的"世界的冷漠"，对她来说不是冷漠，而是敌意。人们对她说的不是"想写就写吧，对我来说无所谓"，而是大笑着说："写作？写作有什么好处？"

——弗吉尼亚·伍尔夫：《一间自己的房间》
（*A Room of One's Own*）（NE2：2181）

◆ 对作者的挑战

◆ 对翻译的挑战

◆ 对实验的挑战

◆ 对设计的挑战

◆ 对质量的挑战

◆ 推荐阅读

对任何作家来说，主要的挑战都来自作品本身：把书写完，让人物可信，使主题和形式相得益彰，营造身临其境之感。在本章中，我们将探讨一些可能有助于我们达到写作目的的重大挑战和机遇，包括文化和社会压力、作品质量、翻译、实验、设计以及我们的思维方式。

对作者的挑战

西里尔·康诺利在探讨"阻碍写作的环境因素概要"的著作（1961）中使用了"前途的敌人"这种表达作为标题，这在当时非常流行，意指以自我为中心，充满男性关怀，并对精英文学表示服从等。然而，《沉默》（*Silences*，2003）这本书则思想深刻，甚至带有狡黠色彩，它是由一名来自上流社会的白人先驱蒂莉·奥尔森对女性作家、工人阶级和黑人作家被冰封的写作机会进行的女权主义式的研究成果。虽然我们现在注意到康诺利对将"大厅里的婴儿车"视为敏感的男性小说家之敌人的反感，但有时候也可将其用于对作家和关于政治、社交、饮酒、新闻和世俗成功等写作影响的阐释。这时就与康诺利的真实目的有更为紧密的联系：他的精确性和风格，而不是他所分析的对象。《前途的敌人》是做了伪装的传记，即非虚构创作。奥尔森的《沉默》也有类似的以自我为中心和共鸣期求。作者写这些书的目的旨在将想法直接传给其后代、朋友以及盟友。奥尔森的目的在于表现自由，康诺利则致力于呈现绝望。从某种意义上讲，这两部作品都是反思性的学术论文。正如我们在第二章中讨论的，创作这样的散文可能是出于私欲，但作为一种定义自我目标和实践的手段，这种行为往往是必要的，即把自己想象成你想成为的那种作家（或者阻止自己成为那些你讨厌的作家）。就像创意阅读一样，这是一种为你的前途找到盟友的方法。然后，你会找到其他的盟友，比如导师、训练作家的写作教师、工作坊中的学生作家，以及编辑和出版时以你为中心而不断扩大的生存圈。

冷漠

这个世界对你写作的冷漠程度可以通过出版你最好的作品进行补偿，但即使这样也无法保证。改变你的预期值——为这么多（未知的）观众创作是一种自我伤害。在期望实现的过程中，多从身边的小世界出发，把若干小世界连接起来，就能创造更大的世界。先从你的创意写作课程开始，试着回答它们对新写作漠不关心的理由。我们要相信：生命是短暂的，但艺术是长存的，而我们只需要坚持写作。

竞争媒体

弗吉尼亚·伍尔夫指出的一些社会、文化限制（见题记）可能已经松弛，其他新兴的限制则对其取而代之。尤其流行的一种观点认为：在社会和政治方面，甚至在想象性经验和技术应用的大胆方面，文学写作作为一种艺术形式远不及电影或数字媒体。作为一名创作新人，你在多大程度上认为这是一种挑战，而不是威胁？要么成为电影和数字媒体的盟友，创作能改编为（但也是挑战）电影的小说；要么创作能利用和拓展新技术进行传播的作品。参见第九章"电子表演"一节。

多愁善感，或媚俗

诗人兼评论家玛丽·金兹指出，创作新人很难意识到他们作品中出现的陈词滥调。例如：

> 无意识反应是最可信的；问题应该被分享；尝试比成功更重要；每个人都是赢家；老年人悔恨自己不再年轻；外在反映内在；美在某种程度上是"正确的"；食欲最终是自然的或健康的，等等。（1999：376-377）

金兹将这些蹩脚的概念贴上了媚俗的标签："充满了感伤，与道德败坏联系在一起"。她引用了纳博科夫的观点，即这些有关情感的陈词滥调是广告的基础。我们可以说它们也是好莱坞和宝莱坞的面包和黄油——这种多愁善感有时是值得冒着风险使用的。然而，许多作家反对多愁善感和情感上的陈词滥调，因为他们知道这会导致陈腐的表达。

替代活动

你用替代活动作为不行动的主要借口。你做了一千件事来逃避写作，如整理杂物、重新排列你电脑上的文件等。但你应该这样想：只有你才能写出小说、诗歌和非虚构作品。海明威坚信："无须辩解……你必须做好这件事。如果一个人只关心他在自己成为作家路上的一个又一个障碍的增加或减少，那么他就是一个傻瓜。"（Phillips，1984：59）甚至性格温和的梭罗也提倡专注："激情燃烧时，就动笔写吧。作家推迟记录自己的想法，就像是用一个已经冷却的熨斗烧一个洞，他是无法吸引读者的。"北美一年一度的文学奖颁给一位提名作家，意在让他这样的人停止写作；他被告知："看在上帝的分上，够了。"如果你分心了，那通常是你自己造成的。允许甚至鼓励自己分心无外乎奖励自我放弃。

口头讲述

创作新人在应该采取行动的时候却会推诿。更糟糕的是，他们养成了"口头讲述"而不把作品写下来的坏习惯。当你谈论自己关于故事、诗歌和文章的想法时，你的创造力储备会随之流失。辛西娅·奥齐克说："我失去了很多故事和小说的开头……你看，这和中止写作是一样的。它意味着你没有做这件事。"（Plimpton，1989：296）作家可能会因为自己的健谈和爱交际而失败。对话是昂贵的氧气。不要事先谈论你的作品。写出来，先去做。你会发现，将来你有很多机会谈论自己的作品；就比如，和你的导师一起修改作品，或作品取得了巨大的成功。

批评和新闻

写作可以有很多替代活动，口头讲述和自我分散注意力是最明显的。

更狡猾的是那些看似模仿创意写作、实际上却是替换它的活动，比如撰写评论和新闻稿。在你休整或处于几个计划之间的"空窗期"，写些评论或新闻是可以的，但当你全力写作的时候，它们就会成为灾难性的替代品。另外，坚持每天写博客或日记有助于提高语言的简洁度并使你保持自律，同时也提供了一种更为持久的方法预热你这一天的写作头脑。把创意写作的技巧和精确性运用到批评和新闻报道中，并将它们重塑为创造性的非虚构作品。

幻想和完美主义

一些作家没有实现他们的目标，个中原因是多方面的，比如他们沉迷于自己的幻想，做着成功的白日梦，却不知道创造性的生活需要与众不同的注意力。与之类似的另一个敌人是完美主义。许多创意写作者在他们的作品和写作实践中力求完美，但成功的人寥寥无几，因为他们在拼搏而不是练习，也因为完美的写作是不存在的，只存在临时版本，它们有待修改，直到拥有自己的文字生命为止。如果你的作品是完美的，它读起来会像死了一样。乔治·奥威尔说："人的本质在于不去追求完美。"

政治

伊恩·麦克尤恩认为："政治是想象力的敌人。"真的是这样吗？政客们竞选时用的是拙劣的诗歌，执政时用的则是拙劣的散文。写作是一场没有选举却拥有隐形选民的运动。政党政治尽管是很好的写作素材，但可能会损害作家的判断力和语言的清晰度。许多作家是心怀抱负但不介入政治的政治家，他们的政治观点是由防御性的团结和情感维系在一起的，权威、权力或管制令他们不安。官方政党之外的政治是另一回事：写作与政治产生了错误的关联。作家想象中的自由可能会成为招致嫉妒或边缘化的原因（商业成功使他们"摆脱"了这种自由）。然而，就如奥登所言，"诗歌无法实现任何事情"，而纯粹的政治通常会使写作变得苍白无力，或者像济慈说的那样，"对读者存在明显的设计"。然而，文学政治就像学术政治一样，它们之所以能产生热量，是因为风险低、机会少。它们也是很好的素材。

页面恐惧和盲目用词

有些时候，创作新人认为他们有作家障碍。部分原因是一种页面恐惧：对空白页的厌恶，不知道自己在填充页面和为隐形读者创作过程中的作用。尝试运用一些第四章和第五章中提到的技巧和方法去克服这种页面恐惧；使用本章中提及的翻译法，或者尝试这本书里的写作游戏。经验、实践、多变和坦率是你真正的盟友。不要把商业元素看得太重，或是伪装成技艺娴熟的作者。作者也可能盲目用词，这通常发生在一个技艺娴熟的学徒身上，他在短时间内创作了大量的作品，但无法以作家的身份进行阅读（遗憾的是，他对该观点视而不见）。恢复的方法是停止写作，将手稿打印出来，并且至少三个星期之内不要再看它。在这之后，它会看起来与你的创意思维过程相距甚远，就好像是别人的作品。

跳出写作的"舒适区"

对许多作家来说，写作时感到力不从心是一种常见的心态，这也是他们中的许多人无法忍受明显的确定性的原因之一。超出你的技能或经验的写作是令人恐惧的，它会拖慢甚至中止写作的进度。要么你可能觉得你对自己要写的东西了解不够，要么表达的方式似乎超出了你的理解范围。研究活动和有趣的虚构会解决第一个问题，乐于迎战困难的你则会被它们吸引。在你的技能或经验水平范围内创作是一个相对轻松的选择，但你最终会原地踏步。尝试创作超出目前自身能力的作品能帮助你对理解自我和写作能力进行定位并达到一个更高的层次，能让你渴望进一步走入写作的深渊。图画小说家艾伦·摩尔认为，你应该通过将每一个故事的层次都设置得比上一个故事高，来让一切都处于危险之中，这就好像是把你的天赋和你的故事一起扔下悬崖："明显的鲁莽……将会给予他们一种激励和不可预测性，而这是其他方式做不到的。"他将自己从不可避免的"浪花般飞溅"中被解救出来的挑战，比作在自由落体的过程中给自己"编织"直升机（Moore，2005：46）。

自我怀疑

正如斯蒂芬·金所说："写小说，尤其是长篇小说，可能是一项困难而孤独的工作，这就像在浴缸里穿越大西洋。你有很多机会'自我怀疑'。"（2000：249）自我怀疑的功能就像自我审查。这种被诗人特德·休斯称之为我们的"秘密精神警察"的东西，有时会占据上风；它们阻止我们前进，甚至使我们不相信自己的能力。那些觉得没有过自我怀疑的作家，只是在偶尔骗自己。自我怀疑会随着工作而出现，就像无休止的不满意。你逐渐习惯了写作时停顿的感觉，断断续续地推进，时而停顿，时而开始，时而轻松，时而困难。你会发现，有时不仅仅是无话可说，甚至整个作品的弧线都在你的脑海中消失了。当自我怀疑出现时，你必须独自鼓起勇气，秘密前进。这是一个由你的性格所决定的、体现行动力和勇气值的时刻，不只是作为一名作家，更是作为一个人。没胆量，就没有荣耀。如果你想继续写，我们唯一能做的就是习惯它的求救信号。你并不会被你的作品所劫持。这是你的作品，你掌控局势。选择用一种更冷静的眼光去看待写作，就仿佛这个任务无关紧要。自我怀疑的感觉会逐渐消失：这是一种强烈却微小的恐慌，如果你不让它发生，它就几乎没有什么害处。自我怀疑最极端的对立面——过度自信——也应该被拒之门外。正如安妮·迪拉德在《写作生活》中所说的，"认为作品非常伟大或作品非常糟糕的感觉都应该像蚊子般地被抵制、无视或杀死，而不应当被纵容"（1989：15）。

工作和生活的平衡

完美的生活或艺术是不存在的，正如 E. M. 福斯特所说，生活是一团糟。在一团糟中写作可以为我们提供素材——例如，你要写的是自传体性质的创造性非虚构类作品。把作品中的不足归咎于生活，就像把自己的不足归咎于我们所认识的每一个人一样，是不负责任的，在道德上站不住脚。然而,许多失意的作家都以这种方式安慰自己。你的一言一行都是你的责任。只有你才能写出你自己的诗歌和故事。你在作品中的行为准则势必也会反映在你的现实生活中,但不要以此苛求他人。平衡工作和生活,一种方法是对自己和你周围的人坦陈你的所思所行。解释你对时间的要求和对写作的愿望,然后讨论和确定哪些是可能的以及可以实现的,而不是去想那些不可能的或理想主义的事情。通过给自己设定现实(甚至是短期)的写作目标,你就有机会实现它们中的大多数,而不会让自己陷入对生活和文学的双重失望中。你甚至可能在不知情的状态下实现一些不可能的目标。然而,即便你没有成功,你也必须按照自己说过的去做;否则,你不仅会令自己失望,也会辜负来自你周围的人的好意。

对年轻作家的妒忌

太多的创作新人被年龄和文学成就的问题所困扰,甚至到了停滞不前的地步,因为他们觉得自己落后于同龄人或那些令人尊敬的作家。出版商利用年轻人作为卖点,但这与质量或成就没有多大关系。这种使作家丧失写作能力的状况部分源于一种陈词滥调,即写作是年轻人的游戏,所以我们当中杰出的作家早就消失了。这种状况部分也源于竞争力。有时,创意写作专业的学生会研究他们最喜欢的作家的出生日期,计算他们首次发表作品时的年龄,然后争相与之匹配。这是毁灭性的行为,因为你不仅滑向了另一条通向失败的路,而且这条路与你所找寻的属于自己的、最自然的写作风格毫无关系。当然,你应该尽早挖掘你的创造力,但这可能是在你四五十岁的时候。只要认真写作,任何时候开始都不晚;而且在你年轻时,或者在你或(更重要的是)你的作品准备好之前,出版是没有任何好处的。

年龄

事实上,有些作家年龄越大,就越自由。他们没有了页面恐惧,也无暇恐惧了。爱德华·萨义德认为,创造性艺术家的"晚年风格"

是"如果艺术不放弃自己支撑现实的权利，会发生什么"（2006：9）。在评论卡瓦菲的最后几首诗时，萨义德说："艺术家成熟的主体性，没有傲慢和浮夸，没有因为它的易错性以及自己从年龄和流亡中所获得的谦逊而感到羞愧"（2006：148）。变得圆滑——即便是文学上的圆滑——也被一些人视作美德，就像对"温和"的非难一般。这二者都是创作新人为了从他们的前辈手中夺走游戏的主动权而强加的可操作性规则。事实上，对一些作家来说，写作的潜伏期和孕育期会随着年龄的增长而缩短，他们可以同时写作好几本书。学徒期早已结束，但他们写作时却像初学者一样轻松自如。正如贝克特所写的："死亡并没有要求我们保持一天的自由。"和形式一样，死亡意识并不是创造的监狱。你以写作反抗它的限制。

孩子

养育孩子是你生活中最深刻、最艰难的乐趣之一。写作和养育孩子的原则可能不同——但二者都是合理的需求。虽然现实世界中的一些职场已经开始更加密切、更富同理心地关注工作与生活之间的平衡，但作家仍经常受到作为自由职业者的各种变化无常的限制。女性作家在这方面尤其受影响。有一种方法可以解决这个问题，那就是围绕育儿形成一种写作习惯，尽管一开始这会令人精疲力竭。当然，要确保你所占用或要求的写作时间是合理的，以获得尽可能多的支持。要一丝不苟，有条理地制定时间表，确保每个人都理解写作是你的工作，并且应该得到像人们对待其他任何形式的工作一样的尊重。在这种压力下，问题就不是时间的多少，而是时间的种类及你应该如何利用它。正如谢默斯·希尼曾经说过的那样，"写作的关键在于，如果你有动力，你就能找到时间"。还要记住的是，那些选择不成为父母的作家会发现，经常会出现一些孩子的替代品打乱他们的时间表——所有事情都可以诱惑他们。他们甚至可能把自己的书当成孩子看待，而没有意识到这是对书架寿命的苛求。许多有孩子的作家为了孩子而写作，让孩子成为语言游戏或故事的第一批读者。随着孩子年龄的增长，一定要让他们明白：写作是你的工作；而他们也可以尝试使用一些你的写作技巧，这可能会很有趣（甚至很有教育意义）。有些作家，当他们老去的时候，会怀念因孩子的存在、问题和需求而制定的原则制度。

写作游戏

敌人和盟友

在你的笔记本上列出妨碍你写作的因素，将之统称为"前途的敌人"。再做一张有助于写作的因素列表，比如环境等，我们称之为"前途的盟友"。要做到近乎不留情面的坦诚。例如，你可能讨厌截止日期，但如果截止日期有助于你写作，那么它们应该在你的第二张列表里。在一张大纸上，为你生活中典型的一周做一个时间表，给出尽可能多的细节。用第一张列表检查你的一周时间表，找出所有对你来说属于"前途的敌人"发挥作用的时刻。试着衡量一下你对这些时刻的掌控程度——或者这些时刻是由外部因素（比如你所做的工作）控制的。然而，在确定了你可以控制的时刻之后，想办法把这些敌人从你的一周时间表中清除掉。例如，如果你的"前途的敌人"其中之一是时间，那么就思考如何增加可供写作的时间。好比一些作家起得很早，试图在上班前或家人醒来前多写些东西。你经常看电视吗？那么请减少。你会花很多时间谈论你的作品吗？那就试着保持沉默。你有页面恐惧吗？那不妨试试"写作游戏"。如果你的敌人是推诿搪塞，那就通过决定玩一个写作游戏，或者进行一些自由形式的写作、固定模式的写作、模仿或翻译来欺骗自己动笔。

目标：你会惊讶于我们浪费了多少时间在替代性活动和分心上。制定一个新的计划表，排除那些自己制造出来的"前途的敌人"。遵守这个计划表。它会变得很自然，不再是一种刻意为之的姿态（因为这种姿态也是前途的敌人）。

对翻译的挑战

许多作家在自己的写作过程中，将翻译作为一种获得内在休假的手段。他们借此从其他作家那里搜集想法和汲取语言能量，向他们所欣赏的那些外语作家致敬。写作的休眠期也是一种有效的治疗方法，比如当你正处于几个重要项目的衔接间隙时。如果你相信作家障碍，那么翻译是一种治标不治本的方法，因为这是一名作家依靠另一名作家在白纸上写下了一行字。所有这些原因都取决于过程的差异性。严格来说，这不是翻译，它是将别人的作品拿过来并占为己有：他者化的翻译。

翻译失去了什么

对于创意写作者来说，翻译是写作的一部分。对于越来越多的专业文学译者来说，这是创意写作的另一种形式，毕竟他们主导了这个过程。然而，罗伯特·弗罗斯特认为，"诗意就是翻译中所失去的东西。它也是阐释中所失去的东西"。作家们常常把阐释看作创造力的敌人。然而，弗罗斯特的这句名言更多指向的是诗意的本质而不是翻译的过程。我们都知道，语言是一个不断变化和演进的系统。有些词在其母语中有特定的含义，但这并不意味着它们会将这些联系带到另一种语言中。

偷跨光谱

含义固然重要，但我们也不能忽略语言中的声音、韵律和腔调，以及诗歌中的押韵或某一行字的内在音乐性的重要性。有没有一种完美的或接近完美的方法，能把这些所谓形式的"货物"从一个国家运输到另一个国家？没有。翻译的过程丢失了什么东西？恰恰是原作者所珍视的一切：其内心深处的诗意、意图和直觉。难道我们还能更冷酷无情吗？是的，即便我们已经给予了原著和我们正侵害着的原著作者以尊重。

这种"尊重"通过一系列途径蹩脚地闪现。一些创意写作者会练习改编已故作者的原创作品。然而，一些作家在"他者翻译"的调色盘中进行混色：改编——→对等——→版本——→模仿——→变体——→艺术盗窃——→抄袭。作为创意写作者，你通过探索它来跨越这个光谱，甚至通过绕过它来利用它，尽管诗歌比虚构性文章更适用于这个过程。而有些作家还会采取戏仿或拼凑的方式。

对一些作家来说，挑战可能是如何占有，而不是忠诚。有些作家剽窃别人的作品，却没有引用出处。如果用得好，批评家和读者认为这是一种致敬；如果用得不好，他们则会大叫抄袭。正如《改编》（*Adaptations*，1924）中里昂·孚依希特万格开玩笑说的那样，一些创意写作者通过在原著作者的名字前加上小字"追随"，表达对原著作者的致敬。如果原著作者死了，你就可以确信，作品的所有瑕疵都归咎于活着的作家，而作品的所有价值都归功于死去的作家。套用恩古吉的话来说，翻译环绕、穿越语言而行。许多创意写作者认为，所有作品都是从沉默中"翻译"出来的，但也要借助作家影响力和艺术共鸣的棱镜。

镜子的镜子

作家很可能精通他们正在翻译的语言。更有可能的是，他们对这门语言的掌握程度只够翻译他们所要翻译的内容，或者使用注释——例如，诗歌的散文化注释，如约翰·D. 辛克莱在 1939 年对但丁《神曲》（*The Divine Comedy*）堪称典范的翻译和注释。作者并不是如实地翻译另一种语言，而是模仿原文来产生它的另一个版本，在它的基础上产生变体，或者用它为一个完全独立的作品创造起点。最终的目标是占有它，这是一个你应该尝试的写作练习。练习翻译对你自己的写作有好处。如果说艺术创作是大自然的一面镜子，那么翻译就是镜子的镜子。

一部作品变成了翻译作品，融合了两位作家的创意思维。比较突出且备受争议的例子包括罗伯特·洛威尔的《模仿》（*Imitations*，1961），这是一个欧洲诗人的充满活力的版本，洛威尔把这种创作过程比作"进入了一个全新的世界"（Hamilton，1982：289）；还有埃兹拉·庞德与吟游诗人的"对等"，以及唐·帕特森的《眼睛》（*The Eyes*）中出现的安东尼奥·马查多的迷人精神肖像，帕特森认为这是一种像是有"许多你可以对其倾诉的故友"的他者翻译过程（1999：60）。对于一名具备创造才能的创意写作者而言，"翻译"似乎是一种文学性的超级氧气，它能让死者从他们的文字细胞中复活。

一些作者则完全伪造了这个过程，编造了一部原创作品和作者，并用他们自己的母语进行"翻译"（一项有效的创意写作练习）。有时这个过程是刻意为之的欺骗，尽管结果往往相当成功。历史上，最著名也是最悲惨的例子是诗人托马斯·查特顿，他在十八岁的时候自杀了。他发表了一篇伪古代游记，这是他声称在布里斯托尔的圣玛丽·雷德克里夫教堂的箱子里发现的"原作"的另一个版本。查特顿随后发表了据称是虚构的 15 世纪僧侣兼诗人托马斯·罗利的作品。遗憾的是，查特顿在人们的记忆中更多的是一个不幸的青年人，而不是一个富有创造力的模仿诗人、一个"默默地假托翻译之名"的创造者。正如安东尼奥·马查多所说："为了写诗，你必须先创造一个会写诗的诗人。"查特顿的创造力完全消失了。你可要小心点。

写作游戏

不要翻译

去图书馆，那里有一些用你看不懂的语言写成的小说或诗歌。至少拿三本书，从故事里节选诗歌或片段，大声朗读它们。用你的母语"翻译"其中之一，完全不用考虑原版语言的字面意思。

目标：这个游戏站在了翻译的对立面，是为了产生新的作品而对另一名作家的材料进行的蓄意攻击，否则可能无法产生新的作品，但在你修改它的时候，可能会提供一些有趣的可能性。这是对语言的突袭。与用自己的母语模仿原著作者的语言相比，原文和你的文字之间会产生更大的距离。

对实验的挑战

有时，创意写作的挑战并不是要做出最终的或可评估的东西，而是要做出某种潜在的东西，是一种语言的试听，甚至是一种有趣的文字和字母的组合——为艺术而艺术、为玩乐而玩乐。在写作这片大陆上，没有人能比生活在乌力波（OuLiPo）[①] 所居住的国家里更快乐。

---

① 又称"潜在文学工场"，是一个由作家和数学家等组成的打破文本界限的松散的国际写作团体。——译者注

乌力波文学工场

《百万亿首诗》（*100 000 000 000 000 Poems*）由法国作家、前超现实主义者雷蒙·格诺（1961）的十首十四行诗组成。每首十四行诗都具有相同的韵律体式。在原版中，十四行诗印在每一页的正面（右侧），诗行被切成十四条。如果读者在除最后一页之外的任何一页上选取一行，就会出现一首全新的十四行诗。如果读者选取更多的诗行，那么就会产生更多首不同的十四行诗，依此类推，有上百亿种排列方式，也就是这本书的名字：《百万亿首诗》。作者计算得出，一个人一天 24 小时不间断地阅读这本书，需要 190 258 751 年才能完成所有排列。他们还需要在阅读的同时仔细记下每一种组合，并且对这本书充满热情。格诺的诗引出了一个新点子。

正如战争是外交手段另一种方式的延续一样，乌力波也是文学另一种方式的延续。1960 年，作家、数学家和学者们成立了"乌力波文学工场"。后来的成员是通过竞选产生的，但这并不妨碍你试用他们的写作方法或创造一些你自己的写作技巧。

他们的目的在于找到一种使抽象限制与虚构写作相结合的方法。他们主张在创作过程中使用严格的、自己强加的限制。就如格诺所说，他们就像是"想要从自己建造的迷宫中逃脱的老鼠"。这个团体中最著名的两个成员是伊塔洛·卡尔维诺和乔治·佩雷克（写了一部通篇没有使用字母"e"的小说）。乌力波式的创作仍然非常活跃，并被认为是上个世纪出现的最具独创性、最多产以及最具煽动性的文学作品之一。

他们还催生了其他相关的团体，比如有一系列发明和解决犯罪问题的方法的乌力波波（OuLiPopo，潜在侦探小说工场）、乌班波（Oupeinpo，潜在绘画工场），以及致力于寻找将绘画和文字结合起来的新方法的乌巴波（Oubapo，潜在漫画工场）。所有这些组织都有各自的习俗：年度晚宴、反常的会议记录、稀奇古怪的规则和宣言，以及令人费解的写作方法。尽管成员组织是封闭的，他们的目的却是慷慨的。

他们试图扩大文学可能做什么的类别范围，而不是规定文学能做或应该做什么。他们是创意写作学科中一个积极的、生机勃勃的存在，哈利·马修斯和阿拉斯代尔·布罗奇主编的《乌力波纲要》（*The OuLiPo Compendium*，1998）还鼓励了许多学生和新作家。

风格训练

对于小说写作新手而言，格诺的故事《风格训练》（*Exercises in Style*，1947）是最好的起点之一。中午，在一辆拥挤的公交车上，作者注意到一名男子指责另一名男子故意推他。当一个座位空出来时，第一个人就占为己有。后来，在城镇的另一个地方，作者看到这个人的一个朋友建议他在外套上再钉一颗纽扣。这就是故事的全部内容——格诺除了用十四行诗和亚历山大体，还用"法国调"（Ze Ffrench）和"伦敦腔"（Cockney）将这个平凡的故事复述了九十九遍。一个"滥用"章节强烈谴责了这些事；"歌剧英语"给它们增添了宏伟的色彩。这是一部关于风格展示的杰作，就连教学也是如此的随心所欲。

乌力波行为和观点上的嬉闹是一种解放，尤其是在小说和诗歌的创作工坊中。"限制就是解放"的练习并不是什么新鲜的事情。在数学中，数字的艺术就是一切的艺术，在古诗中当然也是如此。这是一场形式再塑的改革，其根源在于我们在第一章中所看到的——中世纪教师为他们自己和学生设置的修辞和结构方面的挑战。它既呼应了抒情诗人严谨的技术性作品，也呼应了伊丽莎白时期宫廷诗人的游戏形式，甚至是在电视和电影出现之前风靡世界的维多利亚客厅"文字游戏"。

乌力波人的主日学校练习

一项比较简单、可供尝试的练习（以便了解乌力波能为你提供什么）是"N＋7"或"名词＋7"。找一篇已有的创意作品，也可以创作一篇。通读整篇文章（可以是小说、创造性非虚构作品或诗歌），标注所有名词的位置。在词典里一个一个地查这些名词，然后在词典里依次向前数7个名词（不是7个单词）。以约翰·济慈著名颂歌（NE2：

872）的第一节为例：

> 雾气洋溢、果实圆熟的秋，
>
> 你和成熟的太阳成为友伴；
>
> 你们密谋用累累的珠球，
>
> 缀满茅屋檐下的葡萄藤蔓；
>
> 使屋前的老树背负着苹果，
>
> 让熟味透进果实的心中，
>
> 使葫芦胀大，鼓起了榛子壳，
>
> 好塞进甜核；又为了蜜蜂
>
> 一次一次开放过迟的花朵，
>
> 使它们以为日子将永远暖和，
>
> 因为夏季早填满它们的黏巢。

（查良铮译）

　　我用学校的词典，由"季节"这个词向前数了七个名词，找到了"海堤"这个词。每一个名词都被偶然发现的新词所取代，一首完全不同的"潜在诗歌"就出现了：

致航空

情人的海堤和成熟的果实！

日益成熟的主日学校的边缘；

和他密谋如何用沮丧缀满

剧院周围跑来跑去的酒商；

用约定压弯小屋旁爬满苔藓的沟壑，

还把所有的沮丧都用汹涌的潮水灌进软木塞；

用一瓶甜美的番茄酱

让家庭教师怀孕，让头痛庇护所鼓起；

还为乞丐提供晚来的补液，

直到他们以为热情的女执事永不停息，

因为召唤已经填满了他们黏糊糊的脂肪团。

关键不是要写出一部崭新的、伟大的文学作品，也不是要让现存的作品受到嘲笑。重点是玩，并且产生新的想法和联系。这种方法是巧妙且充满魅力的，但它并不是一些追随者所认为的一种意识形态，而是恰恰相反。乌力波从字母和语言的拼字游戏中创造了思维实验。它可能就像科学和思维实验一样，不会产生任何结果，但有潜在的可能性。例如，可能不会有人写出比以"头痛庇护所"开头的更糟糕的诗了；或是写一个小故事，揭露酒贩子为何沮丧，以及他围绕剧院跑来跑去的原因、谁因为约会而困扰以及为什么家庭女教师会怀孕。

写作游戏

风格训练

写一个不超过一百字的小故事。一定要尽可能平淡。用不同的风格或视角将这个故事重写十遍。以下是可供选择的样式：

歌剧剧本	用车指南
肥皂剧	不真诚的自我疗愈书
要点列表	政治广播
被动时态	虚无主义者的遗书
手册翻译	饭后演讲
新闻报道	后现代小说
喜剧	一系列俳句
抽象语言	自白类电视访谈节目
象形诗	科学论文
会议纪要	备忘录
浪漫小说	令人费解的批判性文章
十四行诗	自由诗
情色小说	感觉论者
由1、2、3和4个单词组成的各种排列	神秘的各种排列

　　目标：在某种程度上，所有的写作都是重写，而这个游戏对于学徒写作者来说是一种幽默风趣的方式，相当于锻炼他们声音的音域，并将文字融入某种风格或诗歌的"形式"。

对设计的挑战

　　作曲家伊戈尔·斯特拉文斯基认为："任何削弱约束的因素都会削弱力量。一个人对自己施加的约束越多，就越能将自己从束缚精神的枷锁中解放出来。"我们通过形式、形式模型和技巧，以及各种模型、塑造和限制技巧来设计我们的写作。简而言之，我们把所有这些设计和限制活动都归入形式的范畴。对于创意写作的新手而言，挑战在于你应该用想象力和智慧去驾驭形式，而不应该被形式驱使。

有限的自由

　　形式是一种强大的工具，因为一旦你掌握了它，它就可以教你如何打破它，或者改变它。但你必须先掌握它。例如，小说中的形式可以与体裁互换使用，小说家可以运用多种形式设计塑造叙事，或是让叙事被塑造。任何重复的元素都给散文化小说带来一种模式感，这种模式感本身就是形式的一个方面。不要忘记形式本身也是虚构的。

　　一个段落或一行诗的设计，应该暗示可能性，而不是铁一般的确定性——即使这种结构可能像玫瑰或眼睛的基因图案那样复杂。形式为散文化小说或诗歌提供了一种模式或模型，但通常在其最不明显的时候最有效。因此，形式看上去肯定是不可避免的。在故事和诗歌中，形式也必须令人几乎无法察觉，它是与写作对话的存在。小说或诗歌不应该完全被其理想的形式所驱使。一名自觉的创意写作者有时可能过度强调他的形式能力，以至于读者看到和听到的"尽是模式"。如果你也走上这条道路，你可能会成为一名技术娴熟的技师，但作品却因效率低下或技术上的表现欲而受到影响。

　　对于那些发现自己的写作很难带给他们惊喜的新作家来说，用形式设计小说或诗歌往往是一种解放，但是，当面对一种风格训练的数学框架、一首六节诗或盘头诗时，他们发现自己处于问题解决者的心理状态，而非他们以为的艺术家拥有的某种特殊心态。他们开始明白，解决问题和"语言设计"与艺术创作之间的共通处远比艺术家给人们留下的普遍印象所暗示的要多。形式自身就是一种有用的工具，因为限制因素让其找到了新的表达方式。形式解放了小说和诗歌中的想象力。

诗歌和小说中的限制：两个例子

威尔士诗人迪伦·托马斯在 20 世纪的公众形象是一位卓越的艺术魔法师，一种由他的崇拜者塑造的吟游诗人形象，而这一形象由于他高度夸张的诗歌表演方式得到了加强。然而，当托马斯在他位于拉阿恩（Laugharne）的船屋中坐下准备写作时，他严肃地在一页纸的右侧列出了一系列押韵的单词（以及替代词）。创造出诗歌的骨架后，他又填补了这个设计中的空白处并且一直修改到正确为止。他设计和计数诗歌，直到它们听起来像是地球上的自然歌曲，具有不可抗拒的魅力。押韵通常会被一些干预行分开，所以很少出现明显或刻意的押韵。

同样地，在理查德·比尔德（1996）的小说《X20》中，作者让主人公在第一章抽了 20 支烟，下一章抽了 19 支烟，并且依此类推，直到我们读到第二十章，也就是最后一章，主人公抽了 1 支烟（故事的一部分是关于戒烟的）。每一支烟都是构成小说脊柱的一块椎骨。然而，就像托马斯的押韵方案一样，读者不会注意到这些减法和加法，因为有那么多的有形语言处于数学和读者警觉的目光之间。这些限制被编入诗歌或叙事中，尽管它们塑造出的是上层建筑，但它们也作为命令、道具和活塞推动作家向前、向上。灵感是不存在的，计算和设计带来的好处更多。这些限制就像脚手架，它们甚至可以在小说或诗歌的上层建筑建成后被移除。这就是为什么形式被亲切地称为"必要的虚无"（Boisseau and Wallace，2004：27）。

形式的游戏

罗伯特·弗罗斯特说："创作小诗可以鼓励一个人发现世界的美好。一首诗是对混乱的制止。"故事也是如此。他还写了一句非常著名的话——写自由诗就像"打没有网的网球"。形式可以看作一场塑形游戏。约翰·雷德蒙认为"身份类似于正在设计游戏的人，读者则是正在玩或观看游戏的人"（2006：9）。在不远的过去，人们往往会在丰收的时候创作诗歌。直到今天，基于传统威尔士韵律要求的严肃而活跃的表演赛依然会在一年一度的威尔士音乐节上举行。

形式为创意写作者提供了模拟练习，赋予他们一系列的目标和规则，比如押韵方案、韵律和重复。这种游戏可以提供练习，也可以为你写一些更直接的东西做准备。在限制中写作迫使你创造一些方式来表达一些事情——那些如果你去制订自己的无网游戏计划，可能不会发生的事情。它可以让你写得比你想象得还要好，让你成为一个更好的艺术玩家，而你最终会惊讶于自己被驱使着写出了一些意想不到的东西。小说家也使用类似的手段，乌力波人则为他们提供了可供使用的丰富资源。

形式也是一种元素，它完全是人类和社会的发明。例如，诗歌起源于口语。时至今日，它的部分存在形式仍然是口头的。以口头形式讲故事是小说的根源。形式的形成是为了让人们用耳朵记住一首诗或一个故事，从而使其更易传播。多次重复的句子和故事更容易被记住；或者是有韵律的句子，它们有特定的步伐和舞蹈，而押韵是唤起有关下一行的记忆的一种方式。韵律和节奏是助记的手段。因此，形式在帮助文学在文化自然选择中生存与适应方面发挥了巨大的作用。

形式是我们开始感知语言世界的基本方式。婴儿床里的孩子可以通过听童谣学习新单词，但真正的乐趣在于它的发音方式：模式、重复、节奏、押韵、韵律，即形式。它在大脑中创造了语言的音乐——一种语言的舞蹈。作家也是作曲家：许多人开始写诗或写故事是因为首先想到了音乐，并要求有与之匹配的歌词。这是一个非常自然的过程，就像编歌甚至开玩笑一样简单。笑话也有形式和音乐：设置笑点，它紧绷的节奏吸引着你。

违反设计

形式也有它的诋毁者。一些创意写作者，特别是那些创作新人，认为形式是人为的，而不是基本的、人类的和有机的。他们把诗歌和小说艺术视为不受控制的表达领域。他们忘记了童年在节奏和重复的自然中获得的快乐，并且忽视了语言是可供玩乐的可塑材料这一事实。例如，这些作家在不了解词源的情况下，就像黄蜂见到了蜜糖一样被"自由诗体"（free verse）中的"自由"（free）一词所吸引，或者认为最好的自由诗体是从它与形式的对话中获得力量。

他们创作的诗歌和故事显得既傲慢又混乱，但他们认为这是一种展现自由精神的行为。他们不会想到，如果"设计"一下这种"低瓦数"的散文和诗歌，可能会有更好的作品；如果他们明白，他们就会发现这样的概念既传统又无聊。他们站在光谱的另一端，与那些作品完全模式化、名为实力强劲实则拙劣的诗人完全不同。然而，他们的极端立场和做法有许多共通之处，而且可能比他们愿意承认的要多。创意写作学科会直面这些挑战。

那些反对形式的人有时会给它的支持者打上反动的标签。然而，反对派使得个人主义和懒惰凌驾于技术和作品之上。他们还想要促进压制人类娱乐和创造力的专横情绪的形成（这种坚决的冷静表明了他们的不真诚）。创意写作专业的学生对正式写作的反感可能仅仅是因为对"正式"一词的厌恶，反而更喜欢它的反义词：非正式。

最后，由你来决定是否要使用形式。仔细想想：作为一个人，当我们挑选家具、音乐、汽车、电影、画作、衣服、房子或电脑时，我们势必更喜欢技艺娴熟的匠人和实力强大的设计师的作品。创意写作所面对的挑战也不例外：它需要被精心设计得令人满意，即便它的形式并不明显。

对质量的挑战

感知和接受

一些创意写作专业的学生发现很难知道他们的写作是"好"是"坏"。无论在学院中还是在社区里,工作坊所带来的动力都更倾向于鼓励而不是打击。正如我所说的,除了严格要求,没有其他简单的答案,要有一种有利于积极创造力发展的正确构架,同时也要有一种批判性视角进行审查。毫无疑问,任何学科的学习过程都是一条充满积极目标的道路。然而,有时在这种情况下产生的作品会在质量上出现例外情况,但事实上,它是在工作坊的规则下完成的,这意味着,在很大程度上,它没有被看作无中生有。这是对我们的偏见的挑战,也是对批判性慷慨的挑战。

媒体经常否定那些攻读艺术硕士或文学硕士学位的作家创作出的小说,一部分原因在于媒体向公众传播的是一种关于写作和作家的浪漫主义观点,另一部分原因在于他们并不信任学术界。记者们更喜欢天生的、高贵野蛮人版本的作家,而不是后天培养的、学者式的作家。因此,批判性接受的条件被先入为主的双重预期所扭曲。尽管一些创意写作专业毕业生的质量很高,但公众还是接受了这些偏见。因此,一些作家学会了隐瞒他们的资历和训练,伪装成与众不同的、更老练的学徒身份。

文学声誉在公众的目光中起起落落。有时候,这就是一个等待你的作品被发现的时机问题。你的读者不会等待那个时间。你必须先创造读者,然后等待。有些名声是通过认真的学徒生涯实实在在获得的,有些则是通过巧妙或虚假的营销手段获得的。对于一些创意写作专业的学生来说,站在学徒或时间的视角上阅读某些备受好评的作家的作品是很困难的。在他们看来,那些被吹捧上天的作品往往缺乏想象力、陈腐或拙劣。这并不是因为他们过于自大或聪明,只是因为他们以作家的身份阅读,从而具有了批判性的敏锐。对他们而言,文学品质已经成为他们人生的目标，而当他们发现并不是所有专业人士都认可这一目标时，他们自然会感到惊讶。文学品质当然也不是出版业所认同的目标，出版业的底线是利润。

一种视角练习是选取一些当代著名作家的作品，然后让学生把整个故事、诗歌或创造性非虚构作品逐字逐句地用键盘敲出来。把其他作家发表过的作品敲出来和大声朗读它一样——肯定能检验出其质量的好坏。正如约翰·罗斯金所说："所有的书都可以分为两类：一时之书和永久之书。"理解文学接受和文学感知的高妙境界很重要，但那里也有迷雾和虚幻的灯光。在工作坊里创作的诗歌或故事被寄往一家著名的文学杂志，如果有著名作家的名字在上面，无论写得好坏，被采用的可能性都会更大。这种事情向来如此。有名人的杂志就是比全是无名小卒的杂志卖得更好。

提高创意写作课程质量的方法之一是提高接受的期望值。写一首诗、一个故事或一篇调查性文章，并且知道它是作为课程的一部分而写的，这并不是写作的强烈诱因。然而，如果你将出版的环节加入这个课程里，期望值就会上升。事实上，如果你向一名年轻的新作家提供一份与知名出版社的合同，他很可能会因为想给读者留下深刻印象或害怕在这次成名的机会中失败而努力写得更好。因此，应当鼓励围绕这些创意写作课程创造出版的机会，只要它们不会随之发展成那种只出版创意写作专业的学生和老师作品的封闭性商店。

写作游戏

升级你的游戏，唤醒死人

这是一个小组游戏，需要进行角色扮演。工坊的组织者是时间的化身：作家的创造者和破坏者，要出现"作者死亡"。所有学生必须在游戏期间放弃他们作品的版权。（1）小组中的每个人在严格控制的10分钟时间内自由写作。接着，每一篇作品都会被以某种方式"破坏"：撕毁、烧毁、践踏或溅上舞台的血迹。它一定要变得几乎难以辨认。

扮演时间的工坊组织者应当对大部分的破坏痕迹负责，因为这正是时间对大部分创意写作所做的事情。（2）在被烧毁或破坏的作品背面写上字母"A"。把每篇作品传给右边的人。（3）工坊组织者必须使小组成员相信两件事：第一，现在是20年前；第二，他们都是另外一个人。小组中的每一个人都扮演着档案学者的角色，而他们的任务是重写这篇文章（作品"A"）。学者所知道的是，这位外国作家现已去世，他非常悲惨地死去了，并于60年前写下了这篇文章。每个学生都可以利用这些信息尽可能完整地重写这篇作品，并且充实任何遗漏或损失的细节。（4）在新作品的背面写上字母"B"，然后把作品A和作品B传给右边的人。（5）时间抛弃了档案学者，让当今的一些次要作家取代了他们。小组成员们扮演这一角色，他们面前摆放着一篇从当地图书馆的档案中发现的作品。次要作家决定利用这篇有趣的人造物，用他或她现在的说话方式创作一篇仿制品。（6）有了这个信息，学生们就可以完全重写这篇文章，随意增删，甚至颠覆它。请尽情使用这本书里的任何一种技巧，以便将这篇文章变成你自己的。（7）在新作品的背面写上字母"C"。每部作品（A、B和C）都递给右边的人。（8）工坊组织者接到了一个来自某知名报社的电话，并向小组成员传达了以下信息：他们都获得了诺贝尔文学奖，明天必须去斯德哥尔摩领奖。报纸想刊印一篇新的短文。他们想刊登小组成员们今天正在写的文章。（9）时间抛弃了次要作家，取而代之的是20年后的诺贝尔奖获得者。小组成员们扮演这一角色，在他们面前摆放着一篇由次要作家写的文章，但为了赶上报纸的截稿日期，他们要把它当成自己的。很显然，为了掩盖获奖者的痕迹，必须巧妙地重写它。（10）学生们要尽最大努力重写这篇文章，以符合诺贝尔奖和知名报刊的预期。（11）在这部作品的背面写上字母"D"。（12）时间抛弃了获奖者，无论他们是谁，你现在又是你自己了。这篇文章就是最终的产物，它是属于你的。

目标： 这个游戏同时发挥了三个层次的作用：由于期望值上升而提高写作质量；改变接受条件，使得写作被看作一种随着时间变化而流动的文化现象；掌握包括翻译、模仿、变体以及文学剽窃在内的创作光谱。（1）如果你提高自我期待和读者期待的水平，创作新人就可能发现自己的写作的质量上升到了一个新的、更高的层次。这种伪装为你带来的心理自信往往可以帮助你突破，并且找到更多适合自己的写作风格。（2）从文学作品的感知与接受角度来看待整个游戏过程。我们看待某人作品的方式会受到我们对作者的看法的影响，而这种视角可能包含了许多因素，比如他们写作时的环境、他们的年龄，以及我们所知道的所有关于他们生活的细节。（3）所有的写作都是翻译的行为，跨作者、跨时间，以及跨越作者和读者之间的鸿沟。你可以利用这个游戏中的课程进行模仿练习，目的是创作出一部属于你自己的新作品。我已经尝试过这个游戏的另一个版本，在结尾处有一个转折：人们发现原作者还活着，并且生活得很好，还拜访了诺贝尔奖得主。学生们重写了这篇文章，以更好地反映它作为改编作品的起源，并编写了一个描写虚构会议的短篇故事。

评估创意写作

创意写作专业的学生及学者常常会询问一个问题：如何评估创意写作，以及评价者是如何得出这个分数的？毕竟，人们会给《神曲》或《米德尔马契》（Middlemarch）打多少分呢？大多数写作教师会证明，这是一个事关经验和阅读广度的问题，我们——学生、读者、作家和评论家——每天都在阅读、批评或写评论的活动中给创意写作"打分"。甚至当我们在课堂上和日常生活中谈论书籍和作者时，我们也会给自己的阅读体验打上一个暗喻的"分数"，将其与作者之前的作品或其他作者的作品进行比较。

分数暗示着作家自身以及与班级里的其他人相比所取得的进步。一般情况下，会由两到三位导师分别阅读作品，然后给出一个分数。环境很重要，教室的环境就是里面的人：一个学生作家群——而不是一群创作新人加上作品，比如说歌德的鬼魂。就像我们在第二章

"反思性批评"中所讨论的，很多写作课程都是通过创意写作的作品、论文或者有关写作目标和过程的评论来进行评估的。一些模块还可以进行考试。论文和考试材料往往使用与说明文相同的标准进行评估。在设计一门课程时，导师通常以评估参数为起点，然后倒回到课程大纲：需要设置的练习和需要阅读的文本。在课程创建过程中，评价标准非常重要，且占据了首要位置。如果一门课程没有正式的评价标准，小组一定会期望找到诸如出版或阅读等其他方法来衡量进度、验证效果。

作家西莉亚·亨特认真考虑过后认为，如果学生在写作过程中解决了困难的、情绪敏感的问题，那么评估就应该考虑到这种个人层面。她认为，主要以文学标准评价创意写作可能适用于批判性思维，却总是无法顾及情感和个人因素（Hunt，2001）。在学习计划早期，她选择只评价反思性论文和学习日记，而不是创意作品。诚然，传统观念里的创意写作一直被认为是个人的和主观的。学术界一直乐于教授学生对现存作品的批评方法，以及评价学生的评论文章。受过训练的批评家一直不愿意评判还在"创作过程中"的创意作品，也不愿意给学生学习写作过程中的表现制定评价标准。然而，现如今，创意写作模块使用了各种各样的评估方法。

这些评估方法包括对创意写作练习、反思性评论、工作记录、日记、杂志、社区以及工作场所和工作表现的设置和评价。评价重心更多放在了起草原创写作计划的重要性上，以及学生的创作日志、他们是如何和为什么修改创意作品上，这些也是学习过程的重要方面。最后，如何给创意写作打分的答案是：它是百分制的，但如何得出这个分数也可能取决于写作的背景。

推荐阅读

蒂莉·奥尔森的《沉默》（The Feminist Press，2003）于1978年首次出版，对文学研究产生了革命性的影响。它激起了新的创作声音的爆发，尤其是女性、黑人和工人阶级作家。她的书指出了写作过程中的许多社会和文化挑战，像弗吉尼亚·伍尔夫的《一间自己的房间》（NE2：2153－2214）一样，是关于使写作成为可能（或不可能）的环境因素的宝贵读物。西里尔·康诺利的《前途的敌人》（*Enemies of Promise*）（Penguin，1961）对当时那些"聪明的年轻人的特征和他们的肮脏行为"进行了优秀的分析，但它也描绘了一幅关于 20 世纪早期的主流作家们所承受的压力的生动历史图景。以上三本书都有助于你辩证地思考自己的写作。而在考虑写作标准和质量方面，它们也提供了非常有趣的观点。一名创意写作者利用另一名外语作家的作品创造新作品时，拥有多大程度的自由？翻译和模仿的问题是一个雷区，但你应该勇敢地去探索。鲁本·布劳尔的《镜中镜：翻译 模仿 戏仿》（*Mirror on Mirror：Translation Imitation Parody*）（Harvard University Press，1975）是一些相关理论和哲学问题的发端之作。约翰·D. 辛克莱对但丁《神曲》（Oxford University Press，1961）的英文散文解读，以及意大利语文本和辛克莱的评论，对许多创意写作者而言是一项严酷的考验。想想你可能会使用这种散文注解法来创作一首诗歌节选的正式版本，或是创作一首新诗，甚至是一篇小说，都以模仿或注释语言为出发点。虽然已经绝版，但由斯坦利·伯恩肖主编的《诗歌本身》（*The Poem Itself*）（Penguin，1960）是诗歌翻译的典范之作（附有散文注释和原文）。如果你对这个领域的创意写作感兴趣，那么就要考虑学习一门外语。对于那些对潜在文学可能性和乌力波感到迷惑的人，请阅读并充分利用哈里·马修斯和阿拉斯代尔·布罗奇主编的《乌力波纲要》（*The OuLiPo Compendium*）（Atlas，1998）。为了得到一幅涉及文学设计和写作计算问题与争论的更大图景，小说家应该有更出色的叙事设计：《作家写作的结构指南》（*A Writer's Guide to Structure*）（Norton，1997），它的优点在于，它是麦迪逊·斯马特·贝尔以小说家的内部视角撰写的。贝尔用自己创意写作课上学生写作的例子来说明叙事设计的要点。H. 波特·艾伯特的《剑桥叙事导论》（*The Cambridge Introduction to Narrative*）（Cambridge University Press，2002）巧妙地考察了文学（以及电影和戏剧）中的叙事设计。

第四章　作品与创意写作

塑造像希斯克里夫这样的人物正确或明智与否，我不知道，虽然我的答案几乎是否定的。但我知道一点：有创作天赋的作家会自带一些他并不总是精通的东西——这些东西会莫名地自行其是。作家可以制定规则和设计原则，这些规则与原则可能多年一成不变；然后，在没有任何反抗警告的情况下，有一天它将不再同意"耙松山谷之地，或被绳索系于犁沟"①——当它"嘲笑城市的人群，不考虑司机的哭泣"……当它拒绝继续在海滩边玩堆沙，而转向雕刻……至于你——名义上的艺术家——你所做的就是被动地听从你既不能传达也不能质疑的指令——这些指令不顾你的祈求，也不会因你的任性而退步或改变。如果结果是有吸引力的，世界会称赞你；如果它是令人厌恶的，同样的世界将会责备你，而你几乎不应该受到责备。

——夏洛蒂·勃朗特，为艾米莉·勃朗特的《呼啸山庄》
（Wuthering Heights）所写的编者序

---

① 典故来自《圣经》约伯篇 39 章第十句（Job 39：10）。——译者注。

我们已经看到，小说、诗歌和创造性非虚构作品的创作主要是通过阅读和实践完成的。然而，有很多方法可超越你的智力，进一步提升你写作和工作的空间。

思维习惯与实践原则

我在这本书的开头说过，你必须学会相信自己的判断。对于一名作家来说，除了为自己制定的规则之外，几乎没有真正的规则。但是，对于创作新人来说，即使他们拒绝，也有责任给他们一些指导。在此，我建议对实际情况作出大致的判断，这不仅能使许多写作教师团结起来，也能使许多作家团结起来。这些观念大多来自他们的日常实践，以及他们的感觉、本能和失败。

实践的相似性

尽管作家囿于职业身份，倾向于完全不同的想法，但令人惊讶的是，他们中的许多人在写关于写作行为的文章时，或者在批评其他作者时，会在一些原则上达成一致。这其中有一个有趣的方面：一位艺术家写关于他自己或别人的实践的批评内容时，最终会告诉你更多关于他自己在做什么，或者他渴望以自己的艺术形式实现什么。更有趣的是，当我们寻找艺术意图和实践的相似之处时，我们在某种程度上找到了它们。

部分适用于诗歌的实用性通常部分适用于小说，诗人可以从非小说作家那里学到很多东西，就像他们可以从小说作家那里学到一样，反之亦然。当然，这些体裁有自己的精确性、创造性和技术性需求。然而，重要的是要了解这些重叠之处，至少这样你就不会过早地将自己塑造成一种体裁的实践者。所有的体裁相互流动——水和水，而不是油和水。简明的诗和短篇小说都拥有简洁的结构。许多诗人转向写小说或者创造性非虚构作品，增强了散文的精准性。一些小说家写非虚构作品，将叙事引入事实。还有一些有创造力的作家，他们练习几种体裁。

作家可能支持关于艺术实践的立法，只是恶趣味地打算日后揭穿它们——通过对立性的写作、反叙事的创作，或者创造他们自己的反文学类型。绘画界通过类似的律令也只是为了揭露它们。阿尔布雷特·丢勒时代的理性主义和人文主义给出了人体比例几何的详细规则。米开朗基罗用他的名言阐明了这一点，即艺术家必须"拥有眼中的指南针，而不是手中的"。执行的恰当性取代旧规则，成为新的规则。每个时代都有自己的法律条文，并被下一个时代撕毁，因为作家可能非常担心他们祖先的影响。

生活造就了我们所有人的立法者，但发明和改造需要违法者和法律改造者。对于每一个所谓的被选中的人，我想到了一项同样强烈的反原则。我们可以举出小说、非虚构作品和诗歌卓越的段落，其中不全是简约；对其而言，清楚明了是要考虑的次要因素，形容词、陈词滥调、副词、古语、抽象和倒装达到和谐的效果。我的观点是这样的：作家没有玩忽职守的罪行。他们知道他们选择性忽略的是什么。他们以如此华丽的风格写作，以至于他们蔑视自己继承的立法，以逃避他们自己的精神秘密警察和审查员。然而，你得先知道自己在做什么。你赚到了派头，你学会了风格。只有了解法律，你才能违反法律。正如约翰·加德纳所说，"每一件真正的艺术品……必须主要——但不完全——由它自己的法律来判断。如果它没有法律，或者它的法律支离破碎，它就失败了——通常是在这个基础上"（1983：3）。艺术立法在某种程度上是一种矛盾形容法。它们大部分时间都这样，就像诗人雪莱在他的《为诗辩护》（*A Defence of Poetry*）中对灵感的依赖立法一样。

所以，我的手不在我的心上，你的心也不应该在你的口中，因为很少有惊喜。埃兹拉·庞德在他的《阅读ABC》（*ABC of Reading*）（1960）中谈到文学规则时说："一代无知的人开始制定法律，而轻信的孩子接下来试图遵守它们。"通过重复这一点，我不会在举起这些旗帜之前击落它们。我要求你保持开放的心态。你很快就会看到，这些陈述中有多少是关于如何不写的，或者它们涉及你可能希望获得的思维习惯或实践习惯，以加速你的学徒生涯。

- 在写作游戏中，我们都是初学者。
- 对于创作新人来说，坚持写作本身可能是一个比写出新意更具革命性的目标。
- 清晰是来之不易的，也是首要的。
- 言简意赅最为重要。
- 风格，首先是你的目标，它不应该显示出努力的迹象。
- 在语言中，能量是永恒的快乐。
- 所有的写作都是重写。
- 最好的写作是诚实。
- 最好的写作传递了真理，尽管它可能不是真理。
- 就像人生的第二次机会一样，作家写文章是为了在真相的基础上加以提高，或接近他们自己的真相。
- 陌生化世界，让我们仿佛是第一次看到事物。
- 要先为自己写作，再想着去取悦你自己之外的更多观众。
- 灵感不存在。计算和设计带来更多的回报。
- 早期对语言的兴趣是一个人可能有写作天赋的标志。
- 写作注定不可避免，"就像树上有叶子一样简单"，即使那些树叶花了几年的时间来生长。艺术掩盖了艺术。
- 阅读会使你成为一名更好的作家。但作为一名作家，阅读也会使你拥有更流畅的风格，教你技术和建立你的词库。
- 模仿和影响不是焦虑，它们是你早期的盟友。对其他作家的影响持开放态度，甚至要做好从其他作家那里窃取的准备。
- 你练习写作越多，你就越有可能改进和发现新的可能性。
- 经常写。在你能用任何必要的手段去写的时候写，并在你的环境和性格所允许的前提下，以无情和坚韧来进行这种练习。
- 作家是天生的，也是后天培养的。

- 自然才能，以及你的学习能力，都扮演着重要的角色。但你自己的性格和毅力将决定你是否能忍受作为一名作家。
- 在创作新人中，展示比讲述更有效。
- "写你知道的"是必要的一步。
- "写你不知道的"可能会比"写你知道的"更具潜力。
- "寻找你的声音"可能只是寻找你的声音的道路上的一个阶段，或者说是寻找你的风格。
- 你的写作声音必须是独特的：它必须与它的前身区分开来，否则你的读者就会停止倾听。
- 形式本身是一种有用的工具，因为限制有助于解放新的说话方式。
- 形式是一种有用的工具，因为一旦你掌握了它，它就可以教你如何打破它或弯曲它，但你必须先掌握它。
- 醒目的短语污染了它们的美丽，你应该去掉它们。
- 形容词和副词是最先被置于重写的聚光灯下的。
- 陈词滥调、古语和倒置必须赢得它们的位置，否则就会被烧毁。
- 任何把读者的注意力从书中分散开来的词或短语都是多余的。
- 比起抽象的语言，具象的语言通常更能引起一般读者的共鸣。
- 不要等待读者，你必须创造他们。
- 了解你的读者。如果你的作品使读者厌烦，你就会失去他们。
- 你认识的人可以帮助你，但不是永远。
- 写作是人类感到身心最快乐和最好玩的活动之一。它既是身体上的，也是心理上的。写作的真正回报在于写作的过程，而不是出版。
- 如果你允许自己有时写得不好，你就会学到更多关于写作的知识。
- 没有规则，除了你为自己设定的规则（它们会很多，而且很复杂）。

正如斯特拉文斯基在谈到音乐时说的那样，"当规则的原因改变时，形式主义就会产生，但规则不会改变"。对任何作家来说，规则是为了测试和挑战，他们很少服从。没有什么神奇的公式，也没有什么秘方。一种激情，一种热情，为写作提供了一些早期的动力。痴迷有所帮助，但耐力更有效，就像天才被认为是天赋、专注和多年努力工作的结合，而非自己误认为的——是强烈激情的显现。本书通过排序测试这些原则，你也将通过你的写作、重写和每章的写作游戏来测试这些原则。

你的工作最终是创造你自己的原则，并根据新的原则来检验你自己。如果你愿意的话，你的工作是把语言的底面翻过来，创造一种新的文学创作方式。那就是文学传统——读和再读。它的牙齿和爪子是红色的。它总是开放的空间。它随着每一代人惊讶地通过反应的作用来定义自己而改变。正如夏洛蒂·勃朗特在《呼啸山庄》的编者序中写的那样，这是"不再同意"的时刻。

你会给自己惊喜，而反过来，你也会被人颠覆和取代，因为你的"惊喜"已经成为正统，成为别人衡量和被衡量的标准。或者你可以选择让出自己的位置，分享领地，就像老师一样。就像李尔王，你多么优雅地允许自己被推翻，就说明了你有着怎样的性格和品质。这样想：了解我们列出的一些原则可能会节省你一些时间，而违反这些原则也可以教会你一些东西。错误是值得犯的，甚至是一个过程必不可少的一部分（就像在科研中一样），写得笨拙是写好的必要垫脚石。

写作游戏

交战规则

你写作的规则是什么？列出至少 15 条自己的规则，要对自己完全诚实，即使这些规则包括抛开规则、依靠一些人所说的灵感。现在，举着这些规则中的每一条，写一则不超过 20 个词的简短陈述来阐明每一条规则。可以用自己阅读和实践中的例子。在这个阶段，目标要明确，而不是让愿望实现或神秘化。写一个故事或一首诗，其文学品质至少符合其中的 5 条规则。在接下来的 6 个月里，把这份规则清单放在一边，不要读它，不过只需搁置你的创意作品两周的时间。一旦你读完了这本书的其余部分，就回到它这里。重写这篇文章，不要求助于你最初的交战规则。6 个月后，我想让你再重复一遍这项练习，同样，不要读你原来的规则。

目标：重写和写作一样重要，但是我们的参照系随着时间和实践而改变。作为原创作家，我们被已知的、自认为已知的以及未知的东西所阻碍。我们必须进行大量的学习，但最重要的是，我们必须进行大量的忘却，因为我们对写作的先入之见通常是基于我们接受的观点、我们的教学经验，或者是基于纳德日达·曼德尔斯塔姆所说的被动阅读诱发的"催眠"。随着我们更积极地写作和阅读，不仅我们的写作会发生变化，实现更新（因此更容易修改），而且我们的参考框架也会变得更加复杂和动态。我们变得不那么被自己的经历或他人的习俗所压抑。我们按了按手指，醒来了。

写得不好与重写

重要的是允许自己写得不好，并通过重写来学习。凯瑟琳·曼斯菲尔德说过，"写废话或任何东西，是的，写任何东西都行，总比什么都不写好"。坏是通往好的路。当你是一名作家，或是一个装腔作势的人或伪装者时，你必须认识到什么是有效的、什么是无效的，并教会自己去欣赏。阿努也说过，"许多人被召来，但鲜有人被选中"。这就像"诗人是天生的，而不是后天培养的"和"那些做不到的人，教吧"一样带有嘲讽的意味。谁来召唤？谁来选择？应当无视这样的预设。取而代之的是，试着给自己打电话（试着召唤自己），试着选择自己。最后，你必须自己去做——"你必须尽你所能去做"。

作为一个刚踏上写作之路的人，你也需要给自己其他的权限。有时会要求你"按命令写"。工坊游戏和写作游戏要求你这样做。在专业领域，这样的"佣金"是司空见惯的。清晰的写作可以用这种有意识的方式进行，但是好的风格很难按命令写。风格更多的是一个无意识的过程，它需要在初稿完成后被加诸你的作品。因此，不要试图在第一次写时就创造令人震惊的句子。否则，你将花一个小时在一个句子上，而不是写出一百个句子；这一个句子可能会被自觉地"文学化"，或者被重写。与其只写一句话然后把它切回一个字，不如在写完几页纸后，再切回其本质。

重写也是创意写作课的主要症状，但不是过错。我们试图打动我们的读者，但我们也试图打动自己（通过详尽阐述，而不是创造句子）。后者的风格表现出不安全感和不真诚，实际上是缺乏风格，或者是从一些最喜欢的作者那里大量借用，而忽视从众多作者的书籍中吸收——恰恰是无鲜明个性的声音让读者感觉安全和自然。重写感觉或听起来不自然之处。大声朗读，它会给听众带来人为的或密集的暗示。写作新手非常努力地尝试：努力学习那些他们认为被普遍认可的表达方式。他们应该反省自己，简单快速地写作，不要顾及写作中会泥沙俱下，整理和修饰可以晚点再做。

语言的力量

创意写作是一门需要不断学习的手艺——这是一场漫长的比赛。作为一名从事创意写作的学徒，你可能会觉得在某个时候，你会"毕业"，然后顺利成为一名作家。从一开始就要清楚：没有毕业，也不会有隐喻性的毕业，尽管出版一开始会让人感觉像是某种奖励，但是这种感觉是暂时的。正如我所说，在写作中，我们作为初学者参与其中，每一项新工作都必须从头开始。每当一个诗人坐下来写一首新诗，就像保罗·穆登所说的那样，他们必须重新学习如何写一首诗。如果小说家们想让自己的作品不被遗忘，就必须强迫自己坚持不懈地改变自己的观点。没有休息时间，正如小说家普里切特指出的那样：

> 你写的小说或诗歌越少，你就越没有能力写作。统治艺术的法则是，艺术必须被过度追求。我们的条件不允许过度：一本书

花了两年时间才写完，几周内就会死去。（Treglown，2004：211）

世界不会因为任何人而减速。对已经写的和已经发表的内容不满，是许多有创造力的作家的普遍和永恒的心态。我甚至可以说，这是成为真正作家的标志之一。威廉·吉布森说："你必须学会克服你对自己的工作非常自然和恰当的厌恶。"我们都写得不好，即使我们写得很好（即使有时我们发挥得好）。你明白这一点的事实可能已经证明两件事：要么你醒悟到愤世嫉俗的地步；要么你有天职，应该成为斯多葛学派的朋友——重写者最好的朋友。

一些写作指南提供了各种写作策略和游戏，其中作家写得最好。除了极少数例外，这些指南是真正有用的——作为垫脚石是有用的：作为一种手段来避免同时也是逃避某些现实困难和职业性质。在河中独辟蹊径的经历可能会让你更多地了解奋进，了解错误，了解语言的本质，了解你自己的性格，理解和平衡所有这些，以及了解如何调和语言在流动中的困难，这完全是自然的力量使然。

没有地图

某些教如何写作的书（我没有列举或引用，但读过）提供了一系列基本的方法，如果练习的话，会使写作者在技术上有所突破。效果非常有用：它是不间断的和单向的，就像为了成为药剂师而学习无机化学基础知识的课程。然而，作家在写作时实际上做了什么，以及他们如何不断地将自己重新塑造成作家，这根本不是单向的或系统的。语言不是喊着要药方的一系列症状。

写作的过程要混乱得多：一个没有地图的地方，一个实验的区域，一个不断中断和失败的区域。谢弗和戴蒙德在《创意写作指南》（*The Creative Writing Guide*）中承认，"任何作家都知道——或将会发现——写作往往是一个令人困惑的、有机的、无组织的探索过程"（1998：x）。写作是一种比想象中更无情的经历。我试图在这本书里反映这种不受影响的写作技巧。不管这让我有多困扰，我都必须反思作家们对自己经历的看法。

例如，考虑开发他们自己的独特作文习惯、纪律，甚至是个人哲学的重要性，虽然这将是混乱的和暂时的，但至少会给他们的写作带来一点启示。另一个例子是关于写作过程的浪漫化，任何想成为作家的人都必须认识到生活在他人（比如读者、电影制作人甚至是学者）眼中的作者和写作过程之间的差异——以及创意写作实际提供的单调平淡又意外的生活。

训练

我们中的一部分人不喜欢写作，或者说不喜欢努力。我们把这种不喜欢转移到我们的环境或其他人身上，试图把责任推到其他地方。有些作家把它当成一种生活方式，但对他们周围的人和他们的教师来说，这是地狱。还有其他选择：通过练习，努力使写作变得更加容易和常规。它不再是努力的感觉，这让你可以超越自己，成为一名作家。你逃离了个性的平庸陷阱，写作则超越了你的智力。

如何变好

变得更好可以简单地归结为有一些惯例和小仪式，并且继续相信你的工作。从找到最适合你写作的地方开始，把这里当成你的领地——"一个你自己的地方"。如果你能负担得起的话，它可以是咖啡馆、图书馆、庭院或传统书房。在那个空间工作，并以微小的方式奖励自己。过了一段时间，仅仅是去那个地方的行为就会开始触发写作的惯例。

找到一天中最适合你写作的时间，但是记住，随着年龄的增长，你会发现这个时间会发生变化：年轻的"夜猫子"最终会变成中年的"朝九晚五"。不过，只要这个时间适合你写作，就坚持住。另外，在工作的开始和收尾阶段，你可以通过一些方式奖励自己，每天重复，直到它们内化成为你生活的一部分。这样，当你不遵守习惯时，你反而会有点想念。

在你的空间固定地工作了一段时间后，休息是很有诱惑力的——有时只是从工作中抽出 10 分钟来休息（尤其吸烟是罪魁祸首）——但是这样的休息会破坏创造性的动力。小说家罗恩·卡尔森惊人地指出，"如果你想成为作家，就待在房间里！"你需要生活，包括作为一名作家来生活。如果你不是一名待在室内的作家，那么你的工作会花费更长时间，然后你会有更少的时间生活。政治家和商界人士的一个老把戏是，把工作日分成两个部分，由午餐或小憩分开，这样人们就可以像第一次一样集中精力继续开第二次会议。它让一天变成两天。强制的纪律（而不是自我强制）是大学创意写作课程的强大吸引力所在。它为你提供了一张严格的阅读、写作和重写的时间表，每周予以支持和批评；它强迫你待在课程的隐喻"房间"里。然后，你把这些强制措施带入你自己的生活。

做得好可以体现为，先完成预期的写作字数。不是时间多少的问题，而是选择什么时间以及如何利用的问题。记者们把这种习惯作为他们工作的一部分。约瑟夫·康拉德和格雷厄姆·格林给自己设定的每日工作量并不太多。这是一种模仿的模式，它将一天的剩余时间用于体验和孵化。许多小说家和非虚构作家给自己设定了目标。查尔斯·达尔文写《物种起源》（*The Origin of Species*）时缺乏纪律性，所以他在书房外的沙石道边的某处堆放了一个小石堆，这条沙石道是他憋出自己想法的必经之路。每块石头都代表了达尔文想在每日写作限额内表达的观点。每次他提出一个观点，就从石堆上拿走一块石头。有些作家发现，即使是简单的写作，也并不是自然而然就能完成的，但他们仍强迫自己前进。对于爱尔兰诗人 W. B. 叶芝来说，每天两行诗代表着一种很好的努力。居斯塔夫·福楼拜经常写 35 个词。这样每天不断地增加，你会发现写作成果就像石冢一样，缓慢而稳定地呈现在你眼前。

做得好也意味着完成你前一天设定的任务。在你的工作日内，试着完成一篇小说或一篇创造性的非虚构作品的一部分，或者写完一首诗的最后草稿。不要对自己要求太高，要制定切实可行的目标并坚持下去，完成目标后就可以休息了。不要留下未完成的事情（它会在心理上召唤你，驱使你完成）。有一个很好的方法：先完成工作的一部分，然后思考你第二天的目标是什么，哪怕只是写新内容的第一行或者第一句话，无须深入。这就好像尽管我们的目的是打开装有新内容的笼子，但可以让门就这样先关着。你可以放任第二天的工作就这样溜走，后者也会无意识地这样做。第二天早上，你会发现它在你指尖的尽头等着你，轻轻地推开了笼子的门。之后一天的早上，你会发现：当你写完最后一个字，你想要的东西就在指尖的尽头等着你，笼子的门在此打开。作家们经常发现，在写作阶段开始时，通过修改和重写他们前一天完成的作品可以对头脑起到热身的作用。这种形式的自我阅读让你想起你在做什么，以及下一步想去哪里。

你的工作机制无须像清教徒那般严苛，或者带有惩罚性，因为这样做往往适得其反。随着写作经验的增加，你可以提高你的写作量，其中包括：在开始一天的写作时，允许自己花大量时间改写之前的内容。多萝西娅·布兰德相信，在写作之前立即阅读不是一个好主意，你应该及时建立她所谓的"无言的娱乐"（1981：133）。她的意思并不是你停止了作为作家的阅读。她的意思是你应该停止搪塞，让自己敞开心扉，让自己的语言出现。

如何变坏

做得好需要一定程度的无情，但无情是针对自己的性格，而非针对他人。一些作家强迫周围的人保持沉默或者顺从，以期达到改变日常生活和秩序的目的，这是非常错误的。他们创作的东西最终可能被证明是好作品，但没有一部作品好到需要其他人为其创作而受苦。

同样，任何对导致你垮台的环境的纵容都是你自己造成的，是一种反创造和自我毁灭。

不要在你的时间里和工作中抱怨自己造成的伤害。如果你必须抱怨，那就写下它们。你的任何惰性的推论都是，任何写作都不会完成，而写作的质量会受到影响，因为它没有得到足够的时间和注意力。如果没有例行公事，似乎"给定"的写作时间就会减少或变得不稳定，因为写作的流畅度会因缺乏练习和心有愧疚而受到影响。

……书会在你的眼前缓慢而从容地把自己写完，
就像一枚枚石块自行垒成一座石冢。

　　当任何一个这样的创造性时刻到来时，如果你的纪律松懈，都会因焦虑而导致恐慌。文学恐慌是一种疏远的情绪。像文学嫉妒一样，它对身体和精神有生理上的影响，有时会导致即刻的行动，或者更常见的，导致一种残疾般的技能感、绝望和无助。自己造成的伤口有了脓毒。不管它，它就会溃烂。随着年龄的增长，失望会降临到你身上，因为你缺乏进步（甚至是成功），而责怪除了你自己之外的所有人。

　　这就是心理学家所说的"习得性无助"，它需要被正视和理解为一种潜在的自我敌人，就像你会认为它是一种上瘾一样（在某些方面，对一些作家来说，失败就像欢呼一样会上瘾）。你必须坚持练习，并知道（意识到）如果你没有成功，你只能责怪自己。至少你和你身边的人会知道你有多努力。至少你可以从那次经历开始写作。

笔记本和仪式

《写书入门》做得很好的一件事，是谈到了市场、受众和创意写作的幻想对象：金钱。然而，创意写作并不总能带来很多经济上的回馈；对于初学者来说，它的一个被低估的优点是，与其他艺术形式相比，它是相对便宜的。作家职业生涯的后期阶段要求更高，特别是需要进行研究的时候。但初学者的设备就是一个笔记本和一支钢笔或铅笔，以及一台电脑。

在公开阅读会上经常向作家提出的一个问题是：作家是选择钢笔、铅笔还是键盘来创作？这是种变相的咨询。它更多地在问作家，他们在创作时是否拥有某种秘诀，以及选择的写作工具是否具有护身符的力量。他们可能觉得难以接受的秘密知识是，成为作家和不成为作家的区别通常归结于你是否带着笔记本、准备积极和定期地投身写作、愿意花几个小时打字和重写。然而，正如你将看到的，对于一些作家来说，物品的护身符力量在心理上是真实的。

记录和练习

如果你还没有这样做，给自己买个笔记本。注明日期，并在完成后更换，但要确保它们都得到安全保存。笔记本是一个可移动的工作场所。它可以是纸质的，也可以是手提电脑。无论什么形式，都要实用、舒适、便携。它必须适合你作为一名作家的行为方式。正如诗人詹姆斯·舒勒所说，"画家对绘画用品的第一次使用和作家对笔记本、日记和信件的第一次使用是一样的：把你的手放过去"。记录生活的压力和责任引发了大量的写作，如果你忽视了这种原始的记忆需求，你必须要么拥有海绵般的记忆，要么满足于被动地解读你的世界。如果你带着笔记本，却不使用它，那你甚至没有参加进来——你仅仅是背景。一个笔记本是你能否完成写作的关键。笔记本是一种积极的工具，但是，认为拿着这把矛走上写作的舞台就能成为一名玩家的想法是错误的。

你经常用它来写作，但它主要的用途是在你积极思考一百件其他事情的同时记录想法，在你旅行时记下有趣的东西，或者记录你有意无意中听到的句子和对话。你也可以把它当作一本剪贴簿。作家的笔记本就像过去被称为"摘录簿"的东西，你可以在里面记录其他作家的句子、诗句、图像和段落，你会因为这样或那样的原因而觉得特别有趣。这样，你就创建了一部个人选集——一部你可以重读以获得想法、鼓励和启发自己解决写作中的问题的选集。

梦

你到哪儿，笔记本都陪着你，甚至是在你的床边。想法和图像到来的最常见的时间之一（令人不快的）是在试图睡觉和睡着之间的时期。当意识关闭时，你可能会经历迷人的遐想，梦或幻想会让你再次醒来。

这些是主动做梦的形式。如果发生这种情况，不管你有多累，都要记下出现的任何图像，或者你想到的短语。不要自欺欺人地认为你第二天就会记住它们，哪怕这些信息并不都是对你有用的，甚至有些看起来很愚蠢。就像允许自己可以写得不好一样，你需要给自己自由录音（记录）的许可，不需要自我审查。给自己买一个手持录音设备，口头记笔记。

当你忙于一本书、一首诗或一篇文章时，睡觉前的这段时间是一个特别容易接受的时期，它吸收了你白天的时间。你似乎已经完成了一天的工作，但是你的思维过程仍然在它们的卷轴上闪烁。你的创造性思维库需要填满——由你的无意识思维来完成所有的填充和工作。所以，无须通宵达旦地写笔记，只要写下你捕捉到的最重要的东西就足够了。这就像为每天准备一份任务清单。重点不是在它们身上迷失，或者失去它们，而是暂时搁置它们，但同时也要让它们保持活力。

作家的田野工作

你的笔记本是一张不断搜罗的细网，搜集的碎屑远远多于你后来发现可能有用的材料。而且，能够阅读任何细网的诀窍之一是知道碎片会产生什么。只要仔细观察，对一名作家来说，任何东西都有某种可能性和某种美。起初显得过时、乏味或丑陋的东西可能会被证明是理想的。一切都是采石场，每个人都是原材料，到处都是田野作业。

要搜集人们说话的声音和人类行为的声音，最迷人的地方之一就是有很多人聚集的地方，通常是旅游胜地。这类地方——机场、公共汽车和火车站——会使人们的日常担忧变得暂时性和不稳定。背井离乡的人心不在焉。恐惧、怀疑和期待等高度情绪不仅是许多人说话的基础，也是他们彼此如何相处的基础。人们试图隐藏情绪或抱团。在这种短暂的地点转换和过渡的情况下，人们会减少对自己的压抑：人们经常更自由地谈论自己，因为他们不太可能再见到同一个人。或者他们假装自己是什么而不是什么。不是你在观察人们在说什么，而是他们怎样说以及他们为什么这样说。这是一场风格的游行。你是一个动物学家——你研究行为。

我不是说你要监视这样的地方，寄生似的做笔记或者用社会学家的眼睛进行大量观察。我是说，你应该把广泛的、不加判断的人类接触视为写作的一种研究形式，并把它作为你的仪式。如果你害怕接触，那么你必须秘密工作，然后在一个安静的地方，比如咖啡馆，尽快写下你记得的东西。在这种开放的环境下，笔记本远不如录音设备或照相机那样显眼、受影响或具有威胁性，它不会招惹麻烦。

你应该带着你的笔记本到处走，一直随身携带。你不应该像一些创作新人那样，把你在笔记本上的工作局限在你认为的固有的"鼓舞人心和美丽"的地方和时间。这样做仅仅是为了获得二手的或定制的审美体验。笔记本比克劳德玻璃更粗糙、更方便阅读。如何整理你的笔记本很重要，但是不要把整理笔记本和文件作为不写作的替代活动。这相当于在开始工作前整理你的家。一种简单的组织形式是准备两个笔记本：一个用于记录和搜集，一个用于写作和起草。

实地考察

带着你的笔记本去散步，搜集以下"数据"：两段真实的、无意中听到的对话；三种鸟类、食品的两个品牌名称、六个星座的单词、一颗行星或恒星的名称、口红的名称、一天中的一段时间、一部小说的标题、一幅画的标题、一个死去的政治家的名字、两种洋葱和一种土豆、五金店里三种商品的名称、枪的牌子和孩子的语言。现在，随便打开一份报纸，在上面写一个简洁的短语。这个短语是你新作品的标题。写一篇不超过500词的短篇小说或一首不超过40行的诗，把你搜集的所有数据都包括进去。修改这篇文章，直到这些数据的使用看上去完全不可避免，既不是随机的，也不是强迫的。

目标： 强迫你在不同的事物之间建立联系，你的大脑通过建立突触联系来理解它们和应对这种压力。如果持续施加这种压力，将提高你在思想、语言和形象方面的能力。压力会带来习惯，而能力的提升也会使得写作更为熟练流畅。

创作中的恋物情结

作家在工作的时间和地点上可能会仪式化，在写作材料上也是如此。布鲁斯·查特温使用了一个特别品牌的莫尔斯金笔记本。选择用什么来写作是你的个人选择，但它并不愚蠢。就像对待笔记本一样，作家可能会对合适的钢笔、铅笔和键盘有着特殊的执念。托马斯·哈代的每一部小说都用一支笔写，然后在这支笔上刻下小说的名字（你可以在英国多切斯特的博物馆里完整地看到它们）。选择适合工作的工具并坚持使用它，但尽量不要让它拥有护身符般的力量。如果你失去了它，或者它不再被制造，会发生什么？这是作家灵感枯竭的又一个借口。

创作行动

运动

当我们分心的时候，比如当我们准备睡觉或开车的时候，一些最好的想法就会出现。记录下你在这些场合的想法，但是要意识到好的想法出现在如此不方便的时刻是有充分理由的：你的无意识和做梦的头脑正在与你的有意识的日常思维交流。还有其他方法来展示这种思想开放的状态。作家工作时的经典姿势是一个人静静地坐在办公桌前。显然，有些时候这是至关重要的。然而，锻炼和音乐都有能力引发创意思维，通过阻断意识和在无意识的帮助下，"顿悟闪现"，我们称之为"灵感"，或"给予"，尽管这个时候它们只不过是做梦者在进行神经突触冲动的精神活动。你需要尝试这些做法来测试它们是否对你有用（并确保你不会用它们作为停止写作的借口）。音乐和运动对一些作家来说是象征性的。威廉·沃兹在他花园的砾石小径上踱步时写诗。泰德·休斯用钓鱼来集中注意力。写作前，尝试不同形式的练习。如果你在写作时大脑开始变得"干涸"，那就去散步。致知在躬行——它是以走路的方式解决的。试着演奏不同种类的音乐，直到有东西开始回应并推动你工作的节奏。

道具和动作提示

除了笔记本、钢笔和电脑之外，一名有创造力的创作新人需要《牛津英语词典》（*Oxford English Dictionary*）或《钱伯斯词典》（*Chambers Dictionary*）的支持来定位单词并准确使用它们。词典是一个密密麻麻的地方，用来寻找制作创造性语言的提示。单词的词源是语言跨越时间讲述的轶事。有含义的单词的历史和用法很敏感。语言的精确性对于培养良好的个人风格很重要。你的风格不仅取决于你安排和运用文字的方式，还会根据你的用词来判断。因此，你还需要一个优秀的词库，比如《罗热同义词词典》（*Roget's Thesaurus*），以便找到替代词来保持你的语言生动、令人惊讶和丰富多彩。

与文字处理程序一起打包的词典和叙词表在应用于创意写作时，往往会令你的写作进程磕磕绊绊（尽管它们通常很适合学术写作或报告）。当你写作时，它们可能是流畅性的敌人。作家发现身边有其他作家的书是很有用的，这样，如果你发现自己在一段对话中挣扎，或者忘记了哑剧或连续剧的台词顺序，你可以借用或窃取它们的语言能量。斯特伦克和怀特的《风格的要素》（*The Elements of Style*，2000）与《福勒的现代英语用法》（*Fowler's Modern English Usage*）是你起草和编辑的有用道具。利用任何能促进你的写作过程的东西，不管是咖啡还是源自荷兰中部的"道具"这个词。

写作游戏

音乐、运动和大脑阻塞

这个游戏有三个部分。（1）边写边放一些音乐，半小时换一种完全不同的曲风，但保持写同一片段。（2）现在出去散步，带上你的笔记本，一个小时后立即恢复写作。（3）拿起笔，开始写，任何东西都行。现在从一百到零大声数数，但要一直写下去。

目标：写作既是身体上的，也是心理上的。（1）音乐改变了你的大脑创造语言的方式；它明显地影响节奏，但是它也成为对记忆和联想的刺激。用音乐作为无意识的非正式提示，但当你需要集中注意力时，就少用音乐。（2）运动在许多方面有助于创造力，尤其是它能鼓励潜意识和意识状态之间的创造性对话。治疗写作障碍的方法之一是运动。（3）这项练习可以产生一些令人惊讶的文字。打个比方，它的目的是让你头脑的不同部分互相刺激，并让你进行有意识地自我审查。

思维切换

有写，也有不写，写作就是一个"区域"。在某个时候，阅读和排练完成了，舞台也搭建好了。行动——而不是行动的姿态或拥有执行的手段——定义了一名作家。我们将在第五章研究这一行动的各种过程。大部分作家同意的是，对大多数写作新手来说，"坚持往下写"，把想写的东西都写出来，就是最好的建议。一个人如何将写作的欲望转化为写作的意志？许多人提到"每一个人的心中都有一本想写的书"。马丁·艾米斯认为，"大部分时间你在写别人的小说"（2001：6），真正能把心中想写的写成书的人是少之又少的。玛格丽特·阿特伍德说，这不仅仅是因为活动的性质，也是因为写作具有象征性的作用：

> 每个人都可以在墓地里挖洞，但不是每个人都是掘墓人。后者需要更多的毅力和坚持……你代表死亡率……因此，它具有所有的公共角色，包括作家的角色、首都华盛顿。（2002：23）

写作也是一种需要异常集中注意力的行为，我们往往不喜欢这种高强度的行为。还有一千种其他形式的行动可供我们选择，它们更令人愉快、有更为直接的回报。但是，你要学会在写作中切换思维。例如，在运动或外科手术中，最高水平的转换需要高度集中的注意力和行动。在这些反例中，社会给予他们的从业者地位和经济利益。最初，写作不提供这样的奖励，甚至还不确定它们是否会实现。在这样的空白中采取行动是具有挑战性的。我们在第三章中研究了作家面临的一些挑战。我们需要假设我们有能力应对这些挑战，并且能够用行动来回应我们周围的沉默。

自由写作

尽可能多地专注于你的写作。进入写作领域最快、最省力的方法就是每天练习自由写作。它对全职作家来说不太有用，因为对他们来说，最后期限是足够的激励（见第五章）。自由写作要求你写得快，你甚至不会停下来思考。我们现在就来试试自由写作的一种方式。

还记得当你是个孩子的时候，你第一次意识到你可以思考吗？这一时刻通常出现在你难以入睡的时候。你明白你在思考，这让你难以入睡。所以，你试图停止思考来蒙蔽你的思维。"我会认为是白色的"，你想，或者"我会认为是灰色的"。你认为是"白色"和"灰色"时，会告诉自己"我只想白色"或者"我只想灰色"，又或者你既想着"白色"又想着"灰色"。但后来你意识到"白色"和"灰色"仍然是思维的类型。你永远不会停止思考，但你可以停止思考，你可以反思，自由写作可以帮助你做到这一点。

随意翻开一本书——任意一本书。将一只手的手指放在一页上。写下手指宽度所覆盖的短语，然后合上书，忘记它。不久，再挑选另一本书，再次做同样的事情。一节（次）课收集 30 个短语。将这些短语分别写在不同的纸条上，放入杯子或帽子中，放置一天。第二天早上，随机选择其中一个短语，写下来，然后立即开始写任何你想写的东西。扔掉纸条，然后飞快地写。你不是在创作一件艺术作品，也不会被要求向别人朗读。你可以写你喜欢的东西，但你必须继续写，不要停下来，不要思考。你每天要这样做五分钟。每个月的每一天，你将从你的小短语缓存中选择一张新的纸条。每当新的一月到来，你将更新此缓存。

自由写作可以产生一些非常有趣的短语和方向，并被认为可以产生一些非常好的作品。然而，最重要的是让你适应写作的习惯和行为。它帮助你模拟流畅的写作。虽然一开始你可能会觉得奇怪或做作，但这个动作可以产生戏剧性的效果。在一家戒毒所中康复后，让·科克托以极快的速度写了他的小说《可怕的孩子们》（*Les Enfants terribles*）。为此，他对安德烈·吉德说："在这个治疗中我得到的最大好处是，作品指挥着我写作。《可怕的孩子们》的出现毫不费力。它**给我下命令**……我会在 19 天内完成几个月的工作。"（Steegmuller，1970：396；粗体为本书作者所加）

消极能力

许多作家发现，如果他们遵循写作的常规，或者如果他们足够经常地练习自由写作，他们会在表达上实现不同程度的流畅性（即使这些单词在重写的过程中需要切碎和刨削）。这使得创作过程听起来是有意识和经过深思熟虑的。事实上，当你有写作的想法时，它不需要你有多高的专注力，这是人所不知的一点。这是你头脑的一个方面，约翰·济慈称之为"消极能力"：

几件事在我的脑海中吻合，我突然想到，什么样的品质形成了……特别是在文学方面，莎士比亚显然具有这种能力——我指的是消极能力，即人能够置身于不确定、神秘、怀疑之中，而不急于追求事实和理性。（NE2：889）

下面是济慈的另一句关于创作的引语："如果它不像树上的树叶那样容易到来，最好干脆别来。"这个观点很有趣，但也过于辛辣，它代表了一种虚假的理想。充其量，这就是写作的感觉。创作过程很像进入一种恍惚状态，在这种状态下，无意识的头脑彼此流畅地交流（虽然达不到雄辩地交流的程度），许多写作在短时间内完成：

太棒了，没有什么比这更好的了，你出神地写着。而恍惚状态是完全上瘾的，你爱它，你想要更多……这是身心、梦境和白天意识的结合。三者同时开火，它们合作一致。你可以坐在那里，但内心在跳舞，呼吸、重量和其他一切都包含在内，你完全活着。它需要一段时间才能进入。你必须有一些要诀，比如一个或几个短语或者一个主题，甚至一首曲子来让你开始走向它，它开始积累。有时，它开始时，你并不知道你正在到达那里，它像一种压力一样在你的脑海中确立。我曾经形容它像一种无痛性头痛，你知道里面有一首诗，但你必须等到单词形成。（莱斯·默里在接受英国广播公司第四电台采访时的大致表述，1998）

这种状态下产生的文字，往往会因为看起来比你知道的要好而惊喜；也就是说，它超出了你的意识智力。如果你坐下来想的是这个结局，你就不可能写出来。读回上面莱斯·默里说的话，通过自由写作，试着引发你自己的这种无痛性头痛。

写作游戏

引发无痛性头痛

点燃一支蜡烛，将你的全部注意力集中在火焰与空气相遇的地方。闭上眼睛，在你的脑海里保持那个画面。再睁开眼睛，重新聚焦在火焰的边缘。再次闭上眼睛，抓住那个画面。坚持这样做，直到你感到舒服和放松。在这种放松的状态下，开始写一个故事或一首诗，如果它能帮助你写出你满意的写作，请定期重复这项练习。

目标： 这类主动做梦，像自由写作一样，是获得创造性想法和联想以及诱导恍惚状态的更快速的方法之一。

灵感与触感灵魂（duende）[①]

创作新人把恍惚状态误认作灵感。当一名作家或写作学生解释他们错过了最后期限是因为他们没有足够的灵感来写作时，他们犯了一个简单的错误：灵感是把椅子拉到写字台的动作。灵感的天使倾向于乌龟般缓慢而稳定地航行，遵循文艺复兴时期珍视的格言：慢慢地加速。现在写点什么，写完之后，问问你自己，你写的东西下面有什么。在看得见的冰山一角之下，你的冰山的本质是什么？找到隐藏在你话语之下的东西，是找到我们过去称之为灵感的生理和心理驱动力的一种方式。

有时，作家（主要是诗人）声称他们避免写作是为了激发灵感，似乎"有意识的写作"对他们来说就像性对于牧师一样是被禁止的。他们认为，写作的力量是通过弃权而增长的，因此，当它的时刻到来时，它会在更短的时间内以更大的力量冲击。这似乎很珍贵，也很压抑。它导致一名作家脱离实践，允许借口和阻碍出现。这本书包含了许多绕过作家障碍的方法，尽管作家受阻，就像缺乏灵感一样，往往比喻为深思熟虑的不作为或一种慌乱的惰性。有时，预测比灵感更有效，即使是平淡无奇的日常实践也可以成为更有效的导体，制造出创意的闪电。关于文学设计和形式的策划应用，可参见本书第三章。

写作慢慢向前推进，就像沙丘日夜移动，一边堆积，一边也在受到侵蚀。数百万的言语，如同数百万颗沙粒般，许多东西会在这个过程中

---

① 源自弗拉门戈艺术，其只能发现于"放逐的最深处，灵魂里最后一个鲜血四溅的房间"。它的力量源自它超越了时间。duende 的表现时刻本身就是不朽的，是歌者的灵魂、天赐的天赋，有的歌者有，有的则没有，那不是训练与技巧可以弥补的。——译者注

自动消失。工坊将这种自然的过程正式化。在推进的过程中，我们会和别人对立或合作，抵抗某种坚固的东西行进。我们的写作不仅需要直觉、智慧、分析的能力，需要讨论，还需要来自同辈和导师的评价和反馈。所有这些行为都和灵感有相似之处。济慈视莎士比亚为父亲、导师。莎士比亚有时也会跟别人合作，在他起草和创作时咨询他的同行和演员。毕竟，写剧本是最具协作性的书面艺术形式之一。

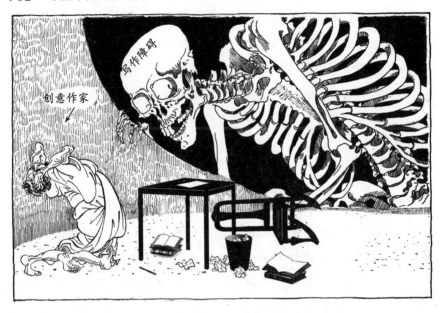

长期坚持，写作似乎就能变成一种真实的客观存在，
就像一个渴求着现身的生命。

如果你不习惯有规律地定时写作，你可能不太会被纯粹的写作习惯吸引，这种习惯即使在困难的时候也会给人带来快乐。有时，创作新人们会一起计划和实践，他们以极快的速度写作，好像他们的思想在飞翔。这感觉像是灵感，但实际上是养成思维习惯的症状。它与吹过你的神风无关，也与缪斯将你作为媒介无关。像艾米莉·狄金森写的那样，在这种时候，你的生活就像一把"上膛的枪"，等待着有人开火（Eshleman，2001：29）。

写作会上瘾，这是灵感起作用了！乔治·奥威尔因肺结核住院，但他无法停止写作。医生拿走了他的打字机，他就用手写，以至于医生不得不给他的胳膊打了石膏以阻止他。是的，如果你不写，你就会感到不安和不愉快。当你被驱使以这种方式写作时，你的作品似乎会呈现出自己的生命力和动力，就像我们在本章的题词中看到的艾米莉·勃朗特一样。写作在坚持中会显得像身体一般自然，就像有人要求他或她的降生。这给你作品中的语言涂上了色彩，仿佛它有自己的生命，散发着自己的气息。洛卡称这种品质为"触感灵魂"——这是一个从弗拉门戈借来的术语，比灵感的概念更有用，因为它代表了你自己的血液和新陈代谢的节奏。嗯，"触感灵魂"植根于你自己的新陈代谢。你的表达能力改变了你自己在纸面上写作的新陈代谢，使它对读者来说更加生动和紧迫。《呼啸山庄》就体现了作者的"触感灵魂"，也体现了希斯克利夫和凯瑟琳两个角色的"触感灵魂"。

语言的感知变化

语言在人们的使用中进化、演变。但是，你选择什么语言？什么词类最适合你的声音？作家喜欢最自然的东西，所以你应该从你拥有的东西开始，模仿你欣赏的作家。词语获得意义的秩序——句法——是作家声音中惊喜的源泉。花整整一周的时间来创造短语并不会有什么问题。虽然单词的秩序来自语言的诸多压力，包括声音和意义，但作家如何创造一个短语（并使其看起来不可避免）是他们声纹的关键之一。

单词是语言的细胞。小说家逐字逐句地向前看，知道每一句话都必须推进情节主体，也知道任何分散读者注意力的单词或短语都是多余的。一首诗的每一个单词都是这首诗的身体和新陈代谢的微小但重要的部分。每个单词的选择都可能分散作品的潜在方向，同时隔绝其他可能性。过度写作或浮夸的抽象就像是在语言的肌体中扩散的癌细胞一样。作家甚至把标点符号也看作单词——对作家来说，标点符号是内容的一部分。一个逗号放错位置，内容就不连贯了。

作家用语言思考未来，思索他们所做的每一个决定和语言的灵敏变化所带来的各种可能性。于是，这个过程变成了一系列精心策划的赌博。

给作家的"停笔"手套

即便因肺结核住院，乔治·奥威尔也没有停止写作……
他的医生为了不让他写作，就给他的手打上了石膏。

各种不同的故事或诗歌展开，就像结尾部分必须得写一样。你是如何控制语言的？有时你可以，有时你不能，那让它爆炸或把它拆散是个好主意。学生应该试一试，它不是关涉糟糕的写作，而是涉及揭示可能性。

它甚至涉及语言上所犯的明显错误。你可能会纯属偶然地写出两三行诗或两三行句子，它们是你想写的诗或故事的一部分（但你没有意识到），或者是一些完全不请自来的诗或故事，它们的突然现身提升了趣味性。即使是一个拼写错误或对重写的误读也会产生令人惊讶的新的可能性。后来，这些机会——就像诗歌中韵律创造的机会——看起来像是选择，且似乎是不可避免的选择。小说家威廉·巴勒斯利用他独特的切分技巧，让这种机会过程大行其道，从随机阅读中把段落拼凑在一起——你可以亲自尝试。

你的脑海里装着这样的心事：对一般读者而言，具体的语言通常比抽象的语言更能引起共鸣，编辑通常会考虑到这一点。正如乔治·奥威尔在他的文章《政治与英语》（NE2：2470）中所写的那样：

> 当你想到一个具体的物体时，你会无言地思考；然后，如果你想描述一直居于你想象的东西，你可能会四处寻找，直到找到似乎适合它的确切词语。当你想到抽象之物时，你更倾向于从一开始就使用单词，除非你有意识地抑制使用它，否则现有的方言会喷薄而出，但你想表达的意思会被模糊甚至被扭曲。

写作工坊的主要目的之一是清除冗长和虚假的语言。乔治·奥威尔为非虚构小说提供了六条规则，其目的是让读者记住你的语言。在诗歌或者小说工坊中，这些规则很适用于自我修正或集体编辑：

- 永远不要使用你经常在出版物中看到的隐喻、明喻或其他比喻。
- 能用短词就不要用长词。
- 如果一个词可删可不删，那坚决把它删掉。
- 能使用主动语态，就不要使用被动语态。
- 如果你能想到日常英语的对等词，请不要使用外国短语、科学词汇或行话。
- 打破这些规则比吹牛更容易。

写作游戏

语言，欲其生或欲其死

奥威尔写作《政治与英语》中最大胆的时刻之一是，他将《传道书》（*Ecclesiastes*）的一段翻译成"最糟糕的现代英语"。请看原文：

> 我又看见在日光之下，跑得快的未必能赢，勇士未必打胜仗，智慧未必能保证物质，精明的未必致富，博学的未必得人赏识，因为时机和际遇左右众人。

奥威尔则把这句话翻译成这样：

> 对当代现象客观考虑时，我们得出这样的结论：竞争的成败并不总是与先天能力的强弱相一致，其中不可预测因素必须予以考虑。

你的任务是模仿第二种语言。首先，从诺顿选集（见前言）中摘录一小段创造性的非虚构作品，并将其翻译成抽象或浮夸的现代语言。其次，写一个故事，其中一个角色用浮夸的抽象语言说话。再次，举一个来自现代生活的抽象语言的例子（文学理论和粒子物理是极好的来源），改写成一首短诗，这首诗要用具象的语言表达其主旨。

目标：具象语言比抽象语言更有共鸣。写作工坊的主要目的之一是清除废话。练习这两种形式的写作，你会发现在自己和他人的工作中更容易识别和消除赘言。

影响和模仿

对我们产生影响的作家就像英雄般的老师。曾几何时，在某种神奇激情的作用下，他们就是我们写作的一切。这一过程源于对他们作品的敏锐，有时甚至是真诚的信任。这好比是一连串严肃、短暂、单方面的婚姻，在这些婚姻中，创作新人一直让婚房保持着原本的样子。在成长的过程中，新手只有靠新的影响才能摆脱旧的影响（因为只有新的影响才能俘获他的心），并逐渐形成进一步的艺术实践知识，乃至偏见。作为纯粹的模仿，这种模仿训练促使他们更清楚地认识原作和自己的作品。有时候，在游戏中击败原作也是一种同化，是一名作家变成另一名作家，或另一个人冒充另一名作家。

作家之间相互吸引，相互蚕食，又相互融会和相互代谢——使一切都成为自己的（见第三章"对翻译的挑战"）。这是通过模仿占有，既是剥夺前代人的某种权威，也是追随者表达对先锋的敬意。模仿总是处于转变之中。这是两代作家之间的转变，因为他们在各自的时代创作，这种创作内部的转变穿越时代而呈现在读者面前。

通常来说，选择风格朴素、非神经质的写作模式是个好主意——它们允许你在继续前进前，在一个相当开阔的空间里展示变化。如果你模仿一位风格异常鲜明或极端的作家，而你不能做到从他们的气场中前行而不受其干扰，这反而会隔绝你创造的可能性。因为模仿可能是一种限制：让创造失效的模仿。这是我们在盲目模仿作家的语言进行写作时会犯的一个错误，这个错误通常来自某种学徒心理，即：害怕挑战现有作家的语言域，或没有意识到他们只不过复制了既存的精美语言之轮。

正如德里克·瓦尔科特所说，创意写作的一个要点是找出我们的用意。为了弄清楚我们的用意，我们必须先弄清楚我们是谁。当作家模仿得太舒适时，他们就面临着失去自我的风险，他们的工作在与独创性背道而驰。故事和诗歌压根不会自我新陈代谢，它们需要由模仿提供的氧气才能生存。模仿是文学传统。它像自然进化一样再自然不过了，对什么有效、对什么无效，残酷无情得很。大多数优秀的作家都走出了先行者的阴影，但在这一过程中少不了模仿重要作家的经历。用保罗·穆登的话说，他们发现了新的气候。

写作游戏

模仿

问一下你写作班的每个成员，对他们影响最大的作家是谁，以及他们不喜欢的作家有谁。把这些作家的故事和诗歌的作品带到班级，让学生向全班阅读例文，同时让学生阐释他们从这些作家身上所受的影响或所做的模仿。在下一节课中，每个学生都会举一个作家风格或声音不受欢迎的例子。要做的游戏便是让学生仿照或是戏仿那个作家的故事或诗歌。

目标：培养品位很重要。同样重要的是，当我们喜欢某事时，或当我们不喜欢某事时，有机会要说一说，以及追问为什么。创作新人应尽可能多地尝试不同的风格，目的无外乎是要发展他们的能力并找到一种合适的声音，早期的品位可能是一个变化无常的质量指南。在工坊开始时，学生们可能会模仿作家使用的观点、情节、风格或措辞等写作。使用风格不极端或不密集的模型通常是一个好主意。然而，极端或受影响的文学风格对于模仿或咀嚼的练习是有用的，试着用它们来打破僵局。

作为开放空间的工坊

创意写作项目的工作之一是给新作家时间来提升他们的作品。加快这一过程从而节省他们时间的方法之一是通过写作工坊（不过也有其他方法，那就是要求创作者一直独自待在房间里，并适应这种模式）。在工业和手工业中，作坊是创新、创造和生产的场所。在创意写作中，工坊的作用取决于导师的意图和性格，以及活动背景，比如这个工坊是大学学位课程的一部分。当然，还有其他情况下的工坊。我曾在酒吧、公园、动物园、画廊、医学院、医院、火车、自然保护区、博物馆、山顶（当然，还有学校和艺术节）目睹过写作工坊。

目的

工坊有许多目的，其中一个不太明显但非常重要的是：创建一个作家社区。显然，你不需要一个工坊来建立这样一个社区——工坊是最近才出现的事物——但它们确实起到了补充甚至颠覆以前模式的作用，比如沙龙、艺术学校、咖啡馆阅读角和晚会。湖畔诗人（the Lake Poets）、布卢姆斯伯里集团（the Bloomsbury Group）、垮掉派（the Beats）、达达主义者（the Dadaists）、超现实主义者（the Surreal）等的会议本质上是一种不同名称的工坊。

写作项目模仿着那些被称为文学运动的现象。它们的活动因地点和时间而结合在一起，有时是教学哲学，有时是艺术实践哲学。一个工坊，就像一个文学集会或运动，是几个作家职业生涯的催化剂，其中一些人将成为亲密的朋友，还有一些人将成为对彼此工作的卓越的和最坚定的严格批评者。

这种类型的文学友谊具有巨大的文化力量和历史意义。工坊是新的文学关系网的基础。它建立了一个同辈小组，其成员在正式会议结束后的很长时间内仍会彼此相互支持。一名创作新人在写作研讨会上遇到的人，很可能是他一生中专业和亲密的朋友。这在他后来的文学生涯中会有所帮助，那时的他要么过于自负，需要脚踏实地；要么因失败而筋疲力尽；要么在尝试中陷入黑暗。他需要一个诚实的帮手，比如新的代理人、出版商、读者，甚至一份工作。新作家们需要的是联系。工坊建立联系后，他们甚至会形成某些狂热团体。

有些人将这些关系网称为友谊。的确如此，但许多友谊往往是建立在自我利益、相互好奇和文化共生基础上的友谊。作家协会几乎就像邪教或俱乐部：内部竞争激烈，但对内部的人慷慨解囊；对魔法圈外的人，或那些误入歧途或成长于圈子之外的作家，则持反感态度。这些协会的作家之间的联系是强大的，因为他们都有同样的学徒经历：他们一起接受考验。他们见证了一个共同的弱点变成一个共同的目标，他们知道学徒是如何成长为专家的。

这些看不见的关系网存在于一种反主流文化中。在一个与更严肃的社会和政治圈子平行并嘲笑它们的世界里，这些社会和政治圈子成为许多小说的主题。在一些国家，这些文化和政治圈子之间存在重叠；一些人年轻时培养的爱好，之后会帮助他们结交身居高位的朋友。永远不要相信那些告诉你文学圈子对于一名作家的作品、人物和读者并不重要的人。它们是生存的圈子。

工坊的明显目的是改进作品。所有工坊领袖的基本愿望都是帮助学生不仅发现什么有效，而且发现什么能成功。探讨这一问题的策略是分享经验。写作是一件孤独的事，工坊有助于你了解他人的写作经验和策略。工坊也减轻了作家的孤独感，不过人们必须小心不要过于习惯这种孤独感的减轻，因为大量诚实的写作源自对它的缺乏。首席撰稿人关键但无声的目标是帮助创作新人写得比他们想象的更好，并学会集体欣赏这个过程。最好的工坊都有简单而非微妙的目的。

起源

写作工坊是从戏剧写作中诞生的。与任何基于表演的媒介一样，戏剧写作必然比一般写作更具协作性。它们的起源在于戏剧技巧的教学。剧作家乔治·贝克（1866—1935）于 1906 年到 1925 年在哈佛开办了他的"47 工坊"，其目的是向"没有经验的剧作家展示有经验的剧作家是如何解决类似于他自己的问题的，从而稍微缩短他的学徒时间"（Myers，1995：69）。写作工坊是开放的空间，这些工坊的重点不是理论，而是实践。

写作工坊强调实用性：在技术上，在达到预期目的的方法和手段上，以及在阅读最能体现这些方法和手段的材料上。写作工坊通常使用好的或者不好的写作作为讨论技巧、模仿或重新起草的起点。没有特定类别的工坊。每个工坊都有自己的节奏。就像剧院里的观众为演员制造气氛一样，学生作家的个性和热情营造了工坊的工作氛围。每个工坊都是独一无二的。

动力

学生越投入、响应越积极，导师的表现就越投入和多变。因此，带着开放的心态和热情，带着共同的目标而不是私利去参加工坊，通常是个好主意。然而，公共私利是另一回事。你会发现，如果你为别人的写作而努力，他们也会为你的写作而努力。研讨会是文化共生的地方，这对那些要检验自己的想法，并从中获得一两个新想法的导师来说也是如此。

记住这一点，因为当你第一次遇到一个工坊时，这种感觉可能更类似于恐惧。你无法逃避这种恐惧，也没有必要淡化它——对新情况的焦虑是人之常情。把你的作品呈现给一群陌生人是可怕的，甚至是令人沮丧的：人们忘记了这是关于作品的而不是关于作者的。在开始的时候，这个过程感觉非常个人化，特别是当作者奉现出一部全新的作品，或者作者之前没有团队工作的经验时。就像一所新学校，你会习惯它，或者学会和它一起生活。最终，你会珍惜它，甚至学会热爱它。

一些新作家对这个过程上瘾，以至于他们似乎不再为自己进行批判性思考，而是依赖于一个群体的集体批判精神。然后，他们像流动艺术家一样从一个团体转移到另一个团体，不允许自己在一个空间有足够的时间进行艺术成长，有时会向不同的观众展示相同的作品。他们的发展往往是静态的，他们的成就是粗略的——他们试图取悦每个人。最好是和一个难对付的观众在一起，直到你的成长超过了他，在这一点上，一名作家必须走向更难的地方。最好的工坊小组应该有一个严格的生命周期，以免他们的参与者对彼此的批判性和创造性实践过于熟悉。这就是大学课程中的工坊通常会实现健康发展的一个原因：工坊的人数每年都在变化。它们代表了现实的一个压缩版本：时间淘汰了一代作家，并从下一代作家中得到补充。

一般来说，工坊走两条轨道中的一条，或者如果有时间的话，两条轨道都走。有一种生成性工坊，其目的是催化和创造新的写作，有时是通过创造性的写作练习，通常是通过阅读例文模仿或重写。还有一种反应性工坊，其目的是帮助批判性地理解新写作。在后者中，写作脚本被分发、朗读和讨论。学生作家集体帮助他们的同龄人重新起草他们的作品，使其达到某种最佳状态。这种最佳状态可能并不完全代表作者最初的意图！它甚至可能不是小组中大多数人都同意的状态，因为那样的话将导致同质写作。

同质

对写作工坊的一项尖锐批评是，它们在一种虚假的民主中产生了这种同质性，即温柔的评判标准、写作中主题和语气反映出的价值观念，以及喧闹的行为。因为诗歌在翻译中会出现丢失的情况，所以有一种观点认为，多样性、独创性、个性和创造性也会在工坊中丢失。不必如此认为。正如我们在第一章中对教学的讨论一样，严苛也是答案。为了促进变化和创新，工坊领袖必须非常小心地设定活动，并像戏剧导演一样密切关注进程。而且，像一名公正的裁判一样，其任务之一是保持工坊内的游戏流畅，确保每个人都参与进来，没有人会垄断游戏（没有人会过度贪婪地占用时间）。

反应性工坊或生成性工坊的共同目标是，确保每个作者都知道小组中的每个人必须做什么，来改进或完成自己的工作。这样，我们可以自己学习，也可以向群体中的其他榜样学习。这是公共私利最慷慨的一面。你成为许多作家，同时忠于你的个人目标。

生成性工坊

在生成性工坊中，另一种解决写作同质化问题的方法是设置各种各样的写作任务。其基本前提是触发一部新作品，可以是小说、非虚构创意作品、诗歌、表演或戏剧。这通常是一种模拟行为，尽管它最终会产生"真实的东西"。演员运用即兴创作来感受他们进入角色的方式，生成性工坊也是如此。现场即兴写作是一种训练，同时也是为了锻炼某种程度的野性。这样，当你一个人的时候，你学会了在自己的写作中运用即兴和狂野的模式。

产生新作品的触发因素通常是一名作者的已出版样本，你模仿了他的风格或主题。它也可能是一项思想实验：你的导师或同学通过你写的一个场景来和你交谈。实物或实际事件可以用来刺激反应，就像在艺术或电影学校做的那样。有时，导师会用视觉艺术或音乐样本来促进写作，可能会对你的写作提出一些限制，比如某种形式，或者某种语言或数学模式，在这种模式中，某些词或模式被强制使用或排除（第三章介绍了限制性写作和形式）。

最简单通常也是最有成效的触发因素是，就某个主题或中心思想写一个故事、一篇文章或一首诗歌，看谁能写出最能引起反响的作品。1816 年 6 月中旬，诗人拜伦和诗人雪莱 18 岁的妻子玛丽·雪莱及波利多里博士在日内瓦的迪奥达蒂别墅举行了一次最著名的生成性工坊活动（尽管与会者听到这种说法会大吃一惊）。他们晚上的娱乐方式是大声朗读《吸血鬼考》（*Fantasmagoriana*）中的鬼故事，这促使拜伦向每个人包括他自己发起挑战，来创作一个鬼故事。菲奥娜·麦卡锡描述道：

> 传说玛丽·雪莱……两年后出版的《弗兰肯斯坦》（*Franken-stein*）或《现代的普罗米修斯》（*The Modern Prometheus*）就是那次竞争性集会的成果……她晚上躺在床上睡不着……发展出一种叙事，"它能说出我们本性中神秘的恐惧，唤醒令人毛骨悚然的恐惧"。
>
> （2002：292）

许多美好的故事都是从这种愉快的意外和健康的竞争开始的。许多生成性工坊从自由写作开始就让参与者受益匪浅，自由写作的实践有助于创造和天书一样多的"快乐事故"。有成千上万的生成性工坊练习，足以把这本书填满很多回。在"推荐阅读"列表中，我列出了其他书籍，包含我读过或者在课堂上见过或用过的最有趣或最耐人寻味的写作练习。它们对游戏的强调起初对一些作家来说是相当压抑的，但最终是解放的。

导师和学生不应该不停地重复同样的练习。一些有创造力的写作老师设计了一系列对他们有效的写作"配方"，并坚持使用这些"配方"。如果他们工作室的学生把作品寄给出版商或期刊，问题就出现了。主题和展开主题的策略是相同的。他们笔下的天气读起来好像是一样的，而不是他们创造的。实际上，这是主笔者通过一种大众腹语主义的行为，写了一部新作品，或者重写了一部旧作品。

有些工坊融合了生成和批评两种方法，有些工坊还进行协作写作，学生们努力完成一篇由全班或班级中的小组编写和设计的文章。小说作家一起创作小说的不同部分，或者诗人创作从他们个人贡献中积累起来的集体形式的作品，比如日本人创作的连体诗或十四行诗。

反应性工坊

是什么让反应性工坊发挥作用？学生必须有足够的自我责任感，否则导师就会觉得自己几乎不需要他们，除非他们可能是一名向导、一个发起者，然后还是一个计时员。每个学生都必须做出贡献，无论是作为作家还是作为评论家，或者两者兼而有之。这并不意味着每个人都需要说话：每个人都必须敞开心扉，进行批判性的反思。当学生作家阅读作品时，房间里必须有足够的作品副本，从而使每个人都可以阅读。如果一个或多个学生是盲人，那么作品会事先扫描到电脑上，或者以电子形式交给他们，这样学生就可以在参加工坊之前听到它，或者通过盲文阅读它。

向小组大声朗读所有的作品是至关重要的。没有更好的方法来测试写作的诚实性和必然性，以及语言的准确性或声音的自然性。声音中的错误和失真是显而易见的。大声朗读有助于读者记住一个故事。如果一个学生患有言语障碍（他可能口吃或只是害羞），那么他可以选择让他的朋友或导师大声朗读他的作品，而不加评论或介绍。所有文字读起来的语气都应该是平淡无奇的，以免它们通过有说服力的表现提高了不合格作品的质量。

当一个学生阅读时，他被鼓励不要在阅读的时候对他的写作质量进行限定，也不应该提供关于写作的轶事。作家必须把自我留在门外。作家不应该谈论创意写作中的知识，至少一开始不应该；工坊的主题就像冰山的可见部分，水面上的是作品，下面的是创造性的知识。写作必须是独立的，没有预先判断或预演的响应。作家选出一到两名组员响应作品。在他们完成阅读后，导师允许大家有几分钟的阅读时间，在此期间参与者直接在作品上做笔记。

障碍

有很多陷阱需要讨论。第一种是作者对作品的轻描淡写，以这种方式策划和引导批评——这是一种逃避批评的策略。第二种陷阱也有同样的目的：用轻松的喜剧吸引群体。就批评而言，写作中最让人难以抗拒的是通俗幽默：既不是极端的黑色幽默，也不是悲喜剧，而是一种引人入胜、让人放松警惕、温和的作品形式，它抵御了批评的审视。笑声是人类世界最美妙的声音之一，我们被它吸引是完全可以理解的：没有什么经历比故意造成它更有价值，也没有什么经历比无意造成它更痛苦。

在一个工坊里，对于一名作家来说，逗笑是很有诱惑力的，还能带来表演和愉悦的作品。当向公众现场朗读作品时，同样的取悦欲望也会激增：许多阅读以有趣或熟悉的诗歌或故事开始，而不是黑暗或挑战性的作品。人群是高兴的，但也是善变的。随和容易获得，但关键是，尽管它确实变得有趣，哪怕是暂时的，它也不会在工坊中创造太多前进的动力，因为工坊也是善变的。

喜剧是必不可少的。事实上，最好也最黑暗的喜剧是最难写的，就像海明威说的："一个人要写一本真正有趣的书，必须接受很多惩罚"（Phillips，1984：20）。然而，轻松喜剧使一个群体堕落，使其缺乏严肃的目的，允许作家逃脱对读者的"谋杀"或者是创作平庸之作的罪名。把轻松的喜剧留给会后吧，那时赌注更低，笑声和自嘲是种宣泄。

第三种陷阱与第二种陷阱相关，是团队成员陷入了角色扮演。只要你的行为是真诚的，你就可以表现得乐观。就像任何小组或班级的成员倾向于坐在一个房间的同一个座位上一样，我们在第一次遇见一个新人时，扮演的角色往往是我们在随后的场合中采用和发展的角色。如果写作小组强化这些角色（因为它们有助于无摩擦的社交），那么这些角色就会僵化。从人种学家的角度来看，最危险的角色扮演出现在团队中一个创作新人在天赋上超越团队领袖的时候。每个人都知道它。萨列里也知道莫扎特；然而，萨列里的职责永远是帮助莫扎特（历史上，他就是这样做的），而不是摧毁他（像神话中所说的那样）。

我们变成了我们看起来的样子，因为扮演一个角色比扮演我们开放的自我要容易得多——我们花了大量时间创作小说（这是我们的生活），并用创造出来的人填充我们的写作。写作小组的成员倾向于画漫画：小丑或冷鱼；天真少女或冰人；势利的知识分子或高贵的野蛮人；治疗师或完美主义者；沉默的天才或铁腕评论家；"壁花"或调情者；艺人或演员；等等。角色扮演取代了责任，这是一种防御机制，因为在这种情形下的批评算不上攻击——它不是对你的攻击，甚至不是对你写作的攻击。你的文章没有重要到值得攻击的地步，因此也就没有必要要求别人为你辩护。作家应该保持沉默和专注，不仅是为了获得有价值的批评，也是为了表明他们接受批评的必要性。

批判性的而非个人化的投资

在工坊的层面，批评就像生意一样——别把它当回事。从对一篇文章的调查中构建的论点对你作为一名作家的进步是有用的。它大方而实用，是人类少有的组合。我们在寻找什么样的东西来构建一个论点？乔治·奥威尔在《政治与英语》中声称：

> 一位一丝不苟的作家，在他写的每一句话中，都会问自己至少四个问题：我想说什么？用什么词语表达？什么形象或者成语会让它更清晰？这个形象是否足够新鲜到有一个效果？他可能会再问自己两个问题：我能不能简单地说一下？我说过什么可以避免的难听的话吗？（NE2：2468）

当你打算对新作品做出回应时，记住这些原则。作为完全初学者，你可能希望使用稍微不同的方法进行批判性思维，当作者向小组大声朗读文章时，在下面的标题下做笔记：（a）指出这篇文章对你有用的地方；（b）具体说明什么不起作用；（c）提出一项具体建议，以改进工作；（d）提出一项建议，比如什么样的阅读可能有助于作品或让作者继续创作下去。具体和有见识的批评总是比一般的批评或个人的、情绪化的"支持性"回应更有用。大力投资它，它就会带着利息还给你。

根据我的经验，为了让事情顺利进行，导师应该选择两个"首席批评者"：一个先发言，另一个在第一个人无话可说之后发言。在开始阶段，首席批评者对作品的三个方面进行评论。一是，他们觉得什么最有效？二是，他们觉得什么不行？三是，可以做哪些改变来补救那些对他们不起作用的部分？最后，向作者提出一个或多个问题通常是有用的。在这种特定的检查之后，讨论拓展到有关作品整体的更大的图景，这也是工坊其他成员可以参与的地方。如果每个人都会作为创作者和批评者进行讨论，那就需要密切地把控讨论时间。

冰人来了

想想当你阅读和评论工作时，你和你的工坊成员是如何向每个人描述你们自己的。谁扮演小丑或冰人？谁是知识分子势利眼或高贵的野蛮人？谁是艺人或"壁花"？列出尽可能多的原型，并决定在随后的会议中交换一些角色。

目标：我们放松，进入自我定义的角色，我们的思考能力默认了所选择的角色。角色的改变会改变工坊的动态，它将引导参与者为他们的批判性思维"寻找一个声音"。

推荐阅读

为作家编写的规则手册有枯燥或不真诚的风险，但埃兹拉·庞德的《阅读 ABC》（New Directions，1960）仍然生动、富有争议性和自我嘲讽精神，并在语言选择上击中要害。有很多书包含工坊练习内容，以及如何利用和享受写作工坊的指南。其中最有帮助的是作家写的，他们也是写作教师。坎迪斯·谢弗和里克·戴蒙德在他们的《创意写作指南》（Addison-Wesley，1998）中为诗歌、文学创造性非虚构作品、小说和戏剧的写作提供了创造性的指导，保罗·米尔斯在《劳特利奇创意写作教程》（*The Routledge Creative Writing Coursebook*）（Routledge，2006）中和珍妮特·布伦瑞在《富有想象力的写作》（*Imaginative Writing*）（Longman，2006）中也是如此。高度创新的课堂和个人练习可以在汉斯·奥斯特罗姆等人的《地铁：创意写作之旅》（*Metro：Journeys in Writing Creatively*）（Addison-Wesley，2001）中找到。对于小说专家，我推荐安妮·伯奈斯和帕梅拉·佩因特的《如果……会怎么样？小说作家写作练习》（*What If? Writing Exercises for Fiction Writers*）（Quill，1991）。对工坊文化和实践的全面介绍可以在约瑟夫·诺瓦科维奇的《小说作家工坊》（*Fiction Writer's Workshop*）（Story Press，1995）和卡罗尔·布莱的《超越作家工作坊》（Anchor，2001）中找到。寻求一流的诗歌工坊游戏的诗人应该参考罗宾·贝恩和蔡斯·特威切尔编辑的《诗歌实践：教诗人的写作练习》（*The Practice of Poetry：Writing Exercises from Poets Who Teach*）（HarperResource，1992），以及米歇尔·布瓦索与罗伯特·华莱士的《写诗》（*Writing Poems*）（Longman Pearson，2004）。总的来说，这些书包含了成千上万的由经验丰富的作家为创作新人创作的创生工坊练习。

第五章　创意写作的过程

说到诗人的个性……它本身并不存在——它没有自我——它是一切又不是一切——它没有个性——它喜好光亮与阴暗，不管是丑还是美、是贫还是富、是贱还是贵，它总爱率性而为——塑造一个伊阿古，对它来说就像塑造一个伊摩琴那样高兴……诗人是所有存在物中最没有诗意的，因为他没有个性——他不断地在寻找和充实另一个身体——太阳、月亮、大海、男人和女人，他们是能令人产生创作冲动的事物，是诗意的，并且具有不可改变的属性；但这些特质诗人却没有……如果诗人没有自我，而我恰好又是一名诗人，那么我说我不想再写作了，又有什么好奇怪的呢？

——约翰·济慈：《致理查德·伍德豪斯的信》
(*Letter to Richard Woodhouse*)（Allen，1948：44）

牢牢盯紧自己，确保你已把写作的自然流程阶段植入你日常的训练中。创意写作课程，尤其是那些只关注写作而不学习其他科目的长期或短期课程，模拟了这些过程阶段；而如果你没有正式参加过这样的课程，那么你必须试着让你的生活模仿一门课程，那是一门你自己设计的课程。你的生活要成为一门以写作为目的的课程。

七大阶段

准备

准备工作是创作的起点。准备工作包括了主动阅读、模仿、研究、游戏、反思——一切有意识的行动。这也是你将你的项目确定下来，决定你要做什么，并研究帮助你实现它的方法的时候。这个阶段也包括了对历史、其他虚构作品和非虚构创意作品事实数据的研究。在这个阶段，你的动机会帮助你，纪律和习惯则会每天都在你内心点燃一盏灯。

问自己两个问题吧：我在准备什么？我该怎么做呢？然后，不要马上回答这些问题，而是回顾你已经完成的旧作品，思考你可以采取哪些方式完美地推进你的新项目，以便这一项目的结果超越你过往的成绩。一些作家和写作教师认为，准备阶段的重点是设定可实现的目标和设计实现这一目标的方法。他们的看法确实没错，但准备阶段同时也是在设定你接下来几个月要切换到的角色。

你将和这个项目融为一体，并在其中生活一段时间。你同样可以使这种体验尽可能地有趣。但有时，有趣也意味着事情会变得更严苛，甚至变得更不可能完成。如果你想让自己进入一个新世界，那就给自己设定一些似乎远远超出你目前智力或能力范围的目标。

你与它们接触的过程将是更加直觉化的，而非理性的。更可能的是，你是在超脱了躯壳去进行你的写作，从你的内心出发，在你个人的开放空间写作。如果你选择了这条路，你必须留出更多的时间来筹划你的项目，并在之后进行重写。不过，这样的思考和工作方式实际上会改变你的性格；它能增强你作为作家的耐力，并为你打开艺术突破和天赋进化之大门。

这里还涉及一个问题：你希望为你的项目选择何种体裁？你所选择的可能是你认为与你最相配的体裁；可能是你已经练习过的体裁；或者是公开地向你提出挑战，让你改变风格、声音或烂熟于心的思维框架的体裁。当小说家选修诗歌课程时，他们不一定是真的希望成为一名诗人。有些小说家把诗歌看作一种演练，用以划分他们自己的长篇散文中的人物和场景。写诗是对他们内在听觉的一种训练，也是对没有语言填充的写作的一种训练。他们进入那些充满形式、度量和成规的明亮的笼子，是为了练习散文式的语言，为了找到新的表达方式，或者为了更加接近他们的主题。

另外，一些诗人转向散文化小说和非虚构创意写作，并不仅仅是因为金钱等物质需求（一个假想的目标），而同样因为他们的诗歌声音可能会抑制他们对主题的选择和探索。事实上，对一些诗人来说，散文为他们提供了一个摆脱诗歌格律成规要求的机会，且他们常会发现自己创作散文的速度很快。此外，诗人或短篇小说家可能会选择写些非虚构创意作品，把简洁的表达带到有更多人阅读的体裁中去：这些风格上的小众艺术家出于某种愿望（比如分享一些重要的主题）而想要寻求更多的读者。所有这些人都通过阅读和在某种程度上有意识的计划开始他们的准备工作。

计划

该类计划可以包含研究，也可以包含其他一些因素，特别是一些已被预先规划好了的行为。例如，一位诗人可能选择创作一本拥有统领性架构的诗集，这种统领性架构可以是某种精神架构，比如用忏悔统摄整本书；又或者他会选择创作一本每首诗都有一两个主题的书，或一个序列的诗。而一名创意非虚构作家则通常从主题选择——而非结构——开始；他为这个项目做研究，进行访谈、存档和互联网搜索。他们也可能运用头脑风暴法来搜集想法和意象，以备后用。

虚构作品的创作者们就像是一群出生时就被分开的双胞胎，被完全不同的人抚养长大。有一些短篇作家和小说家会在没有什么计划的情况下推进他们的工作。他们的书是一次探索，是一次没有地图的旅行。或者像伊丽莎白·鲍文解释的那样，人物掌握着这幅由事件构成的地图的秘密，她说：

> 小说家对其人物的感知实际发生在创作该小说的过程中。在某种程度上，小说家和读者的处境是一样的。但是，他的感知应该总是提前的。小说展现任务的理想方式是让读者来感受。而人物预先存在于什么地方？我会这样说，在小说创作开始前积累的大量材料中。（Allen，1948：109）

人物在第三十八页突然出现，情节发生了转变。随着旅程的展开，作家对这两者都要进行一些处理。这些小说作家会给自我带来惊喜，这种惊喜经常表现在他们的作品中。但是，也有小说家对每一页都进行细致的规划，他们描绘了行动的流程图和地图，就像在看电影一样。他们不喜欢任由故事偶然发展，但偶然性本身是必要的。甚至小说家必须在蓝图中留下空间，等待机缘出现。

孵化

计划、准备与孵化这三个阶段有重叠之处，这听上去就像一个悖论：一次长期滞留原地的行动。从这个意义上说，作家总是在工作。托比亚斯·沃尔夫在他的小说《老派》（*Old School*）中这样描述道：

> 能产生文字的生活是写不出来的。这是一种甚至连作家都不知道的生活。在头脑的运作和嘈杂之下，在黑暗的深处，幽灵信使一路上互相残杀，向我们挣扎而来。当一些幸存者引起我们的注意时，他们受到的接待却像我们迎接端来咖啡续杯的侍者一样

平淡。(2005：156)

我们已经探索了梦、白日梦、无意识和糟糕写作的重要性，所有这些都是所谓的"一种甚至连作家都不知道的生活"的某个方面。孵化阶段创造了一种将要到来的潜意识浪潮，冲刷着你的纸页，而你将要在这些纸页上书写。让它发生，即使它感觉起来就像是一种压抑的停滞，你也要沉浸其中。在这个阶段，你需要做的就是有规律地赋闲，而非阅读。重要的是，现在不是谈论你项目的时候，而是倾听它成长的时候。

开始

可以说，在媒介研究中，最终的作品从字面上看都是从中间部分开始的。不要以散文的第一句话或诗歌的第一行开头。莫泊桑的写作建议只是"在白纸上写黑字"，这也恰恰是你应该做的。作家们一致认为，创作流程中最困难的部分就是为你的新作品写一个开头。进行任何能涵盖你想要的提纲的涂鸦：情节提纲，人物素描，描述，一首平庸的六节诗。从自由写作和自由联想的句子开始，直到出现一些模式，仅仅是因为它们发出的声音，仅仅是因为它们的可能性，开始引起你的兴趣。

如果没有进展，那么尝试把其中的一些涂鸦改写成句子或有意义的序列，然后蹒跚着向前推进。在写作中，"开始"是一个错误的概念，"完成"也是。你开始写，探索它更深的一端，寻找结构。不久之后，你就会发现，任何艺术流程，都以通过某种方式进入其内部组成为真正的开端；其余那些东西，都只是你的手指在桌子上敲击的声音，而这个过程也与孵化阶段重叠。这就是为什么一些创意写作导师在寻找学生草稿中的有生命的单词时，会通过划掉前几段或前几节来试验学生作者的意图。

现在，你已开始在书页的开放空间行走了。旅程变成了一系列精心策划的博弈，你找不到前进的感觉；只能塑形与重构，折返，上墨和从头再来。创意写作中的这一过程与绘画中塑造画面细节前"屏蔽"整幅画的过程相似，你要让细节在晦涩的文字材料中变得更加清晰。

流动

如果你把坚持每天写作当作一种规律或习惯，继续下去就不会很困难。你将开始享受探索并积极地展望未来，这是让坚持变得不那么困难的重要原因之一。这一陈述不仅适用于散文与小说，同样适用于诗歌和创意非虚构类作品。情节和角色可以让你充满期待。在一首诗中，冒险更多地与语言和声音以及单词组合或图像所带来的具有深度冲击的惊喜有关。这是写作最能让你获得趣味之处，而你仍可以称之为工作。状态最佳的时候，写作就像在指挥一支由你的感官和语言组成的管弦乐队。当你写作时，你是看不见读者的，就像指挥家总是只向观众展示自己的背部，以便演奏出最好的作品。

我建议你保持稳定不变的工作心流，甚至设立机械的字数要求，或划定特定的时长，在这一时间段里快速无限制地写作。尽可能快而自由地写作，把所有东西都写在纸上。"在整件事情结束之前，不要修改或重写"（约翰·斯坦贝克语）。如果你觉得这样做很难，请转向写作游戏"即兴创作"。拿起你的笔，随便写一写。

心理学家将"创意心流"描述为一种完全专注的状态、一种作者有明确目标且竭尽全力写作的超细专注状态（事实上，这已经是他们智力的极限了）。写作本身就是目的。心流会导致扭曲的时间感，杂念和担忧会影响到人的精神。这可能是使写作变得有吸引力和富于治愈性的原因。然而，到达那个"领域"需要练习，但是在其中待太久也是不明智的。正如乔伊斯·卡罗尔·欧茨所说："工作中的作家，沉浸在其项目中的作家，根本就不再算是一个实体，更别说是一个人了，他们变成了某种聚集在情绪光谱的黑暗末端的种种心理状态所构成的奇怪大杂烩（mélange）：优柔寡断、沮丧、痛苦、丧气、绝望、悔恨、不耐烦，彻头彻尾的失败。"

弗吉尼亚·伍尔夫声称，流畅能让人狂喜。在写作中，这种推进力就像一台永动机，让词句一个接一个地涌现。失去了这种强烈冲动，你的事业就会变得步履艰难；惊喜越来越少，或者那所谓的惊喜都在你的预料之中。工作仍在推进，即便这些写作变得总是进三步退两步，这也是作家天生的节奏和动力，而你也一定要找到属于你自己的节奏的动能。记住：最终，你会重写一切。最好的办法是把它写下来，把书页合上，做到"在白纸上写黑字"。通过这样做，你将获得一种只有通过练习才能产生的新的流畅感。作者们常说书会自己写自己，书中的人物是有生命的。正如谢默斯·希尼所说：

> 开始，继续，再重新开始——无论是在艺术中还是在生活里，要想获得什么成就，在我看来，这都是一种基本的节奏；我认为，这也是生存的基本节奏，是坚定地行动的基础，也是自尊的基础，是你生活中的信誉的保证，也是你赢得他人信任的保证。

写作游戏

即兴创作

选择一天中你有三十分钟空闲的时间段，以散文而非诗歌的形式进行即兴创作，以下列标题之一为主题。所有这些标题都是根据《诺顿美国文学选集》的思想和标题改编的（见序言）：

- 围绕你卧室的航行
- 你年轻时的三个英雄
- 青春期
- 关于你家庭的可怕事实
- 如何驯服一条狂野的舌头
- 怎么讲一个故事
- 关于你自己的五个谎言
- 我死时听到一只苍蝇在嗡嗡叫
- 去看电影
- 当我阅读一本书时

- 错过的机会

- 你祖母的生活经历

- 观察黑鸟的十三种方式

- 生火

- 记得你的上一个生日

- 读你朋友的心

- 拔草

- 候诊室里的场景

- 在观察一个红色花纹的大苹果时

- 与你父母的对话

- 冰淇淋之王

- 真实之事

- 对美国事务现状的思考

- 午夜，我还没出名

- 你灵魂的一平方米

- 比死亡更糟糕的命运

- 猫头鹰和郊狼

- 晚宴后

- 每天都挨饿是什么感觉

- 为什么你很棒

平均每天写 500 字左右。通过快速写作，尽可能达到这个字数。

目标：这个游戏将持续一个月，要求你每天根据主题词写三十分钟，其中一些会让你"写你知道的"（比如"青春期"），也有一些会让你"写你不知道的"（比如"如何驯服一条狂野的舌头"）。即兴创作是一种很好的练习，尤其是当你感到你的创作有所阻滞时，它们会带给你一些愉快的意外。重点不是创造自由写作中的自由联想，而是鼓励对一个主题的专注和即兴创作，并且培养你流畅的习惯，这有点像在即兴创作自己的旋律之前练习音阶。一旦你完成了这个游戏，试着根据"诺顿选集"制作你自己的主题词和标题，并定期从它们中选择一个来即兴创作。你可能会想玩一个猜谜游戏，猜一猜给定标题的来源。

沉默的蓄水池

写作的过程是整体而有机的，而非单向的。这句话的意思是说，幻想一个晚上作品就"孵化"成功，它随着月亮升起而"开始"，跟随日出而"继续"，这是轻率而不明智的。每一个阶段都会被粉碎或融合成另一个阶段。这个过程或许会让人觉得欣喜若狂，但有时感觉起来又像是一个破裂开来的过程，甚至像是在与语言战斗。举例来说，"孵化"是流畅性和心流的一部分。你常会发觉你书写的流畅程度自然而然地降低了，你需要让你潜意识里的语言和思想的蓄水池得到补充。一旦出现了这种情况，你就可以离开这个地方，别再写下去了，将一天的工作结束，去散散步。给自己一些时间，通过保持沉默来慢慢恢复你的表达能力。沉默本身就是一种口才，因为思考写作也是一种写作。游手好闲也有其好处，但容易沉溺其中。当你这样做的时候，你会发现，你的蓄水池很快就会被填满，词语和短语将从其中涌出来，形成浅滩。

突破和终点线

当形式和结构在你的头脑中甜蜜地结合在一起时，你将慢慢理解一件事——不是进步，而是一种完成的感觉。你也将能够衡量你所做的工作相对于你为这个项目最初设定的目标而言达到了什么程度。作家们总会在某个艺术水平上驻留一段时间，写好几篇文章，甚至写好几本书。通过练习，他们的流利程度总会变得足够高。这时，他们就会在写一首诗或一篇短篇小说时实现艺术上的突破和飞跃。这是一个出自进化论的类比。

在早期的有关自然选择的研究中，古生物学家不能理解某个物种进化的化石证据的发展过程。物种看上去似乎是从一个重要阶段"跳跃"到了另一个重要阶段，而不是在小而渐进的阶段中进化（并将有用的遗骸作为一连串的证据留在泥土中）。这被称为随机进化，就好像这个物种"瞄准了一个目标"。从外部观察，作家们的声音和风格会随机地演变，而他们作品的水平或书写的真实性偶尔会有质的提升。

然而，一旦他们"越过"了某个阶段并取得了突破，他们很少会回到以前的水平或者实践模式中。其游戏的整体格局已经永远地改变了。写作的时候要注意这一点，并在你的天赋发展过程中观察这样的跳跃和步骤。这些时候，你很难理解你是如何写某篇文章的。它看起来完全是另一个人的作品，你可能会认为这是某个神秘的"他者"的作品（你将在本章的最后一节读到这部分）。就像是人们所感觉到的一桩桩的暧昧情事那样（恰如乔伊斯·卡罗尔·欧茨所说的那样），在你写作的时候，你会感觉每一本书都是你的"命定之书"。

再过一段时间，你就会习惯这一切——你创作过程中的一些谜题之谜底将日渐清晰，然后你就会想把目标设定得比你的新水平更高。你会有一种走完了某个发展阶段的感觉，但这也不意味着结束。约翰·斯坦贝克说："对一名作家来说，结束是一种悲伤——一种小小的死亡。他把最后一句话写下来，然后他的创作就这样结束了，但是它其实还没有真正被完成。故事还在继续，却把作者抛在了身后，因为没有故事是完结的。"对于大多数作家来说，一切都是未完的；作品只是被抛弃了，因为除了将它扼杀之外，没什么其他办法能使它臻于完美。一部小说总要被重写很多遍；一本诗集要经过整理、整理、再整理，直到找到某种临时的形式。许多作家甚至在作品出版后仍会修改这些作品，而有时候亟待敲定的最棘手的问题竟然是最后的标题。

关于标题

标题的作用是什么，它都做了些什么，是否像你写作大陆上的小王子一样独自坐在那里？总之，标题给读者留下关于你作品的第一印象。不管你喜欢与否，标题可能决定了你的作品是否会被阅读，而它也可能是写作课评分标准的一部分。你必须让你的标题像作品中的所有文字一样努力——事实上，标题应该更努力，因为标题是读者打开你作品的一扇门，或者是他们窥视你作品内部的一扇小窗户，是一个让他们质疑是否应该参与其中的圈套。记住，一个懒散或不精确的标题会害了整本书。

这适用于诗歌、故事、小说和非虚构创意作品。花大量有意识的时间在你的标题上，并制作多个模板：几个版本和变体，你可以在你的工作室或导师身上试验。从一条暂定的标题开始写作，哪怕你最后并不会使用它，反正弄个"无题""故事"或"诗"之类的托词不费什么工夫。你可以从著名的文学作品中借用一个短语，但要确保这个短语和你自己的作品之间有精确的共鸣；或者浏览你自己的作品，找到一个概括它或者抓住其精神的短语（可能是你文章的背景、故事发生时间或者其中一个角色的名字，包含你所要表达的那种精神，或许也包含了你的主题，或者是你的某些压倒一切的想法，又或者是技巧结构）。你需要用一双读者的眼睛去探寻你的标题，许多标题在作者写作后的很长一段时间才出现，这时，作者可以再次成为他们自己的读者。做出明智的选择，如果你没有空闲时间，那么至少要做出准确的选择。

作者的后表演时段

重写

实际上，至此演出还未开始。把它写下来，只不过是节目的序曲。所有我们写的东西都需要规划和修整，因为所有的写作都需要重来，也因此，所有的重写都是另一种形式的写作。"优秀作家最重要的天赋就是拥有一个内置防震测谎仪。这是作家的雷达，所有伟大的作家都有过"，这是来自欧内斯特·海明威的话。或许你也希望如此。我们中的许多人都会偏爱自己的作品，即使我们知道它表现不佳。这在其他艺术形式的创作中也时有发生。就如作曲家约翰奈斯·勃拉姆斯所宣称的那样："作曲并不难，但要把多余的音符扫落到桌下却非常难。"

重写作品所需的状态和一开始从无到有创作的状态是截然不同

的。我们如此努力地写下了一些句子，以至于我们发现自己不可能放弃它们。或者，我们在某个部分发现了不恰当的地方，但它太引人入胜了。然而，我们必须成为自己的编辑，要注意到那些引人注目的短语会影响作品的整体魅力，而我们应该删除它们。各种限定词和短语并不能推动这本书向前发展。它们很容易识别，形容词和副词往往都是重写时要处理的重点。任何分散读者注意力的词语或短语都是多余的。任何因其异国情调或文学性而转移读者注意力的词语或短语也处于危险之中：陈词滥调、古语和倒装句必须处于恰当的位置，否则就要被删除。

所有作家都可以亲自尝试一下某些简单的流程。我已经反复强调了大声朗读自己作品的重要性：它揭示了声音和感觉的错误或细微差别，显示出你的语言在何处是被迫的、软弱的或受到影响的。你也可以通过请其他人（例如在你的工作坊）大声朗读你的作品来获得帮助。这使你的作品和你之间保持了更远的距离。你应该想象你自己不是作者，仔细倾听读者在哪里失语，记录下它们并且重写。厄休拉·勒古恩在《掌舵》（*Steering the Craft*）一书中提出了一种无情但有用的技巧，那就是将你的叙述练习作品删减一半："严厉的删减强化了你的风格，迫使你既挤又跳"（1998：147）。从去掉每一个形容词开始，然后去掉副词。

另一个步骤是留意一部作品从哪里开始。你会发现，一篇非虚构或虚构作品的第一段甚至前几段都是多余的。尝试为你的作品创造多个变体版本。例如，对于诗歌，尝试从第二行开始读取文本，然后是第三行，再然后是第四行，依此类推，直到感觉对了为止。试着一行一行倒着读一首诗，或者一节一节地读，把诗节按不同的顺序组合起来。试着用客观的眼神来做这项练习，直到你开始感觉到这部作品有了一些可识别的生命。保留所有这些变种版本的原始版本。谁知道呢？说不定你会获得不止一个"正确版本"，甚至你会发现最好的版本是某两个突变版本的并集。保持一份从初稿到终稿的有组织的书面记录，这样你就可以挽救一些东西。

作家会"不停地、不停地、不停地重写……甚至在它已经出版之后"——弗兰克·奥康纳如是说。再次回看你所写下的东西，其中有些是成立的。你感觉到你的文字有着自己的生命和旋律，胡乱修改它们是有风险的。那些成立的部分，是满足你在转换和转化单词时所做的人工的、数学意义上的人类选择需要的自然语言张力的组合。在重写的过程中，你创造了新的、更棘手的张力，将你的故事或诗歌的上层结构保持在适当的位置上。然而，你的作品中仍可能存在着一些无用的东西，随着越来越多的读者接触到这些，你的作品就会逐渐被破坏。这是一个非常危险的时刻，几乎与流畅写作所能带给你的兴奋感相绝缘。把更强硬的话拿掉——你会看到这个东西的崩溃。它会自我拆解——你的故事或诗歌实际上会在你的眼前自我拆解。你会有一种无力甚至恐慌的感觉：我能摆脱这个吗？我能不去管它吗？更无耻的想法是：我的名字是否有足够的分量，让我可以不受惩罚地完成这个半成品？

失败，更好地失败

如果你曾经问过自己这样的问题，那你已经变得太投入了。你需要冷漠一点：要么让时间来审视你的作品，要么让别人来审视你的作品。把作品搁上三个星期，然后再修改，或者交给你圈子里值得信任的成员帮你修改。冷漠的态度会带来野蛮。奥比阿斯·伍尔夫把这个过程比作学习如何"不停地啃同一根骨头，直到把它啃裂开"（2005：156）。切割和压缩。重新整理和重写，或者随意做加减法。浓缩一篇散文需要这两种方法之一。你可以详细规划整体内容，分配给定的字数，然后在起草时尽量遵守这些限制，或者不考虑长度，直接删减。虽然诗人倾向于逐字逐句地修改，但许多散文作家采用了"刀耕火种"的方法，他们在起草时没有过多地考虑长度，而是之后在必要时进行修改。"刀耕火种"有一套自己的"削减损失"的逻辑。永远不要忘记你的写作失败的可能性。说出那句不可说的话：它失败了。你会再试一次。放弃一部平庸的作品，用一张白纸重新开始，并通过果断行动获得一种野蛮的成就感。这样做的好处是，你可以从错误中学习，而不是把实践耗费在重写同一错误的版本上。塞缪尔·贝克特说得好："曾经尝试过，曾经失败过。没关系，再次尝试、再次失败，会失败得更好。"

截止日就是生命线

截止日是写作的一项巨大助力因素，它迫使人们采取野蛮的行动。就像形式或设计一样，期限不是创作的监狱。它提供了一种承诺，让你从自己创造的懒散和不写作的监狱中解脱出来。它就像形式一样让人自由。尽管它给人的感觉是它使时间成为写作的负担，但是负担的重量不仅仅是期望的重量，也是预期的重量。截止日对我们是有好处的，尽管它看上去很严苛。

截止日就像是让你办事又不近人情的主管，他只关注你的写作，而不关注你的生活。为学生设定提交作品的截止日基本上忽略了学生写作、学习和生活的不同方式。截止日对每个人都一视同仁，除非写作者生病或者出了事故。截止日是对时间的必要曲解。更有甚者，有些人还会把它标在日历上，让你觉得这件事简直就是一种生理威胁。威胁在于，如果你没有达到目标，你就得不到某些奖励。这些奖励包括了你的作品获得的分数或"预付款"——它可能包括推广、销售，或者是导师、编辑、评论家或读者的赞扬。

在写作行业，截止日的存在是不争的事实。尤其是在媒体行业工作的作家，他们每天甚至每小时都在写作。新闻业不仅在守时和边缘政策方面提供了出色的训练，而且在用词精简和清晰方面也是如此。海明威在《堪萨斯城星报》（*Kansas City Star*）接受了训练："在《堪萨斯城星报》上，你被迫学会写简单的陈述句。这对每个人都有用。报纸工作不会伤害一个年轻的作家，反而会帮助他，如果他及时摆脱它的话。"（Phillips，1984：38）

截止日要求文章必须简洁完整（在某一时刻，一篇文章已经尽可能地被写完整了）。最终流程中的奖罚常常是由外部因素带来的。每学年都有整洁的时间表；报纸网罗它们的稿件；出版商按时出书，与他们的市场和销售部门的时间表保持一致……被这些要求所环绕，作者与他们停滞不前或呆板的作品坐在一起，双眼盯着时钟。我建议你抓住主动权，把时间的压力化为写作的动力。通过设定自己的截止日期（必须早于官方截止日期），在心理上控制这个过程。正如我们在纪律一章中所探讨的那样，你也将学会欣赏你的截止日期是如何形成你的写作方式的，甚至是你如何围绕它来生活的。

你的挑战者

起草需要某种客观性，所以你可能会选择超脱自我，变得不近人情，甚至试着扮演其他人——扮演那些已能习以为常地挺过这个艰难时刻并继续进行下一稿创作的作家。你甚至可以把起草的创造性行为看作记者交稿的过程。在这里，有一个由别人强加的真正的截止日是很有用的。写作就变成了一项工作，而不是一项苦工，更不是一门艺术——这是一种解放。奖励是完成任务并获得报酬（如果你是学生，你希望得到一个好成绩）。在开始的时候，通过设立奖励来激励自己在截止日期前完成工作依然是很困难的。在这种情况下，你可以让其他人来设计和设定这个最后期限，以便得到他们认可的奖励。作家经常让他们的伙伴来扮演这个角色，但这些关系必须是明显有力的，才能在这种角色扮演中生存下来，尤其是在赌注很大的情况下。我知道许多作家在这方面坚持不懈的残酷事实。因此，你如何做到这一点，将取决于你和你的挑战者之间的信任程度，以及你对此的甘愿程度，以及你的挑战者愿意忍受的程度。

过程精度

我们在散文和说话中表达自我的大多数方式是不精确的，甚至于我们实际所说的与我们想要说的话和想要表达的意思都无关。我们都知道没有说出我们的意图是多么令人沮丧，这意味着我们没有传达出我们的真实感受。但是，写作给了我们排练的时间，也给了我们尽可能把话说对的时间。清晰至关重要，它是写作中理想的品质。

正如斯特伦克和怀特所宣称的那样，"如果写作中有什么无可替代的美德的话，清晰或许最算得上其中之一"（2000：79）。表达清晰在写作中的重要程度排行第一。我们用词的时候，要选择对的词，并且要用最好的顺序去用对的词。当我们为自己的写作去审视和发掘这个世界时，我们必须能够精确感知我们所看到的、听到的、触摸到的、闻到的和品尝到的。语言的花园是一样的：如此多的语言需要我们注意和思考，以至于我们必须精确地选择我们要用到什么，我们要把它放在什么地方，以及这些位置的整体和特定对应关系。

当然，我们的感知和理解既片面又特殊，但我们可以通过实践训练，让自己更富想象力和同情心地感知。知道这个世界比我们想象的要广阔，人们就有了更多选择，要么更多地了解这个世界，要么找到内心的世界。两者都是积极的选择。假装不懂自我和周围的世界，你可以获得更轻松的生活。但作为作家，我们没有这个选项。

作家难免想平衡这些选择，同时追求两者兼得。有各种各样的方法可以走出自我，进入这个世界。经验起着一定的作用，我们的笔记本可以让我们捕捉经验并记录下来供我们使用，对知识的投入也起着一定的作用。知识的形式通过语言来承载。我们可以借用这些语言，可以挖掘这些形式的知识。我们有责任忠实地这样做，去学习语言的精确性以及它们的力量。

写作游戏

莎士比亚的野外旅行

某天黎明前起床，前往最近的绿地或林地。仔细观察黎明的过程，如黎明对动物的自然影响、树木和花朵对光的反应，以及不同光线变化对水的影响，仔细观察黎明的过程。我还想让你非常仔细地观察石墙或岩石的表面，对你看到的一切做笔记。什么都不编。不要把你自己的审美、情感或心情强加诸你正在写的东西。你的任务是根据你观察到的事物创作一首诗或一个故事，或者更准确地说，让观察到的事物、生活从你身上创作一首诗或一个故事。当你写完了，回到你写的地方，把它放在其他访问者可以看到的地方，或者把它挂在树枝上。

目标：尝试在写作中完全自我克制，就像最好的诗人、自然学家和科学家那样，但也要在你如何"表演"你的作品方面玩得起。让自然空间"出版"你的诗或故事，你在呼应莎士比亚《随心所欲》（*As You Like It*）中的一个时刻——一个情人将十四行诗挂在阿登森林的树上：

> 这些树将是我的书，
> 在它们的树皮上我将写下我的思想。
> 这片森林中每一只注视的眼睛
> 都将看到你的美德。

（如果你感兴趣的话，这个工作坊是在英格兰沃里克郡古老的阿登森林遗迹中开创的。）

突袭其他地方的语言

名称有巨大的力量，不仅包括人名、地名和国名，还包括动植物的科学名称和地方名称。我们可以学习地理、地质学、天文学和海洋学创造的自然现象的术语，以及建筑、信息技术和工程领域合成世界的术语。

此外，我们不必停留在名称和术语上，而是进入传统的非文学知识领域，打开它们的语言（甚至有时会遇到一些晦涩难懂的行话）供我们使用。通过这样做，我们释放出新的主题和项目，供我们的想象力仔细审视、翻转和玩耍。

美国诗人玛丽安·摩尔写的诗，其设计主要依赖于音节数和关于空格与断行的复杂判断。她诗歌的语言和主题几乎都源自一篇清晰的科学论文的语言和主题。正如威廉·洛根所说，"摩尔发现诗歌沉睡在散文之中，在手册和专著、广告和政府报告中"（2005：89）。以下是《我的世界》（*The Icosasphere*）（Moore，1968：143）的开篇：

> 在白金汉郡的树篱中
>
> 在融合的、浓密的绿色中筑巢的鸟
>
> 编织一些细绳、飞蛾、羽毛和蓟花
>
> 抛物线同心曲线
>
> 为凹度而工作留下效率罕见的球形绝技……

阅读摩尔对她诗歌的"注释"，可以看出她一丝不苟地记录了她的创作来源。它们说明了她的藏书之丰富、她的阅读之广博和开放、她对知识的渴求，这些对作家有着丰富多样的吸引力。就上述诗歌而言，这些资料不仅揭示了诗歌的主题，也揭示了其作品的几何设计。试着写一个故事或一首诗来描述她的发现："一个由 20 个等边三角形组成的钢球——拥有几何上可能最大数量的规则侧面——可以被分成五个平行四边形，并以可忽略不计的废料损失从矩形板上切割下来"（Moore，1968：281）。

你可以很容易地发现这种精确、清晰的语言，一项好的创意练习可以让你自己"找到"这样的材料和转换方法。拿起你手头的任何一本好的野外指南，随意打开它。你会发现，从童话故事中流传出来的描述和名称，以及一种精确到听起来奇怪的语言，都是精确的，有时甚至是神奇而尖锐的。在下面的例子中，我把一些散文逐字逐句地分成数好的音节行；我把有关联的描写集合放入诗节中，并以一种缩进的方式强迫眼睛在书页上移动以找到联系和答案。不过，在适当的语境下，它也可以写成散文，改动很少（斜体字出现于原文中）：

被发现的诗：《欧洲落叶松》（*The European Larch*）

阿尔卑斯山

被挪威云杉取代

在更冷、更潮湿的地区

的范围

在特拉和苏德坦

在波兰的平原和山脉

长期种植且丰茂：

在古老的种植园、防护林床和公园里，

远离城市和最干燥、最荒凉的地区

形状：尖顶——

就像，在一株笔直向上的树干上

只有在最好的、受保护的

树，经常

年龄大而有个性

在干旱或暴露的地方

嫩芽挂在树枝下。

冬天里的金发，更精细，尖尖的

嫩枝，以银杏或沼泽柏树为背景

我们将在第八章讨论这些"现有诗"。你总被鼓励尽可能地向其他作家学习，但这里的论点是，你也应该向其他非文学作家学习，哪怕他们是科学家、建筑师，甚至是商人。

精确和声音

正确的名称和术语会给你的写作带来更大的力量，同时能表现出你确实为此做了一些工作。精确的语言唤醒或重新唤醒世界，并且比电影更即时地复制世界。此外，清晰的表达能达到和简练表达同样的效果——这是一项作家最难掌握的技能。精确、清晰和简洁所带来的另一笔财富是某种自然的声音或写作的声音（雷蒙德·卡佛和罗伯特·弗罗斯特在此方面堪称典范）。作家的"耳朵"变得自然而敏锐，语言也带有了这种品质；这样做让人感觉很自然，让人真实地感觉到世界，而非世界制造出来的假象。请阅读伊丽莎白·毕肖普的《寒冷的春天》（A Cold Spring）的节选，其可作为一个可模仿的例子：

幼芽摇摇晃晃地穿过清醒的橡树。

歌唱的麻雀被关起来……

现在，从茂密的草中，萤火虫

开始上升；

上升，再下降，再上升，

照亮上升的飞行，

同时在同一高度漂流，

——恰似香槟酒的泡沫。

（Bishop，1979：56，马永波译）

"摇摇晃晃地穿过清醒的橡树。歌唱的麻雀被关起来。萤火虫照亮上升的飞行"，我身体里那名训练有素的野外生物学家想大叫："没错！"然后，我会意识到萤火虫的"同一高度"是什么。这种水准的警惕、唤起、精确的写作，与最好的观察性书写或因科学探究而产生的写作相差无几。很明显，一位动物行为学家在写一篇科学论文的时候不会用"恰似香槟酒的泡沫"这种比喻，关于萤火虫的通俗或非虚构图书则可能这么用。你可能也希望学习这种精确性：通过观察世界，把自然世界翻译成你自己的创意作品。

写作游戏

阅读自然

以下是来自澳大利亚的莱斯·穆瑞《自然世界的翻译》（*Translations from the Natural World*）一书中一首关于蜗牛的诗：

在镀金的船台旁

也许可以追溯到

前方，一片海岸被折叠起来

在盐上煮沸，未经剃刀边缘

的切割，隐藏着渐新世叶子。

希望这只蜗牛和每只蜗牛

都能感觉到自己在装饰存在的编织。

《软体动物》（1993：26）

就像毕肖普的《寒冷的春天》一样，不仅要注意精确的观察结果，还要注意名称（"渐新世"）和语言中的简洁声音，这些声音模拟了词语所描述的内容（"未经剃刀边缘的切割"）。你的游戏任务是找到一本自然历史领域的指南，并在其中找到一首诗或一则故事，把它写成你自己的，然后按你的意愿修改。为了写出一首最终的诗歌或短篇小说，模仿田野向导的精确语言，以及你自己在写作中的精确观察。

目标： 穆瑞诗歌的语言和句法正是为了模仿蜗牛的动作、内心世界与感性世界。这需要一名机警的作家，这首诗必须是关于一只蜗牛的，这首诗必须"在装饰存在的编织"。在语言中（引用威廉·布莱克的话），能量是永恒的快乐。作为一名作家，你表达中的能量来自精确：按正确的顺序，用正确的词。

自信与实践

作为一名作家，很重要的一点是，你不仅需要练习让自己具备一定程度的冷酷，你还必须练习自信。有谁天生自信呢？是否拥有自信在很大程度上说明了一个人是如何成长和受教育的，反映了别人是如何对待他的，反映了他对自己的态度。自信会像才华一样克服一些相同的障碍，而这些障碍的困难程度和复杂性也塑造了作家。缺乏自信是有原因的。许多作家看上去似乎拥有自信，但其实通常是没有的。从某种程度上说，自信是一种行为，某种程度上来说也是一种表演，尽管它不需要伪装。"写作是一种乐观的行为，如果你觉得它无关紧要，你就不会费心去做。"——爱德华·阿尔比如是说。

看不见的观众

作为一名作家，当你坐下来工作时，你总会感觉有点抗拒，你的面前总有些你需要去适应的条件。而对于创作新人来说，这种抗拒可能会因为条件陌生而令人感到极不舒服。观众所扮演的角色此时还不为人所知，而且很难被理解，因为作家在对着空气表演，这里什么人都没有，只有想象中的观众，而他们对作者来说是不可见的——也许那些观众根本就不存在，或者还未被创造出来。

演员走上舞台去观看他们的观众，观众的反应造就并塑造了他们的表演。一个好的演员能感受到观众什么时候站在他们一边，或者观众需要在何时得到心理满足。正如玛格丽特·阿特伍德所说，作家的读者"由他可能从未见过或认识的人组成。作家和观众看不见彼此；唯一可见的只有作品，而读者可能在作者死后很长一段时间内仍能看到这个作品"（2002：43）。

创意写作课程的好处之一是，你可以更好地了解你作品的受众，即使读者只是教授这门课程的那位作家。对许多作家来说，纯粹的写作习惯是推动表现的因素，这就是自我克制形成的纪律如此重要的原因。另一个触发因素是认识到"不写作"会让人感觉比写作糟糕得多，而当表现良好时，作者会让观众感到兴奋。作为演员的作家，会感知到自己内心隐藏的那位观众是希望看到作家能继续战胜自我的。

放弃信仰

创作新人不要刻板地认定自己是什么样的，如不确定的、无能的等。认知心理疗法提供了一个过程。想象一个让你感觉糟糕的情境，在你的脑海中记住那个情境，然后用相反的情境让负面感受缩减。想象这样一个关于你的情境：一位创作新人在工作。发挥你的想象力，从积极的角度看待同样的情况：一段精美的文字，一段动人的对话，一首精确的诗。把这幅图景和之前那个消极的情境放在一起。然后，逐渐放大正面情境，缩小负面情境，直到你脑海中只剩下正面情境。记得你在脑海中出现那幅画面时的感觉，并让自己在每次坐下来写作时都去那样思考和感受。你会开始相信你自己的可能性，并且产生自信。自信会影响你写作的质量和风格，在这种心境下的写作会让你习惯和上瘾，因为通过练习，你会熟悉这种快感。你会变成你所看到的样子，表演的东西变成了生活，你毫无掩饰地扮演了作者的角色。写作的行为可通过写作的行动来证明，只是它没有任何欺骗性。然而，如果认为这一切都能奏效，那就太引人误解了，尤其是当作者像所有人一样备受自我怀疑之苦，或者像许多人一样患上抑郁症时。这种时候，情况将发生反转。为了继续下去，我们必须成为一个人，或者几个人，而不是我们自己。

自我的声音

放弃自己的负面信念不是件容易的事。有时，作家的脑力会枯竭，就像舞台上演员的声音会干涩一样，会丧失说话或写作的信心。实际情况比这更糟糕，因为它会让人感觉无能为力、无法发声。它叫道："你再也写不好了。"这感觉就好像我们忘记了自己的语言，并陷入一种尴尬的自欺欺人之中。有时，我们会因为身体疾病、抑郁和情绪波动而让写作受阻。或者，追求精准的代价可能是完美主义。而完美主义的态度会使你在期望的曙光到来之前，就变得麻木僵硬了。

在一名作家的职业生涯中，性格弹性对能否取得艺术上的发展有很大的影响。你要么彻底陷入泥潭，要么逢凶化吉。到目前为止，你所经历的一切，所写的和所读的一切，都决定了那个结果。这种情况在每个阶段都会反复发生，尤其是在初始阶段。其结果是决定性的，可以改变人生。像这样的时刻可能会引发艺术危机：写作生涯可能会崩溃，语言可能会变得呆板、散乱和陈旧。而作家所有的把戏都用上了，这也使作家的面貌暴露无遗。这已不仅仅是写作障碍，更像是一场灾难。这时候就轮到了隐喻性的代笔人登场了，让你的另一个自我代替你写作。是时候去发现你的另一个写作自我了。

声音

一定要有危机出现，你才能有所发现吗？由于作家们在语言方面难以精进，你可能真的需要危机的出现。即使知道危机将会发生，也并不意味着你就能成功逃脱，但你确实可以伪装自我的声音来逃避和承担风险。找到自己的声音可能只是找到自己形成声音风格过程中的一个阶段。最重要的是，你的风格是你追求的目标，它不应该显示出任何努力的迹象。但是，你的写作声音必须与众不同，它必须和它的前身区别开来，否则你的读者就会停止倾听。

声音似乎很神秘，这尤其是因为，在创意写作中，声音一开始只是一个隐喻。用诺瓦科维奇的话来说，"创作新人四处寻找自己的声音，就像人们过去四处'寻找自我'一样"（1995：200）。声音是写作中的三个方面的共同隐喻：用来形容你叙述时的写作；形容你尽最大努力叙述时的写作；形容严谨的写作。去掉语言中所有妨碍你清晰表达、使你听上去不真诚的非必要部分。

说出你的意思，不要装腔作势，不要含糊其词或过分雕琢。相信我，你会找到自己的声音。这样做会使作品听起来有些简单，但实际情况是你已经做到了简洁明了。试着尽可能直接、积极地写作。当你不是用你的声音写时，读者能看出来，因为你的语法听起来不真实。尽管写作常常是为了虚构一个世界，传达小说中更伟大的真理，但使用你自己的声音会让写作变得更坦诚真实，甚至比任何相对的真理都真实。

写作游戏

艺术家肖像

这是一节课堂练习。成员两两成对，互相绘制对方的肖像。只是把看到的画下来，不要自我创造。在对方画完之前，不要向他展示你画的东西。然后交换图画，写一首十行诗或两段的小小说（见第六章），要体现：（1）当你看到画自己的这幅画时你看到了什么，或者（2）被审视时你的感受。重写这些文字，然后把它们固定到画上。现在，各自坐下来，给自己画一幅画像，不要用镜子，你可以随意涂抹自己的外表。它可以是一种现实的或梦幻的表现，也可以是一种结合了两种方法的表现。把这幅画交给你的搭档，让他根据这幅画的绘画对象来进行创作（如上所述）。把创作好的作品固定到这幅画上。在一些公共空间展示这两幅画和它们上面的文字。

目标： 自我的真理在哪里呢？处于观察主体那里，还是在被审视的对象那里，抑或处于审视中还是被审视中？我们在镜子里看到的自我，和我们在写作的反射中探索的自我总是不同的。自我是可变的，而写作是"自我"和"自我们"的呈现。在镜中的自我和他人眼中的我们确实也大不相同，因为每个人对我们的感知取决于一天中相遇的时刻、他们个人的视角以及他们在画面上记录我们的技巧。当我们画出自己的脸时，我们也伪造了真相，因为我们提供的只是对着镜子画出来的片面速写。当我们写作时，我们有时会因为自我与世界、自我与自我之间的视差而感到不适。然而，我们写作是为了改进事实，而不是讲述事实。上述的写作游戏就物化了这一过程。

他者的概念已经被理论化至死，就像作者一样：留下的不止是死去的作者，还有著名的他者，像僵尸一样在这个地球上昂首阔步。

自我安慰剂

正如我所说，找到你的声音可能只是找到多种声音中的一步，有时你甚至是要去"丧失自己的声音"。作家以他们不同的思想状态写作，因而会产生各种各样的声音。有时候，没有必要去品味你个人的安慰剂，它会阻碍你的发展，甚至会让你觉得自己的声音很无聊。就像安慰剂药物可以有真正药物的效果一样，你与之交流的自我可能会写得和你本人一样好，有时甚至更好。自我的不同会导致声音个性上的不同，但不同的自我并不是指人格，它们只是安慰剂。

这样的"安慰剂写作"通常能带来有趣的作品，然而这些作品的创作者却是在挣扎中创作，其创作的过程总是艰难的，也并非充满活力或是想象力。一种"安慰剂声音"将他们带离自我，让他们的写作变得就像是做文学翻译一样，只不过，这次他们翻译的东西来源于自己。当然，就像我们在第三章中探索的那样，感受其他作家气质最快的方法是文学翻译。不过，"安慰剂声音"要做的是降低写作者的自我期望，同时消除艺术和语言带有的负面压抑作用。但是，这不是"表演"。这些"自我安慰剂"和声音早已存在于你体内。随着你对这本书中写作游戏的实践，你会开始意识到你认识的自我不一定是写作的自我，抑或是那个写得好的自我。当你进行自由写作时，这种感觉会尤其明显。人有多少个自我可以扮演？

他者

"他者"的概念只是对一种写作心境的隐喻。这带来的问题之一是，"他者"的概念就像"作者"一样，在理论上已经被推翻了，不仅作者"死了"，其他声名显赫的"他者们"也像僵尸一样在地球上游荡。简单点说，许多有创造力的作家都曾说过，他们在写作时会感觉其实是他们身体中的另一个人在写作。一个抑郁的人很可能非常依赖"另一个自我"，从而维持日常生活。正如诗人爱德华·托马斯所写：

我等着他的航班

他走，我跟随，不放手

直到他停下来，我也停下来。

《他者》（1978：33）

"他者"并不是什么神秘的概念，尽管它曾被解释为缪斯女神，而作家只是缪斯女神显现的媒介。在一定程度上，这是想象力的一次飞跃，人们凭借想象力进入到其他人甚至是其他事物的世界中。济慈可能会写他如何参与到了一只麻雀的生活中，或者写他作为一颗台球而存在是什么样的感觉！和消极能力一样，"他者"是一个心理学概念，是自我情感的分离，是一种可控的两极感觉，这种感觉让诗人阿瑟·兰波说"我即是他者"：我是另一个人。有时候，那个"他者"觉得自己在某种程度上脱离了你；这个创意的精灵，这个潜近你的生物或人，正是你一直以来所追寻的，而它同时也是你自己的一部分。这个精灵有点像詹姆斯·霍格的小说《一个正义罪人的私人回忆录和自白》（*The Private Memoirs and Confessions of a Justified Sinner*）（1824）中的魔鬼。作家总是尽可能地与"另一个自我"形影不离地生活，因为谁能有足够的勇气说出究竟哪个是哪个、谁是谁呢？

装死

一个代笔人，或者说，在这种情形下，一个被极端化的"他者"人格，还是有一些优点的。这其中的一个优点便是，除却听从"作者"的话，作家无须再直接地忍受任何在创作路上会遇到的写作经验和情感的困扰。这种练习并非出于精神分裂，而是从自我中解放自我：这是一种失去自我的艺术。你并非只是在以别人的方式去写作，而是在写作时，让自己变得似乎完全不存在，就好像你已经死了，好像你对生活没有任何责任，也不需要取悦或迎合观众。和这本书中的其他许多练习一样，这是一个简单的思维实验，这个实验主要是用隐喻的方式呈现写作时的自我生成过程。你确实需要相信它，至少在写作的过程中或者写作的开始阶段，但不要在写作之外的事情上这样做。

　　这与其说是一种说话的语气，不如说是一种心灵的语气：心灵用一种陶瓷般的语气来讲述自己的命运。这种语气虽然听起来很坚定，但并不能掩盖其内在的易碎性。到了晚年，伟大的诗人和小说家可以做到那种冷酷而明晰的自我毁灭：经验和不断的实践要求声音做到这一点。这样塑造自我并不是为了让自己发生翻天覆地的变化，而是为了做到坦率而又无情的真诚。作家的性格和表演在他死后变成了一种更冷、更清晰的表达方式，一种不需要太担心世俗的表达方式。

　　那么，作为一名创作新人，你如何才能掌握本来需要一生才能了解的能力呢？其实，你不用太在意"写作是神秘的"这样的观念。直接做吧，如果你做不到，那就去假装。这个思想实验的目的是让你以一种冷漠而真诚的方式来写作，对于那些生活在当下欲望中的作家或忍不住想太多的人来说，这种写作方式是很难获得的。

　　我给你的建议是，不要等待岁月带给你这样的态度，也不要指望漫长的经历给你带来智慧和写作材料，你应当做的是运用这种态度和智慧，在大脑中制造这样一个认知回路。这样做的风险之一就是，你听起来可能有点自以为是。但做任何尝试不都是有风险的吗？假装自己快死了，就好像死期将至，把你现在写的东西当作你生命中的最后一件作品。多试几次，它就成为一种写作的习惯，并成为你内心多个戏剧化自我角色之一。记住：这是一种心态。

扮演他人

　　你将开始认识到写作的本质有一些无情，尽管它主张和颂扬人的价值。法国小说家居斯塔夫·福楼拜的母亲写道，她声名显赫的儿子"对写作的狂热"已经"使他的心枯竭"。写作也可以像戏剧一样戴着面具，遮掩个性。小说家豪尔赫·路易斯·博尔赫斯这样评价莎士比亚的才华："他不依赖任何人。在他的面容下……他的语言丰富、离奇、猛烈，但也有一点寒冷，他的语言是一个谁也没做过的梦。起初，他认为所有人都和自己一样。"

你有过认为所有人都和自己一样的经历吗？通过观察、回忆和想象，你吸收了这些"另一个自我"。它们有时是你写作时戴起来的面具，即故事里的人物。博尔赫斯也会把自己想象成两个人，想象成"博尔赫斯和我"，其中另一个"博尔赫斯"便是故事的当事人：

> ……"我喜欢沙漏、地图、十八世纪的字体、咖啡的味道和史蒂文森的散文。"他讲述这些偏好，纯粹只是给塑造出的角色增加某些属性而已……我不知道是我们中的谁写了这一页。（引自 Burke，1995：339）

博尔赫斯声称，他让"第一个自我"继续生活，"另一个自我"则可以进行文学创作，而这样的写作也证实了"第一个自我"的存在："我的生命是一场飞行，我失去了一切，一切都属于湮灭，或者属于他。"套用玛格丽特·阿特伍德在她写的《与逝者协商》（*Negotiating with the Dead*，2002）一书中的话，"构成一个作家的，是一个个他自己也从未见过、从不认识的个体"。这些个体和作家都看不见彼此。有时，在写作过程中，作家和他者在他们彼此的身份、性格间来回切换。事实上，这种能力有助于虚构和非虚构创意作品中人物的塑造，并且形成了叙述中的声音。正如塞缪尔·贝克特所言："我用同一支铅笔、同一册练习本来书写我自己，就好像在书写他人一样。那不再是我，而是另一个生命刚刚开始的人。"

如果这种倾向被极端化，那么他者就可能作为一种外向性格而被感知，这种情况甚至可能被当作一种轻微的精神分裂症。写作的过程几乎就像作家与他们创造的角色或人物一起进入了原生状态，就像一个演员留在他们的舞台或电影角色中探索角色，甚至是探索到角色的指尖。在过去，这种能力可能属于感性的范畴，即与他人共情。查尔斯·狄更斯就是这样做的，他是一块名副其实的海绵，通过这一能力，他可以"进入"到观察对象的思维、身体和记忆中，以他们的内心观照世界。例如，在"新门监狱之旅"（A Visit to Newgate）中，他从一个在新门监狱被判处死刑的真实人物（不是虚构人物）的视角来写作：

很多创意写作作家有过这种情绪上的经历，
即写作时似乎是在以其他人的身体在工作。

还剩七个小时！他迈着大步在狭小的牢房里踱步，恐惧的汗水从他的额头上滴落，他身体的每一块肌肉都痛苦地颤抖着……他痛苦地被领到自己的座位上，机械地拿起被放在手里的《圣经》，试着阅读、聆听。不……这本书被人翻得又破又脏，就像四十年前他在学校的课堂里读的那本书一样！自他幼时出走，他好像就再也没那样回想过。然而，那个地方，那些时刻，那个房间——不仅如此，包括那些曾经和他一起玩耍的男孩子们，都挤挤闹闹地重现在他眼前。(NE2：1344)

写作游戏

"方法"写作

写作小组的每个成员都要选择扮演另一个人，为期一周。扮演者要遵循被扮演者的日常规范，甚至可能要交换房间、父母、房子钥匙，以及改变自己的书写习惯。一个星期后，他们要在写作小组里分享他们新写的一个故事或一首诗，这个作品要以被扮演者的视角来写，或是模仿他们的风格、声音写出来。

目标： 我们在自己的世界里生活得太久了。有时，我们需要溜进别人的生活，甚至是他们的体内，来更好地理解我们自己的目标和行动，甚至有可能提高自己的写作水平。有方法的演员有时在舞台或银幕上表演之前，会先像他们扮演的角色那样生活。

成为他者

一个人可以用不同的身份来写作，每个身份都是一个角色。你不是在创造书页上的虚构角色，你是在创造虚拟的"人"——除了你自己知道真相，其他人都会以为他们就是真实存在的"人"。例如，葡萄牙作家费尔南多·佩索阿有四个写作身份，每个身份都以各自的名字去发表作品，并有自己的写作风格。然而，"他们"都是费尔南多·佩索阿。我们可以有许多个（比如四个）自我。你以某个人物的身份来写作，那是心理上远离你本性的另一个自我，但不管是哪一个身份，都是独立而虚构的存在。这就好像你创造了外形相同的异音异义词语一般，你创造了异质的存在。

为什么要这么做呢？首先，这样做使你在以作家的身份进行创作时，也能和自己的创作保持一定的距离。其次，它给了你完全的自由去写你想写的东西，因为这样你就不用承担作品面对怎样的批评的责任了。再次，它鼓励你探索不同的风格和声音，你的每个独立存在的自我都有一些固定的风格和声音。作家用其他身份写作有时也是出于实际和政治考虑，是为了生存。正如弗吉尼亚·伍尔夫在《一间自己的房间》中解释的那样，在女性几乎不可能出版作品的时候，女性用男性的名字出版就是为了隐藏自己的性别：

> 这是贞节观念的遗留物，这种观念甚至在 19 世纪晚期还在迫使女性匿名。柯勒·贝尔、乔治·艾略特、乔治·桑，以及所有内心斗争的受害者，正如她们的作品所证明的那样，她们都试图

用男性的名字来隐藏自己，但并未成功。(NE2：2179)

出于类似的原因，一些来自边缘文化的作家用他们所处的主流文化的名字出版作品。还有一些作家以匿名或假名的方式出版作品，是为了向社会隐瞒自己的身份或引起众人对其作品的好奇心。比如沃尔特·斯科特，他所有的小说都是匿名出版的。

抹去

乔治·奥威尔说："除非一个人坚持不懈地抹去自己的个性，否则他写不出任何可读的东西。"也就是说，一名作家最终会在大约两百页的小说，或者大约八十页的诗集中谈论他的个性。有些作家试图隐藏自己的声音，将自己和他的其他自我从作品中摘除出去。这样做的目的之一是淡化作者的个性，将其完全置于背景板中。

话虽如此，作家向读者展示的应当是信息，而不是作为叙述者的自己。叙述者的隐藏创造了一种客观的感觉，因为这种隐藏本身就代表了一种深思熟虑的姿态、一种个性化的行动、一种风格的选择。在非文学写作里，比如科学写作，这种非人格化的形式被发挥到了极致，主动语态和人称代词直到最近才有了一席之地。有一个问题也因此而产生，那就是叙述者的隐藏营造了一种客观的幻觉（是谁在叙述？为什么叙述者会故意缺席？），而其语气上也会由此显得有些冷淡或冷漠。创意作家可能会注意到，许多科学家现在被鼓励在他们的交流中少用低调的被动语态，而回归一种更积极的、第一人称的交流方式。毕竟，读者是他们的科学伙伴，也是公众的成员。如果我们想写一个既隐藏叙述者又凸显主体、具有双重讲述风格的故事，那注定是一项大挑战。

利用抑郁

许多作家都患有抑郁症——在精神狂躁阶段，作家经常会发表作品，之后抑郁状态随之到来，同时伴随着创造力爆发的结束，因此作家的抑郁状态常被人误以为创造力的丧失。有些作家产生一种错觉，仿佛抑郁症真就跟软垫病房和早期坟墓挂钩了。西格蒙德·弗洛伊德错了：其实，写作不是一种神经的活动，而是一种自然的活动，它以沉思语言中的关系、语言形式的组合与分离为乐。

文学在本质上不是破坏性的。创意写作的实践，像任何艺术形式一样，站在生活的一边。然而，一些作家认为，写作是一项忏悔事业，或者是一纸自杀遗言，但它比割腕更微妙、更聪明，和自杀等的思虑比起来有天壤之别。这就是"冷漠的写作"：从外部看自己，像我们的代笔人一定能做到的那样，把主观和复杂的东西变成客观上来说更简单的事物。你成了你自己的守护神。我们可能会看到，这个在自我认知上明显危险的实验反而使我们的写作更加真诚。它甚至让我们个人也更加诚实，更加意识到自身的缺点。如果你是抑郁症患者，这是建设性地利用抑郁阶段的一种方法。这样做听起来可能很奇怪，但如果一名作家知道如何应用，那么抑郁对他来说就有可能变成一种有用的工具。

改变你的生活

在《写给一位年轻诗人的信》（*Letters to a Young Poet*）中，诗人赖内·马利亚·里尔克谈到了对文学生活的看法和要求（适用于新文学流派作家的建议）：

> 你问我，你的诗里有没有写得尚可的。在询问我之前，你已经征询过别人的意见了。你把它们寄给杂志。你将它们与其他诗歌进行比较，当某些编辑拒绝你的作品时，你会很沮丧。现在（既然你说你需要我的建议），我请求你停止做那种事。你现在最不应该做的事情，就是寻求外部的答案……你应当去探索你内心深处，找出让你写作的动力，看看这个动力是否已经在你的内心深处扎根。坦诚地回答自己：如果你以后都不能再写作，你是否会觉得生不如死？最关键的是，在夜晚最寂静的时刻问你自己：我一定要写作吗？深入自己心中去寻找深刻的答案。如果这个答案是肯定的，如果你对这个庄严问题的回答是一个坚定而简单的"我必须"，那么就按照这

种必要性来贯彻你的生活。你的一生，也必须成为这种内心驱动的标志和见证，即使在你最卑微、最灰心的时候。

不同的心态有助于写作，要学会转换到最适合你工作节奏的心态。众所周知，一些作家使用酒精或药物来达到好的状态；对其他人来说，这是一种自我催眠。我提倡一些不那么激烈的，诸如自我认可之类的角色扮演。通过不断的练习，这个角色可变成现实。作家体内的另一个人——他者，能表演某种声音、进行安慰剂式的写作，并是作品的第一个读者。然而，一名创作新人如果不能接触到自己内心的另一个人，那就只能选择停止写作或改变自己的生活。毕竟，我所提倡的实际上不过是一种个人的扮演，并且扮演的心态也让他感觉到了愉快。如果创作新人不喜欢以不同的精神状态进行实验，如"信仰的中止""他者""装死""扮演他人""转变""自我抹去"或"冷漠的写作"，那么他必须重新审视写作的问题。

如果写作者在午夜时分要回答"我必须写吗"这个问题，答案是"必须要写"，那么，他必须改变生活，必须以作家的身份重新开始，重塑一个对他的朋友来说不熟悉的自我，就像一个已经离开很长时间后带着崭新的故事和不同的面貌回来的人一样。对于一些作家来说，这种情形在一生中发生过几次，并为他们带来了不同的、革新的艺术发展阶段。对有些人来说，这意味着作者要放弃熟悉的环境和人际关系，一切重新开始。要不然，就完全放弃写作，但他们日后依然有可能接着按以前的方式写作，尤其是当他们经过了时间和经历的磨砺，想要写一些东西或者抒发内心不平的时候。

但是，对一些人来说，回答完里尔克的问题，他们也将结束自己的写作游戏。

写作游戏

改变你的生活

在你的创意写作课进行了三个月后，与小组的其他成员交换所有正在进行的小说作品，既要提供一份打印稿，也要提供一份储存在磁盘里的电子稿。把别人的小说改写成你自己的，去掉作品里不必要的部分，通过大声朗读来仔细权衡每个句子和段落。将所有更改都保存到磁盘里，并打印出来。将你改写的新作品以磁盘电子稿和打印稿的形式返还给原作者，并解释为什么你的修改是合理的。

目标：重写最快的方法之一是跳出你的作品。显然，用别人的作品更容易做到这点。定期这样做是很好的做法，从中你会逐渐习惯给出建设性的评论、改动和批评，以及接受它们，并将这些经验应用到你自己的写作中。

推荐阅读

许多书籍都探讨了文学创作的过程，同时也探究了那些强调流畅度的写作练习。小说家安妮·拉莫特的《关于写作：一只鸟接着一只鸟》（*Bird by Bird：Some Instructions on Writing and Life*）（Anchor，1995）从过往的经历中巧妙而又启发性地汲取了丰富的知识，并提供了从索引卡到写作小组的一系列合理指导。恩尼·布朗和戴夫·金合著的《小说家的自我编辑：如何使自己的作品出版》（*Self-editing for Fiction Writers：How to Edit Yourself into Print*）（HarperResource，2004）是针对特定体裁的指导，但对小说所需的规划和计划也进行了非常巧妙、犀利和有趣的阐述。玛格丽特·阿特伍德在《与逝者协商：布克奖得主玛格丽特·阿特伍德谈写作》（*Negotiating with the Dead：A Writer on Writing*）（Cambridge University Press，2002）中智慧地探讨了自我和他者的概念。评论家阿尔·阿尔瓦雷斯认为，一名作家只有拥有自己的声音才能真正开始工作，他在《华盛顿邮报》的《作家之声》（*A Writer's Voice*）（Bloomsbury，2005）中认为，声音——不同于风格——是使作家得以伟大的原因。西莉亚·亨特和菲奥娜·桑普森所著的《写作：自我与反身性》（*Writing：Self and Reflexivity*）（Palgrave，2006）是关于声音、作者身份、人物和自我以及一名重要作家的"自我"问题的批判性和创意理论的多重/综合专著。

第六章　小说写作

你不能从人们的表情、言谈和行为开始，再去了解他们的感受。在他们出现在舞台上之前，你必须确切地了解他们的内心和想法。你必须知道所有的事情，然后不要全部说出来，或者不要一下子说太多——只要在正确的时间说正确的事情就行了。与短篇小说相比，同样的人物在长篇小说中会以完全不同的方式出现。

——尤多拉·韦尔蒂（Eudora Welty）（Plimpton，1989：166）

小说作家非常了解视角。他们知道的一件事是，以出版商财务的视角来看，商业成功比艺术真实有更大的优势。这让那些一丝不苟地为艺术服务却没有获得多少回报的作家们感到沮丧。遗憾的是，亏损型作家给人的印象是，如果他的书因为能"扭转情节和人物"而畅销，那么他就属于被人瞧不上的群体。许多创作新人发现自己处于文学选择的十字路口。

当你开始写作的时候，选择一条常走的路。为简单起见，我在本章中用"故事"这个词来描述你的写作，尽管我知道你可能会写一些没有传统形式或结构的东西。我对字数的任何建议都是为了指导，而不是在任何形式上的规定。你的工作是创造"故事"，也就是说，要使散文叙事和人物形象可信。接受奥威尔的观点——"好的散文就像一扇窗户"，然后开始直接构建你的故事，没有多余的装饰。后来——甚至在后来的草稿中，你可能会把小说的房子倒过来，砸碎所有的窗户。事实是，许多作家私下里渴望文学小说的文化声望，而不是特别渴望伟大的故事创作者的声望（和版税）。这里有你面临的挑战。对于创作新人来说，创作故事的最佳方式是知道你可以采用什么样的形式，抓住一条叙事线索，让它引导你。设想一个逼真的场景，设定可信的角色并将其置于情境冲突中，并且问你的故事这样一个问题：如果事情发生了，会怎么样？

文学小说

正如约翰·厄普代克所说："小说正是人类迄今为止发明的最微妙的自我反省和自我展示的工具。"文学小说是创意写作学徒的惯常目标——创作长篇小说（novels）、中篇小说（novellas）和短篇小说（short stories），以及微型小说（flash fiction）和反叙事小说（anti-narrative）的模式。一些人质疑这种做法的合理性。为什么不教他们写通俗小说

（pulp fiction）呢？答案是，一些写作学校确实开始教授商业体裁，而且很可能会有更多的学校效仿：在菲利普·普尔曼、杰奎琳·威尔逊和J. K. 罗琳等获得成功之后，儿童小说的教学以指数级数增长。教授文学小说的争论实质上可以类比热带雨林来说明。例如诗歌，我们对某些作品的重视不仅仅是因为它们在自由市场中的价格。我们珍视它们，因为它们明亮、多变、令人愉悦。与其他功能相比，它们更能让语言活下去。那些不关心多样性和鲜明度的人使我们的语言变得扁平、僵化、乏味。这些"恶棍"——其中包括政客、官僚和媒体——就像在语言森林工作的伐木者，用单一作物取代了森林的深度和陌生性。有人需要培育空间，使森林植被再生长，甚至让新物种出现。就像热带雨林一样，你永远不知道什么时候这些文学作品会被证明对语言的进化是有用的，甚至是必不可少的。这种文学甚至带来了预知的可能性。

写作游戏

微缩故事（miniaturist tale）

从一个青少年（"我"）的叙述角度写一个完整的故事。主题可以是约会，也可以是和朋友们的聚会。使用现在时，在对话中刻意使用精确的语言、小细节和俚语，设定场所应该是一个郊区的公园。在一些非常戏剧性的事件（例如打架或遭逮捕）发生几分钟后开启故事。用 500 个词把整个故事写下来。

目标：删之前，你可能会写上 1 000 个词。这时候，概论课上学到的知识就可以派上用场了。尽可能删减到 500 字。这项练习会让你很快适应故事的一些基本原则。

微型小说

微型小说（或称小小说）是短篇小说的一个分支，其特点是字数限制在 250 至 1 000 个词间。实际上，你要把它们写在一页纸之内。把它们想成散文俳句（prose-haiku）。最短的版本被称为纳米小说（nanofiction），在互联网出版网站上很受欢迎。尽管它们具有实验性的简洁，但你要用一个主角、冲突、障碍和解决方案来写你的故事，甚至要有开头、中间和结尾。作品应当暗示或包含一些方面，比如在你的作品周围广泛地抛出一些相关的线索，以便捕捉和涵盖更广泛的外在含义及共鸣。这节省了字数。与其他任何形式的写作相比，一篇小小说更应该一次性写完并修改——它的部分能量来自那种精神上的集中。正如唐·帕特森所写的那样："形式越短，我们对它的意义的期望就越大——它让我们失望的能力也就越大。"（2004：189）微型小说创作在新作家中很受欢迎：它能带来即时性，但也可能成为一种替代活动，以避免长时间的任务。罗恩·卡尔森评论道："我完全认可简短而优秀的短篇小说，但我也完全认可不拖泥带水的优秀长篇小说……小小说的兴起更多是与珍贵的阅读页面空间有关，而不是注意力的持续时间……"（Shapard and Thomas，1989：312）卡尔森说得有道理。简洁是优点吗？由夏帕德和托马斯编辑的各种突发小说（sudden fiction）选集提供了模型和挑战。

写作游戏

故事的声音

包括四个游戏！首先，用只有一个音节的词写一篇小小说。其次，写一篇 400 个词的小小说，每个句子刚好有 8 个词。然后，写一篇只有一个句子的 300 个词的小小说。再写一篇 2 000 个词的短篇小说，不使用形容词和副词；只有当两个人用平淡而不带感情的声音大声朗读时，大家才能清楚地理解这篇短篇小说。

目标：专业的口头故事讲述者通过变换语速和节奏来吸引和保持我们的注意力。书页对舞台的要求不亚于耳朵。

短篇小说

尽管短篇小说的市场很艰难，但许多创作新人还是选择从短篇小说开始写起，几乎把它当作一种文学的仪式、一个磨炼语言的地方，在较短的篇幅上考验他们叙述的勇气和组织协调能力。后来，这些能力在小说的广阔领域中得到了释放。短篇小说是一个有秩序、有共鸣、有结尾的领域，语言、意象和形式都非常集中。"所有的高度兴奋都必然是短暂的。"埃德加·爱伦·坡这样写道。短篇小说表现了这种强烈的短暂性。理查德·福特在《美国短篇小说格兰塔之书》（*The Granta Book of the American Short Story*，1992）的序言中写道："在我们当中有一种对秩序的愤怒，这种愤怒只有一篇短小精悍的短篇小说才能表现。"

> 或者，也许故事作家——比小说家更是如此——在本质上是道德家，而这种形式本身就适合于谨慎的表达：你！你没有对你的生活给予足够的关注，因为它是以比你似乎意识到的更小和更重要的增量来划分的。这里有一种形式，可以吸引更多更细致的关注——不要按照生活公认的方式展示它，而是以闪回的方式、超现实的方式——有或者没有顿悟、结束、缩短时间，以及各种各样的美好事物——来取悦你，保持你的兴趣。（1992：17）

短篇小说的长度限制在 7 500 个词到 20 000 个词间，可以一口气读完。一篇好的短篇小说可能要修改好几遍。简洁就是一切。首先，创造一个单一的人物或两个人物。经典的结构始于一个与你的角色有关的重大事件，它为整个故事带来了灵感。接着是上升动作，再到高潮、渐降的情节，直至最后的结局。短篇故事发生在短时间内，其结尾通常是突转的或开放的。

模仿以前作家的简洁。阅读、学习和模仿过去有影响力的榜样。如埃德加·爱伦·坡的《泄密的心》（*The Tell-Tale Heart*）（NA1：1572）、纳撒尼尔·霍桑的《小伙子古德曼·布朗》（*Young Goodman Brown*）（NA1：1263）、赫尔曼·梅尔维尔的《录事巴托比》（*Bartleby, the Scrivener*）（NA1：2330）、安布罗斯·比尔斯的《枭河桥记事》（*An Occurrence at Owl Creek Bridge*）（NA2：452）、詹姆斯·乔伊斯的《往生者》（*The Dead*）（NE2：2240）、威廉·福克纳的《烧马棚》（*Barn Burning*）（NA2：1790）、

凯瑟琳·曼斯菲尔德的《花园聚会》（*The Garden Party*）（NE2：2423）和欧内斯特·海明威的《乞力马扎罗的雪》（*The Snows of Kilimanjaro*）（NA2：1848）。由福特（1992）和布拉德伯里（1988）编辑的选集为现代形式的概念提供了坚实的介绍。你对形式可能性的理解将通过阅读奥诺雷·德·巴尔扎克、安东·契诃夫、弗拉基米尔·普希金、伊凡·屠格涅夫、加夫列尔·加西亚·马尔克斯、居伊·德·莫泊桑、豪尔赫·路易斯·博尔赫斯和伊萨克·迪内森创作的短篇小说得到进一步扩展。

写作游戏

短篇小说中的人物塑造

用 400 个词写一篇以当下新闻为主题的短篇小说的一个部分。从这则新闻中某个人的角度来写你的故事，使用第三人称（他/她）和事件的既定背景。

目标：这种五指法练习鼓励你将现实的一个方面编写成小说。它能让你掌握如何写一个故事，因为你已经有了给定的背景，在某种程度上还有人物。

中篇小说

有些创作新人在写长篇小说之前，会选择中篇小说的形式来形成个人风格。他们可能会在一页封面内集中列上三四篇中篇小说，就像摆放货摊一样。中篇小说是短的长篇小说，通常有 50 到 100 页长。它比短篇小说更能塑造人物和呈现主题的发展，但没有长篇小说错综复杂的结构需求和那种尼亚加拉式的走钢丝的繁复叙事。它提供了短篇故事的集中和长篇小说形式的更广泛的范围。一些评论家已经通过限制字数，来划分中篇小说的篇幅上限和长篇小说的篇幅下限。在创作中篇小说时，考虑字数会适得其反——斯蒂芬·金把这种形式称为"一个定义不明确、声名狼藉的文学香蕉共和国"——尽管 4 万字对一名创作新人来说似乎是一个合理的目标。

中篇小说和短篇小说在结构上是相似的，因为它们通常以一个事件开头，然后可能会以时间的倒叙来提供背景材料。它们也经常改变方向，如在行动上升中加入命运的逆转或新的事件。同样，阅读和模仿经典范本的一些方面是很明智的，比如亨利·詹姆斯的《林中野兽》（*The Beast in the Jungle*）（NA2：524）和《螺丝在拧紧》（*The Turn of the Screw*）（1898），约瑟夫·康拉德的《黑暗之心》（*Heart of Darkness*）（NE2：1958），弗兰兹·卡夫卡的《变形记》（*The Metamorphosis*）（1915），弗吉尼亚·伍尔夫的《达洛维夫人》（*Mrs Dalloway*）（1925），托马斯·曼的《魂断威尼斯》（*Death in Venice*）（1912），乔治·奥威尔的《动物庄园》（*Animal Farm*）（1945），卡森·麦卡勒斯的《伤心咖啡馆之歌》（*The Ballad of the Sad Café*）（1951），鲁曼·卡波特的《蒂凡尼的早餐》（*Breakfast at Tiffany's*）（1958）和安东尼·伯杰斯的《发条橙》（*A Clockwork Orange*）（1962）。

长篇小说

用长度来定义一部小说——有三部曲和四部曲——就像用高度来定义一座山一样，是没有用的。但创作新人正在寻找一种延伸的散文叙事，它包含更多的角色、更多样的场景，以及对时间更开放的描述。在这样一种较长的形式中，戏剧性的结构几乎肯定是标志，而创作新人在首次尝试时，应该更加小心谨慎地运用这种结构。就像攀登喜马拉雅山之前要先在阿尔卑斯山攀岩一样，一些小说家在尝试他们的第一部小说之前写了两到三部短篇"试验小说"。当务之急是坚持下去，尽可能快地写出第一稿，用罗恩·卡尔森的话说就是"不要离开房间"。至于阅读，我不作任何推荐。因为如果你想要写一篇长篇小说，很可能你已经阅读了几百篇小说。

正如我们在第一章中所讨论的，除非我们熟悉已经发生的事情，否则我们如何知道什么是真正的新款？许多潜在的小说家认为，小说的形式得到了充分的探索。对于一名初出茅庐的小说家来说，一项挑战就是接受米兰·昆德拉在《小说的艺术》（*The Art of the Novel*）中提出的四个呼吁之一。昆德拉主张，小说的创作应该探索他所称的该体裁历史中"错失的机会"，比如趣味性、梦想与现实的融合、小说作为哲学思想的载体、集体时间之谜等，即要创作试图"超越现世生活的局限"的小说（2000：15）。在前五章中，我们探讨了一些思考写作的方法，重点是还有很多开放的空间。

当然，"文学小说"是个棘手的术语，它被用来区别于商业小说或类型小说（如科幻/侦探/恐怖）。它的品质包括心理深度、微妙的特征描述和对风格的关注等。对一些读者和评论家来说，它象征着严肃和深刻，它也可能看起来相对其他作品有些孤傲。我怀疑我们中大多数人喜欢某个故事，而那个故事就是小时候吸引我们阅读和写作的原因之一。这并不意味着情节和叙事被搁置在一边，成为幼稚的东西。让我们明确这一点：一部小说极受欢迎，不代表它就是垃圾。关于写作小说的教与学，约翰·加德纳在《小说的艺术》中主张，"适用于最严肃小说的内容通常也适用于垃圾小说"（1983：10）。思考这些问题，但是当你写的时候忘记它们（当你改写的时候则不要全然忘记）。不要让这些事情威胁或影响你写小说的方式。前进的唯一途径就是为自己写作。在小说中，你会开始意识到，尽管世俗的经验可以用来使背景、人物和场景可信，但是运用自己的想象力来写作会让你感觉更容易，特别是如果这种想象力是通过调查来激发的。发现事情，或者想象它们，然后检查事实。但首先要相信你自己的判断——不要被现实所困扰。通过简单地追随你的直觉和阅读有关的知识，你可以"做对"（比如说背景）的程度是令人惊讶的。小说的预测能力来自直觉和调研的融合。

写作游戏

小说中的裂缝

阅读任何一篇故事或长篇小说，找出叙述中出现裂缝的时刻——比如场景之间的间隙。你的目标是写一个故事来填补间隙，同时保持原始主题，使用作者的叙述风格和视角来做到这一点。

目标：模仿风格、主题和视角是有益的训练。作者给读者留出空间去做一些工作，去处理一个有意的裂缝，并把他们自己的经验写进那个空间。填补这些裂缝可以让你与读者分享小说的"连续感"。你可以在自己的工作中复制这种效果。这个游戏也是一种通过与已知故事"对话"来创造一个新故事的方式。

形式和结构

在第三章中，我们介绍了一个实用的概念，即设计能够比自由表达带来更多的惊喜，形式（例如模式和限制）则解放了创造力和想象力。小说中的形式可以是特定的、有意识的决定，可以是选择写日记、博客、书信（书信体）、人物之间的电子邮件，或者选择在故事中不使用字母"e"。形式只是一个关于你的文章写作方式的决定。在你意识到哪一种写作方式最适合你的材料和故事之前，你的最终决定可能出现在几次草稿和失败的尝试之后。你知道简·奥斯汀最初是把《傲慢与偏见》写成了书信体小说吗？

决定你的形式

有些作家把"形式"和"结构"这两个词互换使用，因为在写作过程中几乎不可能把它们分开。文学小说的结构允许你构建自己的决定：所有行动的结构，如何安排事件，何时、在哪里设置和解决冲突。无论你是用第三人称叙述，还是从每个角色的角度出发用第一人称连珠炮似的紧凑叙述，对于一名创作新人来说，最重要的是理解所选择的结构，而广泛的阅读将有助于发展这一结构。

小说的类别（许多作家也称其为小说的"形式"），如长篇小说、短篇小说和微型小说，就像是文学属中的不同种类。尽管许多人理解这些形式意味着长度上的差异，但它们也意味着结构上的差异，以及对它们所提出的要求。通过这种方式，它们反映了在诗歌中使用诗体所设置的一些期望和限制。然而，给一种小说命名并不是林奈分类法的练习，每一种形式都很流畅地和另一种形式有所贯通。正如艾尔萨·考克斯在《写短篇小说》（*Writing Short Stories*）一书中解释的那样，有创意的作家们对文学形式的分类颇为痴迷，这是由于"地位的问题。从历史上看，长篇小说一直是主流形式，单纯依靠短篇小说来确立文学生涯仍然很困难"（2005：3）。然而，地位的问题不是你需要操心的问题——现在还不是。

一项挑战是，你可能一开始并不知道哪些形式最适合你的故事。同样，你必须尝试几种方法才能找到有效的方法。你可能事先就有一些想法。举个例子，如果你觉得你的故事充满了荆棘、充满了人物、充满了冲突，那么你很可能正在写一部长篇小说。如果你想写一个关于人生意义的东西、一些与人物有关的改变人生的事件，那么你的细微本能就会帮助你创作一篇短篇小说。如果你想撞到读者然后跑掉，然后迅速移出视野，那么微型小说就适合你。用所有的方法做实验。就像诗歌形式一样，你对小说形式和结构的选择会自动影响你的写作能力，并一举消除多重可能性。

写作游戏

从微型小说到短篇小说

写一个有1 000个词的故事，不要多，也不要少，不要超过100分钟。在修改时，将故事的长度精确地削减十分之一，留下一个最终版本。从你削减的那十分之一中取出所有的词语/句子，重新排列它们，使它们具有大致的内在逻辑。然后，从你的微型小说中选取关键人物，让他们成为一篇3 000字的短篇小说的主角。"被削减的十分之一"必须找到它的方式进入你的短篇小说，要么作为描述，要么作为独白/对话。它绝不能"塑造"你短篇小说的叙事主线。

目标：在这些限制条件下写作，会导致可控的自由落体。重复使用一个角色对于发展更长的叙事线索是有用的训练，比如在写中篇小说的时候。回收被删除的作品是一种培养语言技巧的练习。

颠覆形式

你的决定还会在读者领会第一句话之前就生成他们的期望。你可能希望玩弄这种期望。从我们在第三章对形式的讨论中，你会记得，它提供了一种有用的工具，你可以打破它、颠覆它，甚至粉碎它。一种思考方法是让文章的结构"伏击故事"（用伊恩·麦克尤恩的话来说），所以这种结构讲述了一种不同的故事。

小说中的反叙事手法破坏和颠覆了小说的前进动力，乃至读者对时间和地点的感觉。一些短篇小说似乎是巧妙地由几个明显的微型小说组合而成，这些故事被分割和拼贴成一段更长的叙述。这就产生了时间上的跳切和场景的快速切换，就像从游乐园的旋转木马上看世界一样。一个有力的例子是，阅读并模仿罗伯特·库弗的《保姆》（*The Babysitter*）（Ford：1992：350）。

梦到一个虚构的连续体

在《成为小说家》中，约翰·加德纳说："优秀的小说引发……读者心目中一个生动而持续不断的梦想"（1985：39）。在第四章，我们看到了莱斯·默里是如何把写作的"无痛性头痛"说成"身心、梦境和白天意识的结合。三者同时开火，它们合作一致"。写小说可能会引发这种写作和阅读的恍惚状态，但技巧会为你和读者保持这种状态。加德纳接着说："如果作者认为故事首先是故事，以及认同最好的故事能引发生动而连续的梦境，那么他很难会对技巧感兴趣，因为恰恰主要是糟糕的技巧打破了故事的连续性，抑制了白日梦的成长。"（1985：45）。

情节和场景

短时段、小片段的写作不适合小说家。写一部小说是一个漫长的过程，而一个创意写作工作坊也不会奇迹般地创造出一部完整的小说（虽然创意写作博士课程提出了一种做法）。写作游戏通常制作微缩模型或固定片段，比如角色草图、风格练习或视角练习等。除非你决定做一次"勇敢的"（可能也是笨拙的）实验，否则你不可能简单地把这些固定的片段拼接起来，并延伸、扩展成小说。小说作家依赖于一些更大的东西：真实的梦境或幻想场景，不管背景或故事多么荒诞，至少它们具有逼真性。诗人并不真正需要这种心境，除非他们把长诗或主题集拼接在一起。对于小说的作者来说，有必要将这种梦境场景作为一种想象力的实际习惯场景。

有一件事可以阻止这种恍惚或梦境，那就是对情节的误解。即使是自诩为局外人的小说家斯蒂芬·金也称情节为"优秀作家的最后一招，傻瓜的首选"（2000：189）。情节不是故事。情节是你设计的一系列事件，这些事件甚至可能不会线性地发生。在第一章的第一段，我让你们把纸页想象成一个开放空间，写一则故事就像是在这个空间里创造了一种四维的景观。空间和时间融为一体——一个连续体。在这个连续体中，你必须选择一种你在直觉上觉得会引导你穿越这片风景的叙述线索。请注意，正如伊莎贝尔·阿连德所主张的，你将被引导：

> 不是我选择故事，而是故事选择了我……作家想象他们从世界上挑选故事。我开始相信是虚荣心让他们这么想的。事实正好相反，故事从世界各地挑选作家。故事向我们展示了自己。公共叙事、私人叙事——它们殖民我们，它们委托我们，它们坚持要作家讲述它们。（Rodden，1999：ix，3）

持续的叙事线索是你的情节，它将引导你穿过叙事可能性的迷宫，这些可能性在你身后开启、移动、闭合，形成一系列离散但相互关联的场景。斯蒂芬·金开玩笑地说："我认为，情节设计和真实创作的自发性是不相容的……我不会尝试使你相信我从来没有设计过情节，就像我不会尝试使你相信我从不撒谎，但是我尽量少做这两件事。"

有些作者不喜欢这样写，尽管有时会有新的启发之光照进来。相反，作者对他们的故事做计划就像在梳理一篇学术论文或电影的故事版，为故事的每个部分或章节勾画出微观的情节。然后，他们会准确地知道下一页发生什么、发生在谁身上，并为这些行动设定时间线。这可能是一种适合你的方法，但它不太可能带来惊喜和必然性，除非你的风格是绝妙的。如果你作为作者没有感到惊讶，那么读者也可能不会感到惊讶，因为你的小说可能让人觉得是可预测的，因此是意料之中的。如果你把所有东西都整齐有序地绑在一起，那么作者和读者的角色是什么？

在你的写作中，你应该注意感情上的陈词滥调或媚俗，你也应该注意情节上的陈词滥调，倒不是说遵循传统的情节结构是坏事。加德纳对传统的情节进行了简单的解释："主人公想要一些东西，不顾对手（可能包括他自己）的疑虑，继续前进，最终取得了胜利、失败或平局。"（1985：54）在《七个基本情节》（2004）中，克里斯托弗·布克认为世界上有七个标准的故事，所有的小说都使用和重复使用它们。它们被总结为"战胜怪物""白手起家""探索""航行与归来""喜剧""悲剧"和"重生"，不过布克也在这个系列中扩展了"反抗'那一个'（the one）"和"神秘"。布克认为，故事往往具有相同的结构，因为它们遵循人类发展的轮廓：最初的成功之后是危机，然后是持续的成功或失败。他认为：

> 在讲故事的过程中，潜在的原型结构是这样构成的：它们必须总是朝着最终的形象努力，向我们展示故事中的一切都圆满地解决了。一个结构良好的故事的标志是，其中的每一个细节都以某种方式促成最终的解决方案。（2004：462）

这很有趣，但也很值得讨论。它是基于外部读者对情节的"窥视"和对功能的心理分析，而不是从它的共同创造者角度来看的。然而，就像讲述神话和传说提供了一个很好的写作游戏一样，你最初的努力可能会反映出这些模板。正如托比·利特所说："真正伟大的故事是那些你已经知道但还想再知道一遍的故事。""你必须从某个地方开始。但是，你以后可以选择对它们进行变体、组合或混杂。"记住：情节不是故事，而是"阿里阿德涅之线"，使你可以通过迷宫般的场景。

照亮小说道路的单元，更多来说是它的场景，也就是小戏剧展开的舞台。它们以框架或画面的形式向读者展示故事的一部分，但不作任何讲述。当作者幻想故事的展开时，他们经常先感知到场景。场景通常是一个可以近距离看到和听到角色的地方：角色完成了一些动作，这些动作的结果直接影响到故事的进展。每个场景也许不会把所有要素都展开，但都将推进你故事中的一些要素。每个场景都倾向于这种势头，无论多么温和，都向读者揭示了一些角色的进一步真相。根据经验，对故事来说最重要的事件是那些能够被场景承载的事件，其余的都是叙事。

写作游戏

复述

想想你日常生活和个人历史的某些方面，并试着把它们与你知道的传说或神话相匹配。把小红帽的故事重讲一遍，让故事发生在你的时间里，发生在你知道的真实的地方。

目标：我们可以自由地改编来自我们生活和世界的故事，但许多故事都可以改编自古代的模板，如童话、传说、希腊神话和圣经寓言等。它们从这些源头借用结构、人物、场景、视角和权力。例如，詹姆斯·乔伊斯的小说《尤利西斯》（*Ulysses*）（1922）就以荷马的《奥德赛》（*Odyssey*）为模板。

人物是故事

借用和延伸约翰·加德纳曾经写过的一句话：人物是你故事的核心与思想，是使故事生动的东西。背景为人物提供了舞台，它甚至可以帮助定义人物。不过，在你的故事中，背景充其量不过是另一个人物，就像威尼斯之于亨利·詹姆斯的《鸽子的翅膀》（*The Wings of the Dove*）（1902）、爱敦·希思之于托马斯·哈代的《还乡》（*The Return of the Native*）（1878）一样。对话通过言语、习语及说话方式来表现人物。人们说的话和他们的行动一样能说明问题，特别是当他们没有做他们说要做的事情的时候。情节允许你的人物在舞台上表演，但仍然只是人物表现的一种手段。至于你的小说的哲学，或者你的主题，这些仅仅是对人物在面对冲突时如何"表现"的总结。随着故事的推进，主题出现了。正如我们在第二章中看到的，很少有优秀作家从一个主题或大的社会观念开始，然后按其顺序写作。就像加德纳所说，"重要的是……人物的命运，他们的慷慨、固执的诚实、吝啬或者懦弱的原则是如何在特定的情况下帮助或伤害他们的。重要的是人物的故事"（1985：43）。

写作游戏

相信人物

围绕一个虚构的人物写一篇 600 个词的短文。不要费心使用情节或对话，完全依赖于对人物的描述——他的背景和情绪——就好像你在用相机捕捉他们，而他看不到你。虽然你知道人物的感受，但不要在你的写作中提及。试着通过个人细节、他的外表和他的环境来传达他的情感。

目标：真实地展现一个人物，而不需要作者的刺激。需要精确的、有时令人不舒服的观察。当你去寻找人物的时候，带上你的笔记本，用上观察真实人物的模式。有一条不成文的规则，那就是永远不要告诉读者人物的感受。细节会以微妙而令人惊奇的力量传递这些信息。

找到人物

你在哪里找到自己的人物？作为一名创作新人，你最好像往常一样，从将自己的性格改编进小说开始，或者从自己个性的一个方面创造一个人物，你会习惯在你的笔记本上展现这些。你的角色也可以由观察到的（但真实的）人物的各种元素组合而成。例如，在田野调查中，当你发现一个让你感兴趣的人时，做观察笔记，尝试把他的外表和财产理解为性格的各个方面的体现，但也要问问自己这个人的故事是什么、他是如何到达生命中的这一刻的、他的下一个目标是什么。换句话说，试着去"读"他。

我要提醒你，不要选择与你专业关系紧密的人（例如你工作坊小组里的人）。小心刻画真实的人的肖像。不要"复制"一个完整的人，而要将几个人合成在一起，这不是出于道德上的谨慎，而是出于艺术上的巧妙。绝对的现实写不好小说。《牛津英语词典》将小说定义为"假装或编造的东西，虚构的故事而不是事实"。小说创造了与现实平行的宇宙，它与现实的相对接近让我们着迷。把真实的现实留到创造性非虚构写作中。最后，人物确实可以被编造，但你也会发现，通过练习，人物会在你写文章时到达你的想象中。

人物历史

我们已经在第五章讨论了重写的重要性。然而，与其他体裁相比，预先写作对于创造可信的小说人物至关重要。预先写作可以让你深入其中。在你了解故事情节之前，你应该创建信息网格，不仅要了解你的人物是谁，还要了解他们做什么、他们看重什么、他们的感受是什么。这些问题会向读者透露很多关于他们的信息。作为一名作家，你很快会发现，因他们会以意想不到的方式推进你的故事，你的人物甚至会给你带来惊喜——比生活中更多。在小说中，人物是主宰。正如尤多拉·韦尔蒂在这一章的题词中提醒我们的那样，"你不能从人们的表情、言谈和行为开始，再去了解他们的感受。在他们出现在舞台上之前，你必须确切地了解他们的内心和想法"。只有对你的人物了如指掌，你才会感到惊讶。

你要怎么做到呢？在你的笔记本里为他们每人创建一份人物历史——一份档案。记下每个人物的类型、性别、年龄、名字，他们与其他人物的关系，他们的外表、习惯、说话方式、个性、背景、私人生活和职业生活、优缺点，等等。他们的激情、职业和执念是什么？他们住在哪里？他们和谁住在一起？他们来自什么样的家庭？他们快乐吗？为什么不快乐呢？他们的绰号、昵称、代号是什么，其背后的原因和意味又是什么？人物历史还应该包括生活的细节：外貌、衣服、讲话、爱好、厌恶、肢体语言和个人习惯等。根据这些信息的主题调整你的写作风格，也就是说，让你的人物带路。再多的信息也不可能让作家笔下的科学怪人跃然纸上。但是，对于你来说，了解这些信息是很重要的。大部分内容根本不会出现在页面上。对于我们在第一章中讨论的作品来说，这只是冰山的水下部分。

写作游戏 ——————————————————————————

人物发展

我们大多数人都有一些放日常物品的袋子。打开它们，列出每一个物品。这些物品说明了关于你的什么？现在，去拿一个朋友的包，做同样的事情。然后，根据这些物品做出对一个人物的描述。想出两个你想创造的人物。在他们一起出去参加一个疯狂的聚会之前，把他们包里所有的东西列一个清单。第二天早上，再把他们的物品列一个清单。不要提及聚会，根据这些清单里物品的前后关系写一篇微型小说。

目标： 就像任何法医心理学家会说的那样，这类信息会向你进行展示，而不是直接告诉你，它们像任何冗长的描述一样，是对人物的反映。

主要人物和视角人物

你的主角就是你的故事所围绕的人，你的叙述围绕着他们从一个地方到另一个地方。他们可能讨人喜欢，也可能讨人厌。然而，我们通常会同情他们，因为在你的故事中，他们可能是受伤害最多的人（作者为了让读者关心他们，设置了伤害他们的情节），不过他们有能力采取行动。视角人物可能是也可能不是主角。尽管如此，我们还是通过他们来看到和听到这个故事。视角人物可能不止一个，他们是叙述者。一般来说，你要依靠他们来推动故事的发展，说出故事的真相。不过，你也可以编造一个所谓的不可靠的叙述者，通常是受我们监督的一个角色，我们很快就学会不信任他，不管他多么有趣。

可信度

人物的信息和过去能够让你更好地了解你的人物。它们向你提供了人物的背景故事，让你知道他们的动机和需求。你会有一些现实的想法，知道他们会如何应对冲突和意外情况，以及是他们的动机驱动了故事，还是用更好的方式（比如为了你）驱动了故事。在小说工作坊中反复出现的一个问题是关于人物塑造的可信度问题，比如"我不相信 X 会这么做/说"。虚构的人物不能为你提供不在场证明，但能阻止你制造虚假的言行，或帮助你在下一稿中纠正错误。

故事制作

讲故事的人是先有了故事，他们记住了关键时刻，然后用不同的方式复述它们，这些故事几乎就像美丽而无害的谎言。它们的变化很少会对原故事的延续造成严重的影响。小说作家并不是真正的故事讲述者。他们是故事的制造者和塑造者，就像诗人是诗歌的制造者和塑造者一样。小说的最终价值在于那种制造和重写。有了好的制造（写作）和塑形，小说变得可信——更像生活而不是谎言——而且会少很多冒犯之处。为了展示得好，而不是叙述，你需要清楚自己的立场。

作为作家，你和你所创造的人物之间的关系是怎样的？作为作家，你想让你的读者了解他们什么？谁在讲述这个故事？就像处理人物一样，你在开始写作之前就决定了你故事的视角，预先写好几个视角能帮助你决定选哪一个视角、选单独的还是结合起来的，这样做也能最真实地表达故事。大卫·洛奇提醒我们，"懒惰或缺乏经验的小说作家最常见的特征之一就是处理视角不一致"（1992：28）。处理好视角可以让读者被故事所吸引，出错则会破坏它的连续性。

视角和叙述声音

这些都是重要的选择。视角是具象化的词，为小说创造了可信的连续性。它们包括第一、第二、第三人称，即"我""你""他/她"。第二人称不太常见，不过它带来了和自己对话的挑战，比如一个精神分裂的他者，抑或你年轻或年老的自己。它还允许你称呼读者，但你必须永远清楚你代表的是谁。对读者来说，"你"比"我"更遥远，而"你"总会让人觉得它可能是对话。

"我"，第一人称叙述者，是有目的的叙述者。"我"可以是作者——一个写故事的人，或者是主角或其他人物。关键在于亲密度。读者会读到"我"这个词，并通过人物之眼进入故事。他们变成了人物，甚至开始有自传的感觉，所以读者被这种关系包裹住了。因此，第一人称叙述者提供了对真实和主观的模拟，可以非常真实地讲述别人的故事。他们讲述主角的故事，因为他们在观察主角。他们是事件的目击者，或者是故事的复述者。他们有多可靠，这取决于你。

第三人称视角可以像照相机一样客观，只记录所见所闻，而不涉及人物的思想或情感（如果人物对你来说很亲近的话，也可以涉及）。镜头一样的客观性对读者来说太过遥远，所以，一般来说，你应该选择谈论你的人物，就好像你认识他们一样。叙述者通常不是一个角色（尽管在后现代小说中叙述者可以在作品中作为人物出现）。而叙述者对人物的不了解之处，也不值得读者去了解。然而，这种在维多利亚时代的小说家中流行的上帝般的作家视角，或第三人称全知视角，现在对我们来说可能有些奇怪。读者很难认同一个徘徊在书中世界边缘的创作者。

因此，你可以选择以客观的第三人称视角写作。叙述者并不知道一切，只知道他们所观察到的第一手资料。如果写得好，读者会从人物的言行中得到共鸣和推论，尽管他们的思想和情感还没有写出来。最后一种选择是第三人称限知视角，即叙述者通过其中一个人物来感知小说的世界。这是最灵活和常见的视角，它可以承载大多数故事，应付几乎任何一种情况。永远不要在人物动作还没有停下来的情况下就切换人物视角，比如在一节或一章中。

叙事声音与"形成个人风格"没什么关系，尽管你很可能选择自己的声音讲述你的第一个故事。它是讲述故事的人物的声音，包括他们的方言、习语、说话方式，以及他们对语言的选择。虽然被忽略了，但是正确地捕捉语气也很重要。语气是故事讲述者对故事里的世界、故事中的事件和人物的态度——也是叙述者的态度和风格，它会极大地影响读者感知故事的方式。在工作坊中，当一位同伴作者说一个故事"不太好"时，通常最好先检查一下故事的语气和叙述声音，再在视角中处理更明显的错误。

写作游戏

视角

基于你自己生活中的事件写一个短篇故事，但要以第三人称全知视角写。以第一人称的视角改写这篇文章，把它展示给一个很了解你的人——那个在事件中扮演过角色的人、那个在故事中出现过的人——问他认为这个故事是关于什么的。把他的角色从故事中找出来，以第三人称限知视角改写这篇文章，问他同样的问题。

目标：学会有意识地运用视角。测试视角对你感知虚构现实的影响，以及视角是怎样影响到了那些对你的小说而言被你认为客观的感知者。

开头

我该如何开始？答案是，这个故事是什么，你想怎么讲述它？"故事不在情节中，而在叙述中"——厄休拉·勒古恩如是说。读者选择进入另一个虚构叙事的世界，这个选择是主动的，他们总能说"不"。你的第一页是你希望读者跨越的一个门槛，它对现实的反映是吸引人的一个方面。我们怎样才能让读者直接穿过这一页的镜子进入我们的世界呢？这一页也是一扇门。当你开始写作时，想想你在它后面放置了什么（一个场景）、谁打开了它（一个人物）、在它后面能听到什么（一个对话）。不要用夸张的动作开门（比如一具死尸），这种把戏会分散注意力，造成不信任。许多编辑谈到需要一个"钩子"，即一些引人注目的时刻，把读者拉进故事中。这是一个技巧，可能会让你看起来很业余。如果你选择使用一个"钩子",要确保它是不可见的,否则你就会看起来不可靠。

作家的自信是最吸引人的(也是最不明显的)"钩子"。你的故事开始于现实的戏剧结束之处。正如我们在第五章中所说的,我们从中间开始。用简洁清晰的具体语言——叙述、图像或对话——营造一种场景或气氛,只要足够展示你语言的生命力和另一个世界的存在就好。小说家菲利普·普尔曼的作品总是以一幅有力的画面(或场景)或一些不连贯的画面(或场景)作为开头,然后进一步发展——"这意味着我没有一个计划,因为计划会阻止超出它允许的事情。当我开始写故事的时候,一定有很多我不知道的事"。这种无知对读者来说是一种迷人而无形的因素,因为它在不知不觉中影响了读者,使他们和作者一样好奇。开头的选择决定了一切:基调、题材,甚至是结局。普尔曼认为,"开场支配着你讲述接下来一切的方式,不仅是关于事件的组织,还包括讲述过程的语调。尤其是,它争取了读者对**这一**开头后续事情的共情,而不是**其他**开头"(2005:4)。故事的入口和出口安排了整个戏剧的旅程。

写作游戏

开头

浏览本章推荐的选集,写下至少 10 个你还没有读过的故事的开头句子。然后,不用再读下去,以这些开头为起点,写一篇 200 词的记叙文。

目标:开头没有公式,这个游戏将帮助你做练习。你可以在这里创造叙事,也可以颠覆它或对现有模式进行讽刺。

如果……会怎么样?

你可以通过观察日常环境和事件,然后问自己这个问题,来激发你的故事。在创造性非虚构作品中,作家们常常使生活的两个方面相互借鉴,从而使它们超越各自部分的总和。类似地,诗人有时会从生活中提取两种元素(比如回忆和对象),并引导它们走向彼此,以探索更大的维度和共鸣。小说家会问他们的人物、他们的故事、他们的主题和他们自己的日常生活"如果……会怎么样"。安妮·伯奈斯和帕梅拉·佩因特提供了一本以这个问题为标题的写作练习书。她们认为，对故事的不断追问不仅为故事提供了开头，也为故事提供了前进的动力和框架。如果你在寻找或讲述你的故事时遇到困难，请听从她们的建议：

> 在你的文件中寻找一个似乎卡住了的故事……然后，在另一张纸的顶部写上"如果……会怎么样"。现在写下五种让故事继续发展的方式，不结束故事，而是让故事继续发展到下一个事件、下一个场景等。让你的想象力自由驰骋。放松你对故事中的事件的思考……其中一个"如果……会怎么样"，让你感觉正确、有话可说……那就是你应该去的方向……你只需要让你的想象力有足够的空间去发现什么是可行的。（1991：99）

冲突和危机

作为作家，你阅读小说时，会立即注意到冲突作为小说引擎的重要性。小说，尤其是长篇小说，依赖于情境冲突——一个冒险或变化的时刻——作为触发事件。人物被扔进了这种困境，就像掉进了漩涡或迷宫；而作为一名作家，你的工作就是观察他们自由地工作，而不是帮助他们。为你的第一个故事选择（或者，如果有野心的话，合并）两种类型的情景冲突。你的人物可能会发现自己陷入一个危机中，这不是他们自己选择的，他们需要采取行动来应对危机，或者他们可能会发现自己陷入一个自我制造的困境中。请记住，对大多数人来说，只有在危机中才会发现自己对自己和他人知之甚少，而基本的人物品格总是首先显现出来。你的故事揭示了缺陷和启示，以及人物对不断展开的事件的反应速度。因此，危险和危机让你进入人物，也让读者进入你的故事。要学会把你的笔记本当成危机和冲突的储存库，无论是在你的个人生活中还是在更广阔的世界中。

背景和时间

虽然背景是人物的舞台，但它是四维的，可以被当作人物使用——

也就是说，它必须让人信服，它永远不能是泛泛的或者陪衬的。普尔曼认为，即使故事背景是虚幻的，"如果它不是真实的，如果其中没有现实的维度，尤其是心理现实，那么写它也没什么意思"。环境不仅仅是位置、地点，也是氛围，是历史，是别人的生活。可辨认的城市景观是读者能够理解的东西。只要获得读者的信任，他们就会开始接受你的故事。然后，你可以选择把那个城市变成一个陌生的地方，或者让它为你的故事赋予地方色彩。一种经过仔细观察和生动描写的自然景观有它自己精确的内涵、野性的边缘和不可预知性。在某些小说中，你可能会把背景设定成一个阻挠者。时间和天气会影响背景，也会影响人物，但它们不是"神的机器"，不要愚蠢地使用它们。然而，作为一个地方的天气和时间的创造者，你将学会最好在什么时候使用它们来推进你的故事，或者在不扮演上帝的情况下暗化它的氛围。记住，地方、时间和天气也许对你的故事并不重要，但是作为作者，你必须知道你的人物在哪里，他们生活在什么环境中，现在是哪一年，甚至是时钟上的时间。这些信息可能永远不会进入文本，但它们会潜移默化地影响你的人物的行为和情绪，就像它们影响你一样。

改写

我们在第五章探讨了改写。对于小说来说，最好的测试还是大声读出来，读给别人听（福楼拜会邀请朋友和仰慕者来参加这种类型的聚会，持续时间较长）。这种方式将揭示作品的缺陷和乏味之处，它还将测试作者的语言和人物的对话是否鲜活，以及能否让故事生动起来。如果你觉得有些文字看起来平淡无奇，那就把句子和段落变换一下，看看哪些更符合人物性格，什么样的语序能让人物在情感上更真诚，以及什么强化了描述。如果这样做还没有帮助，那就考虑改变这篇文章的动词时态或者视角。确保故事向前发展，你要删除陈词滥调式的语言和情感，或者把它们改变成更新鲜的东西。

你的下一步更加极端：让故事休息，把故事放在一边，在相当长的时间里不要再看它，直到你几乎忘记自己写过它。斯蒂芬·金解释说：

"你让你的书休息多久——有点像揉面时的面团发酵——完全取决于你自己，但我认为至少应该是六周。"这将赋予你必要的距离来重新编辑你的故事，使其最终成形。正如金所相信的那样，这"就像阅读别人的作品，也许是一个灵魂双胞胎……杀死别人的心肝儿总是比杀死自己的心肝儿容易"（2000：252-253）。安妮·狄勒德在《写作生涯》（*The Writing Life*）一书中写道："这是作家扔掉作品的开始……画家们从头开始工作……作家则是从左到右工作，可丢弃的章节在左边。一部文学作品的最新版本始于作品的中间某处，并在结尾处变得坚定起来。"（1989：5）。当你再次审视你的故事时，要以一种冷漠的眼光看待它。可能你很快就会删除其中的一些内容，所以最好不要和你的老朋友太亲密。小说家厄休拉·勒古恩在《掌舵》一书中评论道：

> 安东·契诃夫给出了修改故事的一些建议：首先，他说，扔掉前三页……我真希望他是错的，但他当然是对的。这自然取决于故事的长度。如果内容很短，你只能删掉前三段。但在最初的草稿中，契诃夫的剃刀原则基本都是适用的。开始一个故事时，我们都倾向于绕圈子，解释很多事情，设置一些不需要的事情。然后，我们找到了我们的路，开始前进，故事开始了……通常是在第三页。（1998：148）

结尾

为什么伟大的小说也有令人失望的结尾？评论家詹姆斯·伍德（2005）引用了俄国形式主义批评家维克多·什克洛夫斯基对契诃夫的"消极的结局"的赞扬："通过拒绝结束，使我们对形式的齐整感受挫：'然后就开始下雨了'。"伍德说，小说"是一种不想结束的形式，一般来说，它把自己扭曲成不自然的结束。我们常常觉得长篇小说……它们的最后50页左右是机械的和过头的，书的节奏加快了，就像要到家了一样……完美的结尾，如契诃夫式的开放式结尾，或积极的和封闭的结尾，是很少见的"。有些小说的结局不止一个。我建议你把目标简单化。

当你要结束你的故事时，在你到达最后一页之前写好几个版本是一项很好的练习。你可能有一个提供了闭合和结论的结尾，或者是一个开放式的契诃夫式的画面，或者其他的东西。当你接近你故事结尾的港湾时，你可能会知道这些排列中哪一种最适合你的叙事旅程的节奏。这也将意味着，在某种程度上，这些结束页的节奏由纯粹的必要性引导来卷起你的风帆。然后，你可以通过事先了解自己的着陆方式和故事的流速，巧妙地行驶和通过这一间隙。

推荐阅读

涉及小说写作的书籍，数量之多，令人目眩。有些珠宝确实比其他珠宝更为闪耀；有些则提供了一种系统的入门级的方法，与创造性发现的开放空间不一致。我无法将它们一一列出，即使有些是风格和主题令我很感兴趣的书籍。其中写得最好的书一致认为，人物处在故事创作的中心地位。约翰·加德纳教过雷蒙德·卡佛等人，他的《成为小说家》（Harper Perennial，1985）、《小说的艺术》（Vintage Books，1983）在紧迫性和驱动力方面都很出色，在夸张和心理深度方面也令人耳目一新。斯蒂芬·金的《写作这回事》（On Writing）（Hodder，2000）诚实、清晰、务实，是一种创意非虚构的典范，也是一篇关于他的写作目标和过程的长篇反思文章。艾尔萨·考克斯简明的《写短篇小说》（Routledge，2005）关注学生写作中的一种重要形式，并通过将目光从文学小说转向类型小说、科幻小说和赛博朋克，为读者提供进一步的服务。在珍妮特·伯罗薇的《小说写作》（Writing Fiction）（Longman，2003）、厄休拉·勒古恩的《掌舵》（Eighth Mountain Press，1998）和大卫·洛奇的《小说的艺术》（The Art of Fiction）（Penguin，1992）中，小说作者也能找到一种非常有用的正式写作的示范。米兰·昆德拉的《小说的艺术》（First Harper Perennial，2000）有助于为小说的主题和想法提供新的可能性。在世界各地的创意写作部门旅行时，我观察到的一本最常见的书是经常被翻阅的安妮·伯奈斯和帕梅拉·佩因特的《如果……会怎么样？

小说作家写作练习》（Quill，1991）。克里斯托弗·布克的《七个基本情节》（Continuum，2004）是对通用情节模板的引人入胜的介绍，对作家很有用，因为他们可以复制或混杂这些模板。罗伯特·夏帕德和詹姆斯·托马斯编辑的选集《突发小说：美国小小说故事》（*Sudden Fiction：American Short-Short Stories*）（Norton，1986）和《国际突发小说》（*Sudden Fiction International*）（Norton，1989）对微型小说的模式进行了介绍。任何一个创意写作课堂和创作新人都应该有两本伟大的现代短篇小说选集：马尔科姆·布拉德伯里编辑的《英国现代短篇小说之企鹅书》（*The Penguin Book of Modern British Short Stories*）（Penguin，1988）和理查德·福特编辑的《美国短篇小说格兰塔之书》（Granta，1992）。

第七章 非虚构创意写作

非虚构文学的重要性，表现在它是一种客观艺术和个人生活的交汇点。显然，纳博科夫的方法将失去所有的意义，除非材料是真实的个人经验的描述，就像记忆可能做到的那样。选择手段属于艺术，但被选择的部分属于不受影响的生活。

——弗拉基米尔·纳博科夫：

《说吧，记忆：重新审视自传》

(*Speak*，*Memory*：*An Autobiography Revisited*)

(2000：239)

　　故事诞生自真实与想象的经历。非虚构创意作品通常以真实作为其起源，但这并不意味着我们放弃了心灵天然具备的织造故事的能力。非虚构创意写作诚实地处理着现实——经历、事件、事实——然而，驱动写作的仍是作者对故事的参与，他们用上了书中出现的每一种文学手法，以求更好地讲述该故事。卡罗尔·布莱在《超越作家工作坊》中给予了我们关于此书的纲要："你所要做到的全部事情就是诚实地用你个人的声音讲述某件事，靠你自己的方法，以轶事或故事揭露你自己的生活环境，以及你赋予这种环境的意义，而非争辩任何观点。"（2001：17）吸引读者的也正是作者的这种投入感，以及他们的文学风格和讲述故事的激情。本章将介绍非虚构创意作品的基础要素以及其所涉及的基础文学工具。在那之后，我们可以将目光转向一些创作新人与创意写作学生也可着手的项目，以帮助他们开启这一迷人的超类型的创作历程。

现实的文学

　　时间造就了我们所有人的故事，历史改写了我们。创意写作跨越历史地探索着人类的叙事，而非虚构创意作品使这些现实具有可读性。在其与这一领域相关的工作中，作家巴里·洛佩兹看到了他的使命，即把观察和想象结合在一起，并在写作中达到一种稳定的意识状态，也就是"一种吸收了曾是永恒地标志着失败的黑暗的状态"（1986：414）。思及这一谨慎的目标，可以看到，非虚构创意作品与诗歌及小说有着相同的感性与哲学可能性，但它与读者的距离甚至更近：从某种程度上说，它有一个超越娱乐或为艺术而艺术的目的。

早期的模型

　　试着把"非虚构创意写作"单纯地看成一个谈论已经存在一段时间

的东西的新术语吧。我们曾用其他一些名字来称呼它，比如"纯文学"、日记、回忆录和散文。更早期的许多范本已呈现出非虚构创意写作的多样性和可能性，如：多萝西·华兹华斯的《期刊》（*Journals*）（节选自 NE2：385）；查尔斯·兰姆的文章《旧中国》（*Old China*）（NE2：505）；威廉·哈兹利特的《论古斯托》（*On Gusto*）（NE2：510）；亨利·大卫·梭罗的《瓦尔登湖，或森林中的生活》（*Walden，or Life in the Woods*）（NA1：1807）和《行走》（*Walking*）（NA1：1993）；弗雷德里克·道格拉斯的《弗雷德里克·道格拉斯：一个美国奴隶的叙述》（*The Narrative of the Life of Frederick Douglass，an American Slave，Written by Himself*）（NA1：2032）；约翰·罗斯金的《威尼斯之石》（*The Stones of Venice*）（节选自 NE2：1432）；弗吉尼亚·伍尔夫的《一间自己的房间》（NE2：2153）、《女性的职业》（*Professions for Women*）（NE2：2214），以及她收录于《存在的瞬间》（*Moments of Being*）中的自传体散文《过去的素描》（*A Sketch of the Past*）（NE2：2218）；乔治·奥威尔的《射杀大象》（*Shooting an Elephant*）（NE2：2457），以及基思·道格拉斯在《从阿拉曼到遮姆遮姆神井》（*Alamein to Zem Zem*）（NE2：2538）中生动地描述的一场战斗片段。事实是，写得好的文学新闻、传记、自传和历史作品总是能找到观众，与之相似的还有新潮的学术研究（stylish investigation）、传略（profile）和游记（travelogue）。然而，在 20 世纪 60 年代汤姆·沃尔夫将这种基于事实的文学写作新浪潮命名为"新新闻主义"之前，我们如今所创作、阅读、教授与学习的被称为非虚构创意写作的东西已在流行，只是被冠以了其他名称。

准确性和艺术性

想想你读过的普通非虚构作品吧，你或许会在脑中想象那些探索坚如磐石的事实世界奥秘的书籍。这样的书既是在对你说话，也是在说你。而对有的读者来说，这会带来一种乏味甚至疏离的体验。非虚构创意作家在处理事实的同时，试图缩短自己与读者之间的距离。他们要创作的并非小说、诗歌或新闻，尽管他们本人可能同时也是小说家、诗人或记者。

　　非虚构创意作品以准确性和艺术性的双重魅力吸引普通读者。以新闻写作为例，你可能会从据实的报道风格、多方观点的综合以及信息影响的角度来看待新闻。对于非虚构创意作品而言，主观性方法也是可以被接受的。这种创作并不需要在最有限的版面内承载最丰富的信息，也不要求多方观点的平衡。事实上，记者有时可能会把他们的报道改编成非虚构创意作品。在将非虚构创作视作一种文学创作形式的问题上，威廉·津瑟表示他完全不能容忍"那些认为非虚构文学只不过是另一种名称的新闻，而任何名称的新闻都不过是一个肮脏之词的自以为是的论调"，并断言"优秀的新闻作品也能变成优秀的文学作品"（2005：99）。在写作时你或许不用想那么多，但在你再次起草与修订你的作品时，你应当在心中牢记这一理念。

创作非虚构创意作品

　　非虚构创意作品拥有一种几乎令人难以置信的巨大吸引力，剧作家、小说家和记者，以及通俗科学家、心理学家、数学家都被它吸引并卷入其中。诗人利用他们敏锐的感知与精确的语言创作出真实且引人共鸣的现实图景。这推动了一场名为"自我完成学术"（self-inclusive scholar-ship）的运动，在这场运动中，学者们自我定位于他们的工作中，并从自己的角度出发，谈论他们在研究过程中所发挥的作用（尽管在现实世界中，学术和批评一直只是一种个人劳动）。历史学者们利用自己的知识化身"叙事历史学家"（narrative historians），来寻找普罗大众中尚未被发觉的潜在读者。而与此同时，神秘的学术鉴赏家们则以诸如丝绸之路或盐之类的单一题材或主题来迷惑读者。如果你想要分享一个故事，你将会用上所有你知道的文学技巧来把它讲好，或者至少把它讲清楚。

技巧

　　在非虚构创意作品中，这些技巧将包括许多典型的小说实践方法。

非虚构创意写作所涉及的很多技巧与小说创作实践的典型方法相通。这或许关涉故事性，如用第一句话"勾住"读者（这种技巧在此发挥的作用比在文学小说中更大），塑造令人信服的现实场景与人物，使用关联的事件和叙事、生动而紧凑的描述，创造并维持可信的背景与观点，以及有说服力地使用演讲和对话等手法。我们必须将现实转化为文学，同时保持其可辨认性，并让它植根于生活化的生动细节中。

显然，非虚构创意作品所涉甚广。为了让你对这种广度有一个概念，这里有两个截然不同的例子——战争和自然——来自两位以绝对的准确性描述了自己所贴近的世界的年轻作家。

基思·道格拉斯：《从阿拉曼到遮姆遮姆神井》

指挥现在命令我们："向敌人开火。坐标一零零零。把所有的炮弹都打向那些混蛋。结束。"跟上，我想。大家都松了口气，因各个中队报告道："干掉一个""干掉两个""干掉三个"。我命令埃文开枪。"我看不到任何东西"，他抗议道。"没关系，你就用我能填装的那么快的速度开火。"现在，每一支枪都在暮色中燃烧，整个军团聚集在一起，用所有可用的武器向敌军开火。我用埃文开火一样快的速度把炮弹塞进了六磅弹炮……炮塔里充满了烟雾。我咳嗽，流汗，恐惧感被兴奋感代替。（NE2：2538）

亨利·戴维·梭罗：《瓦尔登湖，或森林中的生活》

我说，你得提防那些必须穿新衣服的事业，尽可不提防那些穿新衣服的人。如果没有新的人，新衣服怎么能做得合他的身？如果你有什么事业要做，穿上旧衣服试试看。人之所需，并不是要做些事，而是要有所为，或是说，需有所是。也许我们是永远不必添置新衣服的，不论旧衣服已如何破敝和肮脏，除非我们已经这般地生活了，或经营了，或者说，已向着什么而航行了，在我们这古老的躯壳里已有着新的生机了，那时若还是依然故我，便有旧瓶装新酒之感了。我们的换羽毛的季节，就像飞禽的，必然是生命之中一个

大的转折点。(NA1：1819)①

在第一节的节选中，作为士兵同时也是诗人的基思·道格拉斯用生动的实验叙事再现了一场沙漠战争行动。作者二十岁出头时写下的关于二战的回忆录《从阿拉曼到遮姆遮姆神井》，有一种即兴的口头独白的气势，既精确又真实。道格拉斯在这本书出版前的一次行动中身亡。1845年，梭罗二十几岁的时候，在康科德附近的瓦尔登湖边建造了一座木屋。在《瓦尔登湖，或森林中的生活》中，他讲述了自给自足的两年经历。他细心又诚实地分析自己和自己的日常生活。我们不禁要扪心自问：这些作者是如何在日常生活中发现这些特别的经历的？在你自己的非虚构作品中，你首先要关注你身边的世界，并记录一本属于你的日志。

基本结构

我们之后再讨论有关主题的内容，先来简要地了解一下非虚构创意作品的基本结构。创意写作课上专注于一些篇幅较短的形式——如回忆录或探讨周身世界某些方面的文章，而非自传——会简单一些。我们利用课程短文的形式，为文章或回忆录奠定基础。这样，你就可以把非虚构创意作品看作简单的创意课程短文——一种带有文学色彩并关注叙事的课程短文。

文章的结构取决于文类的意图和作品的功能，但初稿通常会采用一种直截了当的形式。用第一段来设置你的主题，并告诉读者，为什么它对你和他们都有意义。接下来的一系列段落，每一段都至少应提出一个完整的想法、论点或展示该主题的一个方面，并层层递进。这些中间段落的顺序通常是有逻辑的，并具有叙事感，也可以说是一种场景构建。最后用尾段为前面的内容做个总结。这是不可缺少的结构，不妨概括为"引言—正文—结论"。它为作品提供了清晰的结构。然而，这只是一个起点。

---

① 梭罗. 瓦尔登湖. 徐迟，译. 上海：上海译文出版社，2006：20.

颠覆结构

在下一版文稿中，尝试富有创意地安排叙事的次序，并在写作中注入充满活力的细节和手法。例如，如果你还没有把演讲或对话编织进你的作品，现在就是这样做的时候。你可能希望颠覆这种结构，在段落之间跳跃或使用倒叙的手法。你可以用内心独白甚至诗歌来打断文章的流向，或者通过隐瞒信息并将其保留到接近尾声来使读者处于悬念之中。检查你的作品，找到一种可用以支撑故事结构的建构手法。记住，观众是善变的——他们总是在寻找新的刺激的东西——只有让你自己也感到惊叹的作品，才能让他们也为之惊叹。

作为结构颠覆的一个例子，大声朗读库尔特·冯内古特的《比死亡更糟糕的命运》(*Fates Worse Than Death*)（NA2：2183）。听一听冯内古特如何演绎这篇文章的重点、如何不断地用黑色幽默和自嘲来削弱观点的严肃性。他混合了方言语法和对事实的科学态度，并将他的想法拼贴在一起，引入梦想、遗传学、政治、《纽约客》的观点和宗教历史。这是一篇演讲稿，最初是在纽约市圣约翰大教堂发表的。冯内古特利用文章中的背景，与观众一起玩耍（而不是玩耍给他们看），用清晰自然地围绕着标题的主题评论吸引住他们。叙述的顺序看似有逻辑，但那是一个随心所欲的交谈者在表达自己观点时所用的逻辑。有一次，他将焦点完全地拉回到自己身上，毫不设防地剖析自己，并宣称："我并不太幸运，我的命运比死亡更糟糕。"然而，这个重点其实是要调动观众，通过哄骗和挑逗使他们回到真正的主题上来：种族主义不仅曾经允许、现在依然允许奴隶制的存在，它还鼓励对道德思想的奴役，这种奴役可以使人为用核武器攻击无辜的人们而欢呼。建构起文章框架的是一个人的思想。一定要大声朗读你自己的作品，用听觉测试它的悦耳性、文字的色彩、情感的真挚性和影响效果。试着在你自己的作品中适当借鉴冯内古特作品的文学性和修辞效果。

与读者交谈

作品所表现的态度不应仅仅与你笔下的声音相呼应；它应该就是你的声音，甚至在一定程度上就是你说话的声音——一种诚实的声音（因为，在所有写作中，诚实是一门技巧）。1933 年，诗人奥西普·曼德尔斯坦在他伟大的非虚构作品《亚美尼亚之旅》（*Journey to Armenia*）中挖苦道："出于某种理由屈服于那些传记作家，用那种绝对礼貌的语气与读者谈论现在一定是最大的无礼。"（2002：200）然而，这正是最优秀的非虚构作家所做的。就像优秀的小说家和诗人一样，他们渴望与读者交流。而对一些评论家来说，其中唯一的无礼之处是，这种体裁如此流行，以至于它甚至征用下列词语来描述它的一些部分——通俗科学、通俗哲学等。

然而，与读者交谈比在几页纸间的围炉闲谈意味着更多。与读者交谈的通常形式是为重要的个人、环境或社会问题代言。写作关乎责任感。在你所处的这个时代，有很多值得去说、值得去好好写，比如社会和政治的不公正，或者环境问题。事实上，《亚美尼亚之旅》就是这一演讲形式的一个极好的例子，尽管作者在宣传其立意时为它披上了文学游记的伪装。

激情和参与

非虚构创意作品与一般非虚构作品的区别在于它的文学性以及它表达和建构的质量，正如李·古特金所说：

> 当人们讨论散文、报道或非虚构图书时，他们会用上有趣、准确甚至令人着迷之类的词。激情和亲密感并不经常被同非虚构联系起来，它们听起来过于本能化、情绪化并且不严谨……但激情是一名非虚构创意作家所必需的……对书面文字的热情，对知识的寻找和发现的热情，以及对参与的热情。（1997：8）

试着不要把写回忆录当作一场忏悔，因为现实生活中的种种细节所能"告解"的往往比你"讲述一切"的尝试要多得多。试着通过写作来包容与揭发，但别忘了以一种精妙的方式来设计你的作品，通过展示而非下定论来讲述。非虚构创意作品中包含的信息本身是建构于严谨准确的调查之上的，但你需要利用富有创意的手段，如叙述、经过润色（但真实）的对话、角色化和丰富的场景，来吸引读者的注意力。然而，最富创造力的工具仍然是你的个体投入和情感的真挚。有时，作者实际上已成了故事的一部分；有时，作者的风格在故事中占很大比重；还有时，就像在自传中那样，他们本身就是故事。

写你自己

写回忆录既需要回忆，也需要回忆的自然选择。正如我在第二章中所说的那样，创作新人经常被告知要写他们所知道的，但问题是我们通常对我们所"知道"的东西了解不够，而这是因为我们对自己了解得还不够清楚。许多学生看上去都意识到了他们很难把自己和他们所知的联系在一起，这种类型的写作恰恰有助于他们重新认知自我和知识。

生活的面貌

写我们所知在最开始让我们感到困难，这似乎不是因为现如今的我们可以凭电视或互联网等无阻力的方式获得如此繁多的知识。举例来说，生活在富裕国家的儿童与青少年似乎并未太多地体验过诸如农业或工业所涉及的体力劳动，因此他们也不太能体会其所带来的知识。所以，尽管创作新人们的知识面可能会令他们的祖辈叹为观止，但他们有时与物理现实脱节，没有从生活的表面、真实的风景和没有任何恒温器监控的天气中挖掘出的独特细节。

现在就启程去获得更多经验，以弥补这一点（尽管你现在所做的不过是采访你的家人并获得一些二手经验）。现实细节的欠缺，或者对细节的伪造，都会削弱回忆录的品质，使作品读起来像是生活的赝品——除非细节都是真实的，而且你有相关经历（比如旅行或工作），或者你已经准备好找到并采访有现实生活经验的人（参见后面的"写关于人和世界的东西"一节）。例如，漫画家阿特·斯皮格曼在《鼠族》(*MAUS*) (1986) 中，对他父亲经历的大屠杀进行描述时，将对他父亲的采访作为故事的重点和突出的部分，这揭示了他们关系中最好而又最坏的一面，以及儿子不断改变的想要讲述父亲故事的缘由。

写作游戏

写自己：你在做什么

在第一章的结尾，我们使用从日常生活中提取的真实生活细节书写了我们对自己的认识。在此，我们将使用相同的技巧，但这一次你要想想你生活中涉及的诸如体力劳动之类的某个方面。这应当是一件你完全了解，"闭着眼睛也能做到"的事情。对这件事做一个速记，对所有例行和具体细节、共事者、工作条件、老板等要素予以特别关注。写作时，不要提及你的任何情绪或价值判断，只使用对现实生活的描述和对话。用第一人称视角写 2 000 字左右。你不需要在这篇文章中讲述一个故事，叙述将由实体性的描述来承载。

目标：这篇文章将在细节描述中揭示自己。你会为你对此事的所知之多，甚至于你工作时有多善于观察这件事情而感到惊讶。在你的第二稿中，试着将其转换为第三人称视角，再重新起草。这将为创作需要观察和研究的"你不知道"的主题提供训练。

你是一个故事

我在这一章的开头说过，时间造就了我们所有人的故事。但我们自己也会创造故事。我们自己就是一部小说，即使大多数时候我们并不希望以这种方式理解自己。然而，我们允许自己以这种方式被阅读，我们十分慎重地引导我们的"读者"——无论他们是我们的朋友、雇主还是情人——哪怕是在我们"说实话"的时候。我们生活中有许多等待被讲述的故事，并且我们已经有了一些关于如何讲述它们的想法。玛格丽特·阿特伍德认为，"我们的记忆通常经过了比我们所承认的更多的建构，且我们确实对它们进行了不少的编辑。我认为每个人都是他或她自己的小说家"。请回想第一章中的神经科学概念，即"故事"是大脑组织你接受的信息的基本原则。记忆是动态的且有选择性的：它可以删除一整段日子，或放大日常琐事，使它们成为神话。托比·利特说："我们塑造自己的记忆的方式和作家塑造他们的故事的方式一样，我们都会忽略我们不关心的部分，并且在需要的时候进行美化。"这些塑造过程也应当适用于非虚构创意作品，因为故事和回忆录本身就是动态的和选择性的。正如本章开头引用的纳博科夫的警句提醒我们的，"选择手段属于艺术，但被选择的部分属于不受影响的生活"。

回忆和记忆

所以，现实的精妙之处可以促生好的艺术，但在一定程度上，这只是因为我们的现实是一种艺术。纳博科夫在创作自传《说吧，记忆》（Speak，Memory）的第一个版本时，声称他"由于几乎完全缺乏有关家族史的资料，因此在明知自己可能记错时无法核查自己的记忆"（2000：9）。你需要搜集你自己生活的数据，然后与它一起玩耍，或富有艺术性地颠覆它。然而，现实总比小说更为荒谬。对于众多不太关注艺术的读者来说，现实总是比任何小说都强大——甚至危险。

首先将你所认为的你人生中最初的记忆写下来，可能包括某些片段化的仪式，比如生日。这将被写成一个场景。试着想起那些细节，比如你穿的衣服、房子里的装饰品、天气、感觉、风景和任何对话。试着回忆当时的场景。然后采访某个人——比如你的家庭成员——要求他或她回忆相同的场景。检查当时的照片。权衡所有这些证据，并检测你修复了多少过去的记忆。

你的下一步应该是叙述你最近生活中发生冲突的某个时刻，并把它写成一系列的场景。我们在第六章中看到了冲突和行动是如何生成并塑造小说的。就像小说倾向于关注异常而非正常一样，你的回忆录也应该照此对待现实生活，删掉那些无聊的场景。这是否歪曲了你的故事？一点也不。正如你即将看到的，诚实和自知是一门手艺。

写作游戏

写自己：危机和冲突

想象那些让你感到痛苦、恐惧或怀疑，或者为你带来冲突或危机的事。可能是某种恐惧症、某类成瘾、某场疾病或某段痛苦的童年回忆。以此为起点，把主题写在一张纸的正中心，并围绕它写些笔记，包括图像、场景、对话和联想。然后调查这个话题，找出其他作者写了什么，并至少与专家进行一次访谈。接下来，开始以按时间顺序排列的生动场景来起草你的作品。不进行粉饰。从生活中写起，并保持简单。它是从什么时候开始的？它是如何引发冲突或危机的？在随后的草稿中，打乱场景的顺序，并创作一个开放式的结局。

目标： 在第一章中，我提到一些作家发现创意写作具有治疗作用。一些非虚构创意作家对危机的直接反应就是写文章，特别是写有关他们自己的疾病或亲人死亡的文章。虽然这个游戏的要点是创作一部生动的关于某个问题的自传体回忆录，但你可能会发现，在这一过程中写作释放了冲突。它可能并不能直接解决这种冲突，但它可以为你提供透视它的视角和观察的清晰性。

撤回原点

有时候，你可能会经历某种错位的感觉，就像你在主演一部你的人生电影。练习一些写作技巧，定格你生命中所经历的瞬间，牢牢地记住它们（把它们写在你的笔记本上很有帮助），而不再只当作时间旅程中的一个过客。不过，不要过分自觉地练习这种行为，以免让它改变你的生活或行为方式。

尽量多问些问题，比如我们有多了解自己，又有多了解别人看待我们的方式，不过这很容易让我们陷入自我认知的罗网中。说实在的，你不会知道所有这些问题的答案；就算你知道，这对你或你的写作也都没有帮助。镜子和照片让你看到你的外部镜像，但那也会受到光线的扭曲。而当摄像机"看到"我们时，我们总是忍不住也稍做表演。

被记录下来的声音，同你从自己的脑袋和身体的骨头中听到的喉音和长腔声音并不相同。这与写作是一样的：它传递、反射和转换，这并不意味着它是谎言。事实上，它常常在澄清谎言。

让自己接受这样的观念：很少有人比你更了解自己，而你自己就是一个故事。就像讲故事一样，别人对你的看法取决于你的观点。对读者来说，除非你把故事讲得令人难忘，否则没有什么值得了解的。写自己的故事需要自我，但所有的写作都需要自我。然而，这种写作有流于自负的风险。你可以拥有世界上最吸引人的经历，同时依然是一个令人厌烦的人。一个学习非虚构创意写作的人要做的第一件事就是避免自命不凡，因为任何人都不可能试着学习他们认为自己已经知道的东西。

当你记录关于自己的笔记时，别忘了，你就像是一张纸页那样，是一片开放的空间。你是众多影响的产物，你容纳了多种不同的观点，你拥有许多不同的版本，且你会随着实践改编。当你书写有关自己的故事时，你正在讲述关于你自己真相的某个版本。你正在创作一个版本，并且所有人都知道这件事情。不要让你的自负分散你自己或你的读者的注意力。最好的非虚构创意作品会协调好自我代入和客观描述之间的平衡。评论家诺斯罗普·弗莱说，文学是一种对词语的冷漠利用。约翰·济慈的笔记中有一个被划掉的短语，它非常精确地捕捉到作者的态度："非感受的感受"。当你写作的时候，这些注意事项就是你的护身符。

知识就是自知之明

你选择讲述自己故事的方式，将传递你的人生观与经验的精确而微妙的信息，还有你性格的真实本质（包括其虚伪性）。你需要怀着坦率的情感来写作，尽管坦率可能会让人感到有点不自然或过于显眼。不要急于掩饰自己故事中的缺陷。它们增加了深度——甚至是真实性。正如让·科克托所敦促的那样，"培植你的缺陷。它们是你最真实的一面"。在《创意写作自传的治疗维度》（*Therapeutic Dimensions of Auto-*

biography in Creative Writing）（2000）中，西莉亚·亨特展示了一项研究，表明将撰写虚构的自传作为艺术学徒工作的一部分，不仅有助于拓展文学技能和寻找声音，而且对作家有治疗作用。请再次记住，许多读者出于自我指导的目的而阅读，他们看似要通过阅读你的个人故事来了解你，但其实他们中的许多人是在试图更多地了解自己，了解自己的缺点和人生的教训。

要做好这件事，你必须在写作的时候置身事外，尽全力冷静地看待自己。在其关于极北地区的经典非虚构研究作品《北极的梦想》（*Arctic Dreams*）中，巴里·洛佩兹所表达的观点之一是：自我认知和知识是一个连续体。对他来说，非虚构创意作品为二者的和解提供了一个平台，因为《北极的梦想》的相当部分内容也能算作回忆录：

> 真实风景的边缘与我梦想中的事物的边缘融为一体。但我所梦见的只是一种图案——一种美丽的光的图案。我想，想象力持续工作，将现实与梦想结合在一起，是人类进化的一种表现。（1986：414）

我们考虑的大部分东西都是外在的，而我们需要更好地了解自己，这样才能更好地对世界和周围的人做出反应。没有人是孤岛，我们的生命就是我们所遇见的人。如果我们能够更清楚地描述自己，那么我们就能获得许可，更公开地探索我们周围的人的模式和故事。

写作游戏

关于真人的写作：人物素描

与微型小说（见第六章）一样，人物素描是一种篇幅大约为500个词的书写紧密且高度集中的创作形式。对于非虚构创意写作的创作新人来说，这是一种非常有效的练习。它不允许多余的动词，可以在工坊期间创作。最快的方法是写你小组中每个人都认识的人，例如工坊的成员、导师或你们认识的有趣的人等。最好集中精力于一个人的一个特点，使用生动但具体的细节和讲话片段。

目标：这种简短的形式能够迫使智慧显露出来。而人物素描的挑战之一就是要升华自我展示的欲望，以便捕捉主题的本质和人物性格的一个方面，例如他们的慷慨、虚荣、英雄主义或谦逊等。几个人物草图可以编织在一起创作出更长的作品，或者改编成非虚构作品。它们也是在小说中创造可信角色的有用练习。

写关于人和世界的东西

什么让你着迷？你想探索什么？你会调查什么？列个清单吧。威廉·津瑟宣称，创作新人应该以非虚构创意作品开始他们的写作生活，因为"他们会更愿意写一些触及自己生活或他们更有天赋的主题"（2005：99）。对于有科学学术背景的创意写作学生来说，非虚构创意作品是属于自己的领域，"写你所知道的东西"可以被解读为写你自己的调查或研究成果（见第十章中的"创意学院的创意写作"）。如果这些新的创意作家担心写关于外部事物的文章不如写关于自己的文章那么真实，他们应该放心，因为任何风格的写作都把主题揭示得和作者同样多。然而，你的写作方式有时也会暴露出不真实的一面，尤其是当你因为缺乏了解而弄错事实和细节的时候。

找到一个主题

如果你发现很难确定你的主题，那么你可以写一篇试验稿，并在其中选择一个你非常了解的主题。然后，通过把它写成一个场景或一系列场景来检验它获得成功的迹象及其文学完整性。许多创作新人都从他们家门前发生的事写起，如家族史。他们选择了家族史中的某些独立方面，尽管他们对此知之甚少，并需要围绕其做少量的研究。他们从全景转向微观焦点，紧凑的场景比任何大而无当的图景都更富有光和热。

你需要在你的非虚构创意作品中反映出这种焦点的转变。选择某个你比较了解的关于世界或人的方面，再选择一些对你来说全新的、需要实地调查的方面。你的任务是为它们创造衔接点，而不让它们看起来像是随意地拼搭在一起。例如，你可能想写一篇关于你祖父母的个人文章，然后用年龄对记忆的影响作为吸引注意力的点，以此串联起文章。一项类似的策略是，令生活的两个方面相互依存，使它们超越各自部分的总和。例如，你可以写一篇文章，把你对一项运动的热爱与国外旅行结合在一起；或把公共和私人的叙述结合起来，比如社会上的不公正问题与你家庭生活中的一些危机。

问问自己，当下有什么触动了你的生活，或者有谁触动了你的生活，并激发了你的表达欲。是否有一个当下的问题，你了解详尽并且希望与他人分享？或是有一个问题、地方或人，你非常想更多地去了解？慎重地选择你的话题，使它成为应时的，并保持更新。如果它没有让你着迷并对你产生刺激，会在写作中表现出来。这是一件好事。同时酝酿关于一篇文章的几种不同想法，直到某一种想法有了自己的生命力。而一旦你选定了主题，用笔记的形式写下你所知道的一切，然后思考至少五个问题来探究这个主题。你需要进行研究或调查才能获知这些问题的答案，但与笔记一起，它们将套用基本的文章结构，形成文章的初稿。

写作游戏

写关于现实中的人的文章：调查写作

两人一组，对你所在地区的工作情况进行调查。选择一种你相对未知的专业或职业。使用电话簿，在当地找到该领域的工作人员，对其中至少两人进行访谈。探索他们的动机和日常生活，尝试获得跟踪观察他们至少一周的许可。写一篇关于他们工作的文章，并将你自己的体验纳入其中。

目标： 许多读者对他人工作的细节很感兴趣，这让他们间接地体验到了另一种生活。人们不是由他们所做的工作来定义的，但工作是人们关注的中心，也是社会运行的方式。这个游戏向你介绍了采访和研究，同时也提供了大量你可能会在小说的其他节点使用的生动细节。

实地考察和访谈

调查包括在网上搜索你所选择的主题，以及在图书馆数据库中查找与你的主题相同或相似的书籍和文章等手段。重要的是，要检查你的主题是否已经被他人的作品涵盖了，以及你已深入研究过的主题与写作之间还有哪些空白。每周至少读两次全国性的报纸，以了解时事，并在笔记本上保留一个作家们称之为"未来"的剪报区域。这些剪报可能会触及你的主题，或者包含你以后可能想要写的内容。如果你正在写关于当地或家族历史的文章，那么你需要熟悉档案局。大多数城镇都有完善的文件和记录档案。与它们的档案管理员和图书管理员谈谈你要寻找的信息类型。有关这些类型的第三方帮助可以让你快速得到原本可能需要数周才能找到的材料。调查也可能包括为了获取信息而对某一领域的专家进行采访。不过，针对他们自己的故事所进行的访谈是另一回事。

访谈本身也是一种艺术形式，但它归根结底只关乎三件事：对一个人必须说的话感兴趣，成为一名好的倾听者，以及识别哪些访谈内容是可以选用的。谨慎地选择你的受访者，并确保你做好充分的准备。试着提出你的问题，避免受访者将你"引导"至他们提前准备好的回答中，引导他们说出真实的答案，哪怕是通过轶事甚至笑话等形式。培养与受访者的关系，这促进了相互信任，同时也让你能够接收到超越表层的信息。这种关系让你更好地了解他人——他们的价值观、态度和思想。它还可以让你少犯一些事实上的或道德上的错误。

根据你自己的判断决定你是否应该在访谈中使用笔记本或录音设备。一些非虚构创意作家发现，这些东西会使受访者与采访者产生距离。此外，如果采访者有录音设备或笔记本的"屏录"作为退路，他们就不太可能专心而敏感地倾听，不会更深入地探索某些答案。有些采访者只会倚重他们的记忆，一旦访谈结束，他们就会尽可能多地写下他们能记住的东西。如果你要引用访谈中的语录，特别是在你有可根据需要修改的受访者的文章时，只有允许受访者"看到副本（将被提交的终稿）"才是公平的，这样他们才可以确认他们的话语被使用的方式，或者要求你进行一些修改。

充斥着希望的文学作品

你现在正身处非虚构创意写作类作品的白银时代。它可能是最公共的、最理想主义的和最开放的文学类型——"如果有人问我，作为一名作家，我想完成什么，我会回答说：我想要为充满希望的文学贡献一分力量"，巴里·洛佩兹在《关于这一生》（*About This Life*）（1999：15）中这样说道。现在，非虚构创意写作类作品是一种具有国际性的超类型作品，涵盖了回忆录、历史作品、自传、传记、旅行写作、自然写作、通俗人类学、电影和音乐写作、通俗哲学、民族研究、新闻、宗教写作、文学研究等。它有助于科普的繁荣，并能帮助提高公众对科学家工作的认识。它扩展了创意写作的版图，呈现出有关单个主题的完整图景，并给我们提供了观察周围世界的新方式。它的开放空间不断扩大，特别是博客（见第九章的"电子表演"），捕获了越来越多的主题、作者和读者。

我们在第五章中讨论了"在诗人和小说家写作时站在他们身后的看不见的观众"这一隐喻。在某种程度上，这些作家常常是在黑暗中写作的，只有在作品完成后，他们才开始完善或修改他们的作品，他们才开始更清楚地知道谁可能会读他们的作品或参加他们作品的表演。记住，你的非虚构创意写作作品与受众之间通常没有那么虚幻的关系，因为它通常以他们的真实世界为主题。然而，除非你被要求专门为一个小的且已知的派别的读者写东西，否则不要被误导认为你必须调整你的风格以迎合任何人。为了使你的工作新颖而富有挑战性，你仍要坚持为自己创作，而这对你可能有的任何通过艺术来讲述真相和展示真实的观念来说都仍是一项巨大的挑战。

关于世界的写作：旅行写作

利用档案室、当地图书馆和当地历史档案馆来研究你所在社区的历史。试着获得社区中年长成员的信任，然后采访他们关于生活和工作的经历。将这些采访和历史拼贴在一起，并将故事贯穿其中，将作品整合在一起。尽可能多地利用采访机会，但是也要有选择性。

目标： 地方的也是世界的。你不需要成为一名世界探险家才能写出关于旅行的好文章。仔细研究你自己所在的地区，甚至你的邻居，这将揭示许多神秘的方面、隐藏的历史与迷人的人和故事。下次你去陌生的地方旅行时也可以应用这项技巧。

推荐阅读

作为一种有关某种类型的新闻报道的自由和放纵，同时也展示出了非虚构创意作家忠于现实的重要性的警示性故事，珍妮特·马尔科姆的《记者和杀人犯》（*The Journalist and the Murderer*）（Granta，2004）是不可或缺的。威廉·津瑟在《写作法宝》（*On Writing Well*）（Collins，2005）中对非虚构文学的来源进行了精简的阐述。这本早期的非虚构写作指南（第 1 版，1976）介绍了有关科学、技术和体育的写作。菲利普·杰拉德的《非虚构创意写作》（*Creative Nonfiction*）（Story Press，1996）强调了非虚构创意作品的研究和技巧。小说家和电影制作人李·古特金编辑的《非虚构创意写作》（*Creative Nonfiction*）也值得推荐，《非虚构创意写作的艺术》（*The Art of Creative Nonfiction*）（John Wiley & Sons，1997）也是如此。在英国，最好的国际非虚构创意作品发表在杂志《格兰塔》（*Granta*）上，资深编辑伊恩·杰克（Granta，2006）介绍的《格兰塔报告文学》（*The Granta Book of Reportage*）是一本优秀的代表性选集。由黛安·弗里德曼和奥利维亚·弗雷（Duke，2003）编辑的《跨学科自传体写作》（*Autobiographical Writing across the Disciplines*）揭示了面向自我完成学术运动的令人惊叹的广度。对于初级文本,首先需要阅读本章开头列出的一些早期范式。你也可以通过阅读任何你欣赏的作家的自传来获得启发。我建议你从一开始就追随自己的兴趣,不是对作者,而是对你感兴趣的主题。然而,在你第一次尝试这种体裁时——在创意写作课程的时间限制内——你会学到大量关于不同风格的知识,并通过对作家的模仿,通过阅读其非虚构作品和文章来获得进步。这些作家包括马丁·阿米斯、约翰·伯格、杜鲁门·卡波特、布鲁斯·查特温、理查德·道金斯、琼·迪迪翁、安妮·迪拉德、莫琳·道得、路易丝·埃德里希、玛莎·盖尔霍恩、斯蒂芬·杰伊·古尔德、伊恩·杰克、雷斯扎德·卡普斯辛斯基、巴里·洛佩兹、约翰·麦克菲、诺曼·梅勒、珍妮特·马尔科姆、布莱克·莫里森、约翰·皮尔格、史蒂文·平克、奥利弗·萨克、伊恩·辛克莱、刘易斯·托马斯、亨特·S. 汤普森、约翰·厄普代克、戈尔·维达尔、尤多拉·韦尔蒂、E.O. 威尔逊、汤姆·沃尔夫和托比亚斯·沃尔夫等。

第八章　诗歌写作

　　有关诗人在诗歌创作过程中会经历什么的各种理论主张——艾略特的"逃避情感，消灭个性"、济慈的"了解和充实另一主体"、叶芝的"面具说"、奥登的"诗人在创作中的异化"、瓦雷里的"优于自我的自我"——这些主张背后，隐含着一种假设：既成的自我永远是不充分的。对自我的感觉或许是你所拥有的感觉中最重要的一种，它可以为其他感觉增色。如果你是诗人，它就为你的创作增色。它会被纳入你的创作中。

——理查德·雨果：《触发之城：诗歌写作讲义》
(*The Triggering Town*：*Lectures and Essays on
Poetry and Writing*)（1979：67）

- ◆ 聆听语言
- ◆ 寻找语言
- ◆ 唤醒语言
- ◆ 塑造语言
- ◆ 与语言玩耍
- ◆ 诗的缘由
- ◆ 推荐阅读

节奏从哪里来？一首诗的生命细胞就是它的语言。所有语言，包括非人类语言，都天然拥有节奏感。节奏是由节拍构成的，即便是青蛙的鼓膜震动和马蹄的轻轻敲击也有节拍。生物运用节奏来创建和捍卫领土，并进行交流。生物调控声音，使其能够更好地透过障碍物，就像鲸鱼的声波能穿过海洋、猫头鹰的叫声能越过森林。地球上大多数动物的语言都基于声音，声音是带有含义的。你或许认为韵律和节奏是人造的，但事实并非如此——它们是自然的助记符，存在于所有鸟鸣和其他动物的叫声中。即便将云雀在一秒钟内的歌声慢放，你也能听到节拍随着复杂的主题而变化；但当你从云雀下方经过时，你以为它只不过是在不断唱歌罢了。那么，诗歌的奥秘是什么？

聆听语言

格律和韵律

语言带来的惊喜是诗歌公开的秘密。当你还是个孩子的时候，你可能会莫名其妙地爱上诗歌。吸引你的正是语言的节奏，韵律则让你记住了那些令人惊叹的诗句：

> 唱吧，布谷。
> 唱吧，布谷。
> 春日已降临——
> 高声歌唱，布谷！
> 种子萌芽，草甸开花
> 森林正在破土而出
> 唱吧，布谷！

诗歌来自词语的排列，它们通常不延伸到页面两侧。词语自带些许音乐性，因为单词是由音节组成的，而音节本身又由长短语音和音阶构成，就像鸟鸣一样。你可以通过大声朗读来估算音节的长度。当我们说出这些单词，能感受到在念某些音节时，我们会比念其他音节时更加用力地呼气，感受到我们对某些音节的重读要多于其他音节，同时感受到两者间的微妙变化。这使得日常用语具有花腔一般的节奏。

这些现象并没有最终的科学解释。屏息时，重音会发生变化。每种语言都有其独特的音乐性——每种口音也是如此。此外，情绪也会影响我们说话的方式。恋人和杀人犯说话的方式大不相同，一名好的诗人可以利用这种区别。然而，当我们说话的时候，我们的喉头、牙齿和舌头——甚至是我们的教养和意图——都会给我们说的话和说话的节拍注入一套重读模式。诗歌丰富了语言中的声音，有意为之的歌唱、诉说、耳语和呼喊皆是如此。如果诗人能够巧妙地处理语言，他们就能像剧作家和小说家一样发掘出说话方式的生动性和丰富性。

为了便于交流，我们会说诗有"韵律"。"韵律"计算重读音节，并将它们排列成"音步"。我们给一些重音模式冠以专用名〔如"扬扬格"（spondee）：由两个重读音节先后排列构成〕。这些重音模式可以听出来，而无须使用重音符号来强调："听！——扬扬格！"英语诗歌中最常见的重音模式是五步抑扬格（iambic pentameter）*。抑扬格的"音步"是一个非重读音节后跟一个重读音节。"It mákes the kínd of nóise this sentence makes"这句话所发出的声音正符合抑扬格。即使是我在念这句话时，它的声音也会改变。我的喉咙正感到一阵紧张。正如你听到的，没有两个抑扬格是完全相同的。而且，考虑到语言和话语的流动性，重音模式总是接近生活中的真实情况。

诗人运用这些重音模式来制造言语效果，这种运用往往出于直觉，因为他们早已将自己的耳朵训练得不仅可以从话语中，还能从所有节

---

* 全称"五音部抑扬格"，指每一行诗歌中包含了五个先抑后扬的音步。英文只有轻重之分，而无平仄之分，这种重读和非重读音节的特殊性组合在英文诗歌中被称为"音步"。在音步中，轻音被称为"抑"，重音被称为"扬"。若一个音步中含有两个音节，第一个为轻音，第二个为重音，这种音步就被称为抑扬格音步。——译者注

奏中捕捉到这些效果。博伊索和华莱士认为理查德·威尔伯的诗歌《杂耍演员》（*The Juggler*）的第一句提供了一个很好的例子：

> 球会弹起来，一次比一次更低。

上面的诗句用了（四个重音的）抑扬格线来模仿球的运动。正如博伊索和华莱士所言，"在规律的制约下，或者更确切地说，正因为这种规律，重音间的微小差别使得其重读的效果越来越小，恰似球在越来越小的弧线上减速停下来的样子"（2004：54）。诗歌是一种通过创造语言的线条来顿悟事物真谛的形式，其内部的音乐编排，就像威尔伯描述的球一样，使诗歌能被铭记。

与散文段落把词汇聚集于某一点时所发挥的效果相一致，诗歌的行被聚集成诗节，以形成语义、语音和字形的三角关系。我们有时会用诗歌的形式来塑造行和节。许多传统形式都起源于歌曲和口耳相传的诗文。有规律的格律、韵脚和形式有助于你记住一首诗歌。记忆有它的尺度，各种各样的语言策略将这些单词拼贴在一起。例如，押头韵提醒我们，语言是有喉咙的，它通过令人无法忘怀的形式来延展诗歌的生命：

> 没有颤抖的竖琴
> 没有调谐的木材，没有翻腾的老鹰
> 穿过大厅，没有千里马
> 在院中翻找 *

> 摘自《贝奥武夫》（*Beowulf*）（NP：9）

这些用词策略非常重要，同时也十分原始。毕竟，古往今来，诗歌都在讲述我们人类的历史。在人类早期文明中，歌—诗是我们对其版图和神圣场域的认识的来源。当然，一些较新的诗歌形式来源于言语活动，乃至于视觉呈现。不过，不管怎样，像自由体这样的形式仍是一种正在形塑中的诗歌语言形式，而被称为音节的这种形式则由言语的数理特性

　＊ 本诗英文原文押头韵，由于中文诗无对应格律，故未体现在译文中。头韵指两个或两个以上单词首字母发音相同，是英文诗中一种常见押韵形式。——译者注

塑造。形式和模式是一种塑造手段，其目的并非为了限制语言，而是为语言创造时间单位，为语言的表达和传播提供开放空间。这些方法你都应当一试。

"韵律"（rhyme）和"时间"（time）这两个单词在我听来发音是一样的，只是因为我的言语记忆将它们混淆了。作为单词，它们的形态显然并不相同。而数千年前，许多单词听起来都和今日大相径庭，就像那首关于布谷鸟的诗所呈现的。韵律产生自对音乐语言的聆听，分行、格律和形式也是如此。和它们一样，韵脚也是很灵活的，可以随时改变。这就是为什么诗人总是要探索韵律的边界和语言声音原发的可塑性。像"全时制"（full time）这样的"全韵"（full-rhyme）可以用"降落时间"（fall time）或"整屋"（full room）这样的半韵来演奏，其间还可以穿插很多不同的音阶。

这里要讲诗的重复手法。重复手法和限制性技巧一样，都是塑造一首诗的方式，也是将诗歌作为一种话语传承的手段。它们开辟了一条新的推动诗歌前进的文字道路，培育了一种用以表现诗歌节奏的简单重复模式，也培育了一种可模仿的押韵模式。

> 我是发源地：于每一个霍尔特，
> 我是火焰：在每一座山上，
> 我是蜂后：于每一个蜂巢，
> 我是盾牌：为每一个头颅，
> 我是坟墓：于每一个希望。
>
> 选自六世纪爱尔兰的《阿默金之歌》

倾听自己的本性

诗歌是一种比你所想象的更贴近自然的艺术形式。你诗歌中的每一行都是你的时间单位。这些时间单位随着语言的节奏、你的族群与你个人的节拍而运转。它们可能是最初吸引你进行创意写作的原因。举例来说，当你还待在母亲的子宫里时，你就可以听到她的心跳；紧接着是你童年中接触的童谣、儿歌、韵律诗还有孩童话语，所有这些都因它们的韵律而留在你的记忆里。它们被许多你那时就产生了的神经突触锁定在你的体内，这些突触的形成是因为这种完美自然的韵律让你产生了一种感官快感。语言的音乐性是你的启蒙老师。这是你这一物种所发出的鸟鸣，也是你作为这个物种的一员所拥有的鸟鸣。这首歌标志着你感知的世界疆域的形成。如果你不断地发展这种天赋和聆听能力，它就会不断成长。诗歌可以被视作魔法，它源于一种经过调制的施法行为，但它仍是由言语锻造的武器。

　　现在，想象这样一个画面：一个人站在你面前，你和他之间有一团火焰，他把一首诗和一张千元钞票投入了火中。这样的画面会让你产生什么样的感觉？正如理查德·雨果所说，我们感知自我的方式可能会影响我们写诗的方式。这句话甚至可以解释为什么诗歌会是我们生活的一部分。这是一条微妙的界限，也是一个有关价值的问题。正如你所看到的那样，本章就围绕着这个界限展开。诗歌创作自有其为人所珍视的价值。例如，许多诗人重视有关格律和诗体等技艺的传授。我毫不含糊地支持这样的方法（我希望我已用行动而非言语展示了我的态度），但只有当学生们"已经"站在诗歌这一边的时候，我才会这样做。根据我的经验，在早期阶段，醉心于诗歌技术会让一个初学者以此为掩护，迷失于诗歌外在的形式与结构，而缺乏对诗歌内容的关注。下面，我给出一些更指向内部也更为基础的任务。它们想要让你把写诗当作一项值得花费时间和精力的活动，而最终必将有一首诗点燃你的激情——也许有朝一日，你会发现自己正是这首诗的作者。在本章的其他部分，我们将展开寻找我们诗歌语言之途的地图，探讨一些诗歌创作的入门模式，并解密一两个很可能会阻碍你更深入地理解诗歌语言的神话。

写作游戏

格律和韵律

借助平仄、格律与韵脚查询工具，写一首五言绝句，最后再用这一韵

脚写一首律诗*

目标：对任何一名诗人来说，掌握基本的格律都是有用的。如果在诗歌的草稿阶段，你觉得格律或韵律会阻碍诗歌的完成，那么你可以考虑改变它，即使这样会瓦解格律和韵律模式。

寻找语言

过程

就许多基本的方面来看，诗歌都是金钱的反义词。从表层来说，诗歌并没有让作者变得富有或时髦；而对于出版商来说，诗歌也注定是不赚钱的艺术。正如罗伯特·格雷夫斯所说："诗歌中没有金钱，金钱中也没有诗歌。"与其他艺术相比，"成功"的概念对诗歌来说是针锋相对的。"成功"甚至可以仅仅指诗人雕琢出了一首完美的四行诗，正如德里克·马洪挖苦道：

> 多年来我一直苦求
>
> 一首四行诗，
>
> 它关于一片树叶的生命；
>
> 我想它可能会在这个冬天诞生。
>
> 《蛋黄酱道》（*The Mayo Tao*，1999：66）

正如这首诗所指出的那样，诗歌创作不能一蹴而就。不过，对这种辛苦付出的其他形式的补偿总会到来。没有比草稿阶段更有创造性的了，没有比它更能构建一种爱恨交织的关系的了。

没有什么其他类型文体的创作者像诗人那样把语言看得如此之重。可以说，诗歌就像是一把科学研究中用的坩埚，语言被放置其中、爆裂、变形。正如我在这本书开头所说，进化最快的物种就是语言。然而，诗

---

  * 原书练习为全韵和半韵的五步抑扬格诗。为方便中国读者，此处使用了绝句和律诗的练习。——译者注

歌在变幻莫测的语言沙丘上安营扎寨，并在某些时候超越我们已知的边界。这种语言的流变会让人在写诗时产生一种持续的危机感。考虑到现实状况，你将不得不习惯于自己无法真正知道自己何时"正确"地创作了一首诗。当诗中的语言在重写中开始获得自反性时，你可能会感到焦虑。然而，你会发现，阅读别人的诗歌能稍微增加你掌控这种神秘变化的可能，从而使你更好地理解它。但有时，你的诗歌的语言是自相矛盾的，因为它比你更清楚自己应该被如何呈现。

写作游戏

隐喻表达法

隐喻表达法（kennings）是一个复合的诗歌词语，用来代替一个人或事物的名字。它来自古挪威语，指用某一事物表示另一事物。在古英语中，大海被称为"鲸鱼之路"（whale-road），而一本书可以被称为"词汇宝库"（word-hoard）。请创造一些隐喻表达法，然后将它们使用在短诗或俳句中。

目标： 隐喻表达法仍存在于今天的日常用语中，例如"轨道"。图像和语言的压缩对诗人来说很重要，而隐喻表达法是一种可以创造新的图像和隐喻的有效游戏，它通过语言帮助你找到看待世界的新方式。

诗歌内部

诗歌是一种奇妙的语言装置：它是由词语构成的永动机。正如肯尼斯·科赫提醒的那样，"每个词语都有其独特的音乐性"。在写诗的过程中，你以私密的方式，听、看与感受每一个单词、空格与标点符号。你甚至可以在字与字的空隙或诗歌周遭的空间中，发出自己写的声音。为什么我们要创造这些由文字及其噪音组成的具有自足性的小机器呢？有些诗人写作是为了保存一些重要时刻，它们通常是微小的、看似微不足道的瞬间或感觉。正如维斯瓦娃·辛波丝卡所说，一只蝴蝶的影子掠过她的双手：

当我看到这些，不再确定

那些重要的就必定

比不重要的更为重要。

（1996：57）

对诗歌来说，观察和记忆的重要性就如同人物和故事之于小说。诗歌创造了很多感性又富有现实清晰度的微小世界。罗伯特·弗罗斯特把一首诗描述为"对抗困惑的瞬间"。正如西尔维娅·普拉斯所说：

一扇门打开，另一扇门关闭。在这期间，你瞥见了一座花园、一个人、一场暴雨、一只蜻蜓、一颗心、一座城。我想起那些维多利亚时代的圆形玻璃镇纸……那是一个清澈的球体，自我完整，通盈剔透，里面有森林、村庄或家族。你把它倒过来，再转回去。眼前就出现了下雪的景象。那里再也不会像以前一样了——无论是枞树、山墙还是人们的面孔，都变了。于是，就有了一首诗。（Herbert and Hollis，2000：146）

普拉斯是对的。我们的诗歌试图创造一个微小却清晰的世界，这个世界在每当有人读到它的时候，就会进行自我重建。普拉斯也写小说。就如最优秀的短篇小说一样，诗歌创作是文学领域中为数不多的开放空间之一，在这个空间里，你有机会创造一些能引起共鸣、完整且独立的东西，即便这种情况在你的写作生涯中只出现过寥寥几次。围绕着一首诗歌形成的世界是怎样的呢？丹妮斯·莱维托芙认为，"就其社会功能来说，它是通过震惊以外的方式来唤醒沉睡者"。以这种方式被唤醒，是什么感觉？

写作游戏

希望和诅咒

以自由体形式写两首诗，但必须使用重复的短语。其中一首诗，以"我希望……"作为每一行的开头。以"诅咒"的形式写下另一首诗，选择那些使你深感不安的事物，用这首诗来诅咒它们，每一行都以"我以……诅咒你"开头。

目标：这些都是很好的初学者练习。它们创造出生动、活力十足的短句，并建立了一种模式化的方法，比如对重复短语的使用。

唤醒语言

意义和存在

诗歌赋予语言以生机。但诗中生动的语言，并不仅仅以你的词语以及由词语组合而成的行与节的字面含义开始并结束。正如我们在前几章中所讨论的，词语与意义、历史和联想紧密相连。而且通过选择与联结，以及创作中的偶然，特别是格律、韵律和形式所创造的偶然，这些要素被赋予了生命。当然，事情还远不止于此。诗歌所表达的精确性，它对语言声音的强调，使作家被词语的铿锵有力和抑扬顿挫的音调所吸引。正如特德·休斯所说：

> 有生命的词语包括了那些我们听到的，像"咔嗒声"或"咯咯笑"；或我们看到的，像"有雀斑的"或"有纹理的"；或我们品尝的，像"醋"或"糖"；或我们触到的，像"刺痛的"或"油滑的"；或我们闻到的，像"焦油"或"洋葱"。这些词语都是直接属于五种感觉中的一种。或者像"轻拍"或"保持平衡"这样有所动作并使用了我们的肌肉的词语。（1967：17）

重要的是，你要培养一种广泛的词汇意识，以及对词汇美感的感受力。不过，这种词汇上的冒险有时会使新手误入歧途，从而被一些冗长或晦涩的措辞所迷惑。所以，不管写诗看上去多难，你的诗歌都不应该变成那种悬挂在画廊墙上、旁边还注着深奥解释的东西。诗歌给我们带来的理解困惑，通常来自它与我们的心理预期相异，有时也来自故弄玄虚。没有必要为了这种困惑而去制造更多的麻烦。

相异的心理预期和故弄玄虚通常与诗歌表面上的陌生化有关——例如，我们想到的诗歌语言、主题和技巧，乃至于我们在诗行中写下的事实。然而，诗歌并没有自己特殊的语言或主题，至少没有更多的；它也不是只面向封闭小圈子里的特定观众。诗歌并不非得有什么重大的意义，也不需要任何社会政治术语来赋予它们正当性。正如阿奇博尔德·麦克利什在他的诗《诗艺》（*Ars Poetica*）（NP：1381）中所写的那样，"一首诗应无他意/只是自己"。

如果你接受的教育让你把诗歌当作自传体的、文化的文献或文学分析的材料来读，那么"一首诗应无他意/只是自己"这样的观点，在你听来或许难以置信。对文学评论家或文学专业的学生来说，诗中的意义或许确实是清晰易懂的。文学批评的方法确实可以带来一些启发，只要它不使读者对诗歌失去兴趣，让他们认为诗歌因批评而存在，或者让创作新人觉得他们必须创作出符合批判性阅读模式的诗歌。"一首糟糕的诗，是一首消失在意义中的诗"（保罗·瓦雷里语）。更糟糕同时也因其极具破坏性的简洁而显得更真实的是，"所有糟糕的诗歌都是真诚的"（奥斯卡·王尔德语）。一首诗，如果在它的萌芽阶段，你就寻求意义，那么这首诗已然从你的身边"溜走"了。对于任何一位优秀的诗人来说，试图为一首正在创作的诗赋予意义（我不会说"更大的"意义）或感觉（我不会说"真正的"感觉）都是不切实际的。只要努力把文字表达清楚，就足够让你继续写下去了。

写作游戏

制造小事实

在选择诗歌的主题时，与其以一种刻意的诗意方式选择某个立意高远的主题，不如选择点日常琐事。可能是一件事物，甚至可能是一个词。在一张纸的中心，写下这个词或这个物，并在它周围随意写下注释。想想它从哪里来，又要到哪里去；记下它在你脑海中触发的任何记忆；用比喻的手法将其与其他事物进行比较，或者通过隐喻将其转化为其他事物；用你所有的感官来描述它——不要只使用比较或视觉描述。现在就随性地写下它，并在出现的任何不寻常的短语下划线。

试着用书信的形式把所有这些材料整合起来，但要写成一行一行的。把这样的东西或这个词语当作你想要与别人一起分享庆祝的事物，同时不要偏离主题。

目标：与写抽象的东西相比，写具体和可视化的东西在制造令人着迷的、聚焦的效果方面，具有更大的灵活性。从某种意义上说，你是在写你所知道的。然而，在这个过程中，你可以发现更多的东西，你可以学会让这种感觉去揭开你认为你所知道的东西的奥秘。

主题和说话方式

诗人约翰·雷德蒙认为，许多创作新人通过写他所谓的"套路诗"（default poem）将自己限制在了框架里："一个简单的抒情诗公式：一个'自我角色'，描述这一角色的精神状态和感觉，就像隔着咖啡桌与读者聊天一样。"（2006：17）他是对的，当代诗歌当然可以更具冒险性或者进行更大胆的处理——在诗的表达方式和它要对谁说方面。可以指出的是，从历史上看，诗歌并没有以特定的语体风格表现自己；而对于目标读者，它们也像是一盘大杂烩。众所周知，它们以招摇、诽谤、狂欢、轻快、吹嘘、玩乐、信口开河、愤怒和引诱出名。如果你想探索这种可能性，打开《诺顿诗集》（NP，参见前言）去阅读，然后分别试着模仿拜伦勋爵的《唐璜》（*Don Juan*）（节选，837）、约翰·威尔莫特·罗切斯特伯爵的《模仿歌》（*The Mock Song*）（552）、克里斯托弗·斯马特的《羔羊颂》（*Jubilate Agno*）（节选，678）、罗伯特·彭斯的《马莲筝儿青又青》（*Green Grow the Rashes*）（747）、沃尔特·惠特曼的《自我之歌》（*Song of Myself*）（节选，1060）、爱德华·李尔的五行打油诗（1041-1043）、罗伯特·弗罗斯特的《家葬》（*Home Burial*）（1228）、狄兰·托马斯的《不要温和地走进那良夜》（*Do Not Go Gentle into That Good Night*）（1572）和约翰·多恩的《致他上床的情人》（*To His Mistress Going to Bed*）（312）。

对于一首诗来说，让它变得有意义的，是这首诗是什么，而不是这首诗说了什么。这也适用于诗的主题。正如上面的例子所示，诗歌并没有主题限制。然而，最重要的并非你写的是什么，而在于你写的方式。此外，因为诗歌需要创作多稿才能趋向完美，这就涉及一个问题——你如何不断改写你的诗。比方说，如果你用华丽的辞藻写一首关于西红柿的诗，会比写一首立意高远但技艺拙劣的关于焦虑的诗传递出更大的能量。你可能会说，以诗为平生志业的人太少了，因为太多的人在趁火打劫，或者把诗歌当作一面镜子，让它们低声诉说自己的感受。

另一个问题是，一些创作新人经常会被教导，要透过实质上过于严肃和个人的视角来看待诗歌，他们还被教导说诗歌与传达真理有关：诗歌只传达完整的真理，除此之外，再无他物。之所以会形成这种联系，一部分是因为诗歌和口语间的紧密联系；另一部分是出于某些诗人、批评家和教师的鼓吹；还有一部分原因是在某些文化中，诗人确实被尊为社群的萨满。当然，好的诗歌会捕捉某些最基本的真理，或者让这些美好的品质通过特定的修辞语言折射出来。举例来说，精确而有趣的形象就像是一面棱镜，一遍遍地折射由观察所发出的光束，即便所有这些意象都只是在颂扬诸如番茄味的番茄这样的平凡之物，就像巴勃罗·聂鲁达那首关于同一主题的著名颂歌。

塑造语言

形式

你对诗歌形式和诗歌结构所做的选择，必然会影响你对诗歌的理解。如同小说的形式一样，甚至是在还没开始阅读时，读者就已经在自己的脑海中对它们产生了期待。假设你被蒙上眼睛，有人给你一个形状像是酒杯却盛着清水的容器。由于器皿的形状，你的大脑会怀有期待，准备去品尝美酒——更确切地说，是某种葡萄酒或香槟。而当你品尝第一口时，你大脑中的某个部分仍保留着这种对美酒的预感。

诗歌也是这样：它的形态会让读者期待某种与这种形态相关的体验，哪怕这个容器中盛装的文字平淡无味。这里有两个例子：一首十四行诗会让人产生与俳句截然不同的期待；三十九行的六节诗与同样长度的三行诗节的韵味也迥然不同。但诗歌形式并不是被动地塑造语言的容器。正如西奥多·罗特克所断言的那样："'形式'不是一个可以被视为需要填充完整内容的模具，而是一个用来截留某些材料的筛子。"（Kinzie，1999：345）对于作家来说，每次以某种形式写诗，就像将碎玻璃熔化和重新吹制。

我并不会在此一一介绍有关格律和形式的例子，而是推荐一些有关诗歌形式的优秀书籍，以及引导大家在《诺顿诗集》（2027）或《诺顿英国文学选集》（NE2；2928）中对有关这些问题进行简单验证。据我的经验来看，对于作家来说，最清晰、最透彻的文本内容是一本专为"有抱负的诗歌读者……"而写的书（这本书或许对我们所有人来说，都是了解诗歌的一个好起点），即保罗·福塞尔的《诗的格律与诗的形式》（*Poetic Meter and Poetic Form*，1979）。

自由体（free verse）

自由体其实并不自由。它不能解放一个国家，也不会打开任何一座监狱，而写好一首自由体诗往往比用固定格式写诗要难得多。"自由体诗"中的"自由"指的是从固定的格律和韵律模式中挣脱出来，但自由体诗的作者仍会使用头韵、比喻和意象等诗歌技法。正如詹姆斯·芬顿所说：

> 自由体诗看起来似乎非常民主化，因为它为一些作家提供了接近诗歌的自由，所以那些蔑视自由体诗的人总是容易被谴责为精英主义。自由体诗这样开放的形式，就像一块大家共有的土地，所有人都可以在上面放牧，而不是像其他形式的诗歌那般被侵占的地主们封闭起来……如果土地看上去已处于过度放牧的状态，人们就可以在自由体的土地上继续自由地前进。（2002：107）

其实，对一种事物的陌生感会滋生对这种事物的轻蔑。如果一名诗人对某一诗歌形式报以无法自拔的对抗情绪，这通常标示着他并没读过太多的诗歌。自由体诗源远流长，和盎格鲁-撒克逊诗（Anglo-Saxon verse）一样古老。接下来，我想谈谈自由体诗的写作问题。自由体诗可以写得相当出色，但我认为好的自由体诗比好的格律诗更难写。最好的情况是，旧体诗和新诗（至少形态上是新的诗歌）两者间不存在分离感。芬顿还指出，戴维·赫伯特·劳伦斯是一位杰出的自由体诗实践者，他的无格律诗显然好于他的格律诗（参见 NP：1284）。在他诗歌的终点和散文的起点之间，存在一片无主之地。有关模仿的例子，请阅读《蛇》（*Snake*）（参见 NP：1286）和《巴伐利亚龙胆花》（*Bavarian Gentians*）：

> 给我一枝龙胆花，给我一支火炬！
> 让我用这枝花那蓝色、分岔的火炬给自己引路。
> 沿着那越来越黑暗的楼梯下去，蓝色越来越暗。
> 甚至去那冥后去的地方，就在此刻，从降霜的九月
> 去那看不见的王国，那里黑暗在黑暗之上醒来……

（ND：1291）

音节

你现在可以试着用音节来写俳句——一种有十七个音节的三行诗，每行的音节数是"五—七—五"。请先阅读这首关于"金翅鸟"的诗：

> 她身姿轻盈
> 樱桃冬青龙葵动
> 飞洒似流水

这首诗第二、三行之间的断行，"动"了诗歌中的龙葵，因为鸟儿从龙葵上飞走了。俳句是一个微小的开放空间，它经常被用于记录精确的、带有共鸣的观察。音节作为一个整体，是一种以恒定和连续的模式，通过使用严格数量的音节来组织你的诗歌的方法。第五章"被发现的诗"中的《欧洲落叶松》就是使用音节来完成写作的。当然，不止音节，韵

律也可以被精妙地使用，例如玛丽安·摩尔那些关于音节的杰作（参见NP：1328）。

音节和感官

选择一个地点作为你的主题，例如一所学校、一座教堂、一座城镇、一家商店、一家餐馆、一座山。就这个主题进行自由写作，然后把你写的东西变成七行诗，每一行有七个音节。选择一种情感作为你的主题，例如爱、嫉妒、愤怒、悲伤、仇恨等。对这些选定的情感提问，然后用诗的形式回答（不要提到情感）：它是什么颜色？可能是一种什么动物？今天天气怎么样？那是一天中的什么时候，为什么？它闻起来/听起来/看起来/尝起来/感觉像什么？把你的答案变成一首每行有七个音节的七行诗。最后，将这两首诗组合到一起，写成一首七行诗，每行七个音节。

目标：我们需要精简掉每首诗的百分之五十的内容。这是一种有关精确模式的练习，知道什么地方该去除，让两种想法相互对立，并从这种压力中获得全新的飞跃。

颠覆格律

颠覆格律是结构碾压主题式诗歌创作中的一种有效的工坊练习。尽管如此，创作新人在向格律形式宣战之前，最好很好地掌握了至少一种格律形式。一首诗的结构，可以讲述与诗中文字完全不同的故事。虽然在主题上，当下的十四行诗通常与爱情相连，但一首不错的关于当代战争的十四行诗也会以主题突袭并颠覆这种形式。当然，一系列激进的打油诗同样会把这种形式翻个底朝天。

写作游戏

暗黑五行打油诗

阅读爱德华·李尔（NP：1041）的打油诗。以最黑暗或最禁忌的人类行为为主题，或者选择一些通常以其他更"严肃"的形式表现的主题，比如绝症，写十五首严肃的打油诗。你可以通过大声读给别人听来测试一下效果，如果他们没有笑，那就说明你成功了。

目标：一些诗歌形式，如打油诗或八行两韵诗，可以与幽默的表达方式联系在一起。通过颠覆主题内容，你可以从形式上引入一种张力，这种张力既能激怒读者，又能强迫他们接受。

形成序列和集合

短诗有时会以系列的形式，由一个或多个如叙事方式、形式或主题之类的线索串联起来。这个统一体并非毫无摩擦：这些短诗可能在某些方面彼此不谐。例如，每个部分都可能采取不同视角，它们按序排列而成为一个整体，就为多样性提供了舞台。更进一步说，有些诗人会仔细整理他们的诗集，使其中的诗歌无论是作为单独的个体，还是作为一个整体，都能在某种程度上彼此合鸣，并与书名产生共鸣。这样一来，这本书本身就变成了一种诗歌形式（不过你应该注意到，许多读者只是简单而自然地"浏览"了一下诗集，而不是像阅读小说那样沉浸其中）。

带着这种最终将它们整合在一起的念头阅读你的诗歌。看看是否有几首诗存在相同的关注点，甚至相同的意象，以及它们是否可能被以某种方式连接成一部更有力量的作品？诗与诗之间的声音是否存在主基调，如果把这些诗歌按一定的顺序排列，是否会更清晰？通过对你的诗歌进行洗牌和重组，看看是否有某种叙事线索贯穿其中，以及对你的课程作品集或第一本诗集来说，它可以成为一个有效的序列或者最好的顺序吗？如果确实如此，那么什么标题可以阐明这种联系，甚至挑战或颠覆这种联系？

个人文集

正如我们在第四章中所讨论的那样，作家经常把他们的笔记本当作"摘抄簿"，用它来搜集令他们印象深刻的、感到新奇的、富有情感地向他们言说的或者对他们个人的创作有帮助的作品。在你已经搜集了至少200首这种类型的诗之后，将它们复制下来，然后以制作自己诗集的视角再次审视它们。是什么将它们联系在一起？它们主要是格律诗还是自由体诗？诗歌作者们的性别和背景都是什么？这些诗存在共同主题吗？试着以多种排列组合的方式为这些诗排序，让它们在这种顺序中与彼此交流；从读者的角度再读一读，确保诗歌排列的最终顺序是具有内在逻辑的。

目标： 这是一项很好的练习，它会让你以多视角审视诗歌，培养对诗歌的鉴别力。当你把自己的诗编成作品集、组诗或第一本诗集时，你会发现，这项练习让你受益匪浅。如果未来你成为一名诗歌编辑（许多诗人都是如此，即便时间短暂），这种训练将有助于你去做一本诗歌杂志或出版诗集。

与语言玩耍

你可以写格律诗，也可以写自由体诗，两者之间还存在许多新的变体。你可以写忏悔主题的诗，也可以写冷峻风格的诗。你可以写讲述故事的诗，也可以写那种锁定一个物体并把它表达得纤毫毕现的诗。你的任务是找到你想写的诗、你能写好的诗，以及除了你之外没有人能写的诗（如果你想成为诗人，而非"诗歌写手"的话）。

火山和钻石

你需要练习几种写诗的方法，直到找到一种最适合自己的写作方式。正如罗伯特·弗罗斯特所说的那样，主题和形式要"卡合"在一起。如果你缺乏大量的诗歌阅读，你就无法达成这个目的。这个世界上有数十亿首诗，每天都有成千上万首诗被写出来。其中大多数都是糟糕的，里面包含着陈旧的情感和意象，陈腐的或过时的写作技巧，平淡、不诚实或强迫性的表达，缺乏弹性或不恰当的形式（无论多么"自由"），以及平淡无奇的沉闷。

一座火山将数以吨计的火山灰和废物喷撒到四周，但这个过程也可能使碎石堆里生出钻石。你可能读了很多首诗来发展自己的鉴别力。这种"狼吞虎咽"式的做法塑造了——并非那么狭隘地——你对诗的品位。如果你发现自己对诗歌有一些成见，那便试着通过阅读更多诗歌和翻译诗歌来抛弃成见。诗的种类很多。圣诞颂歌、童谣、某些形式的祷文、歌谣、散文诗、蓝调诗和图像诗，所有这些都是不同种类且丰富多彩的诗歌。正如你将在第九章中看到的，有一些诗甚至看起来像油画一般，有些诗就像花园里的雕塑，还有一些诗仅以电子形式存在。

阅读、朗读和背诵可以帮助你区分诗歌的优劣，你可以将这种辨别能力运用在自己的作品中。区分诗歌优劣的最佳建议，正如诗人丹尼斯·莱维托芙所说：我们要一直读书，直到自己"被唤醒"。然后，你可能会觉得有必要在自己的作品中再现对诗歌的最初兴奋，因为被诗歌唤醒的读者想要尝试写诗完全是自然而然的事情。因而，你需要养成每天至少读五首诗的习惯，并为它们留出思考的时间（我指的不是五首俳句！）。当你适应以后，可以开始一口气阅读整部诗集，然后尝试用一周的时间阅读一位诗人的全部作品。

许多当代诗人只阅读同代人的作品，这限制了他们自己的文学探察力：这种自我设限的策略自然会降低作品的可能性。阅读需要回溯时间，也需要跨越语言。当你寻找到一种诗歌风格或文辞典范时，你的阅读量要比这种诗歌更广泛。正如我在第五章所指出的，一些小说家读诗是为了感知语言中压缩的声音的数理可能性。你甚至可以在一些非常奇特的文段中发现"现有诗"，比如博物馆标签或办公室备忘录。除此以外，一些小说和散文佳作也可以为你呈现诗的思想和语言。其实，最好的散文可以作为另一种类型的诗歌来读。正如诗人罗伯特·洛威尔所说，"我觉得最好的诗歌风格并不是众多英语诗歌风格中的一种，而是像契诃夫或福楼拜那样的散文"（Herbert and Hollis，2000：108）。可以从散文中借鉴的特质包括叙事感和人物营造。此外，通过观察一段好散文如何像诗歌一样张弛有度，你可以学会如何释放诗歌的张力，并找到自己的步调。

写作游戏

发现诗歌

你可以从一些鲜为人关注的材料中挑选出不寻常或特殊的散文，这其中可能包括标签、说明书、商业备忘录、科普读物、主题晦涩的杂志甚至是你此刻在读的这本书。接着，将这些散文自由地改编成诗行，但以音节计数作为唯一限制。举例来说，你可以把它拆分为三首四行诗，每一行有十个音节。然后，带着同样的想法读一些短篇小说，不过这次你需要创作一首篇幅更长的诗，再一次用音节数把这些小说变成诗行。别忘记在诗中或标题中的某个地方注明文章出处。

目标：我们在第五章中研究了如何从非虚构材料中借用语言的精准性。"现有诗"是一种优良的传统，但它看起来像偷窃。然而，正如艾略特提醒我们的，成熟的诗人惯于偷窃。写作总是在不断变化。有些人谴责自由体诗是"支离破碎的散文"。不过没关系，这个游戏教你如何正确地切碎它！我说过，诗歌是无处不在的，通过这个游戏可以帮助你看到许多不同类型的诗歌。

如同摄影也需要过度曝光那样，诗歌也需要制造辨识度。我要再次说明：火山爆发时喷涌而出的火山灰直冲云霄，但有少量的钻石被烧炼成形。同样地，你可能会写很多首诗，才能产出一两首精品。例如，请阅读唐纳德·霍尔的这首名为《逃离》（*Exile*）的诗（带脚注版参观 NP：1753）：

逃离

一个和我一起玩耍、聊天、读书的男孩
从枫树上摔了下来

我爱她，但我告诉她我并不爱她

我流泪，然后将此遗忘。

我走在我出生和成长的街道上

所有的街道都是新的。

　　这首诗的脚注告诉我们，该诗其实存在多个版本，还有一个长得多的版本已经出版。想象一下这钻石般坚硬的六行诗句周围，围绕着怎样的语言的灰烬和焦土。如果我们重温阿纳托尔·法朗士对于木工和创意写作所做的类比，我们就会说，这首诗的周围堆积着齐腰高的木屑。你可能会新写和重写很多不错的诗，直至它们令你满意，即使只是暂时满意。尽管如此，像唐纳德·霍尔那样，你仍然可能重写。编辑的剃刀在改写诗歌方面最锋利、最常用。如果这把剃刀闲置不用，结果可能会铲出大量的碎屑和灰烬。想想任何主要诗人的学术版全集以及其中钻石与灰烬的比例吧。然而，即便软弱、沉闷、乏味，诗歌仍是通往优秀写作的必经之路，尽管开始时两者的比例看上去有些可怕。让这个过程对你来说更容易接受的一个方法，是让它具有挑战性甚至是娱乐性，而玩形式和模式可能是最好的前进方式。

写作游戏

从长稿到删减文

　　回想你记忆中的一段经历，可能是引发你痛苦回忆的一个童年事件，也可能是使你成熟地看待自己的一段经历。接着，在你的笔记本上快速地做散文式的笔记，大概五页。以这些笔记为起点，用第一人称视角来描写这段经历，然后将这些叙事粗略地分割成行。连续撰写这份初稿两个小时左右，或者将其写到至少一百五十行。将诗稿放在抽屉里三个星期，然后拿出来，从头到尾地读一遍，把它删减到五行。行与行之间可能没有什么联系，但给它们一个明确的标题，它们之间共鸣性的联系便会变得清晰起来。

　　目标：一首强有力的短诗，即使是简短的（就如上文的《逃离》），也抵得上一百首无力的长诗。许多初学者不喜欢修改他们的作品，因为他们相信"最初的念头，便是最好的念头"。这种删除和辨别的激进训练，将教会你如何与你的诗稿保持距离，把它们视为潜在的而非最终的作品。你可以每周都玩一玩这个游戏，为短诗寻找素材和灵感。

诗的缘由

在文学历史的长河中，散文是青少年，小说是儿童，诗歌（像戏剧）则是古老的，但也生机勃勃。如你所见，诗歌是最早产生的，但这并没有让这种体裁变得更加高贵，当然，也没有让它变得更加微不足道。在我们的生活中，诗歌既是无处不在的，又是边缘化的。无论是过去，还是现在，诗歌都是言语的一部分，这为这一体裁提供了一种独特的文学流通感，以及一套与其他体裁完全不同的技巧要求，特别是在语言的声音和节奏以及它丰富多样的形式可能性方面。

如果你以诗歌创作为业，那么你自然会遵循这个职业的使命。但是，如果你并不以此为业，你依然还会有其他重要的动机去写诗。首先，我们生活在一个痴迷于视觉的世界里，正如我们在第二章中所讨论的，语言可能会被错用和滥用。但是，诗歌可以帮助你聆听语言中的音乐，并让你重新体会这种苦中作乐。其次，你可能会选择诗歌作为你文学学徒生涯的第一步。它通过语言磨砺技巧——尤其是精确性、措辞和意象——并发展你的思维，让你更容易转向不那么精简的体裁。正如夏尔·波德莱尔所说："请永远做个诗人，即使在写散文的时候。"你最终会获得语言的饱满，这种品质使诗人成为作家中适应能力很强的一类——许多优秀的小说家曾经是、现在是或正在努力成为诗人。最后，也是最重要的一点，诗歌的非功利性让它可以游离在图书市场之外。这就创造了一个开放空间，可以让诗人在其中享受自由、游戏性，亦可以展现出他们那些令人不可思议的整体性。

真诚之所

让我们来看看写诗的最后一个原因。大多数诗人不必一只眼睛盯着善变的读者，另一只眼睛盯着出版商的资产负债表。你可以花更长的时间来完成你需要写的诗。从这个意义上说，诗歌是相对干净的。你不需要在写作中"伪造"它，即便你戴着面具写作，或者呈现了一大堆声音。事实上，伪造真实的东西是不可能的。正如玛丽安·摩尔在《诗》（*Poetry*）中所写的那样（NP：1329）：

> 我，也一样，不喜欢它：在这一切骗局之外，还有更重要的一些东西。然而，带着对它彻底蔑视的态度阅读它，人们终究会发现，在它里面有一个真诚之所。

理查德·雨果（在这一章的引言中）暗示我们，自我的一些重要部分会在诗歌中流露出来。伊丽莎白·詹宁斯更进一步声称，"如果诗人的天性中缺乏同情心、精神卑劣、喜欢嫉妒或惯于懦弱，那么这些都会在他的诗中显现出来。如果你试图写严肃的诗歌，你就不能伪造任何东西"（Curtis，1997：16）。我对此不太确定，因为正如华莱士·史蒂文斯所说，诗歌也是一种最高虚构。然而，如果作为读者，这种创造性行为的品质吸引了你，那么作为作家，诗歌可能适合你，这仅仅因为它与你的品性相称。不过，请不要以为对诗歌的追求纯粹是一种严肃或认真的关注。

你可以在尝试写诗的过程中得到许多严肃的快乐，它并不需要花钱，只需要阅读、练习和实验就好了。在不危及他人生计的情况下，你可以被允许"再次失败和更好地失败"（显然，大多数诗人除了写诗以外，还会做其他事情来维持生计）。然而，正如我在第一章中所写的那样，行业对许多职业来说都很重要，写作的冲动和成为作家的愿望并不是一回事。鉴于诗歌的本质，这种呼唤可能会被放大。你真的应该被诗歌推动着坚持下去，只要你觉得写出好诗本身就是回报。即使是那些表演型诗人也有很长的学徒期，只有少数诗人才能取得明显的成功。接下来，我们转向作为表演的写作世界。

写作游戏

对经验进行改编

回忆一段生动的童年经历。把自己记得的事情列成清单，并将这份清单改编成一首短诗。然后，试着抹去你脑海中所有有关诗歌或写作的经历，写一段有关语言或阅读的童年经历的回忆。再起草一首诗来介绍这种有关语言的经历，并试着以一种尽可能还原这种体验的方式来写它。最后，尝试把这两首诗合为一首诗。

目标：据说诗歌都来自对自己经验的改编。上面两个小练习试图提醒写作者：我们与文字和语言的关系是多么独特和不可思议，以及写作者个人的阅读、倾听和写作在任何一首诗中是如何彼此紧密相连。

推荐阅读

如同小说一样，关于写诗的阅读手册也是琳琅满目，其中最好的当然是好诗人写的。根据我的经验，代表性的著作是米歇尔·博伊索和罗伯特·华莱士的《写诗》（Longman Pearson，2004），以及玛丽·肯齐的《一个诗人的诗人指南》（*A Poet's Guide of Poet*）（Chicago University Press，1999）。前者提供了一则出色而全面的介绍性文本，使想要成为作家的人免于受惑于神秘化或虚假承诺。后者为写诗的技巧问题提供了一个令人振奋且文笔优美的介绍。总的来说，它们为诗歌创作的方方面面提供了深入的解释和探索，并让读者在技艺和艺术审美上有所进益。金·阿多尼诺和多莉安·劳克斯的《诗人之友》（*The Poet's Companion*）（Norton，1997）提供了一项自信而全面的调查，特别是在题材的选择上。威廉·帕卡德的《诗歌创作的艺术》（*The Art of Poetry Writing*）（St Martin's Press，1992）和詹姆斯·芬顿的《英语诗歌导论》（*An Introduction to English Poetry*）（Penguin，2002）是简洁、清晰而又个人化的诗歌写作教程，它们让读者们感觉像是第一次遇到了这门技艺。约翰·雷德蒙的《如何写诗》（*How to Write a Poem*）（Blackwell，2006）是一部简洁的小杰作，其对一首诗的"技巧"和"设计"有着非常有趣的理解。彼得·桑索姆的《写诗》（*Writing Poems*）（Bloodaxe Books，1994）一直是许多英国新诗人的亲切指南。玛丽·奥利弗在《诗歌手册》（*A Poetry Handbook*）（Harvest，1994）中讨论了诗歌的精确性和诗歌中的声音。对于一名很少或没有读诗经验的写作者来说，这是一个很有用的文本。当然，如果你是以上人群中的可怜一员，你也可以通过阅读 X. J. 肯尼迪和戴那·乔亚撰写的《诗歌导论》（*An Introduction to Poetry*）（Longman，1998）来填补这一空白。如果你想要拥有更多对诗的热情，你会发现自己马上就被约翰·伦纳德的《诗歌手册》（*The Poetry Handbook*）（Oxford University Press，2006）中对于诗歌阅读事业的讲述所吸引。来自不同作家的两本引人入胜的书将向你介绍诗歌实践过程中产生的特殊心理：克莱顿·埃什尔曼的《蜘蛛同伴》（*Companion Spider*）（Wesleyan University Press，2001）和理查德·雨果的《触发之城：诗歌写作讲义》（Norton，1979）。如果你缺少写作游戏的训练，你会在罗宾·贝恩和蔡斯·特威切尔主编的《诗歌实践》（HarperResource，1992）中找到一座露天矿。一些基于形式和设计的写作游戏可以从许多书中获得，尤其是马克·斯特兰德和伊万·博兰的《诗歌的创作：诺顿诗集》（*A Norton Anthology of Poetic Forms*）（Norton，2000），这两位优秀诗人在书中讨论并展示了诗歌的形式。保罗·富塞尔的《诗歌格律和诗歌形式》（*Poetic Meter and Poetic Form*）（Random House，1979）是对诗歌历史风格和实践的有力介绍，并提供了一些独特的例子。罗恩·帕吉特的《诗歌形式手册》（*Handbook of Poetic Forms*）（2nd edition，Teachers and Writers Collaborative，2000）介绍、解释和讨论了 70 多种传统和现代诗歌形式，并附有例子和变体。杰弗里·温赖特的《诗歌基础》（*Poetry：The Basics*）（Routledge，2004）提供了一系列一目了然且有说服力的例证。约翰·霍兰德在其简明却经典的《韵律缘由》（*Rhyme's Reason*）（Yale Nota Bene，2001）一书中，对诗歌韵律与形式进行了全面考察，并轻松进行了例证。蒂莫

西·斯蒂尔的《所有乐趣在于如何讲述一件事：对格律和诗韵的解释》
(*All the Fun's in How You Say a Thing：An Explanation of Meter and
Versification*)（Ohio University Press，1999）则提供了一个严谨的综
述。德里克·阿特里奇的《开放但一丝不苟的诗性节奏》(*The Open-
minded but Scrupulous Poetic Rhythm*)（Cambridge University Press，
1995）为节奏和韵律提供了强有力的介绍。一些网站允许你体验其他
"形式"的诗歌，包括电子诗歌（见第九章）。电子诗歌中心是电子诗歌
开始的地方（www. epc. Buffalo. edu）。听人大声朗读诗歌可以让你体验
和理解他们的全部表演，但你所在的区域可能没有这些视听材料。很多
网站都有关于诗歌的有声材料，美国诗人学会（www. poets. org）和诗
歌档案馆（www. poetryarchive ve. org/poetryarchive/home. do）提供许
多在线音频、当代诗人写作的文章和关于当代诗人的文章，以及其他诗
歌网站的链接。市场上有很多韵律书。韵律往往通过共鸣和期待，而不
是叮当作响来吸引人。因此，最有用的资源是《牛津韵律词典》(*The
Oxford Dictionary of Rhymes*)（Oxford University Press，2006），它
的基本结构更多地强调间接押韵、声音的侧轨和回声。它的押韵词表不
仅融合了传统/古代与现代/当代，还引入了地名和科技术语。最后，普
雷明戈和布罗根的《新普林斯顿诗歌与诗学百科全书》(*New Princeton
Encyclopedia of Poetry and Poetics*)（Princeton，1993）是一本厚厚
的、面向职业诗人的权威手册——它就像一个书挡，放在你已经卷边的
同义词辞典和字典旁边。

第九章　表演性写作

　　我发现进入那座魔法蚁丘比我想的要容易得多——那是一个除你以外的其他人也会将你视为作家的地方……或许是一家坐落在摇摇欲坠的工厂大楼里、名为"波希米亚大使馆"的咖啡馆，诗人们每周一次聚在这儿大声朗读他们的诗歌……这与戏剧表演是全然不同的。他人的文字可以成为一种掩饰或伪装，但站起身来朗读自己的文字——如此暴露的姿态、如此让自己出丑的可能性——让我感到不适……你如何知道自己是否达标，成绩又是多少呢？

　　　　——玛格丽特·阿特伍德：《与逝者协商：布克奖得主
　　　　　　玛格丽特·阿特伍德谈写作》（2002：21）

- ◆ 演讲与表演
- ◆ 声音练习
- ◆ 朗读技巧与音乐
- ◆ 作为一种概念的表演
- ◆ 电子表演
- ◆ 推荐阅读

所有的写作都是一种表演。风格演绎我们的声音，语法和措辞构成语言。正如我们前面讨论的，创意写作的首要乐趣便在于过程。然而，一本书一旦出版，就不再以同样的方式吸引它的作者：封面的收束使之几乎成为一个封闭空间。作者想要摆脱一些过于熟悉的事物，想要继续前进到另一个开放空间，这通常意味着另一本书。然而，就其创作来说，一本书的创作历程在当时就是一种演出：它是练习过后在纸页上进行的即兴演出。就此，对于作品的再表演就为我们提供了另一个重温此类即兴时刻的机会。表演使文字回归声音，传入耳中，甚至将文字重制为雕塑和电影。本章将着眼于三种表演模式：公共活动与公共朗读；作为概念艺术与公共艺术的表演和其他艺术形式的交叉；电子表演。

演讲与表演

魔法蚁丘

表演性写作和戏剧一样是一种艺术形式，两者同样要求作者重视细节。然而，正如玛格丽特·阿特伍德敏锐指出的那样，它与演戏又是截然不同的。作为一名创作新人，你需要找到一个地方，在那里，除了你自己、你的导师和工坊成员，其他人都会将你视为一名作家。这里就是由写作、表演和出版组成的"魔法蚁丘"，它既关乎你的作品是否能得到同行作家、读者和听众的认可，也关乎你的自信和你作为作家的那张许可证。如果你想为自己的声音找到一个开放空间，就必须投入表演中。

创作新人必须为自己创造读者，而向听众大声朗读在世界各地都是一种古已有之的做法。与写作的世界一样，文学表演的世界就像"魔法蚁丘"一般遍布着工蚁、兵蚁与雄蚁，它们分别承担着建造、守卫与繁衍生息的职能。正如我们讨论的那样，写作教学也可以具备一定的表演性。但是，对写作工坊来说，好的教学应更多着眼于学生的写作而非教师的演出，即使好的演出对课堂上的作家们来说是有益的。

当然，已出版过作品的创意作家们往往会进一步宣传自己出版的作品。作者们将作品装订成册，向读者大声朗读，以此将封闭空间转化为开放式表演。即便部分听众是因对你的长相和声音好奇而成为你的读者，但他们作为听众的看点和作为读者的看点不尽相同。出版并不意味着一切，宣传书籍只是表演性创意写作的一小部分。没有成为著名作家，你也能公开表演自己的作品，不过你不太可能因此得到报酬。

作为读者的听众

一本书或类似系列作品的完成对作者来说是一种终结，但对读者来说却意味着更多的可能。现场表演能使作品获得某种临时性。在现场表演的过程中，作者的语言通过口头表演跳脱了书本；听众将作者当成了作品的信使，而非单纯的信息生成者。从这个意义上说，当你站在听众面前时，你也正在被他们阅读。

听众接收到且理解的内容中，仅有 12％ 是由他们所听到的词语构成的，其余部分皆来自表演者的肢体语言、着装品位以及情绪语调。我们可能会出洋相，但也发掘了表演作为进一步开放空间的潜力。在这个开放空间里，创意行为可以长出羽翼而尽情飞翔。因此，虽然现场朗读可以仅作为一种宣传方式，但其本身就是一种娱乐活动，或者说是一种艺术形式。现场朗读也可以作为一种途径将某个社区或社会团体通过一定的表演准则联结在一起，就像穆沙勒（Mushairas）和斗诗会（slam）。

对音乐会来说，音乐是第一位的；对写作表演来说，文字总是第一位的。我们可以像音乐家准备音乐会一样细致地准备朗读会。首先，我们应做到（和写作一样）简洁明了；接下来，将听众引入作品之中（正如通过写作的风格技巧吸引读者）；在努力创作出兼具自然特质与演讲特性的作品之后，我们需要尽力确保这些特质能被听到的与它们能被读到的一样多。如果我们在新的小说或诗歌中进行了听觉和乐感方面的创新，又或者我们的作品需要明确传递某些"声音"，那么练习也是必不可少的，对话就是最简单的方式。以上这些都需要练习，但不要过度。你会发现：以作家的方式阅读自己的作品，和以演员的方式朗读自己的作品是有很大不同的。

现场表演就是要相信语言的真实性。即使是优秀的演员，也会由于过分强调文学作品的戏剧性而导致传达的方式过于紧张急迫，好像生怕丢失什么重要的信息那样。其实，听众也是读者。就像书籍的读者一样，听众是主观能动的。如果你让听众无事可做，他们就会感到无聊和尴尬。

有些演员不相信诗歌和故事是可以被讲述出来的。他们似乎没有意识到，一首好诗或一个精彩故事的语言中早已包含许多隐藏的电荷，每一个电荷都在大声说出时被引爆。也许这是因为他们知道（正如我们在第四章中提到的）一项具有说服力的表演能够提高那些本不达标的作品的质量。相反，做作的朗读会让我们的作品看起来不真诚，这种"不真诚"并非表现在意图和内容上，而是表现在语言上。这很有趣，但也非常可怕，诗歌和故事会在这种不真诚的转化中迷失自身。演员们必须学会相信写作，明白写作和戏剧并非某种无法相融的关系。创作新人们可能也会这样做。至于诗人，玛丽·坎齐提醒我们关注这一点："在有声朗读诗歌中长期存在两个错误，即唱—诗和把诗歌当成散文来读。"（1999：486）。

创造听众

我们必须承认，在一些人的生活中，书籍并不怎么重要。但这并不意味着我们将对这些人置之不理。这些人尚未选择进入创意写作的世界，我们更应该尽己所能地向他们敞开创意写作的大门。一些创意作家和推广者认为创意写作这种艺术形式是一个封闭空间，否认其具有娱乐性。这种观点排斥笑声与一般的愉悦反应，并以现场文学的受众是小众精英这一事实为傲。上述创意作家和推广者认为写作或许的确具有教育意义——甚至是一种创新——但它不能扮丑，不能只是给现场听众制造狂喜。可是，是谁规定了优质的文学不能是娱乐的分支？狄更斯或莎士比亚这么认为吗？新的创意作家需要重塑创意写作的世界，在这个世界里，优秀的文学作品应该吸引读者，而不是轻视读者。

文学推广的部分问题在于，我们拥有创造材料的想象力，却没有将其转化为表演的想象力，这部分归因于我们已在特定环境中生活得太过安逸。许多文学活动都是在适合演讲的场所、自觉先锋派场所和专门的文化场所举办的。这些都没有问题，但要考虑到这一点：你的作品很可能正在拓展写作领域，在文化意义上，这个领域对创作新人来说，不过是一方小小的池塘。你所做的可能是向皈依者布道，你的听众仅限于自己的同学和导师。去街头剧场中学习吧——在公园或购物中心等非正式场所进行一次"自发"的文学表演。当然，你一定要遵纪守法（开个玩笑），人们会欣然接受的。你的实践会被铭记，作品也会在人们心中留下印记。谁能预测这样的行动下一步会把他们引向何方呢？如果表演性写作对你来说是一个可行的方向，那么下一部分将介绍一些基本方法，帮助你充分发挥自己的潜能。

声音练习

舌之箭

在绝大多数情况下，你会站着表演而不是坐着。在进行表演之前，去一个私人空间，站直，伸出手臂，最大幅度地伸展它们，然后做一个深呼吸。接着让你的手臂缓慢地从身体前方下落，同时慢慢呼气，弯下腰，双手尽可能地向下伸展。此时，你的肺部几乎没有残余的空气。现在，用同样的动作再次向上伸展，重复练习。第三次向下伸展手臂时，轻轻地摇摇头，同时放松嘴唇和口腔。继续这样做，直到你的整张嘴和下半张脸都放松，呼吸均匀而饱满。最后将双肩往后伸展，身体站直。给胸腔留有更多的空间能让你的朗读优于平常。

定期练声。不论是否使用麦克风，你都需要这样做。演员有许多此类练习，但这一个是写给作家的：你的呼吸、身体与声音三者应成为一体。首先，进行上面的放松练习。然后，和你的工坊成员或班级成员一起站在房间里。随机抽取莎士比亚的一句话，应当是一个相对简短的句子，如"我要像天鹅一样，在歌声中死去"。接着，每个人都要走到房间的各处大声重复这句话，然后自然地举起一只胳膊，就像有什么在黑暗中引导着一样。现在，停止走动，将这个短句从一个人传递给另一个人，慢慢举起手臂指向下一个要说出这个短句的人，让短句在众人之间的空气中流动。

轮到你说短句时，先深吸一口气，举起你的手臂，保持静默，然后开始慢慢吐气，片刻后，在剩下的吐气过程中说出短句，让呼吸与声音融为一体。试着让这句话平稳而清晰地传到房间的另一边，让下一个说话者能听得清清楚楚，就好像其站在你旁边一样。这句话不是从你的嘴里悄悄说出来的，你不是在喃喃自语。你要将横膈膜向上推，用胃部下方的横膈膜来控制呼气，当然，同时也要控制短句的声音投射。英国皇家莎士比亚剧团的配音总监西塞莉·贝里在《你的声音以及如何使用它》（*Your Voice and How to Use It*）一书中说道：

> 当你随着呼吸发声时，整个胸腔将产生振动和共鸣，并帮助发出声音……整个身体都成为声音的一部分，赋予它厚实、稳重和锐利的特质……声音会自己迸发出来——就像射出一支箭。（2003：31）

池塘和语流

许多创意作家习惯于躲藏在书和手稿的纸页后面。他们只读稿子而不面对听众，和听众产生了不必要的距离，使得声音无法传达给对方。在朗读之前，先看看听众吧，你还可以与一些听众交谈来打破沉默，获得听众支持。当你朗读时，要有规律地抬头看看，甚至可以与一到两位听众进行片刻的对视。在朗读过程中，请至少将每一位听众都看一遍。

在朗读时经常抬头看听众的作家是非常吸引读者的。要做到这一点，你必须提前浏览文本（如果你还没有牢记内容的话）。读一个故事时，你在开口前要提前看完至少一个句子；念一首诗时，你要在开口前提前看完至少两行。这样，你就有时间与听众交流，并有机会思考如何构建出特别的句子与诗行。这还可以避免受一些意外影响而误读、混淆字行。

有四种演说方式可以起到与"抬头看听众"一样的效果。如果将言语比作水流，那么它们就是这水流途经的平静池塘。第一，在朗读过程中运用沉默。即使是一小会儿的停顿也会让听众屏息，当你重新开始说话时，他们就会听得更加认真。所以，有规律、有意识地运用沉默吧。第二，改变音调。音调的变化能够让听众保持兴趣（一直保持同种音调则会让人感到无聊）。第三，在朗读、评论的片段之间改变语速。如此能够保持听众的注意力。第四，尽可能自然地变换音量。适当停顿、抑扬顿挫地朗读、改变语速和音量，这些不是矫揉夸张的把戏，而是能在无意识中引导一段和谐交流的经典节奏把控法。就拿沉默来说，它让听众有时间做相应的心理上和情绪上的准备。

双脚平放在地上站好。当你朗读的时候，尽量保持双脚不动。紧张感会通过脚底传递，而踩在平坦的地上能够让你感到踏实和安心，这是演员和政客的常用技巧。保持静止，意味着你不会因为肢体语言或恼人的手势而分散观众的注意力，这样观众的注意力就会集中在你的嘴和你的声音上。当你朗读时，一定要像新闻播音员那样运动整个口腔——舌头、牙齿和嘴唇都必须动起来——这有助于你进行清晰明了的表达。清晰度和可理解性比表达本身更为重要。

创意作家做声音练习的目的与演员或专业演讲者是一样的。这样做并不是为了纠正声音，而是为了让你的语言更加自然流畅、张弛有度。如果你发现自己的嘴在演讲时会很紧张甚至不受控制，记住这个技巧：向下移动下颚，并使之保持在一个位置上。这对消除嘴部和下脸部的肌肉紧张大有裨益，甚至可以缓解怯场以及因此造成的结巴（也许你有点结巴，就像本书作者以及其他许多作者一样，但它并不妨碍你完成表演，甚至常会在表演时"痊愈"）。

参加他人的朗读活动

正如我在第一章中提到的，如果你对其他作者的作品都不感兴趣，别人又为什么会对你的作品感兴趣呢？创意写作的现场表演也是如此。通过参加新书活动和现场朗读活动，你可以观看、聆听、模仿其他作家的表演，在这个过程中学习。这里有各种各样的表演实践，从拘谨派到自如派，从业余者到领头人。观看这些表演，记下对你和你的听众来说有用的东西。你会开始意识到，在工坊里向自己和朋友朗读作品是一回事，向一群陌生听众朗读则是另一回事——他们要求更高。

写作游戏

魔法蚁丘

这是一个小组游戏。选择那些对创意写作的定位和目标更为苛刻的场地进行表演，或者在现实生活中制造一个情境来表演（这种表演的惊喜之处在于它的突然性和自发性，但需要提前进行周密的计划）。比如，你可以将表演带到市中心学校去，也可以申请在监狱、游乐园、工厂、列车、公园、购物中心等地方表演。如果你想做一个不需要寻求官方许可的公开演出，就在人们意想不到的地方表演吧，电梯、街道、公共交通工具、科技园、体育馆、医院或机场的等候区……以班级为单位创建一个本地表演地点列表，然后写场地许可申请书，或者为你的"自发"表演做计划！

目标： 在本章引言中，玛格丽特·阿特伍德描述了她如何首次进入"魔法蚁丘"——"一个除你以外的其他人也会将你视为作家的地方"。你的任务是创造一个这样的私人空间，并在这里定义、发展创意写作表演。

朗读技巧与音乐

一种魅力

以尽可能冷静、严肃的态度对待自己的活动。好的朗读活动有一种魅力，你所有的计划和准备都是为了让它能够实实在在地散发出这种巨大的魅力。在引言部分，你可以解释选择这些作品的原因并介绍你要说的内容。像剧作家一样，你或许盼望着为某部作品创作一个"表演版本"。但是，直接将文字转为声音可能效果不佳，因此，你可以用一些有关作品创作的趣闻来吸引听众，这部分必须简短，否则这些趣闻听起来可能会比作品本身更有意思。这些题外话是值得的，人们喜欢玩笑和轶事。不要夸大任何东西，也不要过度解释任何东西。学会控制自己，要轻描淡写地谈谈你作品的重要性。朗读小说或非虚构创意作品时，可以读一些节选来调动读者的好奇心，也可以读一些有趣的部分让听众放松。朗诵诗歌时，选择那些能与你的声音产生强烈共振的诗歌，不用为了求稳而选择一些简单幽默的作品。对于你的选择，听众自有他们的应对方式。如果你所选的诗歌语言密集，又或诗歌精华的一部分在于它的形式，可以考虑发一份副本给听众。你需要知道你的朗读时间有多久，注意不要超时，在恰当的时候退场。让听众意犹未尽总是比被厌倦更好。

表演空间

观看表演的受众是处在自己的维度中的，但是，不论是作家还是听众，都会在表演当下受到表演空间的影响。如果可以的话，将表演空间利用起来吧，比如在表演前进行简单的预演，在听众进场之前坐在听众席上感受表演的效果。如果你想将音乐或视觉展示作为表演的一部分，在朗读开始前做好安排、设置和测试设备是至关重要的。但是，再想想你的表演真的需要这些吗？如果你不能做到非常专业，那就让表演保持简单。

一套模板

当你开始朗读时，你需要有一套表演"设定"，这套标准可以根据需要而调整以适应不同的情况。假如你是一位诗人，熟背诗歌总是比念稿子要更好，因为前者使它们看起来就像是日常生活的一部分。让作品拥有一个表演版本在刚开始时是非常有用的，但在免除了手稿和书页的限制之后，作者在表演的这一开放空间中就有了更多的自由。你会希望作品能富有变化，例如添加或删除一些词语、段落、章节，以服务于不同的时长、场地与听众，就像流行乐手和爵士乐手习以为常的那样。你甚至可以在现场即兴创作诗歌或故事，根据听众的提示自由发挥。再有甚者，你可以让听众也搞一些创作。

冷开场

在创意表演的策略中，有一种即兴创作的方法是"冷开场"。一些电影和电视剧的开场情境会向观众直接展示某些行动，这种方法不仅能够瞬间吸引观众的注意力，还能让观众了解故事背景，跟上故事节奏，同时也能介绍主要角色，调动起观众的情绪，建立观众的期望。带着这样的练习意图开始你的朗读，从一个较长的片段开始，过一会儿停下，转而用更为传统的方式重新朗读。对表演诗人来说，这只是吸引听众的例行操作；但对文学作家来说，这也许就是你需要的东西。以上提到的文学"游击战术"——背诵、口述、听众参与、变化、即兴创作、冷开场——会帮助创意写作吸引更多读者。

一条无声之规

请记住：参加这样的活动和去看电影可不一样。一些听众会觉得文学作品很难读，对于这种现象，如果你的作品的语言是形象而充实的，那么你的评论就会为听众提供片段与片段之间的喘息时机，让听众有时间吸收他们所听到的内容，并为下个片段的聚精会神做准备。这类活动有一条无声的规则：听众们付出了时间和金钱来到这里成为你的听众，承担文学艺术家角色的你至少要相信他们做了一个正确的决定。听众们往往是决心来享受这个活动的，即使作品和演讲还有许多不尽如人意的地方。我们的任务就是要协助营造这种"享受"的错觉，让这一时刻鲜活起来。

如果一名作家决心自己当自己作品的听众，在朗读作品后发表评论、炫耀个性，那么这条无声的规则就会被打破。听众角色的缺席并不利于活动的开展。想想其他艺术表演形式，比如舞蹈和戏剧中演员自我关注的情况吧，我想不会太多。了解独奏家、弦乐四重奏或管弦乐队的演奏方式，学习他们的决心和专业精神。如果鼓掌是被允许的，那么掌声应该安排在活动的结尾，除非那是听众自发的。当你朗读时，听众的沉默或许意味着全神贯注，但要小心，它也可能是无聊的信号。

加点音乐

诗人往往比小说家表演得更好，这一事实得到了表演艺术家们的普遍承认。这是由于诗人无法仅靠作品来谋生，因此为了生活，他们必须比小说家更加频繁地练习。此外，朗读本就是诗人的领域，因为诗歌主要是一门口头艺术。然而，如今带着潦倒游吟诗人的技巧而踏入小说创作领域的诗人比以往任何时候都要多。同时，包括小说家在内的作家们对将音乐融入文学表演越来越感兴趣。作家们在故事或诗歌表演中融入音乐，或是合作者专为演出而作的原创音乐，或是从现有音乐家的作品中取样。或许，你也想要在自己的作品中做一些音乐尝试。

在斗诗会上，诗人们将口头故事和诗歌结合在一起，有时还会在感染力和竞争性极强的表演中融合现场音乐。他们的尝试吸引了大批有欣赏力的听众。如果你会演奏乐器，或是有一副好嗓子，可以考虑在表演中加入自己演奏的音乐或演唱的歌曲，以突破你的表演"设定"。你甚至可以作曲（由他人在舞台上演奏），让表演的情绪层次和意义内涵更加丰富。

穆沙勒

前几节展示了对现代西方文学表演的描述。除此之外，穆沙勒在巴基斯坦和印度是非常普遍的大型活动，被认为别具文学性与理性。在过去的 200 年间，印度次大陆的诗人们一直在公共朗读会上进行着激烈的比拼。穆沙勒的广泛影响来自各种活力的结合：听众对文学设计和诗歌形式的了解、听众对诗人的尊重（通常表现在听众对高质量作品的加演请求上）、朗读会作为整体诗人团体社交场合的实际作用。穆沙勒曾是一项文雅的活动，但它们正迅速发展，诗人在其中引入了喜剧、歌曲，还融合了歌唱和滑稽元素的具有电影风格的节奏诗（filmi shairee）。创作新人要考虑举办这样的活动，或采用西方形式，限制于特定诗体进行作诗比赛，如维拉内拉诗（villanelle）、十四行诗、叙事诗等。

　　穆沙勒结束后，听众并不会马上离开，而是会聚餐庆祝当晚活动的成功举办。穆沙勒有各种类型，古吉拉特语（Gujarati）和乌尔都语（Urdu）的穆沙勒常关注特定的诗歌形式，如加扎勒情诗（ghazal）、吉特诗（geet）、卡瓦力诗（qawwali）等。这类穆沙勒是对诗人掌握某种诗歌形式的才能测试，类似于威尔士艺术节对诗人进行威尔士诗歌头韵和韵脚复杂体系（cynghanedd）的掌握能力测试。本·琼森曾说："一张口，你就能了解我。"每当诗人在穆沙勒上作出一句令人惊叹的加扎勒诗或政治讽刺诗，听众就会站起身喝彩并将它回敬给诗人，诗人会谦虚地重复一遍这句诗再继续下面的内容，同时明白诗句已经被听众真正地听到了。

写作游戏

富有创意的观众

　　与班级或写作小组的所有成员一起进行表演写作。为这次表演选出一个导演，然后小组讨论决定要表演的作品，并设法通过大声朗读以及运用不同的即兴创作方法来提升作品的效果。你首先要成为自己的观众。你可以尝试创造性地结合以下各种方法：

- 直接照着文稿朗读，结合一些即兴介绍
- 熟记并背诵作品
- 一边朗读、一边在观众席间走动
- 让观众参与到表演中来
- 即兴应对观众提出的挑战
- 运用幻灯片、高射投影等视觉背景材料
- 用原创音乐为表演伴奏，或将音乐与表演交织在一起
- 将作品演绎出来
- 用两种及以上的声音朗读
- 用不同声调朗读作品，比如在给出指示或表示同情时

- 将作品唱出来

你的表演既要有娱乐性和趣味性，也要有挑战性。可以在表演中引用一些对你产生重要影响的作家作品。在班级中进行呼吸练习和投影运用，并至少要有一次完整的排练。

目标：新作品必须吸引并拥有自己的观众，而且你无法寻求任何形式的出版物的帮助。一定要将你的作品展示给观众，说服他们这是值得花费时间观看的，即使有时这样做意味着对观众的质疑。同时，这会给你的作品带来挑战，甚至会改变你创作和表演的方式。这一活动也为你提供了良好的实践机会。如果作品大获成功，你可能会被邀请去做朗读表演，或许你正好想要从事与写作相关的行业，如文学宣传、艺术规划、广播出版等。

作为一种概念的表演

书籍到底是什么？有些书籍从未出现在书架上，但并不意味着它们就从观众的视野中消失了。并非所有的创意写作都是为了创作出一本纸质书，创意写作也可以表现为口头艺术（spoken art）与音乐艺术（musical art）、视觉艺术（visual art）、电子艺术（electronic art）。这些"书籍"可以从网上下载，作者的创作过程和观众的接受过程都完全依赖于网络这一媒介：比如，超文本小说可以通过链接之下的层层文本达成多种情节与结局；诗歌在屏幕上动态地变化，并在这一过程中进行创作与颠覆自身。这些"书籍"的出现并非如一些文化评论家所说的那样意味着纸质书正在走向末路；相反，它们的存在为那些想要开拓另一个开放空间的作家揭示了更多文学概念的可能性。

写作游戏

将写作表现为视觉艺术

写一首以"动"为主题的诗，比如"大雨转小雨""鸽子的飞行"

"暴风雨中的云""豹的攻击""一个时钟"等。重新排列修改这首诗，让词语模仿主题的运动形状排列。下一步就是展示你的词—画，可以制作成海报和明信片，甚至把它们画在墙上或缝制在屏风上。

目标：诗人们模仿主题的运动排列诗句。在过去，它们都是公开展示的，甚至会被缝进布料里。法国诗人阿波利奈尔开创的"字画诗"（calligrammes）就是将视觉和语言融合在一起。

概念的颠覆

有些作家根本不写作，他们的诗歌和故事都是口头流传下来的。还有些书甚至看起来都不像书。小说家 B. S. 约翰逊出版了一本书，书中的章节松散到可以按任意顺序阅读。雷蒙·格诺在《百万亿首诗》（*Cent Mille Milliards de poèmes*）中也做了类似的文字游戏，让读者成为文学概念的改写者和实验文学的合作者。一些古波斯语和希伯来语诗歌是由图形和符号组成的，这些图形和符号能够形成视觉图像，例如狮子、骑手与马。威廉·布莱克用他自己对诗歌的生动视觉表现来印刷诗歌①。纪尧姆·阿波利奈尔的《字画诗》（*Calligrammes*）中的诗看起来就像是由单词构成的画：将单词按照诗所描述的图景进行排列，比如"下雨""曼陀林、康乃馨和竹子"。肯尼思·科赫更进一步，以连环画的形式创作诗歌，用"故事板"的方式展现诗歌情节。最有意思的发展之一是图像小说作为一种严肃文学的尝试而兴起。阿兰·摩尔和彼得·布雷瓦等作家将充满力量的故事和引人共鸣的图像结合在一起。所有这些都是对文学概念的大胆开拓和颠覆，表演就是其中之一。其中一些颠覆是如此成功（如图像小说被翻拍为好莱坞电影），以至于它们成了主流的一部分。试着考虑属于自己的文学概念，以书本的传统架构为起点，颠覆读者的期望。

---

① 指画作，该诗人同时也是一位出色的版画家。——译者注

故事板和数字电影

在纸页上画出连环画的单元格，试着将一首诗或一个短篇故事分解成一个个场景，就像是将这部作品拍成电影时的故事板。找到一幅能够引起共鸣的图像或一个不变的主题，在背景中用连环画的若干单元格对其进行拓展，从而尝试着画出作者的意图。现在把这项技巧用于自己的诗歌和故事，尤其是在定稿前的阶段。你可以把这个游戏视作制作诗歌短片、将故事改编为剧本并拍摄电影的第一步。

目标：这个游戏让文字内容转化为一种明确的视觉内容。它也帮助你与自己的作品保持距离。它提供了一种修改作品的方法，因为故事板考察了每一个句子和每一个画面在读者视觉感知中的可译性。这也是任何小说、故事、剧本、诗歌在拍摄前的例行准备，导演必须能够想象到所有的故事情节。

让表演成为公共艺术

当一名艺术家将多种不同的艺术形式结合在一起时，他就会得到某种艺术的"杂交物"，就像是给两种不同种类的花或果树交叉受精一样。然而，事实上，成功结合了不同艺术形式的作品看起来并不像是杂交物，而更像是一种新的艺术形式，或仅是某种具有大胆品位的事物。这个过程需要作家与其他艺术家合作，许多作家都认为这样做有助于解放思维。例如，许多作家会和摄影师、画家等视觉艺术家合作。写作是对视觉艺术的直接回应，这个过程被称为"艺术转述"（ecphrasis）。如果你在某特定艺术空间中工作，比如以雕塑为核心的空间，那么这个空间就会增加对你作品的限制（就像电影和广播剧本创作中的"时间"概念一样）。正如我们在第三章中所讨论的，限制本身就是一种对新表达方式的解放。最后，许多这样的非书籍项目最终得到了出版，暂时性甚至是永久性地留存在公共空间中。

这种出版形式增加了你的筹码。当你了解到观众的多样性之后，你的写作风格也会有所不同。这类作品要求你与他人一起工作，因为与伙伴或团体合作的效果会更好。你会发现，与其他工作人员及艺术家一起工作令人耳目一新，少了一些孤独，多了一些民主。同时，它能够拓展你的哲学眼光，丰富你的艺术实践。文学可以用文字来表达，但也可以通过其他艺术形式来表达，比如通过一座建筑，甚至一座花园。这完全取决于你要以何种形式进行写作。你会发展出一种选择形式的眼光，以及一种对不同艺术语言的欣赏力。

诗人伊恩·汉密尔顿·芬利用象征符号、文字石刻和概念艺术改造了他的花园——一座位于苏格兰的小斯巴达（Little Sparta）花园，记录了"有些花园处于隐匿的状态，实则正蓄势待发"的过程。他的花园是一本书还是一件艺术杂交物呢？由此可见，革命性的事物实际上是传统的一部分。奥古斯都时代的诗人和思想家试图改变自然景观，使其反映出伦理和美学价值。在过去，寻求"个人空间"的诗人将自己比喻为园丁，而园艺被视为一种类似于写作的创作行为。而你要怎么找到属于自己的个人空间呢？芬利指出，"园艺活动有五大类，即播种、种植、固定、放置、养护。若把园艺当作一门艺术，所有这些活动都可以被放置在'创作'这一标题之下"（引自 Abrioux，1994：38）。

这种写作形式可以让你借助一个大小远超纸页面积的四边尺规来思考与工作，让你以一位制图师的尺度精神和多维视野来写作，将文学想法映射到一个地点或一个空间（无论是花园、公园还是城市）中。对于此类型作品，试着"从空中"感知——作品会有一种鸟瞰的感觉，就像行走在詹姆斯·乔伊斯的《尤利西斯》（*Ulysses*）中，在都柏林的街道地图上画一个巨大的问号。一种有效的范式是，将你生活的地方看作一本打开的书、一本早已被当地历史填满的书，或将它视为一座记忆宫殿，你可以在这里汲取作品灵感。

你可以把小规模的尝试作为开始，将你的作品放置在不同的公共空间，如学校走廊、办公室、大学校园——甚至是一些不同寻常的地方，如超市、报纸上的小广告栏，或者将它们印成传单发出去。然后开始思考你与众不同的创作载体，可以是建筑物的窗户、沙滩上的沙子、田野上的雪、等待"读者"走过的人行道、需抬头看的空中文字，也可以是由鹅卵石、树枝、垃圾等组成的文字。临时性和鲜明的自发性是最终作品的一部分，也是过程的一部分。过程和成品在某种程度上是公开的，最好在创作过程中有公众或学生的参与。用数码摄影或胶片拍摄的方式记录下过程和成果。之后，将场地收拾干净，仅保留所有你创设作品的场所的记录。

写作游戏

以公共艺术的方式写作

在这个游戏中，团体中的每个成员都要创作一首短诗，它不需要被写在纸页上，而需要通过其他一些载体被"阅读"。也许你希望进行小组合作（以求安慰）。这个作品或许会涉及以下一种或多种方法：

- 在沙滩上或公园的雪地上写一首超大的诗。
- 使用大型建筑的窗户作为一个字母或单词的空间。
- 通过当地电台或有线电视台广播诗歌。
- 在选举期间发布假的诗歌宣言，并在你所在城市的各个地方张贴。
- 在墙上或人行道上用粉笔（可用水冲洗掉）或雪（可融化）涂鸦一首诗。
- 烤一个糖衣是创意文字的蛋糕，然后分出去。
- 在自己或他人身上写一首可擦掉的文身诗。
- 安排人们在体育活动中举起字母牌拼成诗。
- 用蒙太奇手法拍摄公共标识，如街道标识、危险标识等。
- 使用自然物来构成单词，如鹅卵石、树枝、冰、草等。
- 使用非自然物来构成单词，如街道上的垃圾（事后再回收）。
- 在你所在城市或校园的墙上投影诗歌的幻灯片。
- 将植物的鳞茎按照字母或单词排列埋入地下，来年春天它们就能长成不同寻常的模样。
- 以空中文学的形式写一首一行诗。

● 从每个路人那里获取一句话，将这些路人的话语编成一首诗。

目标： 这些游戏具有很强的娱乐性，同时扩大了你的写作范围和受众群。部分方法显然含有生态环境保护的相关信息。在活动过程中，这些信息或被潜意识地传递，或在作品中被明确表达出来。如果你希望将公众艺术和概念艺术作为你作家工作生活的一部分，这样的活动很容易得到民众赞助和私人赞助。

电子表演

对创意作家而言，互联网是另一个开放空间，可以在这里直接进行文学创作和作品表演，也可以用数字化和动态的方式呈现那些最初写在纸页上的诗歌和故事。数字写作有很多类型，比如网络日志、超文本小说和诗歌、动态诗歌、代码诗歌，以及奠基于计算机可编程特性之上的交互式作品（见"推荐阅读"）等。一些项目会生成文本，或涉及声音，或使用电子邮件和其他形式的网络通信方式建立以协作写作和出版为目的的社区。

超美学

电子表演为实验提供了巨大的空间，特别是在将写作与其他艺术形式的现场表演进行技术融合这一方面，如与电影、视觉艺术、音乐等艺术形式结合。马格·乐芙乔依将其称为"超美学"（transaesthetics）（2004：270）。其结果有时可以被视为一种新的创作体裁，因为它的根源仍旧是口语表演和写作。当直接在网络空间表演时，这些作品就更适合被称为电子文学，类似于"乌力波"的潜在文学工厂的概念。例如，在超文本小说中，一方面，读者主动选择链接，从一个文本节点转到下个文本节点，读者成了作家，从一个潜在故事池中编排出故事；另一方面，作者通过创造性地使用节点——超文本叙事中具有意义的独立单位——来迎合读者取向，以增加文本意义，提升文本的趣味性。

合作表演

在电子文学的虚拟大陆上，文学作为一种表演方式往往是互动的，甚至是协作的。在功能相同但更具普遍性的网站发展起来以前，学习创意写作的学生可能是从简单的电子邮件起步，通过课程邮件列表提交新作品和文学评论。利用电脑上的桌面出版程序制作第一本作品集是大多数课程应当追求的目标，不过你也可以将作品发布到网上。下一步自然就是建立一个具备在线日志功能的网站，以记录你和其他作家的新作。出版就是对公众公开。通过桌面出版、按需出版、互联网出版等，计算机和互联网已然改变出版的方式，降低了出版的成本，并允许更多的人出版作品。

在虚拟写作工坊，通过电子邮件和网页进行协同写作，产生了更多新的、有多个作者的诗歌和故事。每个参与者都有添加、修改、删除文本的权利。写作变得循环往复：作品的每次变更都可能激发出其他作者的修改想法。如果团队确立了一个特定目标，这个过程就会加快。当出现分歧时，讨论和沟通是必要的。因此，应有编辑或教师监督并调节作品的发展。但是，一旦它们当中有许多启动运行，就应该允许它们在不受监督的情况下自由发展。

博客：广阔的开放空间

许多作家和学生会长期使用某个网络日志或博客作为在线日志。我相信这种写作形式是创意写作的一个坚定盟友，是一个为创意进行跨艺术形式实践提供支持的广阔开放空间。写博客能培养良好的纪律性，就像写日记或记笔记一样。不同之处在于，这本记录了经历、想象和观察的日记是在线的、公开的，它改变了你写作的方式，尽管你依然和写书时一样看不见观众。博客的另一个积极方面是，它们要写得简洁而有趣（这必然需要艺术与现实的调和）。写博客有助于表达的流畅和丰富，因为它们实际上是高度可见的写作表演。在博客上，你可以快速地整合照片、剪辑视频、音频文件，或直接从手机发图到博客，在移动过程中添加文本。博客正在改变国际新闻业态，也在改变文学的面貌——尤其是非虚构创意写作文学——以及我们写作、阅读、回应阅读内容的速度，因为许多博客支持读者间的书面互动。随着政治思想和社会思想的网络在本地发展却在全球传播，博客甚至会开始改变全球政治的本质。所有学习创意写作的学生都应该坚持写博客。教师们可以考虑为一门写作课程设立博客，让导师和学生都参与进来。

远程学习

许多大学，如英国的公开大学，都会通过远程学习教授创意写作。故事、诗歌和非虚构作品的初稿会得到所有学生和导师的在线评论。这是一个对所有有着共同目标的作者持续响应的工坊，写作过程对所有参与者开放，不论国家和时区如何。它允许学生设定自己的进度，并在方便的时候登录。在这种情况下，写作过程本身就是表演性的。你在作为观众的同学面前进入这个开放空间，然后你发现他们就在你身边，通过虚拟页面与你在线交流。当然，你也可以利用博客为自己和你的作家同学开设线上写作课程或建立虚拟写作工坊。

写作游戏

建立一个线上写作工坊

获取班级或工坊中每位成员的电子邮件地址，并为他们建立一个电子邮件列表。确保每人每月至少上交一篇小作品。每个成员都应在当月内提交他的作品，同时每个人也都要经常提出批评意见，这些意见会发送给所有人，就像他们在同一个房间里交谈一样。

目标：你可以简单地建立一个网站，将其作为讨论和展示作品的论坛。这种类型的在线工坊的优点在于，每个人都可以根据自己的时间参与进来，并且可以保存新作品和讨论线程。它还允许参与者看到小组的进展情况。

推荐阅读

对于声音练习、放松训练和声音投射，新作家可以阅读西塞莉·贝里的《你的声音以及如何使用它》（Virgin Books，2003）和派琪·罗登堡的《说话的权利：与声音一起工作》（*The Right to Speak：Working with the Voice*）（Methuen，1992）。适用于演员的方式有时也适用于作家，通过这些方式找到一个公共的声音甚至可以帮助你用口语艺术找到另一种文学的声音。这对视觉艺术来说也同样适用。约翰·贺兰德的《凝视者的精神》（*The Gazer's Spirit*）（University of Chicago Press，1995）是一部关于诗歌如何与无声艺术作品（绘画、雕塑）对话的精彩研究，也是一本优美的典例集，它会给你的作品带来很多强有力的想法。作为公共艺术的写作有许多好例子。推荐参观的景点包括位于威尼斯的佩吉·古根海姆博物馆，那里保存了众多的以雕刻活动为形式的写作或用以阐明雕塑的写作的出色案例。还有威尔士千年中心，它的铜质门廊上有格温妮丝·刘易斯用威尔士语和英语并排写下的文字"大地高歌"。诗人伊恩·汉密尔顿·芬利的梦幻花园可以在苏格兰的多石之径参观，但首先要读杰西·希勒的《小斯巴达：伊恩·汉密尔顿·芬利的花园》（*Little Sparta：The Garden of Ian Hamilton Finlay*）（Frances Lincoln，2003）。对于新作家来说，一个极好的关于芬利作品和公共艺术的展览是伊夫·阿布里乌斯的《伊恩·汉密尔顿·芬利：视觉入门》（*Ian Hamilton Finlay：A Visual Primer*）（Reaktion Books，1994）。肯尼思·科赫在《可能的艺术：没有图片的漫画》（*The Art of the Possible：Comics Mainly Without Pictures*）（Soft Skull Press，2004）中阐述了故事板的概念。在书中，科赫以漫画或故事板的形式创作诗歌，发现了诗歌节奏和漫画节奏之间的惊人联系。以视觉的方式接触语言，你可以在课堂上做类似的尝试。阿兰·摩尔的作品集中体现了图形叙事，而彼得·布雷瓦的《利维坦》（*The Book of Leviathan*）（Sort of Books，2000）则体现了图形反叙事和图形诗歌。象形诗在纪尧姆·阿波利奈尔的《字画诗》（University of California，1991）中达到了崇高境界。数字革命还在迅速发展，其文学景观每天都在发生变化。有关作家和艺术家们对电子艺术混杂和"超美学"的有趣观点和前瞻性想法，可以阅读马格·乐芙乔依的《数字潮流：电子时代的艺术》（*Digital Currents：Art in the Electronic Age*）（Routledge，2004）。网络文学期刊和杂志数量众

多，质量参差不齐。一个很好的起点是《夹克杂志》(*Jacket Magazine*)
(www. jacketmagazine. com)，该杂志有大量的国际链接。电子文献组织
(www. eliterature. org) 是一个成立于 1999 年的非营利组织，旨在促进
电子文学的创作和交流。自 2001 年以来，该组织一直设在加州大学洛杉
矶分校。通过他们的电子文学目录，你可以访问以下资源：超文本小说
和诗歌，仅在互联网上发表或最初在互联网上发表的那些需要阅读权限
的小说，借助 Flash 以及其他平台呈现的动态诗歌，邀请观众阅读或以
其他方式感受其文学色彩的计算机艺术软件，互动小说，发表在电子邮
件、短信或博客上的小说，由计算机生成的诗歌和故事，读者参与文本
的合写作品，以及发展了写作新形式的网络文学表演。

第十章　学院写作与社区写作

　　我们所有写作的人都坚信，我们正在参与某种公共活动。我所扮演的角色到底是要写作，还是只要阅读或回应，可能并不十分重要。我很赞同福楼拜的说法，即我们必须在自我的艺术中彼此相爱，就像潜修者在对上帝的信仰中彼此相爱一样。通过尊重彼此的创造，我们尊重那些在我们所有人间建立起强有力的联系的、某种超越了我们自身的东西……生命就是能量，而能量就是创造力。而当我们作为个体传递这种能量的时候，能量就会被保留并封锁在艺术作品中，等待有朝一日有人愿意花费时间和精力解封那些作品，将它们释放。

　　　　　　　　　　　　　——乔伊斯·卡罗尔·欧茨：
　　　　　　　　　　　　《巴黎评论》（*Paris Review*）采访

　　创作得体，塑形恰当，写作便不再让人觉得仅仅是一种艺术技巧，而是成了某种有生命的东西。一旦有了生命，它就变成了某种属于集体之物，而不再只属于你个人。一些创意作家认为，如果你并没有带着一定程度的关怀、一片善心，或者一种在一个更大的团体中为自己负责的态度生活，你就不太可能成为一名出色的作家。威廉·卡洛斯·威廉姆斯甚至说，人们写作的原因之一，就是为了成为一个更好的人。理查德·雨果将这段话自我解读为："终身写作是一种缓慢而逐步累积的认同自我生命意义的方式……而愚笨的动物只能通过本能知晓这一点并把它反映到他们的行为中：生命就是我所拥有的一切。"（1979：72）也有一些作家认为相反的说法与自己的作品更为相称，但这也是一种有选择的自我引导——生活到底是充满艺术还是与艺术绝缘取决于你的观点。他们习惯了用写作的方式表态，但这并不意味着他们不希望让别人听到他们的声音。一名作家平衡这些个人观点的方式总是能够得到彰显：会体现在他们的作品中，也会体现在他们在公共舞台上的自我定位和自己的写作方式中。在本书最后一章，我们将为创意写作的学生、作家以及教师探索两个重要的，有时甚至是相互矛盾的公共领域：社区①和学院。

作为开放空间的社区

　　正如乔伊斯·卡罗尔·欧茨在《作家的信仰》（*The Faith of a*

---

　　① 英语词汇中的 community 有公社、团体、社会、公众，以及共同体、共同性等多种含义，语义较为宽泛。在汉语中，与之对应的词语主要有"社区""社群""群落"等。汉语中的"社区"一词主要是指在一定区域、范围内由某些具有共同特征、相互关联的人所组成的社会生活共同体，他们在社会、经济、文化等方面往往具有相似的爱好、身份和追求等。参照特里安·特克斯顿、琳达·萨金特与莫利的研究，创意写作中的"社区"主要是在学院之外的某些公共空间，例如医院、疗养院、图书馆、博物馆、社区中心、难民中心、学校、心理咨询中心、文化中心以及其他工作场所等开放空间。在某些情况下，它还包括了作家所依赖的创作空间，例如某些城市里的作家工作室、写作中心，可以开展创意写作活动的咖啡馆等场所，甚至是虚拟的网络空间等。除此之外，它有时还指由某些对写作有共同兴趣的爱好者、创意写作人员构成的群体。——译者注

Writer) 一书中所言，"通过我们个人的声音，通过地方的声音，我们努力创造艺术，与那些对我们一无所知的人交流。就在我们对彼此的倾慕中，一种意想不到的亲密感便诞生了。个人的声音就是集体的声音，地区的声音就是世界的声音"（2004：3）。本书第二章展示了作家吸收生活和故事的方式，以及他们如何成为世界和人类的读者。在第五章中，我们讨论了作家可能接触到许多自我，这种接触有时是通过模仿、角色扮演、塑造他者，甚至直接挪用生活和经验达成的。南美小说家卡洛斯·富恩特斯提醒我们："他者存在，他者们也同样存在。我们的人格并不存在于自身，但有一种强制性的道德义务去关心他人，这些他者在我们的生活中从来都不是多余的。"（富恩特斯，2004：221）从本质上讲，作家们是一个通过其作品讲述故事的群体。有些时候，写作是一种孤独的工作，但它同样也可以是一种社会化过程，通过日常生活、讨论和研讨会来实现。托拜厄斯·沃尔夫说："对大多数人来说，工作是非常社会化的，而实际的思考往往也是在社区中完成的。"沃尔夫说这句话是什么意思呢？

黑暗中的灯光

写作可以是一种集体行为，即使作家根本未曾离开他们的房间，即使他们选择永远不与读者见面或直接公开展示他们的作品。写作创造了一种意想不到的亲密感。书籍，如果创作得当，会成为人们所共有的——"能量就会被保留并封存在艺术作品中，等待有朝一日有人愿意花费时间和精力解封那些作品，将它们释放"。沟通催生了社区，而创造性的交流意味着对社区的高度重视，无论该社区本身是如何名不见经传（或现在暂无什么名气）。创意作家甚至可能为获取素材而捕捉和窥探某社区，但即使作家是别有用心的，他们也会将社区的信息传递下去。评论家哈罗德·布鲁姆认为，阅读没有道德可言，阅读是一种自私的乐趣。我们可以引申性地（同时也颇具挑衅性地）认为，写作也几乎没有道德可言。毕竟，创意写作的原则之一不就是作家要为自己写作吗？只有为自己写作，作家才希望取悦除自己之外的其他读者。有些创意作家是为读者而写，但大多数作家并非如此，相反，他们会着手为自己创造第一个读者，并通过挑战使之存在。但你不能通过不作为或沉默来创造、挑战一个社区。

这看起来似乎是矛盾的，但正如我们在第一章中看到的，这种矛盾正是创意写作世界的症候。这就是为什么我把创意写作学科称为一个开放的空间，并要求你把文学想象成一个大陆，它包含着许多国家、语言和无数的观点。我们所能赞同的是，写作和口语是相互约束的形式。那种分离两者的看法与生物学和信仰都是相悖的。正如巴里·洛佩兹所写："每个故事都是作者与读者之间的信任行为。每个故事，到最后，都是社会性的。一个作家所书写的任何东西都可能会伤害或帮助他或她所在的社群。"（1999：15）许多人都期待着从作家那里获得自己的声音和故事，获得一种选择性的引导，甚至获得一种思考我们相互渗透的文化的方式。"文学必须成为我们的人类学"，小说家伊恩·麦克尤恩在《文学动物》（*The Literary Animal*）一书中这样写道。他继续宣称，"将我们联系在一起的共同本性，也是文学一直知晓的、无助地试图言说的东西"（Gottschall and Wilson，2005：19）。

想想吧，有多少次你为了寻找生活的答案而读小说，或发现小说像镜子一样映照出你自己和自己的困境？你见过多少悲伤的人用诗歌来安慰自己？为什么在危机时期，许多人会从非虚构作品中寻找答案？他们从创意写作中寻求指引，即使他们最终找到的是艺术和技巧、符号和图案？指引甚至会以逃避主义或幻想的方式呈现：一本书为读者及其作者提供了第二次面对现实的机会。"写作是一种让你与世界有机会沟通的方式。"理查德·雨果（1979：72）说。即使这种偶然的现实是虚构的，它也可能在它的语言或故事中，发现比在现实生活中更明亮的生命存在。对很多人来说，书籍是黑暗中的光明，而创意写作是一种观察、倾听和联系世界的方式。大多数人报名参加创意写作课程是为了学习文学风格，但还有很多人报名是因为他们在寻求一种我们过去称之为"真理"的品格。他们通过阅读找到了它，并希望通过写作再次发现它。

讲述一个社区的故事

写一部有关某社区的非虚构创意作品的延伸之作，你则是该社区故事的"搬运工"。使用第七章中概述的调查技术，如访谈和前往档案室进行档案研究。收录该社区至少一个传奇和至少两个人的生活故事。试着突出你自己在这部作品中的位置。

目标：这种类型的工作训练你仔细倾听和认真观察你周围的世界，拨开日常的迷雾，并过滤掉谎言。

作为开放空间的社区

把写作视为一种公共艺术，是一种绝不含糊地强调写作在人们生活环境中的地位的方式。然而，写作并不需要通过书籍、纪念碑或雕塑才能形成社区。出版社、学院和文学艺术节都参与了这种巡回演出，构成了一种文学的三环式马戏团。在那里，观众已经被创造出来了，且他们也差不多都得到了他们想要的东西——即使他们想要的是被挑战与被质疑。尽管创意写作本身在许多开放空间中蓬勃发展，新作家却往往是在不那么显眼的空间中被发现的，在这些空间中，写作或许籍籍无名，但同样旺盛发展。

这些空间包括公共图书馆、学校、社区团体、阅读团体、监狱、医院、养老院、难民中心、基督教青年会组织、成人教育团体、一些工作场所，以及正在成倍扩大的网络空间。作家们甚至发现自己能在购物中心从事艺术创作，或者在公共交通工具上、在山峰上、在南极考察站传授他们的学科知识。甚至，一些官方或非官方的作家会像涂鸦或装置艺术家那样工作。

关于社区写作，最官方化的版本或许是美国国会图书馆的桂冠诗人诗歌顾问制度。"桂冠诗人"这一称号的获得者会有一个固定的任期，而这一体系如今也在英国适用。作为一种社区模式，它运作良好，且已被北美地区乃至世界各地的州省和城市模仿。桂冠诗人的工作是提高全国人民对诗歌阅读和写作的意识，其中一些项目特别有创意。如丽塔·达夫把作家们聚集在一起，探索非洲散居侨民的生活；她还为儿童诗歌和爵士乐活动提供了支持。约瑟夫·布罗德斯基在机场、超市和酒店房间里摆放诗集。玛克辛·昆设立了女性作家工坊。

　　一些作家被吸引到社区写作，仅仅因为那里的工作环境。远离他们所生活的物质社会环境，就意味着扼杀他们写作的理由，让他们变为不诚实的艺术家，乃至不诚实的人类。在一些文化中，作家不属于社区的想法被视为很奇怪，因为在历史和时代变化中，作家就是社区故事的承载者：作家是社区的故事制造者、记忆银行、时间旅者。

写作游戏

社区冒险

　　以班级或写作小组为单位，为你所在地方的社区规划一个项目。请记住，你也是该社区的一员。此外，你或许也会期待社区的其他成员参与到该项目的实施过程中来。创设一个写作项目，以某个大众所关注的或者能够吸引他们的问题为起点，可能与历史、政治或社会相关，也可能只源于该地的地理特征或者其他特别之处，如方言或本地对某些特殊事物的称呼。让这个项目至少运行一周，选择一个开放且易访问的地点，如公共图书馆，与尽可能多的人一起写作。如果可以的话，尝试通过该项目形成一部小型出版物。你可以将这份出版物与其他参与者一起分享，并免费分发给当地人。利用你认识的新朋友的专业知识来进一步规划这个地方性项目。

　　目标：这类项目是由地方授权的，同时也十分有趣。它们可以对其涉及的个体产生深远的影响，使其中一些人重新考虑他们的生活，甚至使他们成为作家。这个过程也会影响到你，让你更多地思考自己的写作，以及你要为之服务的读者类型。

创意写作的草根阶层

遗憾的是，除那些幸运儿和对艺术不以为然者外，大部分人之所以以社区作家的身份工作，是因为他们确实需要这份工作。天赋与运气无关，因追求艺术而只能挣到微薄的薪酬也不是他们的错。熬过这个艰难阶段的方法众多，然而对许多作家来说，这并不是一个阶段，而是他们终身的生活方式。一名自由作家能通过写作赚取的只有这么多，而在学校和社区工作至少可以让你争取到写作的时间。不过，幸运的是，教授社区写作能为你提供的养分远比你期待的要多，它同时也可以为你自己的创意作品提供养分，许多贡献者都证明了这一点：教学和写作是相互交错的（Shapiro and Padgett，1983）。对于把写作本身也视作一种获得的人来说，获得时间写作似乎是一种可接受的酬劳。社区写作让你与不同的读者保持了联系：它让你脚踏实地，行稳致远。这就是为什么一些创意写作课程提供了在大学之外、社区团体之中或工作场所里开展项目的机会。这些项目的成功与否将作为学位课程的一部分进行评估。

　　社区写作同时使创意写作的一大首要目标——乐趣——回归。没有什么比让一群八岁的孩子大声朗读半韵诗和小三重奏，或把你帮助他们发现的故事表演出来更让人开心的了。然而，这项工作并不简单，它需要训练。你不是老师，而是步入教育领域的作家。你必须努力获得尊重，而要做到这一点，最好的方法就是忠于自己，把讲习准备得更熟练，千万不要摆出一副居高临下的样子。与社区一起工作将会丰富你的写作并开阔你的眼界，让你意识到作为一名作家和一个人，你可能会在自身经历中错过的东西，以及期待自己有朝一日能亲身体验的事物。

　　举例来说，诗人肯尼思·科赫会定期教授小学生写作，他也教罗得岛一家养老院的老人写作。他知道这样一个项目会遇到多少障碍，但他坚持下来了，因为他"感知到其可能性"：他感觉到写作的乐趣本身可能是"一件严肃的事情，值得他们去做，值得他们发挥自己的能力、思考和感受"。哪怕：

　　　　大多数人都是七八十岁或九十岁，大多数人来自工人阶层，受教育程度有限。他们干过干洗店店员、送信人、快餐厨师、家庭佣人……每个人生着病，有些人有时很痛苦。抑郁症是常见的。有些人是盲人，有些人有严重的听力问题……加诸所有这些之上的，是他们每个人都被禁锢于此。(1997：5)

尽管如此，科赫和他的一位助理诗人，除了理想外，不带任何先入之见地来到了这里，因为他是如此热爱写诗，并从这个过程中获得了如此多的乐趣，他想象其他人也会为此感到快乐，"能说出这些事情，并把它们当作诗歌来表达，是一种特别愉快的感觉"(1997：6)。

写作游戏

你的房间

这不是一个写作项目，而是能应用于多个写作项目的方法。试着把书中任何一个写作游戏中出现的故事或诗歌写下来，但要在一个早晨把它写在不同的地方。试着找到至少三处你从未在此创作过的地点。这些地点可能包括以下任何一种：咖啡馆、公共交通工具（如公共汽车或火车）、图书馆、公园的桌子或长凳、花园、艺术或历史博物馆、动物园、自然保护区中的某个隐蔽的地方、你家里最嘈杂的房间。尝试着将当地的元素融入你的诗歌或故事中。

目标：你会发现你更适合在有些地方写作。把你的创作练习在你预期的地方打乱，如安静的书房、工作室、卧室。你应该把这个新的创作场所当成你的"写作室"——一个激发你创造力的领域。在这里工作会激发你的灵感，让你写得更快。机缘巧合是一个重要方面，在不寻常的地方写作会带来意想不到的材料。有时候，你确实需要离开家，为你的写作寻找一个新的归宿。此外，还有一些作家离开家，绕着街区走一圈，然后回家，仅仅是为了提醒自己"去工作"，为自己设立心理目标！

我们的房间

写作作为一种社区行为，本身就有其重要性。但是，你在社区的写作空间和你所写的社区则至关重要。当然，拥有一间单独的研讨室是很有用的，但某个住宅项目、某座外国城市或某次林中漫步也可以发挥研讨室和写作屋的作用。例如，T. S. 艾略特就是在马盖特的海边避难所里写出了《荒原》（*The Waste Land*）的五十行诗。J. K. 罗琳在爱丁堡的咖啡馆完成了《哈利·波特》（*Harry Potter*）的初稿。写作需要研讨室，但也需要正规教育场所之外、社会间隙地带的更多其他空间。去亲自找到这些区域，在那里写作，并从中寻找灵感吧。把社区带到这些空间中，"占据"这些空间来进行写作。

为此，我建议创意写作专业学生和教师发起一场运动，在世界上每一个主要城市都创建一个作家室——一个低成本的、作家版的画室或工作室。这些空间将安置在现有的公共图书馆中，或以这些图书馆为基础进行扩建。这些空间将开放给写作、研讨会和表演等活动。房间的墙壁将挂上白板，以帮助教学和写作，就像在一些数学研究所那样（灵感总是在不经意时出现）。同时，房间里还应该有音频和视频数字录音设备、计算机等，以便作家能够单独或合作创作。这里还将接入互联网，配置带有出版程序软件的计算机，如此就可以在这个空间创作出版物了。

这场运动不仅会让每个城市都拥有自己的作家房间，还会让这个房间成为一个小型出版社或期刊编辑部的所在地。大学内部会出版新文学季刊，城市同样应该如此。任何需要时间和空间工作的当地作家都可以通过提前预约自由地进入这个房间。这也正是电影制片人、数字艺术家、视觉艺术家和摄影师们会喜欢的城市项目。社会需要为创意作家们创造更多的空间，尤其是要为那些出身于无传统环境的作家们创造更多的空间，我们需要在他们年轻时就发现他们。如果没有这样的资源，我们就有可能成为蒂莉·奥尔森所谓的"沉默"（silences）的永恒再造的同谋："对那些挣扎着要诞生却无法诞生的事物的非自然阻挠……相似之处已很明显了：当种子钻出岩缝时，土壤往往无法维持原貌；当干旱、农害或虫害横行时，回来的只有虚假的春天"（2003：6）。作为一门学科，创意写作为出身于无写作传统环境的作家重新参与创作提供了开放的空间。为了探索这种接触，以及学院如何成为类似的开放空间，我需要以更个人的口吻谈谈我写这本教材的原因。

创意学院的创意写作

我以科学家的身份开始了我的职业生涯，而科学家的写作同样富有创造力。我想说的是，如果你也和我一样，做着一件要求你清晰地写点什么的工作，那么，我们都可以算是作家。知识系统被分割为艺术和科学两种文化，这是知识和语言的流变与发展过程产生的分裂。其实没有两种文化，从来就没有过。科学和艺术之间的争论产生自偏见、恐惧和某种势利——一种学科、教师和学生之间的"阶级"斗争。我们不妨这样说：一场辩论能派生出无数种可供解释的文化。作为一门学科，创意写作可能有助于将辩论转变为一套更有建设性的活动。这一主题为你提供了跳出窠臼的方向。

跨学科的创意写作

就像我在第一章中"我们为什么要阅读"一部分说的，阅读非虚构类作品和阅读小说或诗歌一样重要。科普为你的非虚构类作品、小说和诗歌创作提供了研究材料。阅读科学书籍或科学家传记可以让你了解一些观点、人物和情况。它也会带给你新的语言：科学术语中同样充满了隐喻，这一领域也会不断发明对词汇的新用法。在我就读的那所大学，本科生要在文学学习和实践之间取得平衡，并获得三年制的创意写作荣誉学位。在他们的二、三年级，学生倾向于专攻一种文体，如诗歌、小说、戏剧或非虚构创意写作类作品。基于学院的结构，专业化就像是一座必不可少的监狱，但它确实歪曲了作家在这个世界上的工作方式：它重视观点甚于重视经验。这个开放的监狱需要变成开放的空间。

因此，这些学生也被鼓励参加除人文和创意写作之外的其他成人课程，例如哲学或心理学，还包括医学、物理、数学、生物、化学或信息技术等。显然，他们首先需要对这些学科有兴趣和经验。之后，他们所要做的就是将一个学科转化为日后可能用于创意写作的语言和材料。同时，他们还发展出一系列更全面的资质，以便在现实社会中更好地工作与生活。他们成了自然科学和社会科学间的负责创意思维和实践的大使。这让他们获得了在其他情况下可能无法获得的想法和经验，也让他们遇到了许多本无法遇到的人。

这是有来有往的。在我自己的大学里，那些最热情的创意写作学生中有一部分人来自物理、计算机和数学等专业。他们借用诗歌技巧的简洁和表现力，来理解自己所学的学科。他们用叙事小说来讲述基于科学的故事。

他们是作为"实践者"的作家吗？他们中的一些人在从事学科研究的同时成为兼职作家。他们中的大多数人坚守自己的物理、计算机和数学专业的事业并成为教师，创意写作游戏则成为他们所使用的教学手段。来自商学院的富有创业精神的学生也在做同样的事情，他们明白，破冰者、创意践行者和会议激励者所玩的"商业游戏"与生成式写作研讨会或写作游戏是很相似的。他们犹如作家一般，"降落"到了我们的课程中，偷走我们的想法，然后离开。

科学创意写作

从某种程度上说，在科学研究的过程中，我们称之为"提出假设"的部分是极富创造力的，测试和实验阶段则离艺术较远。但这种说法并不完全适用于我们这些以科学为生的人。重复实验和科学传播的过程与创意写作中的重写、发表和批评流程十分相似。有些文人喜欢在生活中使用术语，科学家则把它们留在了实验室里，好的作家把它们留给了理论家。科学家把作家名为"研讨会"的东西称为"茶歇讨论"。此外，一位有才华的科学家也不能仅仅满足于在国际期刊上发表论文。

科普写作与非虚构类作品创作都需要相同的创造力和技巧。事实上，科普写作也是一种非虚构创意作品，它通过写作技巧，使得许多在艺术和科学之间冰封的谎言融化，这其中最大的谎言之一莫过于科学家不会写作。一些科学家，比如科普作家玛格丽特·博登、马克斯·佩鲁茨、史蒂文·罗斯、史蒂文·平克和理查德·道金斯等，都是创意作家。他们学会了各种技巧，并找到了自己的声音；他们珍视想象力、表达能力、风格，并理解自己的创作过程；他们也展示了相同的过程是如何以科学的方式进行的。举个例子，马克斯·佩鲁茨在有关 DNA 发现者的文章中写道：

> 像莱昂纳多、克里克和沃森……他们似乎工作得最少却收获得最多……（他们）忙于争论，或者显得无所事事……却攻克了一个只有靠想象力的巨大飞跃才能解决的问题……想象力在艺术与科学的创造中都是第一位的。（2003：204）

创意写作的研究和实践能让你成为一位更好的科学家吗？创意写作课程可包含科普写作，科学课程也可能包括创作非虚构创意作品。毕竟，科学普及也是一门非虚构创意写作艺术。正如许多写作专业的学生不会成为严肃作家一样，并不是所有报名攻读科学学位的学生都能成为科学家，但许多学生可以成为自己学科更有活力也更善于表达的传播者，他们可以成为记者，或者努力成为公共领域和科学之间的调解人。就像许多最优秀的创意作家同时也是富有洞察力的评论家一样，许多最优秀的科学家同样也是科学的最佳传播者和批评倡导者。在科学课程中利用创意写作，可能有助于增强公众对科学和技术的理解。

写作游戏

实验室奇遇

以团体或个人的形式安排一次科学实验室参观，并尝试获取与科学家一起工作一周的机会。许多科学家对你的出现感到高兴和好奇的程度会令你惊讶。每天与他们讨论他们的工作，并写一则故事、诗歌或非虚构创意作品，这部作品要能直接回应他们的谈话。与科学家们分享你的工作，并让他们在周末用自己的创意写作来回应。

目标：实验室里有一种你很少在其他地方遇到的实验气氛，除非是在剧团排练和预演的时候。理出这一幕的想法，并在你自己的写作中创新而精确地使用你的科学家语言。

创意写作是一门交叉学科

我所在的大学里，现在创意作家和他们的学生已直接与医学系、商业系、生物系、计算机系、工程学和物理系的本科生及研究生们一起工作。在一定程度上，他们的存在是因为新生代科学家和商务人士有把东西写得更清楚也更吸引人的需求。我们并不教授写作或其他一般技能；我们以这些技能为基础，与这些极具天赋的学生直接合作。然而，在与部分主管达成协议的基础上，这项活动的一项基本原则是帮助学生利用语言进行更加横向的思考——甚至更广泛的思考——并通过写作游戏和基于诗歌与小说创作的思维实验等不同寻常的途径来构思观点和范式。令人惊讶的是，尽管科学家们最初对这些教学和学习实验持怀疑态度，但他们很快意识到，学生们在写作方面表现得更好了。经过这些训练后，学生们能够更清楚地表述他们的发现，并从研究人员的人际交往和创意游戏中受益。比较而言，反倒是人文学科的学生和教师更可能对这种合作的好处有所怀疑。

我们的工作受到一场名为"跨课程写作"的重要运动的启发。这一运动以 20 世纪 80 年代大学生识字率不够高的问题为发生背景。有关把写作当作一种学习工具的倡议现在已广为流传。写作帮助学生整合、分析和应用课程内容。有些学生会经常记录日志，就像在创意写作中那样，这同样可以让你成为你所在学科的积极参与者，且这种联系会让你写得更加流畅。所有这些都是与创意写作学科相辅相成的，尽管我们不得不说，在一些机构，创意写作在学生和教师眼中占据了更有优势的地位。"学科写作"是"课程写作"的一部分。它的基本逻辑是每个学科都有自己的语言和风格惯例，而这些惯例必须教授给学生，以便学生能够成功地参与学术讨论。报告、文献综述和研究论文是最常见的作业。我所在的大学尝试利用我们的创意作家资源和创意写作游戏来传达一些课程的内容，并将其当成一种行为艺术来教授。外部的教学评估已显示出创意写作真正的进步，而由该进步带来的扩招给其时已受影响的科学领域也顺便带来了好处。

在 21 世纪初的英国，皇家文学基金会甚至做出了更进一步的尝试，它组织了数百名创意作家在众多英国高校中驻校工作。这个富有想象力的项目的资金来自《小熊维尼》（Winnie the Pooh）的作者 A. A. 米尔恩，他将一部分版税捐赠给了相关基金会。这只"小脑袋的熊"遗留下来的东西比我们所期望的还要多，因为通过这一项大胆的实验，创意写作和高级修辞学的教学就此结合在了一起。这一项目的目的本身并非教授创意写作，而是帮助学生进行学术和说明性写作。这种想法植根于这样一种观念，即在教授诗歌和小说时，不要燃烧创意作家的创造性能量，而要专注于他们清晰的语言和辩论技巧。科学、医学和社会科学专业的学生对这些小说家、剧作家和诗人等的作品的利用与人文学科的学生一样多。这门学科非常和谐地与其他知识形式相融合，因为它有助于讲述这些知识形式的故事。有争议的是，创意写作开始发现一些新的、不寻常的——也许是历史性的——属于自己的空间（其中一些我们在第一章中探讨过）。然而，尽管创意语言和创意阅读的使用对这些新的开放空间很重要，但我们有时也会沦落到语言被耗尽的地步。

创意的认识

我只举两个例子，这是我作为一名在英格兰湖区研究淡水昆虫的环境科学家的个人经历。我的研究集中在湖蠓一科，它们的物种数量高达数千种，新的亚种和变种有规律地进化，就像湖泊语言中微小但动态的元素。你可以通过蠓羽化成有翅的成虫时沉积在湖面上的甲壳来识别这些物种，并使用"钥匙"来认识它们。这把"钥匙"就是一本将你探索时在高倍显微镜下看到的东西，与你所在领域的其他人看到的东西联系起来的书。这把"钥匙"代表了当前的知识。有时，你会到达一个区域，在那里，现有的知识简单地化为乌有，因为变种是全新的、无法识别的。你凝视着它，或它的一部分。它以前从未被人类的眼睛看到过，也没有被人类描述过或牵引进来。有了这把"钥匙"，你就能到达湖泊干涸的地方。

当科学家们到达了这一个点——这一知识的移动边缘，他们依靠之前的知识、猜测和直觉的综合向前探索。对于一个物种来说，你可以根据它与已经被描述过的事物的相似性来对它进行描述和分类：你用明喻来比较它，用隐喻来命名它。昆虫的拉丁名称是由隐喻和描述敏感度所构成的光谱。尽管它们是微小的，但一个相关的图像就代表了一种完整的生命形式，无论这个物种在整体的进化过程中存在的时光是多么短暂。这看不见的世界是一种隐喻，存在于认知中；明喻则又释放了这种不可见性。我一直认为，达到这个层次的科学是一种富有创造性和协作性的写作形式。物理学家尼尔斯·玻尔曾观察到："当谈及原子时，语言只能像诗中那样被使用。这对诗人来说也是一样，与其说他关心如何描述事实，不如说他更关心如何创造形象。"

我的第二个例子呼应了莱斯·默里在第四章中描述的"无痛性头痛"的比喻。当这些物种的数量与其他数据（如氧含量、酸度和其他三十多个物理化学变量）一起被考量时，鉴别物种所需的注意力要更加集中，所有这些都构成了该物种的自然而无形的世界。最后一项数据就是时间本身——比如一个季节的度量。要对这些生物做出任何可验证的判断，就需要用强大的多元统计程序处理这些数据。相关的描述将会展开，成千上万的相关因素会相互冲突，而任何相关事物的重要性（例如湖泊的表面积和物种的多样性）都可能产生影响。你会开始发现世界比你的思想更广阔。数字的创意魔法（非文字）是自然界的语言。这就是为什么我在这本书的前面如此强调"自然魔法"。

当这些数据随时间推移而变化时，它们似乎就像一根因迁徙移动的绳索上的蜜蜂一样蜂拥而至。假设在某处一定存在着一个共同的目标吸引它们，但你需变为一只蜜蜂才能理解这种活动的语言。在这个例子中，数据所包含的舞蹈、声音和它们的目的地就是这种语言。你要做的是想象自己置身于一个天然的数字舞厅，它的墙壁和天花板是由移动和滑动的微元素组成的。马克思·佩鲁茨认为，想象力是科学创造的第一要素。在理解一个肉眼看不见的世界的多元本质时，那种被实践强烈地启发出来的直觉，有时和数据统计的作用是一样大的。

当我进行创意写作时，看着创意写作课上学生们在语言的蜂群、噪音和舞蹈中发现自我，我感到自己与那种感知和想象力之间的平衡前所未有地接近。我之前说过，在创意写作这门学科中，我们都是初学者，这种思维的某些基调反映了科学发现的自然过程——如图案的设计与制作、理解和感知所涉及的神经运作过程。

正如免疫学家兼诗人米罗斯拉夫·霍鲁布所写的："当我们观察显微镜时……当我们观察诗歌的新生机体时……情感、审美和存在价值是一样的……"（1990：143）阅读这段引文，可以发现科学家作为科学家的方式与艺术家作为艺术家的方式是相同的。在第一章，我们讨论了创造的愉悦是如何阐明了文学以外的知识各个层面以及神经科学家的发现："故事是思想的基本原则"，以及"寓言是人类思想（包括思考、认知、行动、创造，以及言之成理）的根源"（Turner，1996：1）。文学思维或许会被证明是最基本的思维。创意写作作为一门学科所产生的影响是巨大的。既然跨学科的精灵已被召唤了出来，我们可以就此许下一些愿望。

作为开放空间的学院

愿景

我希望创意写作这一学科能把自己看作通向更广泛读者和作家群体的天然桥梁。它永远不应该成为学院和社区之间的吊桥，这不是它的本质。仅仅局限于社区里的写作并不是什么有价值的事业，也算不上克劳德·格拉斯所说的那种坚持反映现实生活的创作。这是许多成为作家或者想成为作家但没有经济或社会资源来支持他们的人的一种暂时的生活方式。或许，创意写作可以在校外开设更多的课程，就像在成人和工人教育项目中一样；又或许，更多的大学写作研讨会可以开在购物中心、社区中心和人们工作与生活的地方。这其中或许还有许多困难之处有待我们解决。而如果一所大学无法到社区中，那么社区也可以要求在大学内部拥有一片空间，我想许多机构收到邀请时会感到荣幸。写作课程中的社区项目是大学用以迈出第一步的小而必要的手段。

我希望大家能清楚地认识到，在某种程度上，高等教育更需要创意写作，而不是创意写作更需要高等教育。大学希望收取学费是其一，它们希望回应学生的需求则是其二。然而，高等教育也渴求着写作和作家给高等教育带来社会、文化、政治相关性和理解等方面的关注。这些都是无价的，因为它们更多地与一个机构的外部声誉有关，而不是它获取收益的能力。"拜金文化只认可它自己的货币……艺术则提供了一种实物交换"，小说家珍妮特·温特森如是说。当然，从根本上讲，声誉也是一种货币。声誉是最明智的长期投资，无论是对一名作家还是对一个学术机构而言。声誉始于当地，并会在全球范围内增长；它必须从当地社区开始，而作家是这个社区的形象大使。这是我希望作家和大学相互学习、相互理解的所在。

我希望我们能够认识到，所有优秀的写作者都是富有创造力的，即使是哲学或动物学教科书，只要写得清晰而有趣，并着眼于观众，也都是一种创意写作。在美好的一天，我们可以称自己——或者无意中听到别人称呼自己——是有创造力的。我很不情愿地相信，"创意"是一个被滥用的词，滥用到导致分裂的地步。"想象写作"比创意写作更简洁，但也更具有排他性。但是，我们真的认为有些作家是有创意的，而其余的是没有创意的吗？在这个层次上，创意和非创意之间的区别，在很大程度上，难道不就是好的、有思想的写作和差的、没有思想的写作之间的区别吗？我看不出我们最好的小说家和诗人与我们最好的科学家或社会学家在实践的完整性方面有任何分歧。有时，他们同时扮演了两种角色。我希望我们能有更大的自由来创设大学学位，从而创造出文艺复兴时期那样的人才，这样就不会让人怀疑我们在生活中有多种追求的能力。"自我完成学术"的自由和机会应扩展到我们的学生之中。

跨学科写作是一场非常重要的运动，其发展能量很多来自那些关心写作的人。倡议"跨学科创意写作"似乎是很自然的一步。跨学科的能量和关注也可以来自创意写作学科内部。专业化的幽灵现如今已潜入了许多学校的课程，而创造力也受到了它的"威胁"。如今，在高中重新引入创意实践与大学一样重要。为此，我希望作家们能够在大学和高中知识体系的边界上更加活跃。我在许多作家和未来的作家身上都看到了欲望与成就之间，以及承诺与执行之间的分歧。这种摩擦产生了艺术上的不安全感，并满足了有些人对创意写作领域的愿望，他们希望创意写作能够不与其他非文学领域竞争，甚至创意写作者能够不与其他年轻作家竞争。我们的工作就是消除作家那完美又微弱的自然之欲，以及他们所渴望的行动间的断层。然而，在践行这一卓越事业的同时，我也希望作家们能付出更多的努力，向有非传统文学背景的人们，比如有科学和商学背景的人们，开放我们的教育工作，而不是加强由于不信任或不安全而产生的偏见。如果想要创造和挑战观众，将非虚构创意写作教学引入科学和商业领域显然是进入它们各自领域的最佳途径。

写作游戏

把一场危机变成一出戏

朗读大卫·马梅的《拜金族格伦·罗斯》（*Glengarry Glen Ross*）（NA2：2509），试着以团队的形式将其表演出来。参观一所商学院，和该学院的学生一起开展一场研究商业危机的研讨会，以上述游戏作为起点。注意剧本所包含的语言及其对商业和房地产术语的使用。你可能会选择一家大公司的倒闭或者像内幕交易这样的欺诈问题作为你的主题。即兴表演一部戏剧，把你要讨论的危机戏剧化。把这出即兴表演作为构建你个人的短篇故事的舞台，或者讲讲有关这个研讨会以及与你的合作者的性格特质相关的故事。

目标：虽然我们喜欢把经济学归结为数字和市场力量，但商业中的每一项行动都是由人、他们的冒险、个性和人为的错误组成的。在探讨各种危机时刻时，戏剧可以让我们立即了解到哪里出了问题，以及什么才是正确的。因此，戏剧是一种很有见地的教育和社交工具。

嵌合体

学院对我们来说可能既意味着卓越的赞助人，也意味着不稳定。它们是诱人的，对艺术家来说一直如此。它们赋予我们社群而非孤独，赋予我们观众而非忽视，赋予我们金钱而非贫困，赋予我们力量而非脆弱无助，赋予我们结构而非混乱，赋予我们出版而非默默无闻，赋予我们真正的意见而非粗暴的观点。学院是一种嵌合体。有些学院就像是俱乐部和社会阶层体系，是某种有特定规矩和隐藏社会准则的机构。如果一些创意作家进入了这个领域，那么就意味着另一些人要离开。写作领域突然形成了自己的阶级体系。学生和教职员工也是如此。书面形式的学位成为出版或教学工作的护照。没有资质，就没有事业，就意味着封闭的空间。然而，如果所有的写作学院都消失了，我们也不会突然发现我们周围就没有作家了。

学院会保护它们自身，也会保护它们的偶像。作家可以被当作文化的装饰品来炫耀，用来为不那么受人尊敬的活动辩护或做掩盖。正如我们在第二章中讨论的那样，有时教学和写作会对彼此产生负面影响，歪曲那些自发的直觉性实践；一种纲领性的哲学会逐渐发展起来，而后僵化为主张或意识形态，抛弃掉研究与论证。作家成了终身待在象牙塔里的自由主义者。以学院为基础的作家们面临着与他们写作所处的生活和工作环境隔绝的风险。如果作家缺乏安全感或感到抑郁，那么一座学院所提供的安逸与成功就可能暴露出他们最糟糕的品质。作家在那个小池塘里被养成了一条肥鱼，却没意识到这池塘其实是一方养鱼场。他们有可能在权力的走廊里迷失方向，或者在贪图地位的教育结构中过于自在，这将毒害他们的创意思想和行动，因为他们所追求的只是幻象。这样的风险在于，他们最终会与那些对文学并不像他们的头衔所暗示的那么看重的人紧密勾结。正如小说家罗素·塞林·琼斯所写，一些作家教师为了保护自己不被制度化，"故意对枯燥的行政语言失忆，从不写校园……与监狱保持联系，这是对向给你发薪水的天才们提供庇护所的一种反驳"。但不是每个人都似这般足智多谋。写作是一件令人绝望的事情。薪水的诱惑会让有些人与不当的对象勾结。

一些创意作家入场，也就意味着另一些创意作家被淘汰。

对于作家来说，最糟糕的事情就是教学搅乱写作。正如林恩·弗里德所说，他们的作品听上去就像是出自教师之手——规避风险，由理论逼迫或驱动。情况在变得更糟。创意写作行业可能开始变得像是有一个有关价值和能力的阴谋。威廉·帕卡德引用了《纽约季刊》（*New York Quarterly*）编辑的话：

> 大多数诗人都想要鱼和熊掌兼得——他们在投稿信中吹嘘着享有声望的补助金、轻松的学术工作、在时尚杂志上发表的大量文章……但你不能既过兔子般的生活，又写老虎样的诗。如果有人想要以富有原创性的、诚实又鲁莽的方式写作，那么他或她可能不得不改变他或她生活中的很多东西。（1992：27）

再次想起里尔克说的——"在深夜问问你自己：我必须写吗？……然后根据此种需要安排好自己的生活。"帕卡德的话则对这句话作了补

作家在那小池塘里被养成了一条肥鱼，
却没意识到这池塘其实是一方养鱼场。

充："威廉·杰伊·史密斯认为，我们现在这个时代充斥着大量所谓的
'创意写作'——一些空有技法却缺乏激情的东西，填满了在工坊和研讨
会上学到的技巧，然后发表在《米奇》（Mickey Mouse）杂志上。"在报
纸的文学版上，参加过创意写作课程的当代小说作家和诗人一样遭受着
讽刺和责难，因为对有些人来说，创意写作行业就像是一个卡通世界、
一个充满了幻想的成就和真空密封声誉的幻境。

创意写作领域显然是更加开放的。最好的情况是，创意写作教学为
文学演变和语言真实拓宽了边界。我们在阅读和写作中越多关注语言练
习，我们就越能关注语言所处的世界，我们将个人的感觉和知觉转化为
文字的经验也就越丰富，而我们也因此越能够赢得读者的信任。我们需
要记住这一点：读者们生于此世，并给予我们关注。然而，如果我们不
继续创造和再创造我们的空间，我们就会被指责为偏狭和颓废。创意写
作学院是一个开放的空间，但有时它需要像我们的作品一样被重写。也
许，只是有时候，我们确实需要对它进行重写。有怎样的园丁，就会培
植出怎样的花园。

一些观点

大多数从事教学的作家都知道个中利害。他们承认这其中的危险之

处并与之斗争，或者迷惑于它们。许多作家抓住机会，建立跨学科的桥梁，并进入当地社区。大多数教育机构都比它们的政府更加自由和讲究人道主义，并在它们的选区和社区内外都做出了杰出的贡献，它们是宽容、进取和研究的先锋。我的观点是，我们永远不能高高在上——我们是语言、故事和诗歌的创造者，而不是等级制度的制造者或再包装者。然而，我们也决不能妄自菲薄。对于一名作家来说，自我理解比职业和地位更重要。自我理解使你想要做些什么，而不仅仅是成为什么。那，我们该如何做呢？

第一，我们可以拥抱这门学科的各种起源、历史和矛盾。第二，我们可以接受与其他教学艺术形式同等的严肃性。第三，我们可以在包括科学在内的其他创造性领域平等地开展工作，通过科学普及和非虚构创意作品，提高公众对其他知识体系的认识。第四，我们可以不再把我们的工作当作文学研究或社会工作的辅助教学来为其正名。当然，它包含了这些领域，但它是一门独立的学科，它的起源和目的就像修辞学和希腊戏剧教学一样古老。最后，学生和老师可以停止向创意写作研究学科表示歉意，我们完全有理由颂扬对创意的追求与实践。我希望这本书能够证明创意写作首先是一种自然的人类活动。

创意写作是可以教授的。很久以前，它是通过被嵌入修辞和戏剧艺术的写作、以口语练习来教授的。今天，我们丢失了这种传统，但我们也创造了第二次机会。我之所以对创意写作有这种积极的看法，是因为我对此不再抱有怀疑态度。我最初选择的是成为一名科学家。而作为一个偏离了文学领域的人，我渴望获得某种创造力的通行证，就好像我站在一所灯火通明的房子外面，却没有进入的许可。许多作家让我进了门，他们教我像作家一样读书、像学徒一样写作。我为作家们感到高兴，我们生活在一个重视创造力的时代。让我们调研社区和学院之间的任何虚假边界，探索教育写作的新水平。我们寻求在教育领域扩展创意写作的特许经营权，并将我们的工作扩展到社区、工作场所和学校以外的学院——在我们的大门向世界敞开的场景下写作。

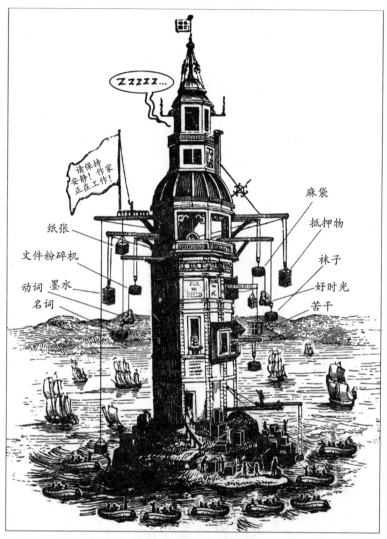

对有些人来说，创意写作行业就像一个卡通世界，一个充满梦幻、成就和被封在真空中的声誉的云中仙境。

写作游戏

最后再问一遍，你是谁?

你为什么写作?你如何写作?生活中是否有压力迫使你保持沉默?

写一篇不超过 800 个词的陈述，描述你目前的创作动机与创作方法。是什么驱使着你，又是什么阻碍着你？你如何改善你的写作条件？用这些问题作为标题，然后快速地写下来，不需要有太多深思熟虑。

目标：将你的答案与你在第二章关于这个主题的写作游戏中所写的答案进行比较。如果你还需要更多进步，那么根据这本书的建议，做一些艰难而实际的决定来改变一些事情，让你以一名作家的身份更流畅地练习。

芝麻之门和深渊

里尔克写道："没有人能给你建议或帮助你——没有人。你唯一应做的就是回归自我，并找出激发你写作的理由。"里尔克有着富有的赞助人和安全的写作空间，如杜尼诺城堡。他在很多方面都有能力改变自己的生活，为天使写作。我们生活在现实的开放空间中。无论如何，回归自我吧。向下垂降到那看不见的深渊，而你的作品就将从那里升起。但是，里尔克对这种做法的价值判断却是错误的。"我们走吧，这条路很长"，维吉尔说，诗人的灵魂带领活着的但丁穿过了地狱——"让我们走吧，因为漫漫长路催着我们"。作家只是芸芸众生中的一员。写作之光让我们找到了我们的道路，回想第八章中劳伦斯的《巴伐利亚龙胆花》吧："让我用这枝花那蓝色、分岔的火炬给自己引路。沿着那越来越黑暗的楼梯下去，蓝色越来越暗。"

作为学生、作家和写作教师，我们在社会和教育群体中工作和写作——我们属于这些群体。我们大多只是些小角色，或处于可被替换的阶段。我们的生活可能会有些混乱，尤其因为创意写作是一门跨越知识的学科，因此也就跨越了一致性。作家是舞台上的演员，是所处社会的参与者，因此我们不必总是扮演小丑。当然，我们也不必把自己看得太严肃，但应当更严肃地看待自己的学科。

优秀的作家和自由的思想家选择了教育领域。他们通过自己的存在来开展活动，使之成为一个对创意思想与行动来说更好的空间。作家在各个层次的教育系统中工作，并不太受重视，但作家必须以自己的方式写作，而不仅仅是出于必要。贫困对创造力的促进作用被高估了，而教育至少提供了正直的表象，以及在某一时刻为某人做一些好事的可能性。你的第一步又应当如何呢？

作家从事教学是因为他们具备这种能力。作为一名创作新人，你能为自己做的第一件事（同时也是最好的事）就是向一位有实战经验的导师学习，他能理解写作会如何让你迷失，也能给予你一条绳索，带领你穿过地狱的漩涡，从深渊折返。个人文学史是一名作家被其他作家所接受的历史，是一名作家在"漫长的道路上"受到一些人的欢迎和指导的历史。作为一门学术学科，创意写作鼓励这些奇异的、足以改变人生的会面。

乔伊斯·卡罗尔·欧茨说："通过尊重彼此的创造，我们向那些深深连接我们所有人、超越我们的东西致以敬意。"学习创意写作是因为我们拥有这种能力。记住：学习就像写作一样，是一种集体行为，作家用各自的记忆与声音承载着社区的故事。把创意写作想象成一个开放的空间、一片语言和记忆的大陆。大多数时候，我们在听到、看到彼此时相距甚远，甚至根本无法听到或看到彼此，这让我们忽略他人，从知识、语言和理解上匆匆掠过，并让我们的注意力萎缩。而创意写作——甚至那些并无创意而只是简单的写作——拉近了我们的距离，唤醒我们，打开了通往世界的大门，甚至打开了从内心世界通向外部世界的大门。创意写作让我们看到了语言的光芒，它并不告诉我们应当去思考些什么，而是让我们看到、听到彼此。通过创意写作，我们可以更深入地了解自己。现在，你可以起身，去打开你创意写作的大门了。

推荐阅读

社区写作本身就已创作出了大量的文学作品，然而遗憾的是，因其中大部分都被视作"地下""工人"或"社区"文学，而被学术界忽视。因此，这里的建议只包含了一些更主流的例子中的一小部分。在纽约，成立于 1967 年的"教师和作家合作组织"（the Teachers and Writers Collaborative）就是一个有益的例子。作为一个非营利组织，其成员相信作家可以为写作和文学教学做出独特的贡献（www. twc. org）。从很多层面上说，该组织的成员都是《剑桥创意写作导论》中的隐形英雄。美国诗人肯尼斯·科赫的作品贯穿本书，他便在社区与学校项目中受到了该组织的帮助。当科赫走进教室时，孩子们会高兴地鼓掌欢呼。他充满趣味性但同时也经过了精心设计的教学方法可见《愿望、谎言与梦想：面向儿童的诗歌写作教学》（*Wishes*, *Lies and Dreams*：*Teaching Children to Write Poetry*）（Harper Perennial，1999）。对于那些新的、想要冒险走入社区的创意作家来说，这是一本十分重要的书，它为教师提供了新的教授儿童写作的方法。它包含了游戏、诗歌和实用的建议。科赫还在养老院做工作，推广创意写作，《我从没告诉过别人：老年人诗歌写作教学》（*I Never Told Anybody*：*Teaching Poetry Writing to Old People*）（Teachers and Writers Collaborative，1997）是另一本令人满足的社区作家教学书籍。"创意写作卫生保健组织"（Creative Writing in Health Care）是一个在作家与医疗从业人员间具有强有力的传统的组织。许多创意作家在菲欧娜·辛普森的《健康和社会护理的创意写作》（*Creative Writing in Health and Social Care*）（Jessica Kingsley，2004）中探索了这一传统。大卫·莫利的《礼物：国家卫生服务新写作》（*The Gift*：*New Writing for the National Health Service*）（Stride，2002）整合了由作家协调的独特社区写作项目中作家与医疗保健工作者的创意作品，其目的是探索"医疗艺术和艺术医疗"。曼迪·科和让·斯巴克兰德合著的《我们的想法是蜜蜂：与作家和学校合作》（*Our Thoughts Are Bees*：*Working with Writers and Schools*）（Wordplay Press，2005）提供了关于英国学校实习相关的建议。西莉亚·亨特的《创意写作自传的治疗层面》（Jessica Kingsley，2000）探讨了创意写作在疗愈和个人发展中的作用。在英国，全国作家教育协会（National Association of Writers in Education）为确定标准、培训和良好实践提供了关注点（www. nawe. co. uk）。科学家马克斯·佩鲁茨在《我希望早些让你生气，冷泉港实验室》（*I Wish I'd Made You Angry Earlier*，*Cold Spring Harbo*）（Laboratory Press，2003）中质疑了人们对想象力在科学中的地位的看法，这也是科普作为创意写作的一个很好的例子。至于那些对写作、想象力和科学感兴趣的读者，他们可以参考社会生物学家 E. O. 威尔逊的著作，尤其是他的综合著作《一致性：知识的统一》（*Consilience：The Unity of Knowledge*）（Abacus，2003）。在该书中，他表示："我们正在学习一点，即道德就是一切的。人类社会的存在……奠刻在基因中建立长期契约的倾向之上，这些契约通过文化演变成了道德戒律和法律。"这本书的最后一部分引用了威尔逊的学说。乔纳森·戈特沙尔和大卫·威尔逊所编辑的《文学动物》（Northwestern University Press，2005）是一本引人入胜的文集，汇集了处于进化文学分析前沿的学者们的文章：文章作者包括对创意写作有浓厚兴趣的科学家们，以及把进化论作为他们的解释框架的文学分析家。作为一名科学家和一名诗人，我认为人文学科与史蒂芬·平克所说的那种"符合人性的新科学"（new sciences of human nature）的结合是一个能让创意写作探寻到更大目标的开放空间。

写作游戏

你的起点即终点

为你想象中的诗集、故事集或你的非虚构创意作品的最终版本写一篇 500 个词的后记。假设你的工作和生活充满了成功，你的读者群体广泛且很少批判你。这可能是你最后一次在出版物上向读者展示真实自我的机会，为此写一个简短的说明，说说你认为自己的不足是什么，以及你的读者为何可能没注意到这些不足。最后一句，写下你想要传授给刚开始写作的创作新人的经验或教训。

目标：有时候，告诉自己真相是最难做到的事情，就像描绘一些东西而不加任何艺术处理。写下自己的弱点，这不仅对于写作艺术中的"真诚"来说是必要的，对于你个人的正直品质与未来发展也大有裨益。

参考书目

Abbott, H. Porter, The Cambridge Introduction to Narrative, Cambridge: Cambridge University Press, 2002.

Abrioux, Yves, Ian Hamilton Finlay: A Visual Primer, London: Reaktion. Books, 1994. Addonizio,

Kim and Laux, Dorianne, The Poet's Companion, New York : Norton, 1997.

Allen, Walter, Writers on Writing, London: Dent, 1948.

Alvarez, Al, The Writer's Voice, London: Bloomsbury, 2005.

Amis, Martin, Experience, London: Vintage, 2001.

Anderson, Linda (ed.), Creative Writing: A Workbook with Readings, London: Routledge, 2006.

Apollinaire, Guillaume, Caligrammes, Berkeley: University of California Press, 1991.

Attridge, Derek, Poetic Rhythm: An Introduction, Cambridge: Cambridge University Press, 1995.

Atwood, Margaret, interviewBBC 4, bbc. co. uk/bbcfour/audiointerviews/profilepages/atwood, November 1996.

Atwood, Margaret, Negotiating with the Dead: A Writer on Writing, Cambridge: Cambridge University Press, 2002.

Barry, Elaine (ed.), Robert Frost on Writing, New Brunswick: Rutgers University Press, 1973.

Beard, Richard, X20, London: Flamingo, 1996.

Behn, Robin and T wichell, Chase (eds), The Practice of Poetry: Writing Exercises from Poets who Teach, New York: HarperResource, 1992.

Bell, Julia and Magrs, Paul, The Creative Writing Coursebook, London: Macmillan, 2001.

Bell, Madison Smartt, Narrative Design: A Writer's Guide to Structure, New York: Norton, 1997.

Bernays, Anne and Painter, Pamela, What If? Writing Exercises for Fiction Writers, New York: Quill, 1991.

Berry, Cicely, Your Voice and How to Use It, London: Virgin Books, 2003.

Bishop, Elizabeth, The Complete Poems, New York: The Noonday Press, 1979. Blake, Carole, From Pitch to Publication, Basingstoke: Macmillan, 1999.

Blegvad, Peter, The Book of Leviathan, London: Sort Of Books, 2000.

Bloom, Harold, The Anxiety of Influence, 2nd edition, Oxford: Oxford University Press, 1997.

Bloom, Harold, How to Read and Why, London: Fourth Estate, 2000.

Bly, Carol, Beyond the Writers' Workshop, New York: Anchor, 2001.

Boden, Margaret A., The Creative Mind: Myths and Mechanisms, London: Routledge, 2004.

Boisseau, Michelle and Wallace, Robert, Writing Poems, 6th edition, New York: Longman Pearson, 2004.

Booker, Christopher, The Seven Basic Plots, London: Continuum, 2004.

Bradbury, Malcolm (ed.), The Penguin Book of Modern British Short Stories, London: Penguin Books, 1988.

Brande, Dorothea, Becoming a Writer, New York: Harcourt and Brace, 1934; reprint New York: Tarcher Penguin, 1981.

Brook, Peter, The Empty Space, Harmondsworth: Penguin, 1990.

Brower, Reuben, Mirror on Mirror: Translation Imitation Parody, Cambridge, MA: Harvard University Press, 1975.

Brown, Clare and Paterson, Don (eds), Don't Ask Me What I Mean: Poets in Their Own Words, London: Picador, 2003.

Browne, Renni and King, Dave, Self-Editing for Fiction Writers: How to Edit Yourself into Print, New York: HarperResource, 2004.

Burke, Sean (ed.), Authorship: From Plato to the Postmodern, Edinburgh: Edinburgh University Press, 1995.

Burnshaw, Stanley, The Poem Itself, Harmondsworth: Penguin, 1960.

Burroway, Janet, Writing Fiction, New York: Longman, 2003.

Burroway, Janet, Imaginative Writing, 2nd edition, New York: Longman, 2006.

Calder, Nigel, The Magic Universe, Oxford: University Press, 2003.

Carver, Raymond, Fires, London: Picador, 1986.

Coe, Mandy and Sprackland, Jean, Our Thoughts are Bees: Working with Writers and Schools, Southport: Wordplay Press, 2005.

Connolly, Cyril, Enemies of Promise, London: Penguin, revised edition 1961.

Cox, Ailsa, Writing Short Stories, London: Routledge, 2005.

Curtis, Tony (ed.), As the Poet Said..., Dublin: Poetry Ireland, 1997.

Dawson, Paul, Creative Writing and the New Humanities, London: Routledge, 2005.

Dillard, Annie, The Writing Life, New York: HarperCollins, 1989.

Eshleman, Clayton, Companion Spider, Middletown: Wesleyan University Press, 2001.

Fenton, James, An Introduction to English Poetry, London: Penguin, 2002.

Ford, Richard (ed.), The Granta Book of the American Short Story, London: Granta, 1992. Freed, Lynn, 'Doing Time: My Years in the Creative Writing Gulag', Harper's Magazine, July 2005, pp. 65—72.

Freedman, Diane and Frey, Olivia (eds), Autobiographical Writing Across the Disciplines, Durham: Duke, 2003.

Fuentes, Carlos, This I Believe, London: Bloomsbury, 2004.

Fussell, Paul, Poetic Meter and Poetic Form, New York: Random House, revised edition 1979.

Gardner, John, The Art of Fiction, New York: Vintage Books, 1983.

Gardner, John, On Becoming a Novelist, New York: HarperPerennial, 1985.

Gerard, Philip, Creative Nonfiction, Cincinnati: Story Press, 1996.

Gottschall, Jonathan and Wilson, David (eds), The Literary Animal, Illinois: Northwestern University Press, 2005.

Gutkind, Lee, The Art of Creative Nonfiction, New York: John Wiley & Sons, 1997.

Haffenden, John, Viewpoints: Poets in Conversation, London: Faber and Faber, 1981.

Hamilton, Ian, Robert Lowell: A Biography, London: Faber and Faber, 1982.

Harmon, William (ed.), Classic Writings on Poetry, New York: Co lumbia University Press, 2003.

Heaney, Seamus, Finders Keepers: Selected Prose 1971—2001, London: Faber and Faber, 2002.

Herbert, W. N. and Hollis, Matthew (eds.), Strong Words: Modern Poets on Modern Poetry, Newcastle: Bloodaxe Books, 2000.

Hershman, D. Jablow and Lieb, Julian, Manic Depression and Creativity, New York: Prometheus Books, 1998.

Hollander, John, The Gazer's Spirit, Chicago: University of Chicago Press, 1995.

Hollander, John, Rhyme's Reason, New Haven: Yale Nota Bene, 2001.

Holub, Miroslav, The Dimension of the Present Moment, London: Faber and Faber, 1990.

Hughes, Ted, Poetry in the Making, London: Faber and Faber, 1967.

Hughes, T ed, Winter Pollen, London: Faber and Faber, 1994.

Hughes, T ed, By Heart, London: Faber and Faber, 1997.

Hugo, Richard, The Triggering Town: Lectures and Essays on Poetry and Writing, New York: Norton, 1979.

Hunt, Celia, Therapeutic Dimensions of Autobiography in Creative Writing, London: Jessica Kingsley, 2000.

Hunt, Celia, 'Assessing Personal Writing', Auto/Biography 9 (1—2), 2001, pp. 89 - 94.

Hunt, Celia and Sampson, Fiona, Writing: Self and Reflexivity, London: Palgrave, 2006.

Jack, Ian (ed.), The Granta Book of Reportage, London: Granta, 2006.

Kennedy, X. J. and Gioia, Dana, An Introduction to Poetry, New York: Longman, 1998.

King, Stephen, On Writing, London: Hodder, 2000.

Kinzie, Mary, A Poet's Guide to Writing Poetry, Chicago: Chicago University Press, 1999.

Koch, Kenneth, Rose, Where Did You Get That Red?, New York: Vintage, 1990.

Koch, Kenneth, I Never Told Anybody: Teaching Poetry Writing to Old People, New York: Teachers and Writers Collaborative, 1997.

Koch, Kenneth, Wishes, Lies and Dreams: Teaching Children to Write Poetry, New York: HarperPerennial, 1999.

Koch, Kenneth, The Art of the Possible: Comics Mainly Without Pictures, New York : Soft Skull Press, 2004.

Koestler, Arthur, The Act of Creation, London: Picador, 1975.

Kundera, Milan, The Art of the Novel, New York: FirstHarper Perennial, 2000.

Lakoff, George and Johnson, Mark, Metaphors We Live By, Chicago: University of Chicago Press, 1980.

Lamott, Anne, Bird by Bird: Some Instructions on Writing and Life, New York: Anchor, 1995.

Le Guin, Ursula, Steering the Craft, Portland: Eighth Mountain Press, 1998.

Leahy, Anna (ed.), Power and Identity in the Creative Writing Classroom, Clevedon: Multilingual Matters, 2005.

Lennard, John, The Poetry Handbook, Oxford: Oxford University Press, 1996.

Lodge, David, The Art of Fiction, London: Penguin Books, 1992.

Lodge, David, The Practice of Writing, London: Penguin, 1997.

Logan, William, The Undiscovered Country: Poetry in the Age of Tin, New York: Columbia University Press, 2005.

Lopez, Barry, Arctic Dreams, New York: Scribner, 1986.

Lopez, Barry, About This Life, London: Harvill Press, 1999.

Lovejoy, Margot, Digital Currents: Art in the Electronic Age, London: Routledge, 2004.

MacCarthy, Fiona, Byron: Life and Legend, London: John Murray, 2002.

Mahon, Derek, Collected Poems, Loughcrew: Gallery Press, 1999.

Malcolm, Janet, The Journalist and the Murderer, London: Granta, 2004.

Mandelstam, Nadezhda, Hope Against Hope, London: Collins and Harvill Press, 1971.

Mandelstam, Osip, The Noise of Time: Selected Prose, trans. Clarence Brown, Evanston: Northwestern University Press, 2002.

Matthews, Harry and Brotchie, Alastair, OuLiPo Compendium, London: Atlas, 1998.

Mills, Paul, The Routledge Creative Writing Coursebook, London: Routledge, 2006.

Moore, Alan, Writing for Comics, Urbana: Avatar, 2005.

Moore, Marianne, Complete Poems, London: Faber and Faber, 1968.

Morley, David, The Gift: New Writing for the National Health Service, Exeter: Stride, 2002.

Murray, Les, Translations from the Natural World, Manchester: Carcanet Press, 2003.

Myers, D. G., The Elephants Teach: Creative Writing Since 1880, New Jersey: Prentice Hall, 1995.

Nabokov, Vladimir, Speak, Memory: An Autobiography Revisited, London: Penguin, 2000.

Novakovich, Josip, Fiction Writers Workshop, Cincinnati: Story Press, 1995.

Oates, Joyce Carol, The Faith of a Writer, New York: HarperCollins, 2004.

Oliver, Mary, A Poetry Handbook, San Diego: Harvest, 1994.

Olsen, Tillie, Silences, New York: The Feminist Press, 2003.

Ostrom, Hans, Bishop, Wendy and Haake, Katherine, Metro: Journeys in Writing Creatively, New York: Addison—Wesley, 2001.

Packard, William, The Art of Poetry Writing, New York: St Martin's Press, 1992.

Padgett, Ron, (ed.), Handbook of Poetic Forms, 2nd edition, New York: Teachers and Writers Collaborative, 2000.

Paterson, Don, The Eyes, London: Faber and Faber, 1999.

Paterson, Don, The Book of Shadows, London: Picador, 2004.

Perutz, Max, I Wish I'd Made You Angry Earlier, New York: Cold Spring Harbor Laboratory Press, 2003.

Pessoa, Fernando, Selected Poems, London: Penguin Books, 1974.

Pfenninger, Karl H. and Shubik, Valerie R. (eds), The Origins of Creativity, Oxford University Press, 2001.

Phillips, Larry W. (ed.), Ernest Hemingway on Writing, New York: Scribner, 1984.

Plimpton, George (ed.), Women Writers at Work: The Paris Review Interviews, New York: Penguin Books, 1989.

Pope, Rob, Creativity: Theory, History, Practice, Abingdon: Routledge, 2005.

Pound, Ezra, The ABC of Reading, New York: New Directions, 1934, reissued 1960.

Preminger, Alex and Brogan, T., The New Princeton Encyclopedia of Poetry and Poetics, Princeton: Princeton University Press, 1993.

Pullman, Philip, 'Introduction' to Paradise Lost, Oxford: Oxford University Press, 2005.

Queneau, Raymond, Cent Mille Milliards de poèmes, Paris: Editions Gallimard, 1961.

Queneau, Raymond, Exercises in Style, Paris: Editions Gallimard, 1947.

Redmond, John, How to Writea Poem, Oxford: Blackwell, 2006.

Rodenburg, Patsy, The Right to Speak: Working with the Voice, London: Methuen, 1992.

Rodden, John (ed.), Conversations with Isabel Allende, trans. Virginia Invernizzi, Austin: University of T exas Press, 1999.

Said, Edward, On Late Style, London: Bloomsbury, 2006.

Sampson, Fiona (ed.), Creative Writing in Health and Social Care, London: Jessica Kingsley, 2004.

Sansom, Peter, Writing Poems, Newcastle: Bloodaxe Books, 1994.

Schaefer, Candace and Diamond, Rick, The Creative Writing Guide, New York: Addison-Wesley, 1998.

Schmidt, Michael, Lives of the Poets, London: Phoenix, 1999.

Scully, James (ed.), Modern Poets on Modern Poetry, London: Fontana, 1966.

Shapard, Robert and Thomas, James, Sudden Fiction International, New York: Norton, 1989.

Shapiro, Nancy and Padgett, Ron (eds), The Point: Where Teaching and Writing Intersect, New York: Teachers and Writers Collaborative, 1983.

Sheeler, Jessie, Little Sparta: The Garden of Ian Hamilton Finlay, London: Frances Lincoln, 2003. Showalter, Elaine, Teaching Literature, Oxford: Blackwell, 2003. Sinclair, John D. (trans.), The Divine Comedy, 3 vols, New York: Oxford University Press, 1961. Smith, Frank, Writing and the Writer, London: Heinemann, 1982.

Spiegelman, Art, MAUS: A Survivor's Tale, New York: Random House, 1986.

Steegmuller, Francis, Cocteau: A Biography, Boston: Atlantic/Little Brown, 1970.

Steele, Timothy, All the Fun's in How You Say a Thing: An Explanation of Meter and Versification, Athens: Ohio University Press, 1999.

Stein, Sol, Stein on Writing, New York: St Martin's Press, 1995.

Strand, Mark and Boland, Eavan, The Making of a Poem: A Norton Anthology of Poetic Forms, New York: Norton, 2000.

Strunk, William and White, E. B., The Elements of Style, Massachusetts: Allyn and Bacon, 2000.

Szymborska, Wisl? awa, People on a Bridge, trans. Adam Czerniawski, London: Forest, 1996.

Thomas, Edward, Collected Poems, Oxford: Oxford University Press, 1978.

Treglown, Jeremy, V. S. Pritchett: A Working Life, London: Chatto and Windus, 2004.

Tur ner, Mark, The Literary Mind, Oxford: Oxford University Press, 1996.

Wainwright, Jeffrey, Poetry: The Basics, London: Routledge, 2004.

Wilson, E. O., Consilience: The Unity of Knowledge, New York: Abacus, 2003.

Wolff, T obias, Old School, London: Bloomsbury, 2005.

Wood, James, 'The Last Word', Guardian Review, 11 June 2005, p. 7.

Wright, C. D., Cooling Time, Washington: Copper Canyon Press, 2005. Zinsser, William, On Writing Well, New York: Collins, 2005.

本书英文原书索引部分可扫描以下二维码下载：

创意写作课程平台

从入门到进阶多种选择，写作路上助你一臂之力

【品牌课程】叶伟民故事写作营

故事，从这里开始。

如果你有一个故事创意，想要把它写出来；

如果你有一个故事半成品，想要把它改得更好；

如果你在写作中遇到瓶颈，苦于无法向前一步；

如果你想找一群爱写作的小伙伴，写作路上抱团取暖——

加入"叶伟民故事写作营"，让写作导师为你一路保驾护航。

资深写作导师、媒体人、非虚构写作者叶伟民，帮助你实现从零到一的跨越，将
一个故事想法写成一个完整的故事，继而迈出从一到无限可能的重要一步。

【写作练习】"开始写吧！——21 天疯狂写作营"

每年招新，专治各种"写不出来"。

你有没有遇到过这样的情况：

拿起笔来，或是把手放到键盘上，这时大脑变得一片空白，一个字也写不出来？

或者，写着写着，突然就没有灵感了？

或者，你喜欢写作和阅读，但就是无法坚持每天写？

再或者，你感觉写作路上形单影只，找不到志同道合的小伙伴？

"开始写吧！——21 天疯狂写作营"为你提供一个可以每天打卡疯狂写作的地方。

依托"创意写作书系"里的海量资源，班主任每天发布一个写作练习，让你锻炼
强大的写作肌。

★ ★ ★

写作营每年招新，课程滚动更新，可扫描右侧二维码了解最新写
作营及课程信息，或关注"创意写作坊"公众号（见本书后折口），
随时获取课程信息。

创意写作课程平台

精品写作课

作家的诞生——12位殿堂级作家的写作课

中国人民大学习克利教授10余年研究成果倾力呈现，横跨2800年人类文学史，走近12位殿堂级写作大师，向经典作家学写作，人人都能成为作家。

荷马：作家第一课，如何处理作品里的时间？

但丁：游历于地狱、炼狱和天堂，如何构建文学的空间？

莎士比亚：如何从小镇少年成长为伟大的作家？

华兹华斯和弗罗斯特：自然与作家如何相互成就？

勃朗特姐妹：怎样利用有限的素材写作？

马克·吐温：作家如何守望故乡，如何珍藏童年，如何书写一个民族的性格和成长？

亨利·詹姆斯：写作与生活的距离，作家要在多大程度上妥协甚至牺牲个人生活？

菲兹杰拉德：作家与时代、与笔下人物之间的关系？

劳伦斯：享有身后名，又不断被诋毁、误解和利用，个人如何表达时代的伤痛？

毛姆：出版商的宠儿，却得不到批评家的肯定。选择经典还是畅销？

作家的诞生
——12位殿堂级作家的写作课

一个故事的诞生——22堂创意思维写作课

郝景芳和创意写作大师们的写作课，国内外知名作家、写作导师多年创意写作授课经验提炼而成，汇集各路写作大师的写作法宝。它将告诉你，如何从一个种子想法开始，完成一个真正的故事，并让读者沉浸其中，无法自拔。

郝景芳：故事是我们更好地去生活、去理解生活的必需。

故事诞生第一步：激发故事创意的头脑风暴练习。

故事诞生第二步：让你的故事立起来。

故事诞生第三步：用九个句子描述你的故事。

故事诞生第四步：屡试不爽的故事写作法宝。

创意写作书系

这是一套广受读者喜爱的写作丛书，系统引进国外创意写作成果，推动本土化发展。它为读者提供了一把通往作家之路的钥匙，帮助读者克服写作障碍，学习写作技巧，规划写作生涯。从开始写，到写得更好，都可以使用这套书。

综合写作		
书名	作者	出版日期
成为作家	多萝西娅·布兰德	2011 年 1 月
一年通往作家路——提高写作技巧的 12 堂课	苏珊·M. 蒂贝尔吉安	2013 年 5 月
创意写作大师课	于尔根·沃尔夫	2013 年 6 月
渴望写作——创意写作的五把钥匙	格雷姆·哈珀	2015 年 1 月
与逝者协商——布克奖得主玛格丽特·阿特伍德谈写作	玛格丽特·阿特伍德	2019 年 10 月
心灵旷野——活出作家人生	纳塔莉·戈德堡	2018 年 2 月
诗性的寻找——文学作品的创作与欣赏	刁克利	2013 年 10 月
从创意到畅销书——修改与自我编辑	詹姆斯·斯科特·贝尔	2016 年 1 月
来稿恕难录用——为什么你总是被退稿	杰西卡·佩奇·莫雷尔	2018 年 1 月
虚构写作		
小说写作教程——虚构文学速成全攻略	杰里·克里弗	2011 年 1 月
开始写吧！——虚构文学创作	雪莉·艾利斯	2011 年 1 月
冲突与悬念——小说创作的要素	詹姆斯·斯科特·贝尔	2014 年 6 月
情节与人物——找到伟大小说的平衡点	杰夫·格尔克	2014 年 6 月
人物与视角——小说创作的要素	奥森·斯科特·卡德	2019 年 3 月
情节线——通过悬念、故事策略与结构吸引你的读者	简·K. 克莱兰	2022 年 1 月
经典人物原型 45 种——创造独特角色的神话模型（第三版）	维多利亚·林恩·施密特	2014 年 6 月
经典情节 20 种（第二版）	罗纳德·B. 托比亚斯	2015 年 4 月
情节！情节！——通过人物、悬念与冲突赋予故事生命力	诺亚·卢克曼	2012 年 7 月
如何创作炫人耳目的对话	詹姆斯·斯科特·贝尔	2016 年 11 月
超级结构——解锁故事能量的钥匙	詹姆斯·斯科特·贝尔	2019 年 6 月
故事工程——掌握成功写作的六大核心技能	拉里·布鲁克斯	2014 年 6 月
故事力学——掌握故事创作的内在动力	拉里·布鲁克斯	2016 年 3 月
畅销书写作技巧	德怀特·V. 斯温	2013 年 1 月
30 天写小说	克里斯·巴蒂	2013 年 5 月
从生活到小说（第二版）	罗宾·赫姆利	2018 年 1 月
小说创作谈	大卫·姚斯	2016 年 11 月
写小说的艺术	安德鲁·考恩	2015 年 10 月
成为小说家	约翰·加德纳	2016 年 11 月
小说的艺术	约翰·加德纳	2021 年 7 月

非虚构写作		
开始写吧！——非虚构文学创作	雪莉·艾利斯	2011 年 1 月
写作法宝——非虚构写作指南	威廉·津瑟	2013 年 9 月
故事技巧——叙事性非虚构文学写作指南	杰克·哈特	2012 年 7 月
光与热——新一代媒体人不可不知的新闻法则	迈克·华莱士	2017 年 3 月
自我与面具——回忆录写作的艺术	玛丽·卡尔	2017 年 10 月
写出心灵深处的故事——非虚构创作指南	李华	2014 年 1 月
写我人生诗	塞琪·科恩	2014 年 10 月
类型及影视写作		
金牌编剧——美剧编剧访谈录	克里斯蒂娜·卡拉斯	2022 年 1 月
开始写吧！——影视剧本创作	雪莉·艾利斯	2012 年 7 月
开始写吧！——科幻、奇幻、惊悚小说创作	劳丽·拉姆森	2016 年 1 月
开始写吧！——推理小说创作	劳丽·拉姆森	2016 年 7 月
弗雷的小说写作坊——悬疑小说创作指导	詹姆斯·N. 弗雷	2015 年 10 月
好剧本如何讲故事	罗伯·托宾	2015 年 3 月
经典电影如何讲故事	许道军	2021 年 5 月
童书写作指南	玛丽·科尔	2018 年 7 月
网络文学创作原理	王祥	2015 年 4 月
写作教学		
剑桥创意写作导论	大卫·莫利	2022 年 7 月
小说写作——叙事技巧指南（第十版）	珍妮特·伯罗薇	2021 年 6 月
你的写作教练（第二版）	于尔根·沃尔夫	2014 年 1 月
创意写作教学——实用方法 50 例	伊莱恩·沃尔克	2014 年 3 月
创意写作思维训练	丁伯慧	2022 年 6 月
故事工坊（修订版）	许道军	2022 年 1 月
大学创意写作·文学写作篇	葛红兵 许道军	2017 年 4 月
大学创意写作·应用写作篇	葛红兵 许道军	2017 年 10 月
小说创作技能拓展	陈鸣	2016 年 4 月
青少年写作		
会写作的大脑 1——梵高和面包车（修订版）	邦妮·纽鲍尔	2018 年 7 月
会写作的大脑 2——怪物大碰撞（修订版）	邦妮·纽鲍尔	2018 年 7 月
会写作的大脑 3——33 个我（修订版）	邦妮·纽鲍尔	2018 年 7 月
会写作的大脑 4——亲爱的日记（修订版）	邦妮·纽鲍尔	2018 年 7 月
奇妙的创意写作——让你的故事和诗飞起来	卡伦·本基	2019 年 3 月
成为小作家	李君	2020 年 12 月
写作魔法书——让故事飞起来	加尔·卡尔森·莱文	2014 年 6 月
写作魔法书——28 个创意写作练习，让你玩转写作（修订版）	白铅笔	2019 年 6 月
写作大冒险——惊喜不断的创作之旅	凯伦·本克	2018 年 10 月
小作家手册——故事在身边	维多利亚·汉利	2019 年 2 月
北大附中创意写作课	李韧	2020 年 1 月
北大附中说理写作课	李亦辰	2019 年 12 月

图书在版编目（CIP）数据

剑桥创意写作导论/（英）大卫·莫利
（David Morley）著；张永禄，范天玉译 . -- 北京：中
国人民大学出版社，2022.7
（创意写作书系）
书名原文：The Cambridge Introduction to
Creative Writing
ISBN 978-7-300-30603-2

Ⅰ.①剑… Ⅱ.①大…②张…③范… Ⅲ.①文学写
作学 Ⅳ.①I04

中国版本图书馆 CIP 数据核字（2022）第 080102 号

创意写作书系

剑桥创意写作导论

［英］大卫·莫利　　著

张永禄　范天玉　译

Jianqiao Chuangyi Xiezuo Daolun

出版发行	中国人民大学出版社			
社　　址	北京中关村大街 31 号		**邮政编码**	100080
电　　话	010 - 62511242（总编室）		010 - 62511770（质管部）	
	010 - 82501766（邮购部）		010 - 62514148（门市部）	
	010 - 62515195（发行公司）		010 - 62515275（盗版举报）	
网　　址	http://www.crup.com.cn			
经　　销	新华书店			
印　　刷	天津中印联印务有限公司			
规　　格	160 mm×235 mm　16 开本		**版　　次**	2022 年 7 月第 1 版
印　　张	21.75 插页 1		**印　　次**	2022 年 7 月第 1 次印刷
字　　数	288 000		**定　　价**	59.00 元